U0938098

花火
魅丽文化
花火工作室

有鹤鸣夏

YOU HE MING XIA

苏清绾
作品

江苏凤凰文艺出版社
JIANGSU PHOENIX LITERATURE AND ART PUBLISHING, LTD

图书在版编目（CIP）数据

有鹤鸣夏 / 苏清绾著. -- 南京 : 江苏凤凰文艺出版社, 2017.11

ISBN 978-7-5594-1311-6

Ⅰ. ①有… Ⅱ. ①苏… Ⅲ. ①长篇小说－中国－当代 Ⅳ. ① I247.5

中国版本图书馆 CIP 数据核字 (2017) 第 265673 号

书　　名	有鹤鸣夏
作　　者	苏清绾
出版统筹	黄小初　邹立勋
选题策划	黄　欢
责任编辑	胡小河　姚　丽
文字编辑	周慧娥
责任监制	刘　巍　江伟明
出版发行	江苏凤凰文艺出版社
出版社地址	南京市中央路165号，邮编：210009
出版社网址	http://www.jswenyi.com
印　　刷	湖南新华精品印务有限公司
开　　本	880 mm×1230 mm 1/32
字　　数	190千字
印　　张	10.5
版　　次	2017年11月第1版，2017年11月第1次印刷
标准书号	ISBN 978-7-5594-1311-6
定　　价	32.00元

目录

C O N T E N T S

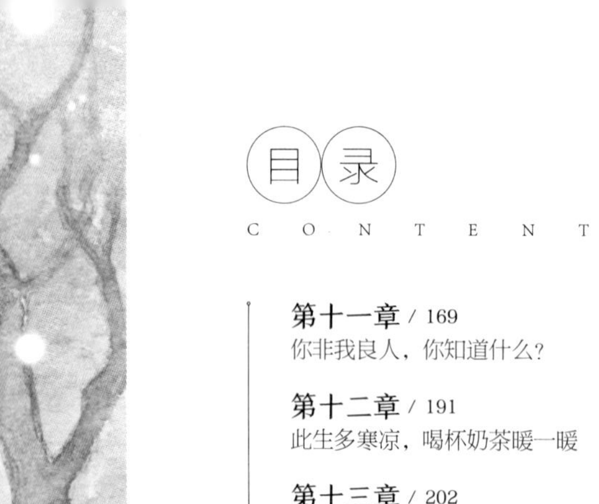

目录

CONTENTS

第一章
既见君子，一点都不快乐

Part 1

B 市，初冬，夜风凛冽，吹得人脸庞生疼。

城南别墅区内，一幢位于中央的别墅比其他的防御更加严密，门里门外都是红外线监控，连一只苍蝇都飞不进去。

女人一身黑色的长袖连衣裙，脚踩六厘米的黑色高跟鞋，娉婷袅袅地走向别墅，她一只手拿着精致的手包，一只手拿着手机正在通话。

“你黑进去了没有？”女人声音平和。

手机那头也是个女人，但是她的声音就显得焦躁了很多：“马上好。你知道秦有鹤家的防护系统做得有多好吗？”

“有什么程序是你黑不进去的？”女人挑眉含笑。

“阮阮，你真的要把自己送给秦有鹤？”

被叫作阮阮的女人踩着高跟鞋如履平地，扯了一下嘴角：“山山，等我成了秦太太，就给你加鸡腿。”

山山低声啐了一口：“我从来没听说过秦有鹤有过什么女人，你小心进去之后出不来。”

“拭目以待吧。”

吧嗒一声，秦宅铁门的锁被打开，那头的山山有些兴奋：“我黑进秦家的防护系统了，现在，所有红外线都已经取消了，你赶紧进去。路上的保安也都被我用警报吸引到后院去了。”

“谢了。”阮鸣夏含笑，径直走向秦宅前院的客厅。

秦宅是老别墅了，整幢建筑物都透着一股古井似的森寒，仿佛已经多年没人进来过。

她踩着高跟鞋上了白玉的台阶，直接推开门进了客厅。

细跟高跟鞋在大理石地板上发出清脆的声音，很有规律，惊扰了房间的主人。

阮鸣夏将手机捏在手里，目光落在了几步开外坐在沙发上的男人身上，男人的手中拿着几沓报表，身上穿着松松垮垮的睡袍，露出结实的麦色胸膛。他身高腿长，随意而慵懒地坐在沙发上，浑身上下都散发着成熟浓烈的男人味。他在听到声响的时候，已经抬起了那张棱角分明的脸。

阮鸣夏有些震惊。

男人的脸庞如同雕刻一般，而这张脸从来没有在公众的视野中出现过，没有人知道他长什么样，甚至没有人知道他的年龄、资历，还有背景。

但是，所有人都知道，“秦有鹤”这三个字意味着金融大鳄，他富可敌国，控制着金融命脉。

就是这样一个神秘到极致的男人，此时就在她的面前，眼神中略带着危险，直直地看着她。

“秦先生，晚上好。”阮鸣夏浅浅地笑了一下，嘴角有很深的梨窝，语气轻松而俏皮。

她倒是不怕生，直接迈着纤细笔直的腿走到了秦有鹤对面的沙发前，然后坐了下来，双腿交叠在一起。

秦有鹤的目光如同鹰隼一般，略微在眼前这个女人的身上扫了一眼，这个女人很漂亮，气质也足够出众。

“你一身黑，是打算来送终？”

Part 2

秦有鹤的话倒是出乎阮鸣夏的意料，她还以为，他会直接叫保安将她丢出去。

毕竟，她是个不速之客。

“黑色，神秘性感，我以为秦先生会喜欢。”阮鸣夏挑眉，直勾勾地看着眼前男人的脸庞。

“确实神秘，差点让我以为，你是杀手。”秦有鹤将手中的报表扔到了一旁的沙发上，扯了一下嘴角，饶有意味地看着眼前这个女人。

他对这张脸没有印象，但是，他对这种女人已经见怪不怪。

“我今晚不需要女人。”秦有鹤略微向前倾了一下身子，伸出修长的手臂从茶几上拿起了一杯红酒，轻轻摇晃了几下之后直接灌入口中。口气直接，带着一点讽刺。

“你误会了。”

“哦？”

“秦先生，我想做秦太太。”她开门见山，说得直接而坦荡。

“你还真直白。”秦有鹤似乎饶有兴致，笑意浓烈。他打量了她一番，最后将视线落在了她凹凸有致的身材上，看来，这个女人还是花费了不少心思。

阮鸣夏跟秦有鹤之间隔着一张茶几的距离，她反客为主，直接从茶几上拿过一个空酒杯和红酒瓶，兀自给自己倒了一杯红酒，然后轻轻地抿了一口。

“听闻秦先生不能生育，刚好，我不喜欢小孩，我们是不是很配呢？”

秦有鹤拿着红酒杯的手顿了一下，不发一言，狭长的双眸里讳莫如深。

阮鸣夏摇晃了一下杯子，一双媚眼淡淡地看着他。

“秦先生，你给我三千万元和秦太太的位置，我可以乖乖听话，不要情，也不要爱。”

“凭什么？”他竟然没有恼怒。

“凭我了解秦先生比了解我自己还要清楚。”

“比如？”

“秦先生腰围 78、臀围 120、腿长 120……”

“了解得这么清楚？”他的兴致越发浓了一些。

“这些都是道听途说搜集来的，倒是还差一个地方，无从验证。”

他挑眉，点燃了雪茄，饶有趣味地看着她：“所以，你打算亲自来验证？”

“嗯，今晚。”

话音刚落，阮鸣夏直接起身，扔下手包走到了秦有鹤的面前，也不管秦有鹤此时眼底的危险气息，直接坐入他的怀中，伸出纤长葱白的手臂抱住了他的脖颈。

如此近的距离，阮鸣夏似乎都能够感受到这个男人心脏的跳动，两人的呼吸混杂在一起的时候，她自己都觉得有点意乱情迷了。

眼前这个男人是完美的，比外界传说的还要完美。

秦有鹤有一双很迷人的眼睛，她看不清里面是什么，但是，下一秒他捏住了她的下巴。

阮鸣夏巴掌大的小脸落入他的眼中。

她仰着头，看着男人的轮廓和下巴上微微显露出来的青色胡楂。

“三千万？你觉得你值这个价？”秦有鹤看着怀中的女人似笑非笑。

“忘了自我介绍了，我姓阮，阮兰心的阮。”

“阮兰心”这个名字在 B 市众所周知，她是大名鼎鼎的女企业家和慈善家。

Part 3

秦有鹤闻言，眼底的玩味更深了一些。

阮兰心的女儿，分量的确够足。

“据我所知，阮兰心只有一个女儿，我为什么要给一个身份不明的女人机会？”秦有鹤谨慎而危险。

他捏着她下巴的手劲越发重了几分，阮鸣夏顿时觉得下巴酥麻且难受，却不敢吭声。

她坐在他的怀中，眼神飘忽，不敢去看他结实的胸膛。

在B市，人人都知道阮兰心有一个漂亮又聪明的女儿，但是绝对不是眼前这个女人。

阮鸣夏明白眼前这个男人是足够精明的，人人都说他是商界的吸血鬼，稍微动一下手指就能够弄垮一个企业。他那么精明，定然不会做亏本买卖。

“女人太贪婪，是不会让男人喜欢的。”

“我只要三千万和一直空缺的秦太太的位置，不要情，也不要爱，这算得上贪婪？”

秦有鹤的视线有些疲惫了，他看了她良久，下一秒直接将她推出了自己的怀中。阮鸣夏一个踉跄跌倒在了地毯上，幸好地毯柔软，她没有摔疼。

秦有鹤俯身，嘴角的笑意还是很浓烈，他跟她保持着很近的距离，身上带着若有若无的烟草味。

“不自量力的女人只会让人觉得可怜，一点都不可爱。”

阮鸣夏深深地吸了一口气，伸手拽着身旁的地毯，不敢动弹。

“管家，送客。”秦有鹤喊了一声，原本一直站在门外的管家和一群保镖总算敢进来了。

偌大的秦宅就这样被人闯入，所有的保镖都吓得胆战心惊，生怕受到责罚。

两个保镖上前将阮鸣夏的手臂拽住，下一秒阮鸣夏抬脚用力踩在了保镖的鞋面上，痛得保镖顷刻间松开了她。

“我自己走。”她佯装镇定，含笑说，“秦先生，秦太太的位置记得给我留着。”

说完，她抓起之前放在茶几上的手机转身离开，背影笔挺。

“先生，要不要报警？”管家上前，声音紧张。

这么多年了，秦宅还是第一次被人入侵啊……

秦有鹤的目光落在了对面沙发的精致手包上，眼睛微眯了一下。

他从茶几上拿起了一根香烟点燃，一边熟稔地吞云吐雾，一边腾出手打开了手包。

手包里有两张银行卡，还有一张身份证，他骨节分明的手指夹着身份证，在云雾当中仔细看了一眼。

“阮鸣夏。”他低声开口念了这个名字，声音低沉淳厚。

“去查一下这个女人。”

“是。”

Part 4

阮鸣夏走出秦宅的时候下起了淅淅沥沥的小雨。现在是初冬，天气原本就很冷，她为了来秦宅只穿了一件连衣裙，身上除了手里握着的手机，没有可以御寒的东西，一出门被冻得鼻尖都红了。

连续打了几个喷嚏后，她的手机响了，看着屏幕上跳动着“阮兰心”三个字时，阮鸣夏的脸色瞬间就变了。

但她很快冷静了下来，按了接听键。

“喂，阮阮，听管家说你两天前就刑满从纽约回到B市了，怎么也不跟妈妈联系？”

那头是她的亲生妈妈——阮兰心，同样也是她同母异父的妹妹陆一浓的亲生妈妈。

“妈妈，如果你是帮陆一浓打听我出狱后的情况，那么，麻烦你转告她，她可以开始紧张害怕了。”阮鸣夏踩着高跟鞋太久，脚后跟有些磨破了，但她必须继续往前走，她不敢在秦宅前逗留太久。

秦有鹤那样的男人，极有可能报警把她这个闯入者拘留起来。

“阮阮，妈妈不希望你这样看待你妹妹。浓浓当年因为你出了事，但这两年也没有说一句你不好。”

“是吗？几年不见，我的好妹妹真是演技见长呢。”阮鸣夏的黑色连衣裙被打得湿透，头发也紧紧地贴在了额头上，一副狼狈不堪的样子。

阮兰心的耐心似乎有些被磨光了：“不说以前的事了，你打算什么时候回家？”

“回家？哪个家？是妈妈你的家，还是爸爸的家？”阮鸣夏讪笑，眼底尽是凉意。

“回妈妈这里来吧。以前的事情，妈妈和你陆叔叔都不会责怪你的，即使你弟弟成泽已经在医院里昏迷不醒三年，你妹妹的眼睛因为你受到了伤害，你仍旧是我的女儿。”阮兰心说的比唱的还好听。

“妈，你确定你不是在数落我的罪过？”她苦笑着说，“我不回你的家，也不回爸爸家了，我马上会有自己的家，我要嫁人了。”

“你……你要嫁给谁？”

“到时候你就知道了。”话音刚落，阮鸣夏直接挂断电话，没有给阮兰心追问的机会。

她知道只要她跟阮兰心多说一个字，陆一浓很快就会知道。

她那位妹妹啊，恨不得她入十八层地狱，永远爬不上来。

Part 5

从秦宅回来已经是深夜，阮鸣夏回到了闺密山山家，她一周前从纽约奥本监狱出狱，暂时没有地方可以落脚，只能借住在山山的公寓里。

在奥本监狱里时，阮鸣夏就谋划着今晚的这一幕，但是，没想到不到半个小时的时间她就败北了。她情绪低落，躺在床上辗转难眠。

手机铃声在这个时候响了起来，阮鸣夏看着屏幕上的“慕呈延”微微蹙眉，犹豫片刻后还是按下了接听键。

电话里传来男人清明的声音：“阮阮，睡了吗？”

“我要是睡了的话，是鬼在接听电话吗？”

慕呈延：“嗯嗯。”

阮鸣夏的嘴角勾起一抹冷笑。

“我听说你回 B 市了，我们见一面吧。”慕呈延的声音一如当年一样清明沉稳，即使是隔着手机屏幕，她都能够想象到他俊逸的脸庞此时一定是微微皱着眉。

只可惜，她不再是以前那个追在他身后跑的小女生了。

“见一面说什么？向我忏悔道歉，还是向我负罪解释？”阮鸣夏的声音寡淡而冰冷，像是穿了一件坚硬的盔甲。

“我只是觉得你刚出狱，如果需要我帮助……”

“慕学长的热心肠用错地方了吧？两年前我记得我曾经苦苦哀求过你，你那时做了什么？嗯？”阮鸣夏的话语越发冰冷，她拿着手机的手指紧缩了一下，话语虽然强硬，但是心底酸涩难忍。

这个她曾经最信任的人，却在她最需要帮助的时候背叛了她……

“困，挂了。”她故作潇洒地直接挂断电话，但是下一秒情绪就汹涌而来。

一夜难眠，直到第二天中午的时候，阮鸣夏才醒过来。她简单收拾了一下就打车去了槟城酒店。

她在酒店的大堂里等了将近半个小时才等到约好的人。

男人从电梯口走出来，看到阮鸣夏的时候嘴角勾起了一抹笑意：“晚晚。”

阮鸣夏起身走向男人，上前自然地挽住了男人的手臂，将头微微靠在他的手臂上。

Part 6

槟城酒店大堂门口，秦有鹤一身正装，绅士而骄矜。助理陆琛一边跟在他身旁，一边向他汇报工作。

“秦总，瑞士华诚公司的人航班延误，四个小时后到，要不要先去房间休息一下？”

原定的是半个小时后在槟城酒店会议室签订收购合同，现在航班延误，他只能等。

“嗯。”秦有鹤显得有些烦躁，伸手扯了一下领带，阔步走向电梯的时候，目光忽然瞥到了一抹熟悉的身影。

女人五官精致却有些瘦削，头发随意地披在肩上，此时正靠在一个男人的手臂上，姿态亲昵，嘴角似乎还有笑意。

秦有鹤微微眯了一下眸子，眼神深邃。

昨晚这个人假意逢迎对着他笑，试图勾引他，爬上他的床，一转眼却又攀附上了另一个男人……

这个女人……

“秦总？”助理提醒了一声秦有鹤。

秦有鹤收回了目光，走向了电梯。

二十六楼总统套房内，阮鸣夏坐在沙发上，江牧霆给她倒了一杯热水。

“这两年你怎么瘦了这么多？”

阮鸣夏并没有正面回答他的问题：“哥，我想见见爸，你能帮帮我吗？”江牧霆是阮鸣夏同父异母的弟弟，从小就很疼阮阮，性子沉稳老练，所以，阮鸣夏一直都喊他哥哥。江牧霆也是这么多年来唯一疼爱她的亲人。

江牧霆神色有些为难：“你知道的，爸他……”

“我知道他不想见我，但是，哥，这次我真的有很重要的事。”

江牧霆皱眉：“这段时间因为工作调动，我会一直住在这里。三天后爸会来这里跟我吃饭，到时候你过来。”

“好。”阮鸣夏颔首。她在江牧霆的房间里待了几个小时，准备离开之际，门被敲响。

是警察来查房。

江牧霆刚洗好澡，晚上他要参加慕氏集团在这里举办的酒会，正披着睡袍出来，用毛巾擦着湿润的头发。

这一幕正好落在警察的眼里。

“先生、小姐，请出示你们的身份证。”警察大概是例行办案。

二十六楼一共只有两间总统套房，对面的门同时也被几个警察敲开。

江牧霆转身拿了身份证递给警察，而阮鸣夏找遍了自己的包也没找到身份证，她才想起昨晚在秦宅的时候，好像把手包落在了沙发上……

糟了，她的身份证在包里！

阮鸣夏走到玄关处准备跟警察解释的时候，对面的门口出现了一抹熟悉的身影，秦有鹤穿着白色的衬衫，松垮地系着领带，领口处的两粒扣子被随意地解开，慵懒而性感。

警察在这时开口：“小姐，拒绝提供身份证的话，我们有权怀疑你跟这位先生正在进行不正当交易。”

Part 7

阮鸣夏没有想到会在这里遇到秦有鹤，还是在这样的情况下。

江牧霆对警察解释："我们是兄妹关系。"

警察看了一眼江牧霆身上的浴袍，眼神里带着怀疑："是不是亲属关系需要证据。"

"稍等。"江牧霆拿出手机，走进房间打给了私人律师。

阮鸣夏站在门口看着秦有鹤，警察对他的态度明显就不一样了："秦先生，真是打扰了。"

秦有鹤没有理会警察，目光一直落在阮鸣夏的身上，看得阮鸣夏的心紧紧缩了一下。

直到砰的一声关门声响起，阮鸣夏才微微回过神来，她看着秦有鹤的房门发觉手心竟沁出了细汗。

半个小时后，江牧霆的律师才赶到这里，稳妥地解决了这件事。

阮鸣夏跟江牧霆道别之后，刚走出套房的门又想起自己的身份证还在秦有鹤家里。

如果再去秦宅的话，秦宅的保镖定然会将她拒之门外，错过了这次机会，下次想再见到秦有鹤就难了。

于是，阮鸣夏走到了对面的套房门口，正准备按门铃的时候才发现门竟然没关上，刚才那声巨大的关门声难道是她的幻听吗？

她敲了敲门，轻声道："秦先生？"

阮鸣夏敲了许久都没有得到任何回应，索性大着胆子推开门走了进去。套房很大，更像是一间私人住所。

阮鸣夏环视了一圈房间，却没找到秦有鹤的身影，经过洗手间时听到里面有淋浴的水声。

秦有鹤的声音适时从里面传了出来："浴袍。"

阮鸣夏顿在了原地，他难道看到她了？

她深深地倒吸了一口气，轻手轻脚地走到客厅找到了浴袍，鬼使神差地拿了浴袍重新回到了洗手间门口。

阮鸣夏稍微打开了一点门，伸手将浴袍送了进去，却不敢看向里面。

"你的手就这么长？"秦有鹤似是不悦，直接打开了洗手间的门，阮鸣夏没有任何防备，视线落在了秦有鹤的身体上……

秦有鹤的身材近乎完美，麦色的结实胸膛，修长的双腿……她的耳根子瞬间有些滚烫。

秦有鹤看到来人是阮鸣夏，眼神立刻深了些许。

“谁让你进来的？”他的话听起来还算平稳，却带着一股无形的压迫感。

阮鸣夏顿了一下，故作镇定地转过身去：“大门没关，我敲门没人回应，就自己进来了。”

这是实话，她一点都不觉得心虚。

秦有鹤穿上了浴袍，走到了她的面前，他比阮鸣夏高了将近一个头，居高临下地俯视她的时候眼底带着一丝愠怒。

“阮鸣夏？”

“秦先生记住我的名字了？”阮鸣夏含笑，目光清澈。

Part 8

助理陆琛在这时拿着文件从门外走了进来：“秦总，文件已经全部整理好了……”

话刚说到一半，陆琛看到房间里还站着一个女人，于是愣了一下，声音也戛然而止。

“对不起，秦先生。”陆琛会意地颔首，转身连忙离开了。

阮鸣夏想，大概是秦有鹤的助理出门时忘记关门了，才有了这一出乌龙事件。

阮鸣夏看着助理淡定离开的样子，忍不住抬头打趣地看着秦有鹤：“秦先生是不是经常带女人来这里？你的助理好像都习以为常了呢。”

“出去。”秦有鹤今天似乎心情不佳，比昨晚在秦宅的时候态度差了许多。

也对，现在她在秦有鹤的眼中应该是个阴险、下作又爱攀附权贵的女人吧？

阮鸣夏没忍住又看了一眼秦有鹤刚刚洗完澡的身体，从他身上飘来一股沐浴后的香味，以及混杂着他独有的成熟的男人味，还有一些烟草的味道。

“秦先生身材这么好，只可惜不能生育，真是浪费。”

秦有鹤蹙眉，沉稳的眉心似是含有一丝不耐烦。他转身，走到了一旁的桌子旁边拿起了一盒烟，熟稔地敲出了一根，随即点燃。

“这么缺钱？”他骨节分明的手指夹着烟，在沙发上坐下，另一只手的手指轻轻地敲击着沙发，像是在看戏。

“嗯？”阮鸣夏愣了一下，没有明白他的意思。

“可以随时随地找有权势的男人上床，不是为了赚钱？”秦有鹤抬头看向她不施粉黛却干净精致的脸庞，略微眯眼。

阮鸣夏明白了，他大概是误会了她跟江牧霆的关系。

“他是我……”她准备解释，在看到秦有鹤不信任的目光时，陡然换了一副面孔，“是啊，我很缺钱，秦先生要是喜欢，我也可以随时随地做秦太太的。”

她扯了扯嘴角，挑眉回答。

“就凭你？”

阮鸣夏很清楚秦有鹤肯定不会将她放在眼里。她没身份、没背景，而且声名狼藉。

“我会做饭、会洗衣、会暖床，秦先生真的不考虑一下？”阮鸣夏也就是说说，她没有任何筹码让秦有鹤娶她。

秦有鹤掐灭了烟，抬头看向她。

“秦宅不缺保姆。”他的话里带着一丝戏谑，“我也不缺女人。”

后半句话秦有鹤说得直接而坦荡。

阮鸣夏也不挣扎：“我们的事不着急，我有的是时间。”

她说话的时候淡淡地笑着，让秦有鹤沉了眸子。

Part 9

“你还打算打持久战？”秦有鹤从身旁拿过几份文件翻开，拿起万宝龙钢笔开始批阅文件，“我的时间还是挺充裕的。”

秦有鹤没有抬头，阮鸣夏看到他拿着钢笔的手指骨节分明，浴袍的袖子略微被卷起了一些，露出了手臂上的青筋，由于刚刚洗完澡，他的脖颈和手臂上还残留着一些细密的水珠。

“阮小姐有没有听说过一句话？”

“嗯？”

“强扭的瓜不甜。”

阮鸣夏不由得皱眉：“巧了，我就爱吃苦瓜。”

秦有鹤手中的钢笔顿了一下，他抬头看她的时候眼底讳莫如深。

“我有洁癖，喜欢干净的女人。”秦有鹤的话说得很直接。

“现在处女证明这东西不值钱也不可信了，秦先生不会是想要我去医院弄这么一张废纸来吧？”阮鸣夏的话说得更加直白。

话音刚落，她低头看了一眼腕表上的时间，她约了山山下午三点半在这家酒店喝下午茶，时间差不多了，她继续在秦有鹤这边耗下去也没什么意思。

“秦先生，我们的事情来日方长。现在能不能把我的身份证还给我，昨晚我把它落在秦宅了。”

她伸出手来，修长白皙的手摊在他的面前。

“你觉得我会随身带着你的身份证出门？”秦有鹤的语调显得有些慵懒和不悦。

对哦，他怎么可能带着她的身份证。

“那我就当作是秦先生再次邀请我去秦宅了。”阮鸣夏都觉得自己很不害臊，但是她必须厚着脸皮，她不想两年前的事情重演。

阮鸣夏也不管秦有鹤如何看她，转身立刻离开了房间。

一出房门，她觉得自己的腿都有些发软。

在秦有鹤面前假装什么都无所畏惧的样子，实际上，她紧张得要命。

槟城酒店的大堂提供的是法式下午茶，阮鸣夏拿着小银勺缓慢地搅拌着咖啡，听着山山念叨。

“阮阮，你可得想好了，嫁给秦有鹤不是开玩笑的。听说他的性子很不好。”

山山原名沈岑，因为“岑”字的上面是个“山”字，而幼儿园时候的阮鸣夏又不认识“岑”，就一直喊她“山山”，这一喊就喊了十几年。

Part 10

“性子不好也没事，我又不需要跟他磨合。我只需要秦太太这个头衔而已。”

山山蹙着眉，搅拌着咖啡，默默开口：“我有点后悔帮你查秦有鹤的消息了。”

阮鸣夏将手覆在山山的手背上：“别怕，等我嫁给了秦有鹤，一切都会平安无事的。”

山山听到这样的话也不觉得安慰，只是平白无故增添了几分对阮鸣夏的担心。

此时，酒店的服务员走了过来，满脸歉意：“两位小姐抱歉，今天我们一楼的下午茶只开放到四点半。”

“平时不都是到六点半吗？”山山皱眉，她是这里的常客。

“今天慕氏集团开酒会，包下了一楼所有的场地。”

“慕氏集团？”山山看向阮鸣夏，倒吸了一口凉气，慕氏，慕呈延……

阮鸣夏放下手中的勺子，拎包准备起身离开的时候，却看到了不远处朝着这个方向走过来的江牧霆。

江牧霆一身正装，浑身透露着沉稳温和的气息。他看到阮鸣夏的时候有些意外，目光转向阮鸣夏身边的人时，他的脸色略微僵硬了一下，但只是几秒钟的时间，他便敛了神色。

“哥。”阮鸣夏上前，山山在看到江牧霆的时候慌了一下，打翻了桌子上的水杯，服务员连忙去帮她擦衣服，她却紧张地连忙拿出几张百元钞票放在了桌上：“埋单。”

山山走到了阮鸣夏的身旁，仰头看着江牧霆的时候眼光有掩饰不了的灼热。

“今晚是慕氏酒会，快开始了，要不要一起参加？”江牧霆的目光停留在阮鸣夏身上，连余光都没有瞥向山山。

“哥，你觉得我想见慕呈延吗？”阮鸣夏的声音听上去含着淡淡的嘲讽，慕呈延和江牧霆是至交，当年阮鸣夏追求慕呈延，最终得偿所愿还是江牧霆帮忙促成的。

“酒会人那么多，不一定会见到。”江牧霆是希望阮鸣夏能够融入这个社会，她“与世隔绝”了两年，需要重新融入B市。

阮鸣夏明白他的意思，看了一眼身旁的山山，山山的眼神一直在江牧霆的身上，罢了，就当是为了山山吧。

Part 11

江牧霆将她们带进会场之后就去跟其他人应酬了，山山盯着江牧霆的背影久久收不回目光。

阮鸣夏伸手在山山面前晃了晃：“要看，怎么不光明正大地看？他好歹是你的未婚夫，你见了他怎么跟小学生见了班主任一样。”

山山凝眸，讪讪地笑了一下：“我生日那天，我们的婚约就解除了。”

“我哥这事办得真浑蛋，在你生日的时候送你这么大一份礼。”阮鸣夏微微皱眉，“我去拿杯喝的。”

阮鸣夏起身，走到了一旁的食品区域，准备拿一杯热牛奶。

当她伸手要触碰到玻璃杯的时候，一双手抢在她前面拿过了玻璃杯，递到了她面前。

“阮阮。”慕呈延的声音在上方响起的时候，阮鸣夏浑身颤抖了一下，她抬头，对上慕呈延干净的眸子。

以前啊，她就是被这双眼睛迷得七荤八素的。

“慕学长，不，现在是不是该叫你慕总了？”阮鸣夏淡淡地抬眸，轻嗤了一声。

“阮阮，别阴阳怪气地说话。”慕呈延原本是她在S大念书时候的学长。

阮鸣夏喝了一口牛奶，心里隐隐有些难受，但是并未表现出来。

“让我哥把我骗到酒会来，你很得意，是不是？”阮鸣夏在遇到他之后才明白江牧霆的用意。

阮鸣夏的目光里隐约带着一些恨意。

“我们去安静的地方说话，行吗？”

阮鸣夏没有拒绝，她想听听看慕呈延还能说出什么鬼话来。

酒店的走廊尽头，阮鸣夏淡定地站在角落里，仰头看着慕呈延。

“阮阮，两年前的事情是我不对。”

“是啊。”阮鸣夏不按套路出牌。

慕呈延一脸愧疚：“我以为陆一浓不会对你赶尽杀绝。”

“你们不是在床上交流过了吗？怎么还这么不了解她？”阮鸣夏狠狠地讽刺着慕呈延，心却像是被揪了一把一般，很疼。

两年前的一幕幕再次袭来，阮鸣夏的指甲深深嵌入了掌心当中。

“当时，是我一时糊涂。”慕呈延承认了。

阮鸣夏咬牙，眼眶通红地看着他：“你一句‘一时糊涂’就能够抹掉我两年的牢狱之灾，就能抹去你和陆一浓做的苟且之事？”

Part 12

话音刚落，阮鸣夏紧紧咬住了下嘴唇，齿颊间有些冰凉。

不等慕呈延回答，他的手机急促地响了起来。

“嗯，我马上过来。”慕呈延挂断电话后看了阮鸣夏一眼，眉心紧蹙着，“阮阮，对不起。”

阮鸣夏没说话，看着慕呈延转身离开，心里苦涩不已。

她俯身，一个人抱着膝盖蹲在了原地，眼泪抑制不住地掉了下来。

以前慕呈延答应跟阮鸣夏在一起的时候，她高兴得快要疯掉，恨不得跟所有人分享这个消息。当时的慕呈延对她的确很好，在她为纽约设计师大赛做准备的时候，没日没夜地陪她赶工熬夜。

但是这一切，都毁了。

阮鸣夏泣不成声，从入狱到现在她没有哭得这么难受过。从进监狱的那一刻，她就告诉自己绝对不能哭，但在看到慕呈延的时候，终究还是克制不住自己的情绪……

在阮鸣夏哭得浑身哆嗦的时候，上方忽然传来男人清冷的声音。

“人前牙尖嘴利地逞英雄，人后怎么成了软柿子？”

阮鸣夏对这个声音并不陌生，她抬头看着秦有鹤那张棱角分明的俊脸，心瞬间提了起来。

阮鸣夏连忙起身，但是因为蹲得太久腿有些发麻，她一时间没有站稳，伸手想要拽住秦有鹤的手臂当作支撑。

她没有抓稳，整个人都跌向了秦有鹤，她的手只抓到了他昂贵西装的袖子。

“哭成这样还不忘投怀送抱？”男人的话很欠揍，但是声音依旧沉稳而淳厚。

阮鸣夏闻言，顺势仰头看着他，眼角的眼泪还没擦干净，目光清澈见底：“都说女人哭的时候比较能让男人心软，所以，我就想试试。不知道秦先生吃不吃这一套？”

秦有鹤低头看着她，目光幽幽。

走廊的尽头旁边就是洗手间，刚才他在洗手，视觉盲点的缘故，阮鸣夏和慕呈延都没有看见他，出于礼节，秦有鹤也没出来打扰他们。

阮鸣夏猜到秦有鹤大概是听到他们的谈话了，觉得好丢人……

秦有鹤轻轻地推开了她，力道不是很重，动作优雅，刻意跟她保持了安全距离。

“年纪不大，野心倒是不小。”秦有鹤越发觉得眼前这个女人心机深重，变脸比唱戏的还快，又哭又笑，面具一张又一张，不知道哪个才是真正的她。

“未来的秦太太，还是野心大点儿比较好，这样才上得了台面。”阮鸣夏凝眸，看到秦有鹤的眼神深了下去。

这时，一阵皮鞋声响起。

陆琛自不远处小跑着过来：“秦总，华诚公司的人来了，在会议室等您。”

秦有鹤闻言颔首，陆琛看了一眼阮鸣夏，愣了一下，怎么又是这个女人？

第二章
傲慢与偏见，她是个无赖

Part 1

阮鸣夏看着秦有鹤离开的背影，心情总算是放松了一些。

她重新回到宴会现场，看到山山一个人讷讷地坐在那里，正准备走过去带她一起离开的时候，胳膊被人碰了一下。

“抱歉……”女人的声音优雅温柔，“阮阮？”

阮鸣夏听到这个温柔如水的声音时，浑身颤抖了一下，她扭过头，看到了陆一浓精致美丽的脸庞。

“这么巧？”陆一浓一双丹凤眼看着阮鸣夏，目光里带着一丝含蓄的戏谑，“前两天听妈妈说你出狱了，没想到会在这里遇到你。你这两年在奥本监狱里过得怎么样？”

阮鸣夏的目光淡淡地在陆一浓身上扫了一眼，她一身香槟色的长款晚礼服，脚上一双裸色的CL红底鞋，浑身上下都是温婉的名媛气质，尤其配上那烟视媚行的样子，不知道今晚又会勾走多少男人的魂儿。

“巧啊，我的好妹妹。”阮鸣夏微微挑眉，冷着脸看着陆一浓，“在奥本监狱的日子挺不好过的，你要不要也进去试试？”

“我还是算了吧，从小爸妈宠爱着我，我吃不了苦的。”陆一浓含笑，在旁人看来温婉动人。

陆一浓话里藏话，像是一根尖锐的针。

阮鸣夏的身旁正是香槟架，她顺手端起一杯抿了一口。

“听奥本监狱的狱警说你在监狱里一直没有停止画设计图，这次出狱，不会还想着做设计师吧？”

陆一浓说的话是在试探。

“是啊，你小心点，别让我抢了你的风头。”

不远处的山山见到阮鸣夏同陆一浓站在一起，疾步走过来护在了阮鸣夏的身前：“陆一浓，你别想着再欺负阮阮。阮阮，我们走！”

山山知道陆一浓是阮鸣夏的心理阴影，一心只想带她离开。可是就在阮鸣夏转身的时候，陆一浓伸出了脚，阮鸣夏一下子被绊倒在地，重重地摔在了一旁的香槟架上。

香槟杯全部摔得粉碎。

“阮阮！”山山尖叫了起来，周围人的目光一下子都朝着这边投射了过来。

阮鸣夏身上凡是露出皮肤的地方几乎都沾上了玻璃碴儿，幸好她伸手护住了脸，才让它没有受到伤害。

山山咬牙，转身抓住了陆一浓纤细的手腕：“陆一浓，你干什么？！是你绊倒了阮阮！”

阮鸣夏想从地上爬起来，但是地上都是碎玻璃碴儿，没有人的搀扶根本起不来，她觉得手上和脖子上此时正火辣辣地疼着，尤其是香槟流淌到伤口的时候，更是疼痛难忍。

Part 2

周围的人纷纷看着戏，山山仍旧在跟陆一浓僵持。

陆一浓一脸委屈和惊慌：“沈小姐，是你拽着阮阮离开才让她摔倒的，我怎么会绊她？”

“陆一浓，你还要不要脸？我亲眼看到的！”山山满脸涨红，全然忘记去扶阮鸣夏。

几分钟前，陆琛陪着秦有鹤从会议室里结束工作走出来，将刚才那一幕尽收眼底。陆琛看到倒在香槟堆里的是阮鸣夏，忍不住开口：“秦总，那个女人……”

秦有鹤停住脚步，目光落在了倒在地上无法起身的女人身上，沉稳的眉心微微皱了一下。

又是她。

“要不要去帮她一下？”陆琛见秦有鹤停下来，又问了一句。

秦有鹤看到阮鸣夏的手臂和脖颈上鲜血淋漓，看上去有些触目惊心，她的眼睛通红，但是强忍着眼泪。

和之前那张满是戾气的脸比起来，现在这张脸倒是软弱得多。

“嗯。”秦有鹤颔首，转身离开了酒店大堂。

陆琛闻言立刻快步走向阮鸣夏，俯身伸出手臂将阮鸣夏扶了起来。

“谢谢。”阮鸣夏的声音有些虚弱，到底还是她低估了陆一浓。

阮鸣夏认出来人是秦有鹤的助理陆琛，一时情绪有些复杂。

“没事，你身上都是血，赶紧去医院吧。”陆琛觉得这个女人跟秦总关系匪浅，总得送佛送到西。

阮鸣夏颔首，侧过身去看向正在跟陆一浓争执不下的山山：“山山，我们走吧。”

“陆一浓，你会遭到报应的！”山山依旧愤愤不平。

陆一浓眼眶通红，白皙的脸庞有些涨红。

开始有看客冷哼着出声：“这个阮鸣夏，听说因为故意伤人罪坐过牢。”

“天哪，坐过牢的女人我们还是离远一点比较好。”

越来越多的人围了上来，山山一时脱不开身，只好冲着人群之外的阮鸣夏大喊：“阮阮，你和陆助先走，这里有我！”

阮鸣夏的脸色越来越苍白，如果不是陆琛和山山，此时被困在人群里的是她才对。

“阮小姐先等一下，我去开车。”陆琛松开了扶住阮鸣夏的手。

失去了支撑力的阮鸣夏，脚步踉跄了一下。

酒店门口，不知何时开始下起了雨。

陆琛将车子开过来停稳之后下了车，阮鸣夏看到了后座上的秦有鹤。

Part 3

阮鸣夏觉得有些尴尬，但是为了秦太太的位置……她还是厚着脸皮伸手敲了敲车窗玻璃。玻璃窗很快被摇下来，车窗内出现了秦有鹤棱角分明的脸庞，眉宇间带着一丝不耐烦。

“阮小姐，有事？”

这个男人到底还是很绅士的，面子功夫做得十足，一声“阮小姐”让阮鸣夏差点以为他很尊重她。

阮鸣夏弯腰，因为身上的疼痛，她实在是笑不出来，只是略微扯了一下嘴角，笑得比哭还难看。

“秦先生能送我去一下医院吗？”

她穿着露出脚踝的牛仔裤，脚踝上也全是玻璃碴儿，行动艰难，实在是不方便打车。另一方面，她也想抓住一切机会跟秦有鹤相处……

“不顺路。”

“哦。那秦先生能捎我一程吗？”

“凭什么？”秦有鹤看着窗外的女人惨白的脸庞，眼神平静。

“凭我是未来的秦太太，不知道够不够呢？”阮鸣夏的声音凉凉的，带着一丝微弱的自信。

这个女人还真是不自量力。秦有鹤没有一丝想要同她多说话的意思。

“如果你需要打车，我的助理会帮你。”说完，秦有鹤升上了车窗，一点机会都不给她。

黑色车窗里的秦有鹤看着雨一颗一颗地砸在阮鸣夏的脸上，神色不明。

陆琛在一旁看得尴尬，他原以为秦总是想带这个女人去医院的。

“抱歉。”陆琛脸色为难地笑了一下，转身上车，车很快扬长而去，只给阮鸣夏留下了一阵呛人的尾气。

“喀喀……”阮鸣夏伸手挥了挥尾气，紧紧蹙着眉心，秦有鹤这个男人真的是软硬都不吃！

她拖着疼痛的脚踝去打车，雨越下越大，等出租车的时候，阮鸣夏浑身都湿透了。

车内，秦有鹤坐在后座上，从烟盒当中拿出一根烟放到了嘴里。

季邵的电话在这时打了进来。

“喂。”秦有鹤的声音低沉，季邵的声音却是兴奋的。

“有鹤，我马上就下班了，待会儿去‘暮色’喝酒怎么样？”季邵是秦有鹤的发小，秦有鹤向来不喜社交，向来清冷，也只有季邵才约得动他。

“嗯。”秦有鹤深吸了一口烟，没有拒绝。

“你来医院接我，我的车早上爆胎被拖去修了。”季邵一点都不客气。

“嗯。”秦有鹤挂断电话，对正在开车的陆琛开口，“改道去B市附属医院，到了那后，你就可以下班了。”

“是。”

附属医院里，阮鸣夏挂了急诊，被护士搀扶着走到了急诊室。

季邵看了一眼进来的女人，见她浑身都是玻璃碴儿，脸色因为失血过多变得苍白。

啧啧，看来今晚要让秦有鹤等了。

Part 4

“摔得不轻，需要马上把玻璃碴儿取出来。”季邵是B市附属医院的外科医生。

“医生，会留疤吗？”阮鸣夏坐在治疗床上，浑身湿漉漉的，头发贴在额头上，显得很狼狈。

季邵戴上了口罩，一边准备器械，一边笑着说：“放心，脸蛋这么漂亮，身上有几道疤也不碍事的。”

阮鸣夏顿时觉得这个医生有点油嘴滑舌，她其实是一个慢热的人，不喜欢跟不熟悉的人开玩笑。

她没有回应，季邵也安静地开始处理伤口。

“脚踝的伤口比较深，这几天尽量少走路。”季邵一边写着病历，一边嘱咐阮鸣夏。

阮鸣夏正在穿鞋，不冷不热地回应着：“嗯。”

门从外面被打开，一双男士皮鞋出现在阮鸣夏的视线中，她没有多想，继续穿着鞋子。

“有鹤，你等我一下，我这边还有最后一个病人。”是医生的声音。

有鹤？阮鸣夏的心惊了一下，她顺着皮鞋往上看，一双腿修长笔直，只是看身材，男人身上就透着成熟和骄矜的气场。她看到秦有鹤的脸庞时，心紧缩了一下。

看到阮鸣夏，秦有鹤眉头紧蹙，露出一丝不悦，怎么走到哪儿都能遇到这个女人？

“你晚上尽量不要洗澡，不要碰到水，这些玻璃碴儿不干净，伤口发炎化脓就不好办了。”季邵继续嘱咐着阮鸣夏。

阮鸣夏颔首，跛着脚站了起来，心里埋怨着身旁的男人，明明他就要来医院，竟然还说不顺路。

不过转念一想，她跟秦有鹤也没什么交情，他不帮她也是情理之中。

“阮小姐，你可以去拿药了。”季邵递了一张单子给阮鸣夏，转而对秦有鹤开口，“有鹤，我们走吧。”

秦有鹤没有回应，看着阮鸣夏跛着脚走向门口，季邵也顺着他的目光看向了她，忍不住问了一句：“你没有家属陪同吗？”

“没有。”她父母健在，但是哪里有人管她？

季邵到底还是医者父母心，上前伸手从阮鸣夏手中将抓药的单子拿了过来：“你在这里等一会儿，我去帮你拿药吧。”

阮鸣夏没有拒绝，季邵离开之后，急诊室内就只剩下她跟秦有鹤两个人。

气氛有些尴尬。

她别过头去看向一身清冷的男人，话语中略有不悦：“原来秦先生的优雅都是装给别人看的。”

“我跟你不熟，没有义务送你来医院。”男人单手插兜，站在原地，回的话有理有据。

Part 5

“但是，你让你的助理帮我了。”阮鸣夏抿唇，低声嘀咕。

“是他自作主张。”秦有鹤似是有些不耐烦，低头看了一眼腕表上的时间。

“秦先生知道是谁把我弄成这个样子的吗？”阮鸣夏抬起自己受伤的手臂放到了秦有鹤的面前，手臂上缠着厚厚的纱布。

秦有鹤并不感兴趣，她像是在唱独角戏一般继续说：“是我妹妹陆一浓。她故意绊倒我，你看看她多恶毒，就算你不娶我，也千万别娶她，嗯？”

阮鸣夏惨白着嘴唇开口，觉得伤口处好像被千万根针扎了一样。

秦有鹤看着阮鸣夏清澈的眸子，她的眼睛原本就很好看，不是那种典型的大眼却自有一股味道，小巧的鼻子因为情绪有些激动而微微泛红。单是看这样一张干净的脸，秦有鹤无法将她跟那天晚上在秦宅吆喝要嫁给他的女人联系在一起。

阮鸣夏故作满腹心机的样子在他眼里显得很幼稚。

“听你这么说，我倒是对你这个妹妹有些兴趣了。”秦有鹤似是故意在激她。

阮鸣夏一听立刻慌了一下，眼神也马上不淡定了：“你……”

“我怎么了？”秦有鹤神情淡漠，薄唇上似乎挂着一抹笑意，但是因为太浅，几乎看不出来。

“你是故意的。”

“还不算太笨。”

此时，季邵拿了药回来，将药递给阮鸣夏。

“谢谢。”

“不客气。”季邵朝阮鸣夏笑了一下，“我愿意为美女效劳。”

季邵的话音刚落，阮鸣夏正想含笑回应的时候却听到一旁的秦有鹤冷冷开口："你的品位什么时候变得这么低了？"

这句话犹如利刃让阮鸣夏的脸色立刻僵了一下。

秦有鹤转身离开，季邵脱下白大褂之后也跟了上去。

阮鸣夏忍不住腹诽，秦有鹤这个男人真的是一点风度都没有，外界传言的绅士形象果然都是假的！

她一瘸一拐地下楼准备打车，但是雨太大，她只好逗留在医院不远处躲雨，一辆黑色的劳斯莱斯幻影缓缓地进入她的视线，季邵从车上下来打了一把伞走到阮鸣夏的面前。

"你没伞？"

"嗯。"阮鸣夏点了点头，看了一眼他身后的车子，开车的人应该是秦有鹤。

"你的伤口不能淋雨，我们送你回去吧。"季邵倒是热情。

"谢谢。"阮鸣夏当然不会拒绝，现在雨这么大，有顺风车干吗不坐？

阮鸣夏坐在后座上，从她这个角度看过去，恰好能够看到秦有鹤握着方向盘的侧影，抬头的时候正好从后视镜中与秦有鹤深邃的眸子对上。

"下去。"秦有鹤是真的一点都不近人情。

Part 6

"是季医生要送我回家的。"阮鸣夏连忙解释，证明不是她自己厚着脸皮上车的。

阮鸣夏心里满是愤懑，咬紧下嘴唇从后视镜中看着秦有鹤。季邵收伞坐到了副驾驶座上，催促着："开车吧。"

秦有鹤侧眼看了一下窗外的雨，最终还是发动了车子。阮鸣夏坐在后座上，闻到车内有很重的烟草味，和秦有鹤身上清冽的烟味是一样的。

季邵打开了车内的音乐，放了摇滚乐。

阮鸣夏微微蹙眉，这个季医生，还真的是聒噪……

"有鹤，去'暮色'陪我一起喝几杯。"

秦有鹤伸手关掉了摇滚乐，车内才算安静了下来。

"啧，没劲。阮小姐，你家在哪里？"季邵见秦有鹤不理会他，便转头看向了阮鸣夏。

阮鸣夏顿了一下，她没有山山的公寓的钥匙，这个时候回去的话肯定要等山山好久。而且……她的身份证还在秦有鹤那儿，她得想办法去秦宅拿回来。

她淡淡地回应："我也去'暮色'。"

"暮色"是B市一家有名的酒吧，阮鸣夏看上去胆子大，实际上从小到大还真没去过这样的地方。

"你伤成这样……确定？"季邵愣了一下，皱眉问道。

"我去找我的朋友。"阮鸣夏撒了谎，她只不过是想要跟着秦有鹤而已。

不跟着他，怎么拿回她的身份证？她还不至于天真到认为秦有鹤会亲自把身份证送到她的手里。

"没看出来你也喜欢去暮色。"季邵一下子来劲了，"我以前怎么没见过你？"

"我刚回国。"她的确是刚回国，只不过是从纽约奥本监狱回来。

季邵扯了扯嘴角："为什么回来？"

阮鸣夏别过眼去看了一眼正在专注开车的秦有鹤，车速不慢，但是他开得平稳。秦有鹤侧脸的轮廓很好看，笔挺的鼻梁衬得整张脸立体而深邃。

"为了男人。"阮鸣夏直接而坦荡。

为了阻止陆一浓嫁给秦有鹤，她不惜赔上自己的婚姻。只可惜，秦有鹤并不稀罕送上门来的女人。

"咯咯……"季邵显然是没想到阮鸣夏竟然这么直白。

阮鸣夏话音刚落，秦有鹤沉稳的眉心略微沉了沉。

暮色酒吧门口，侍者接过秦有鹤手中的车钥匙去泊车，阮鸣夏跟着走了进去。

里面灯红酒绿，到处都是喧闹的音乐和亢奋的男女。

阮鸣夏不是很喜欢这种地方，她紧跟着秦有鹤，生怕被他落下。秦有鹤走到吧台对调酒师开口，嗓音低沉："一杯伏特加。"

阮鸣夏也故作磊落地坐到了他的身边。

Part 7

“一杯苏打水。”落座后，阮鸣夏对调酒师开口。

阮鸣夏就坐在他的旁边，她有的是时间跟秦有鹤周旋。

“秦先生怎么不跟你朋友一起去跳舞？”阮鸣夏瞧了一眼在舞池中一脸兴奋的季邵，打趣道。

“你再跟着我，我会考虑让你变成黑户。”秦有鹤的话里带着一丝威胁和嘲弄。

阮鸣夏的心跳停了一下，他竟然用她的身份证来威胁她。

“我成了黑户不要紧，秦先生有的是办法让未来的秦太太有身份，是不是？”

阮鸣夏觉得自己为了秦有鹤脸皮真的是越来越厚了。

她咬咬牙，告诉自己，一切都是为了阻止陆一浓嫁给他。

“秦太太必须身家清白，没有案底。”

一句“没有案底”让阮鸣夏的心沉了沉，她的鼻尖略微酸了一下。

阮鸣夏吸了吸鼻子，脸上仍旧装作若无其事的样子：“看来秦先生调查过我了？”

“礼尚往来。”他指的是她调查他的事。

秦有鹤拿起酒杯喝了一口伏特加，喉结滚动，从阮鸣夏这个角度看，他的侧脸深邃沉稳。

“阿嚏！”阮鸣夏打了一个喷嚏，她觉得自己可能是感冒了。

阮鸣夏连续打了几个喷嚏，伸手准备去扯纸巾的时候，就被一只手握住了纤细的手腕。

阮鸣夏顿了一下，抬头看到了一个脑满肠肥的男人。

“小姐，今晚一个人？”阮鸣夏皱眉，想要将自己的手抽回来却被紧紧握住，动弹不得。

“放手。”她冷冷地开口，睨了一眼男人。

“哟，性子还挺烈的。衣服湿成这样，玩湿身诱惑啊？”男人伸手碰了一下阮鸣夏的肩膀。

“你哪只眼看到我一个人？！我老公在这儿，你没看到？”阮鸣夏咬牙，眼角的余光瞥到身旁的秦有鹤无动于衷，仍旧拿着酒杯在喝酒，淡定如常。

一句“老公”说出口，男人看了一眼阮鸣夏身旁的秦有鹤，手略微松了一下，秦有鹤身上自带一股子在商场上沉淀下来的气场，让人顿生寒意。

这个男人见秦有鹤自始至终都没有理会阮鸣夏，很快将她从吧台的椅子上拽了下来。

“老公？哼，随便拉个男人就说是你老公？要不今晚我做你老公？”

Part 8

阮鸣夏一个踉跄差点跌入男人的怀中，幸好她的另一只手扶住了吧台的桌子。

“放开我！”阮鸣夏虽然声音又倔又冷，心里却有些害怕，毕竟她从来没有来过这种地方，“我老公很厉害的，我要是掉了一根头发，他不会放过你！”

阮鸣夏这句话既是说给男人听的，也是在刺激秦有鹤。

她背对着秦有鹤，肩膀因为害怕微微颤抖，手腕被男人拽着的地方原本就包着纱布，如今纱布上渐渐晕出一片血迹。

男人见秦有鹤根本不理会阮鸣夏，更加无所畏惧：“你倒是叫几声啊，看他理不理你。”

阮鸣夏心里一横，转过头慌忙地叫秦有鹤：“老公！他欺负我！”

她的紧张隐没在娇嗔里，秦有鹤略微斜了她一眼，这个女人装模作样的本事还真的是不容小觑。

男人听到阮鸣夏娇嗔地叫着“老公”，顺手将她抱在了怀中：“乖，再叫几声给我听听。”

阮鸣夏一听，恼得脸色通红。男人倾身靠近她，嘴唇几乎要贴到她的脸颊。

“秦有鹤！”阮鸣夏终于忍不住闭上眼睛大叫了一声。

“松手。”下一秒，阮鸣夏觉得男人拽着她的手似乎松开了一些，她睁开眼，看到秦有鹤伸出手紧紧握住了男人的手腕。

男人被握得疼痛难忍，咬紧牙关瞪着秦有鹤："别瞎管闲事！"

阮鸣夏见状连忙躲到了秦有鹤的身后，故作娇嗔地开口："老公……"

男人神色一慌，这个男人还真的是她的老公？

"对不住了，对不住了……"男人连忙赔笑。

秦有鹤松开他，从西装口袋里拿出一方手帕，轻轻擦拭了一下修长的手指。

他抬眸，瞳仁深邃。

"让他滚。"秦有鹤对一旁的调酒师开口，调酒师闻言立刻通知了几个保镖，保镖很快将男人直接"扔"了出去。

阮鸣夏这才松了一口气。

看来，秦有鹤也并非真的油盐不进。

"谢谢秦先生的救命之恩，看来我要以身相许了。"

秦有鹤没了喝酒的兴致，拿出一张卡递给服务员结账。

"一个小姑娘，就这样随便叫男人老公？"他的声音很有磁性，他将手里的手帕扔到了一旁的垃圾桶里，动作随意。

阮鸣夏含笑："我没有随便叫男人老公啊，我只叫你。"

Part 9

"秦先生。"侍者将秦有鹤的卡送了回来，秦有鹤接过卡的时候，目光瞥到了阮鸣夏的手腕。

她纤细的手腕上缠着厚厚的纱布，大概是刚才那个男人太用力，纱布被血晕透了，但是，阮鸣夏仍旧是一脸笑意讨好地看着他，丝毫没有察觉到自己手腕上出血了。

她就这么想要讨好他？

"有工夫想着怎么讨好我，不如重新去包扎一下手腕。"秦有鹤的话不冷不热，他扔下这句话后就转身离开了酒吧。

阮鸣夏低头，这才看到了自己手腕上渗出来的血。他这是在关心自己？

她不死心，快步追上了秦有鹤。

暮色酒吧门外，秦有鹤走到了黑色的幻影旁边，打开车门坐进去的时候，阮鸣夏趁其不备打开了副驾驶座的车门，坐了进去。

她系上了安全带，端坐在车内看着秦有鹤。

秦有鹤眼里有吃惊也有不悦。

“出去。”

“我的身份证在秦宅，没有身份证的话，我没有办法找酒店住。你应该不忍心看我一个女孩子露宿街头吧？”阮鸣夏假装无辜，目光清澈的样子让人无法拒绝。

她说得有理有据。

秦有鹤沉着眼，最终还是妥协了。

“拿完你的身份证，离开我的视线。”这是他最后的忠告。

阮鸣夏暗自吐了吐舌头，她怎么可能会离开他的视线？她从奥本监狱回来就是为了嫁给他。

车内，阮鸣夏的手腕不断地在流血，原本匆忙拿在手上的纸巾都被浸润了，她怕弄脏车内的真皮座椅，改用衣服的衣角捂着纱布，生怕被秦有鹤赶下车。

但是血腥味难以掩饰，渐渐在空气中蔓延开来，浓郁而呛鼻。

“你需要去医院。”

“不用了。”阮鸣夏摇头的同时手机铃声也响了起来，是山山打过来的，接听的时候，她因为手受伤没有拿稳手机，一不小心碰到了扬声器，山山的声音立刻在车厢内扩散开。

“阮阮，你怎么样了，到医院了吗？”

“到了……”手机滑落到了车座下面，阮鸣夏够不到，无法关掉扬声器。

“那就好！陆一浓这个女人可真不要脸，你一定要把秦有鹤拿下！出口气！”山山明显气疯了。

“山山……”阮鸣夏皱了一下眉心，眼角的余光瞥到一旁的秦有鹤眼里有一丝阴骘。

她倒吸了一口凉气，却根本拦不住山山。

“要不你再试一次？按照上次你的计划在他的水里下药，我就不信，生米煮成熟饭后，陆一浓还敢嚣张！”

Part 10

阮鸣夏在听到山山的这句话时，真的很想找个地洞直接钻进去……

“咳咳，山山，你记错了吧？我没有说过这些话啊。”阮鸣夏故作正经地开口，明显是欲盖弥彰。

正在开车的秦有鹤虽然脸色沉静，但是眉心里已有积压的不悦。

“你之前不是计划得好好的吗？先夜闯秦宅，然后下药，最后嫁给秦有鹤气死陆一……”

阮鸣夏倒吸了一口凉气，微微闭了一下眼睛：“先挂断吧，我待会儿再打给你。”

“好，我在家里等你！”山山非常轻快地答应了。

挂断电话之后，阮鸣夏只觉得车厢内一片死寂……

“咳咳。”阮鸣夏轻声清了一下嗓子，眼角的余光瞥向身旁的男人，“我朋友说话肆无忌惮的，别介意。”

“肆无忌惮的人，是你吧？”秦有鹤的嗓音淳厚，他握着方向盘的手很好看，骨节分明。

阮鸣夏咬了咬下嘴唇，讪笑：“我是开玩笑的。”

“开玩笑？”秦有鹤的话语带着一丝戏谑，但是他的脸上明明一丝情绪都没有。

她有些怕秦有鹤，这个男人好像永远一副高高在上的样子。

阮鸣夏扯了一下嘴角，故作妩媚地看着秦有鹤：“秦先生如果同意的话，我随时奉陪。”

她的话有些谄媚，自己听着都觉得浑身起了鸡皮疙瘩。

车子已然驶入了一个别墅小区，停靠在了秦宅的门口。

秦有鹤解开安全带，黑暗中，他目光深邃。

“为了钱这么不择手段，不脸红？”他说话的时候并没有看着阮鸣夏。

阮鸣夏解开安全带倾身靠近了一点秦有鹤，她现在把所有的赌注都押在了秦有鹤身上，绝不能出半点差错。

“能攀上秦先生这样的男人，女人都会觉得光荣而不是脸红吧？”阮鸣夏阿谀奉承地开口，车厢内空气循环不畅，她觉得有些窒闷，呼吸也很费力。

阮鸣夏几乎快要贴到秦有鹤的身上，她瞳仁干净，里面没有一丝欲望，脸上却装出一副很想让他碰她的模样，秦有鹤觉得有些可笑。

秦有鹤伸出长臂猛地将她纤细的腰肢揽入怀中，被这么一拽，她整个人快要扑倒在秦有鹤的胸膛上。

浓烈和炙热的男性气息扑面而来，混杂着他身上厚重的酒味。

秦有鹤在她眼中捕捉到了一丝惊慌。

“就现在吧，既然你这么想要。”秦有鹤低沉的嗓音带着一丝性感。

Part 11

阮鸣夏的眼中迅速闪过了一丝惊慌。

“这里……不太好吧？”

“随时奉陪，是你说的。”秦有鹤故意抓住了她的一句话不肯放。

阮鸣夏因为紧张睫毛微微颤抖着，却强作镇定的样子，落入秦有鹤的眼中显得有些滑稽。

秦有鹤身上的烟酒味很重，因为靠得近，他的气息都扑在了阮鸣夏的脸上，让她觉得鼻翼有些痒。她本是最讨厌身上沾满烟酒味的男人的，但是，莫名地，她对秦有鹤身上的烟酒味丝毫不排斥。

“有胆子在我水里下药，怎么没胆子在这里做？嗯？”秦有鹤的话很直接，直接到让她顿时面红耳赤。

阮鸣夏到底是没有任何经验的人，他随便一撩拨就已经喘不过气来了，生怕他下一秒真的在这里要了她。

“我、我还是很保守的。”阮鸣夏勉强挤出了一丝笑意。

她挣扎了一下，想要将手从秦有鹤的手中抽出来，稍微一用力，伤口处又出血了，血水从纱布里渗了出来，有些瘆人。

秦有鹤没有看到她的手在出血，依然吓唬着她。阮鸣夏伸手推了一把，手腕上渗出来的血全部沾到了秦有鹤的西装和衬衫上，连领带也被殃及。

秦有鹤借着秦宅门口昏黄的光线低头看了一眼自己身上的衣服，眉心沉了下去。

“对不起！”阮鸣夏道歉道得非常及时。

秦有鹤的眸色立刻变得冷厉了很多，他有洁癖，看到身上都是血迹的时候，自然是不悦的。

他直接下车，阔步走向了秦宅，将阮鸣夏一个人留在了车里。

阮鸣夏顾不上自己的手腕还在流血，用另一只手胡乱地捂住，匆忙地跟着秦有鹤进了秦宅，生怕被他扔下。

甫一进秦宅客厅的大门，阮鸣夏立刻上前伸手扯住秦有鹤的外套。

“你先脱下来，我帮你送去干洗店吧……”她紧张得忘记了手腕上的疼痛，伤口处的血已经淌到了臂弯处。

秦有鹤的目光落在了她的臂弯上，看到她紧张的脸色，觉得这个女人为了讨好他，大概是连命都不要了。

秦有鹤把西装外套脱下来，这衣服沾了这么多血，他是不会再穿了。

阮鸣夏则愧疚地攥着秦有鹤的西装，讷讷地站在原地。

秦有鹤拾起了一旁的钱夹，将钱夹扔到了阮鸣夏的手中：“拿了身份证，离开秦宅。”

阮鸣夏立刻伸手扶住了头：“啊……我的头好痛，我哪儿都去不了了。”

前一秒还满脸愧疚，下一秒又开始装模作样了。

Part 12

“我的手也好疼……”阮鸣夏原本真的是满心愧疚的，秦有鹤这身西装一看就价格不菲，被她弄脏了的确可惜。但是，一听他要赶走她，她就开始慌了。

她手上的伤口崩裂，暗红色的液体从纱布中不断地淌出来，空气中腥甜的味道越发浓烈。

“你用手走路？嗯？”秦有鹤丝毫不给她留情面。

阮鸣夏捏着身份证，垂首去看自己的手腕，有些触目惊心。秦有鹤这个人真是不懂得怜香惜玉，难怪身边几乎从来没有出现过女人。

“借几张纸巾，总可以吧？”阮鸣夏抿了抿嘴唇，打算先退一步。

敌进我退、敌疲我扰这个道理她还是懂的，对秦有鹤这种男人，她必须徐徐图之，不能心急。

秦有鹤阔步走到了客厅门口：“程伯。”

“先生。”管家程伯就在门外，听到秦有鹤的声音很快走进来，看到阮鸣夏的时候有些吃惊，他记得这个女人，是这么多年以来唯一一个堂而皇之地闯进秦宅的人。

“去请私人医生。”

“是。”

阮鸣夏心下一惊，还以为是自己听错了。

“秦先生不必如此兴师动众，一点小伤死不了。”阮鸣夏用纸巾捂着伤口，淡淡地笑了一下。她在纽约奥本监狱的时候，跟监狱里的女人经常发生摩擦，因为瘦弱经常被欺负，擦伤出血是常有的事，这点伤她并不在意。

“不用摆出一副楚楚可怜的样子，我不吃这一套。”秦有鹤的话冷淡至极，他伸手扯了一下领带，骨节分明的手触碰到衬衫的领口，解开了两粒扣子，衬衫领口微微敞开，让他看起来多了几分慵懒和随性。

阮鸣夏颔首不语，她知道她再说什么落在秦有鹤的耳朵里都是别有用心，虽然，事实上她也的确是图谋不轨。

十分钟后，医生赶到了。

医生是个模样干净的男人，典型的医生长相，他一边帮阮鸣夏处理伤口，一边打趣坐在一旁抽着烟的秦有鹤。

“有鹤，激情固然重要，但也要懂得克制，不要玩那么多花样。”他这句话一出口，阮鸣夏的脸顿时红了。

Part 13

医生说的话虽然不是很直白，但是大家都是成年人，怎么会不明白其中的意思？

阮鸣夏的耳根子红透了，滚烫炽热。

秦有鹤有些不耐烦：“好了？”他竟然也不解释。

“快了。”医生比秦有鹤年长，在秦宅担任私人医生已经多年，自然同秦有鹤的关系也较为亲近，话也说得多了些，“这么多年，我还是头一次看到秦宅出现女人。”

这句话既是说给秦有鹤听的，也是说给阮鸣夏听的。

这话落入了阮鸣夏的耳朵里，秦有鹤这个男人看来是真的洁身自好，身居高位却不拈花惹草的男人，如今已经是少之又少，更何况还长着这样一副好皮囊。

“这些纱布我给你留下，你自己换药可能有点难，到时候让有鹤帮帮你。”

阮鸣夏颔首：“谢谢医生。”

医生离开之后，秦有鹤将烟蒂掐灭在烟灰缸里，清冽的烟草味扑面而来。

“你可以走了。”

“我有点饿了。”阮鸣夏皱眉。

“阮鸣夏，你不要得寸进尺。”秦有鹤的声音里隐隐含着怒意。

管家刚好走进来：“厨师买了一些新鲜食材准备明天做早餐，先生需不需要吃消夜？”

“要。”阮鸣夏含笑，直接替秦有鹤回答了。

“阮鸣夏。”秦有鹤起身，厚重的气场让阮鸣夏瑟缩了一下，但她还是硬着头皮开口。

“我吃完就走，晚上在饭店都没怎么吃东西。”

秦有鹤的眉心沉了沉，管家见状就当作是秦有鹤默许了，立刻让厨师去照办了。

秦有鹤转身上了楼，将她一个人留在了客厅里。

十几分钟后，管家端了一碗面走出来，面无论是卖相还是香味都很好，阮鸣夏深吸了一口气，觉得自己在秦宅里蹭医治又蹭吃的特别不害臊。

她刚吃了一口面，就看到秦有鹤走下楼来，他刚刚洗完澡，身上穿了一件普通的居家睡袍，漆黑的头发上还有水珠。

“还没走？”

“秦先生，我能在这借住一晚吗？付费的那种。”

第三章

我给你一颗糖，你给我一颗杧果，一起甜甜的好不好？

Part 1

“秦宅不留外人。”秦有鹤冷冷地扔了一句话给她。

“未来秦太太也算外人？”

“你是想让保镖送你走，还是警察？”

阮鸣夏闻言微微皱眉，连忙换了个话题给自己找台阶下：“我手腕疼，拿不住筷子。”她从没同人撒娇过，只是学着别的女人撒娇的模样，虽然自己都觉得恶心，但她还是强忍着开口。

阮鸣夏的意思是，让秦有鹤喂她。

“那就饿着。”

“……”

门在这时被人打开，陆琛匆匆忙忙地走进来，手中拿着几份厚厚的紧急文件。

“先生，您要的文件。”当陆琛看到客厅里坐着的女人时，明显吃了一惊。

“阮小姐？”陆琛脱口而出的同时打量了一眼桌子上的面条，他的猜测果然没错，先生对这个女人不一样。

秦有鹤伸手拿过文件走到沙发上坐了下来，开始签字批阅。

阮鸣夏朝着陆琛浅浅地笑了一下，她一边吃面，一边看向秦有鹤。

他只是随意地穿着睡袍，浑身上下却透出禁欲和沉敛的气息。秦有鹤手中握着万宝龙钢笔，翻页的时候发出簌簌的声音，落在阮鸣夏的耳朵里竟分外好听。

程伯又端了一碗面过来，脸上是藏不住的开心：“秦宅好久没这么热闹过了，老先生要是知道了，一定很高兴。”

秦宅一向冷寂，鲜少会有外人被邀进来，女人更是没有。

程伯的话让一旁站着等秦有鹤签完文件的陆琛忍不住憋笑，低声咳嗽了一下。

程伯的话其实很直白，秦宅常年没有女人来，老先生要是知道秦有鹤带女人回来了，一定会很高兴。

秦有鹤没有理会，将签署完的文件递给了陆琛：“把她带走。”几个字里透着不耐烦。

陆琛走到阮鸣夏面前时，她刚好吃完面条，起身淡淡笑了一下，牵动着嘴角的梨窝。

“秦先生，晚安。”阮鸣夏不是不懂得进退的人。

她不想被秦有鹤从秦宅赶出来，那样显得太难堪了。

反正，来日方长。

陆琛是开车来的，秦有鹤的话他不敢不照办：“阮小姐，我送你回家吧。”

“没事，我打车。”阮鸣夏礼貌地笑了一下，也不等屋里的人再说什么，兀自走向秦宅的大门，很快消失在众人面前。

陆琛有些吃惊，这个女人在先生面前一副热络娇嗔的模样，面对其他人时浑身好像又清冷了许多。

阮鸣夏的性子原本就很寡淡，她从秦宅出来才感觉肩上的包袱轻了许多，她不由得深吸了一口气，伸手拦了一辆出租车。

“去南城医院。”

南城医院，顶楼 VIP 病房外，阮鸣夏出示了身份证，护士才给她开了病房的门。

病房里没有开灯，她走到床头打开了一盏床头灯，灯光昏暗，却足够让她看清楚病床上躺着的人。

“承泽，姐姐来看你了。”

Part 2

阮鸣夏看着病床上五官英俊的男孩，心里好像被什么东西堵住了。

这是她同母异父的弟弟陆承泽，也是陆一浓的孪生弟弟。几年前，她开车带着陆承泽出门，没想到路上和一辆大卡车相撞，陆承泽变成了植物人，而她只受了一点皮外伤。

这么多年她对陆承泽一直心存愧疚，在陆家，陆承泽是唯一一个真心实意对她的人，经常一口一个“姐”地追在她后面跑。

阮兰心本就不待见她这个“拖油瓶”，加上那场车祸的发生，阮兰心就更加疏远她了。

“以后我就留在 B 市了，可以经常来陪你。你一定要早点醒过来，好吗？”

阮鸣夏低声开口，伸手轻轻抚摸着陆承泽的手背。

话音刚落，门口传来了女人清冷高傲的声音：“阮鸣夏，你少在这里装出一副好姐姐的样子！当年出车祸的时候，你怎么不帮他挡灾？”

阮鸣夏不需要抬头就知道来人是陆一浓。

陆承泽是陆一浓至亲的孪生弟弟，小时候陆承泽更喜欢追着阮鸣夏跑，惹得陆一浓吃醋吃得紧，一再同阮兰心撒娇让阮鸣夏少踏进陆家，而那个时候，陆一浓才六岁。

人心啊，果然是三岁看老。

阮鸣夏起身走到陆一浓的面前，面色清冷：“明天你会收到一张伤残鉴定书和一份律师函。”

陆一浓秀气的柳叶眉略微皱了一下，平心而论，她完全继承了阮兰心的美貌，一张脸上挑不出半点瑕疵。

“妹妹不会连医药费都不愿意出吧？”阮鸣夏的嘴角挂着若有若无的笑意。

“这么需要钱？从小靠着救济金长大，穷怕了？”陆一浓挑眉。

“是啊，我非常缺钱。听说妹妹想买下秦氏旗下的一块地皮作为新办公室的用地？巧了，我也想买。”阮鸣夏目光清澈，眼里带着讽刺。

陆一浓脸上的讥笑越发明显：“你以为你买得起？那块地，至少要三千万。”她知道阮鸣夏身无分文，但是同时也惧怕她真的买下那块地重操旧业，阮鸣夏在设计方面的天赋要比她高很多，“另外，那块地是秦氏旗下的，我是秦先生的未婚妻。”

“是吗？我还是未来的秦太太呢。”阮鸣夏扯了一下嘴角。

Part 3

陆一浓听到这句煞有介事的话时，冷笑了一下，权当阮鸣夏是在气她。

笑话！阮鸣夏怎么可能成为秦太太？

“几年不见，姐姐说大话的本事见长嘛。当初你将慕呈延追到手了又如何？我勾勾手指，他就跟我上床了。”陆一浓像是看可怜虫一样看着阮鸣夏。

慕呈延……曾经的一幕幕迅速地在阮鸣夏的脑中闪过。

阮鸣夏的脸色微微变了变，指甲深深地嵌入了掌心。她眼眶微热，鼻尖酸痛，但还是强忍着难过盯着陆一浓。

“抢了姐姐的男人是一件很值得炫耀的事情吗？妈妈从小把你带在身边当成名媛培养，也不见得家教有多好。”

“我有爸妈教，你呢？”陆一浓眉眼含笑。

阮鸣夏强忍着心里的难受，父母这个话题一直是她的痛处。念书的时候，她跟陆一浓在同一个学校，阮兰心只会参加陆一浓的家长会，江颂年身处政界，更没有时间参加一个拖油瓶女儿的家长会。从小，她阮鸣夏就像是被丢来丢去的皮球。

阮鸣夏深吸了一口气，凝眸看向陆一浓：“陆一浓，你真是我的好妹妹。”

“阮鸣夏，陆承泽需要静养，请你出去。”陆一浓终是按捺不住要赶她走。

阮鸣夏勾了勾嘴角，走到病床前俯身轻轻地吻了一下沉睡的陆承泽，便越过陆一浓推开门走了出去。

出了病房，阮鸣夏的情绪一下就崩溃了，两年无故的牢狱之灾和陆一浓的嘴脸不断地出现在脑海中，阮鸣夏强撑着精神打了一辆出租车，去了山山的公寓。

阮鸣夏睡前收到了慕呈延的一条短信："听山山说你在酒会上被欺负了？抱歉，没有招待好你。"

她原本是不想回复的，但到底是没忍住："欺负我的人是陆一浓，慕总舍得帮我出头吗？"

阮鸣夏发完短信直接关了机，她再也不是当年那个会傻傻等待他回复信息的小女孩。

翌日下午，阮鸣夏简单地化了淡妆，随后打车去了槟城酒店。

她要去见一个人。

Part 4

槟城酒店二楼。

根据江牧霆的交代，阮鸣夏直接去了包厢，侍者礼貌地帮她开了门，包厢里有十几个人，空气里烟雾缭绕。

阮鸣夏见状微微皱眉，强忍着不适走了进去。

她一进门，几乎所有人都停了下来，偌大的包厢里忽然出现了一个年轻漂亮的女人，难免令人讶然。

"哟，张总，您请客还请了女人来？一个怎么够？"一个满面油光的中年男人吐出一个烟圈，眼睛直直地盯着阮鸣夏，说出的话粗俗不堪。

张总看到阮鸣夏的时候愣了一下："我没叫女人啊。"

阮鸣夏拿着手包走到江颂年的身旁，拉开椅子坐了下来，这个位置原本是属于江牧霆的，但是为了配合她，他找借口去了洗手间。

"爸爸。"阮鸣夏浅笑着看向江颂年。

江颂年看着阮鸣夏与他有几分神似的脸时，眉头紧蹙。纵使他平日里再怎么喜怒不形于色，此刻脸色也变得十分难看。

“你怎么来了？”江颂年已经有两年多没见过这个女儿。当年阮鸣夏入狱，他刚好升任外交官大使，在这种节骨眼上，他断然不会跟这个声名狼藉的女儿扯上关系。江颂年不仅没有派人为阮鸣夏打点，甚至禁止江牧霆伸出援手。

“我想爸爸了，就来了。”阮鸣夏含笑，佯装乖巧地挽住了江颂年的手，将头轻轻地靠在了江颂年的肩上，“爸爸难道不想我吗？”阮鸣夏一口一声“爸爸”叫得在场所有人都惊呆了。

张总见场面尴尬，连忙端了杯酒站起来：“既然是江大使的女儿来了，我们喝一杯表示欢迎！”

江颂年极好面子，沉稳中带着睿智，他自然不会拂了张总的好意。

阮鸣夏松开了江颂年，拿起筷子吃了一口龙井虾仁，嘴角始终保持着浅浅的笑意。

“胡闹！你知不知道这是什么场合？！”江颂年刻意压低了声音，酒场喧闹，旁人只当是父女二人在耳语家常。

闻言，阮鸣夏的心还是止不住地凉了一下，呵呵，见亲生父亲一面竟像做贼。

“知道啊，所以在这么重要的场合里，爸爸您千万不能把我赶出去。”

Part 5

“你要干什么？”江颂年沉声开口，脸色又难看了几分。

“借我三千万，”阮鸣夏说完又添了一句，“我会还的。”

“三千万？我是从政的，哪里来这么多钱？”江颂年果然一口回绝了她，“你妈妈呢？为什么不向她去要？”

阮鸣夏的心再次沉了沉，从小到大都是这样，一旦她有什么需要，江颂年就把她推给阮兰心，阮兰心又将她推给江颂年，最后谁都不理会她……

“爸爸，我坐了两年牢，出来您就这样对我？”

“今天的场合很重要，如果你不想让我丢人的话，赶紧离开。”江颂年声音低沉严肃，如同在训斥下属。

阮鸣夏拿着筷子的手颤抖了一下，顿时胃口全无。哪怕她不为目的而来，江颂年也会觉得她让他丢脸，不是吗？

江颂年开始同人应酬，将阮鸣夏晾在了一边。

她一早就知道自己是自讨没趣，但是来之前心里还是存了一丝对父亲的念想，现在看来，到底是她异想天开。

在阮鸣夏失神之际，包厢的门被侍者打开，所有人都放下酒杯站了起来，朝出现在门口的人露出了笑意。

阮鸣夏对这种笑脸再熟悉不过了：谄媚、阿谀、讨好。

能让在场的人不约而同地停下手中动作的，必然是商场上的大鳄。

她没再花过多心思去关注，兀自低着头，想要潇洒离开，但是也想跟江颂年多待一会儿，毕竟这是她两年多没见的父亲……

身旁的江颂年也笑着同来人敬酒，他向来清高，极少人能够入他的眼。

“秦先生，还以为您不会来。”

秦先生？阮鸣夏愣了一下，在B市，能够让江颂年恭恭敬敬叫一声“秦先生”的，大概也只有他了……

阮鸣夏还来不及反应，一道黑色的身影就在她的身旁坐了下来，略微熟悉的气味扑面而来。她眼角的余光瞥到男人棱角分明的侧脸，心脏瞬间紧缩了一下。

Part 6

虽然阮鸣夏想方设法地接近秦有鹤，但她绝不希望在这样的场合下遇到他……

她坐在江颂年的身旁，狼狈而落寞。

江颂年起身同秦有鹤敬酒：“秦先生卖我个薄面，喝一杯吧。”

阮鸣夏不禁愕然。在政界位高权重的江颂年面对秦有鹤时都如此战战兢兢、毕恭毕敬，看来秦有鹤的背景远比她跟山山调查出来的要深得多……

秦有鹤并没有起身，只是端起酒杯朝江颂年点了下头，浅浅地喝了一口。

阮鸣夏的心都快要提起来了，她希望秦有鹤选择性眼瞎看不见她……

然而，她很快就感觉到身旁有道清冷的目光落在自己的身上，随即又很快移开。

秦有鹤这是装作不认识她？

张总也端了一杯酒迎了上来："百闻不如一见，没想到秦先生这样年轻，真是英雄出少年啊。"

秦有鹤也不说话，只是端着酒杯回敬。

从头到尾，秦有鹤都没有开口说话，空气里弥漫着一丝丝尴尬的味道。张总将目光投向了阮鸣夏，似是在找话题："江大使的千金今年几岁了？"

"二十六岁。"阮鸣夏佯装淡定地回答。

"有男朋友了吗？"

"没有。"阮鸣夏的语速不快不慢。

张总一听，眼里立刻放出精光："改天到张叔叔家吃饭，小儿同阮小姐年纪相仿，你们年轻人一定有话聊。"

阮鸣夏看了一眼秦有鹤，他正在喝酒，筷子始终没有拿起过。

"好啊，求之不得。"阮鸣夏含笑，故意说道。

张总顺势拿出一张名片递给阮鸣夏："江小姐，这是小儿的名片。"他没有注意到一旁的江颂年脸色很快黑了下来。

"谢谢张叔叔。"

所有人都认为阮鸣夏应该姓"江"，却不知她这位身处政界要职的亲生父亲为了跟前妻生的女儿撇清关系，让她姓了阮。

这声"江小姐"，听得阮鸣夏心里一阵苦涩。

阮鸣夏找借口去了趟洗手间，她看着镜子里微微泛红的眼眶，一次次地压下涌上喉间的哽咽，才敢走出来继续面对包厢里的那些人，不料正面碰上了一个熟悉的身影。

Part 7

阮鸣夏勉强扯出了一抹笑意："巧啊，秦先生。"她一点都不喜欢这样的巧合，在她最狼狈的时候撞见他。

"江大使的千金？你的身份还真多。"秦有鹤拿起烟塞到了嘴里，熟稔地点燃。

“秦先生对我的身份应该了如指掌才对。”

秦有鹤看着阮鸣夏牵强的笑意，深吸了一口烟：“之前急不可耐地想做秦太太，一转眼就收了人家儿子的名片。你到底撒了多大的网，想捕多大的鱼？”

阮鸣夏仰头看着他，两人之间隔着薄薄的烟雾。她难得地听到秦有鹤说这么长的话。

“怎么，秦先生吃醋了？”阮鸣夏稍微靠近他一点，伸手抚上了他西装的衣领。

秦有鹤的眼里瞬间升腾起一抹深深的厌恶。

“我只是不想张总下不了台阶，秦先生要是不喜欢，我以后不收了，好不好？”阮鸣夏很识趣地放下了手，又开口继续说，“他毕竟是我爸爸的朋友，我不好拂了人家的面子。”

“你爸爸似乎并不喜欢你。”秦有鹤一针见血。

“我爸妈都不喜欢我，我这么可怜，秦先生要不要行行好喜欢我一下？”

“好好说话！”秦有鹤终于受不了她阴阳怪气的语调。

“好的，秦先生。”阮鸣夏抿唇笑了一下，“秦先生能不能帮我一个忙？”

“嗯？”

“我需要三千万，秦先生能不能装成我的男朋友？我爸爸看在秦先生的面子上，兴许会给我这笔钱。”

“秦先生，可以吗？”见秦有鹤不说话，阮鸣夏又鼓起勇气问了一次。

“这就是所谓的好好说话？”

“……”

秦有鹤敛了神色，没有正面回答阮鸣夏的问题，转身阔步离开了长廊。

阮鸣夏皱眉，她就知道秦有鹤不会这么好说话。

Part 8

刚回到包厢，张总立刻朝阮鸣夏走过来。

“江小姐，给你看我儿子的照片。”在张总递给阮鸣夏手机的同时，一只手状似无意地碰掉了他的手机。

张总惊了一下，俯身去拾时，一双皮鞋出现在他的视线里，力道不轻不重地踩在手机上，似是意外。

“抱歉。”秦有鹤手中端着红酒杯，淡淡地开口。

待秦有鹤挪开了脚，张总这才拾起了手机，他连擦都不敢擦就直接握在了手里，一脸谄媚地同秦有鹤说话：“秦先生，不好意思，挡着您的路了。”

阮鸣夏看着这一幕说不出心里是什么感觉。果然，人人对秦有鹤都是如此，包括她。

“擦擦嘴巴。”秦有鹤突然递给阮鸣夏一条手帕。

阮鸣夏顿时有些莫名其妙，但她还是乖乖地接过了手帕，并下意识地拿出手机照了下脸。

“哦。”刚才她同张总说话的时候吃了一点蛋糕，有蛋糕残留在了嘴角。

一旁的张总看到这样的情景，默默地揣着被秦有鹤踩脏的手机离开了他们的视线。

“故意撞掉张总的手机，是不想让我看他儿子的照片吧？”阮鸣夏嘴角噙着笑意。

“意外。”男人简单干脆地扔了两个字给她，好像多说一个字都是浪费。他单手插兜，转身过去开始同江颂年喝酒。

阮鸣夏仍旧安坐着看江颂年和秦有鹤喝酒，心里有着疑惑，依照秦有鹤的性子，让他出现在这样的应酬场合，根本不可能。

酒过三巡，房间里的烟味越来越重，阮鸣夏忍不住咳嗽。但是，她必须等到江颂年离开才行，这三千万，今天无论如何都要拿到……

秦有鹤掐灭了手中的烟，声音平稳地开口：“喝酒。”

原本准备给他发烟的老总们立刻纷纷将手缩了回去，乖乖地掐灭了手中的烟。

Part 9

这场应酬持续了将近四个小时，结束时已将近深夜十二点。

阮鸣夏靠在包厢的角落里不知道什么时候昏昏沉沉地睡了过去，直到侍者的声音由远及近地在她耳畔响起。

“小姐，醒醒。”

阮鸣夏幽幽转醒后，发现包厢里只有几个服务员在打扫卫生，她没想到她的亲生父亲真的可以做到如此绝情，将她一个人扔在这里。

“他们走了多久了？”

“刚走。”

阮鸣夏闻言立刻起身快步走出了包厢。

槟城酒店门口，一群人簇拥着说说笑笑，阮鸣夏在人群里看见了江颂年的身影，连忙迎了上去。

“爸爸。”阮鸣夏能见到江颂年的机会少之又少，她到底舍不得放过这么好的机会。

江颂年的视线触及她后，脸色立刻沉了下去。他越过身旁烂醉的几个人，走向阮鸣夏。

槟城酒店门口的灯光很足，阮鸣夏能够清晰地瞧见江颂年脸上的厌恶和不耐烦。

“既然从监狱里出来了，就好好过日子，你是成心想毁了我的声誉，是不是？！”江颂年借着醉意，说出的话更加难听。

阮鸣夏没有沾酒，头脑仍旧清醒：“爸爸不借给我钱，我怎么好好过日子？”

她不由得攥紧了拳头，指甲深深地嵌入了掌心当中。

“去找你妈。你以后别出现在我面前，也别想着让你哥带你来见我。你哥刚刚升任外交官，不能跟你这个妹妹有牵扯，明白了吗？！”

江颂年说完，并不等她回答，径直走到一辆黑色轿车旁坐了进去，车子很快扬长而去。

阮鸣夏看着江颂年的车子离开，眼眶有些滚烫。

小时候，爸妈离婚，她就是这样看着阮兰心的车子和江颂年的车子分道而驰，把她一个人扔在了年迈的奶奶身边，无人问津。

她鼻尖酸涩，眼睛瞬间被水雾浸湿，刚想离开，却看到一道颀长的身影站在电梯口。

Part 10

阮鸣夏本想打退堂鼓，但一想到陆一浓……她还是选择大着胆子跟随秦有鹤踏入电梯。

她仰头对上他漆黑的眸子时，脊背上莫名传来一阵寒意。

明明是她自己跟着进来的，现在她却有些害怕……秦有鹤的眼神好像要将她吸纳吞噬一般，几欲将她看穿。

"怎么不跟着你爸爸走？"秦有鹤的声音比平日里的显得更加淳厚，带着很浓的鼻音，大概是酒后的缘故。

偌大的电梯里只有他们两个人，秦有鹤略微靠近了一些，阮鸣夏故作镇定地站在原地，脸颊因为空气不流通闷得微微泛红。

"我爸爸把我一个人扔下了，秦先生要不要带我回家？"

秦有鹤伸手习惯性地扯了一下领带，他喝了不少酒，看着这张娇俏的小脸有点心痒。

"你确定？"秦有鹤的声音喑哑性感，他又靠近了阮鸣夏几分，在她的耳边低声开口时，她的心不由得慌乱了起来。

阮鸣夏咬了咬牙，心一横："嗯……"

秦有鹤的目光有些惺忪，落在阮鸣夏精致的耳垂上，她这副战战兢兢的模样让他越发心痒难耐。

他轻吻了一下她小巧的耳垂，阮鸣夏立刻觉得耳朵上传来一阵酥麻的感觉，像有一股电流一直穿透到了指尖。

秦有鹤明显感觉到了阮鸣夏的战栗和害怕，电梯门也在这时被打开，他直接将她拦腰抱了起来。阮鸣夏的身体瞬间腾空，惊慌之下，她伸手抓住了他的衬衫，手指指腹隔着衬衫触碰到他结实的胸膛时，她的脸颊顿时变得滚烫。

大家都是成年人，她很清楚接下来会发生什么，但这是她自己选择的，她没有退路。

秦有鹤抱着她阔步走到了总统套房门口，熟稔地开门进去，将她直接放到了床上。

他甚至没有开灯，房间里漆黑一片，有朦胧的月光从窗帘的缝隙中透进来落在阮鸣夏的脸上。

秦有鹤仔细地打量着眼前这张精致的脸蛋，含着醉意的眼睛略微眯了一下。

“不怕我不负责？”他声音喑哑，含着浓浓的欲望。

Part 11

阮鸣夏听到这句话的时候，恐惧和紧张感很快填满了整个心脏。

“秦先生名声在外，肯定是不愿让人看笑话的。”跟秦有鹤保持着这么近的距离，她的喉咙有些干涩。

“你是觉得，跟我亲热一晚，我就会给你三千万，还是会让你做秦太太？”

“这难道非得是一道选择题吗？”阮鸣夏觉得自己真是胆子大，敢在秦有鹤面前这么说话。

但当她想到秦氏那块黄金地皮时，还是退了几步：“如果非得二选一的话，三千万也行。”

秦有鹤眼里掠过了一抹厌恶。

下一秒，他冰凉的薄唇直接吻上了阮鸣夏殷红的嘴唇，不带半分感情，有的只是最浅显的欲望。

秦有鹤啃吻着她的嘴唇，湿热的吻含着浓烈的酒味和清冽的烟草味，气息混合在一起，冲击着阮鸣夏的鼻腔，让她的大脑有一瞬间变得空白……

这是没有任何感情的拥吻，房间里寂静得好像只剩下秦有鹤浅显的呼吸声。

秦有鹤的手掌落在阮鸣夏腰腹部位的时候，她脑中像是闪过了一道闪电，下意识地使出浑身力气猛地推开了他。

阮鸣夏慌乱地从床上起身，站在柔软的地毯上急促地喘着气，她没有什么接吻经验，连换气都不会，此时一张脸涨得通红，看上去狼狈而诱人。

秦有鹤的欲望刚被撩起却被打断，自然是不悦。

他伸手轻拭了一下嘴角，意味深长地看着阮鸣夏，她的眼睛不算大，却清澈有神，像小鹿的眼睛般无辜而纯净。

“怕了？”秦有鹤早就预料到阮鸣夏会临阵逃脱。

阮鸣夏的心咯噔了一下，胡乱地指了指洗手间：“我先去洗澡……”

她需要一点时间冷静一下。

送上门来的是她，临阵喊停的人也是她。

秦有鹤的身体有些燥热，他伸手解开了衬衫上方的两粒扣子，阮鸣夏放在桌上的手机在这时响起。

屏幕上显示着三个字：慕呈延。

Part 12

秦有鹤对这个名字并不陌生，慕氏新任总裁，勉强算得上是个商界新贵。

让他印象最深刻的是，那天在槟城酒店的长廊上，慕呈延同阮鸣夏的对话。

想到这里，秦有鹤直接挂断了电话，但是，对方不死心地又打了进来。

最终电话被接听。

慕呈延直接开口：“阮阮，我听你哥说你需要三千万？急着用钱，为什么不跟我说？你的账号给我，我马上让我的秘书给你转过去。”

秦有鹤的眸色深了几分。

“阮阮，你是不是还在恨我？我没别的意思，我只是想尽力地弥补你。”慕呈延的话说得很急，带着浓浓的愧疚。

“她在洗澡。”秦有鹤声音清冷，话语简洁。

慕呈延很明显地愣了一下，他没想到对方会是个男人，微微蹙眉：“你是？”

秦有鹤并没有回答他，而是直接挂断了电话，然后将阮鸣夏的手机关机扔到了一旁的床上。

阮鸣夏在淋浴的时候不断地告诉自己，秦有鹤今晚有需求，这是她最好的机会。

她正准备拿过浴袍穿上的时候，门忽然被打开，吓得她僵在了原地，瞪大眼睛看着闯进来的人。

“你怎么不敲门？！”阮鸣夏很快回过神来，赶紧用浴袍胡乱地遮住自己的身体。

虽仅仅是几秒钟的时间，但来人早已将她一览无遗。

秦有鹤的眼里没有太多的情绪，倚在门口看着她惊慌失措的眼睛：“勾引的戏码要演就演全套，先是急不可耐地想爬上我的床，现在又开始装纯情少女？”

阮鸣夏被他说得耳根子通红，半天才扯了扯嘴角：“那，秦先生喜欢哪种？”

秦有鹤最不喜欢的就是她这副故意讨好的样子，他冷冷地扔出一句话：“穿好衣服，出来。”

阮鸣夏愣了一下，但还是按照他说的，乖乖地穿好衣服走出了浴室。

套房的客厅内，秦有鹤正在抽烟，见她出来才掐灭了烟，空气中残留着还未散去的烟味。

阮鸣夏发现秦有鹤已经穿戴整齐。

“不继续了吗？”她有些吃惊，虽然她没有经验，但也清楚男人的欲火一旦上来，是很难被扑灭的。

“既然不想，就别装出一副很想的样子。”秦有鹤的话说得很直接。

他径直走向了门口，阮鸣夏也很快跟上他，离开了套房。

地下车库内，秦有鹤走到黑色的劳斯莱斯幻影旁边，将车钥匙扔给了紧随其后的阮鸣夏。

“你开车。”

“去哪儿？”

Part 13

秦有鹤打开了车门，阮鸣夏即使心存疑惑也还是乖乖地坐上驾驶座。

“安全带。”秦有鹤安坐在副驾驶座上，提醒道。

“哦。”

“去秦宅。”秦有鹤的声音听上去有些疲倦。

“嗯？”秦宅？阮鸣夏难以置信地转头看着秦有鹤。

“你不是很想去吗？”

阮鸣夏心里一喜，眼角眉梢都是抑制不住的欢喜，秦有鹤竟然主动邀她去秦宅！

秦有鹤抽出一根烟的同时摇下了车窗。

“秦先生，在车内抽烟是对女士的不尊重。”阮鸣夏侧头对秦有鹤“委婉”地提醒了一句。

“看路。”秦有鹤蹙眉。

“哦……”阮鸣夏暗自吐了吐舌头，当她开到槟城酒店门口时，前面有车子堵住了去路，她只好减慢了速度。

不远处，有一道目光正落在阮鸣夏开的黑色劳斯莱斯上。

“怎么了？”江牧霆见慕呈延有些出神，问了一句。

慕呈延将目光收了回来，神色有些恍惚：“应该是看错了。”他好像看见阮鸣夏坐在黑色的劳斯莱斯内。而这台车的主人，是他父亲都未曾谋面的南城权贵秦有鹤。

他觉得肯定是自己心里念着她，所以看错了。

秦宅门口。

阮鸣夏将车停在了秦宅的院子里，她一边解开安全带，一边问：“秦先生是打算留我在秦宅过夜吗？”

话音刚落，车厢内一片寂静，阮鸣夏顿了一下，别过头才发现秦有鹤好像睡着了……

他闭着双眼，眉心平整，不似往日里那般严肃。

“秦先生？”阮鸣夏再次开口，但秦有鹤依然熟睡着。

她稍微靠近了一点，她还是第一次如此近距离地看着秦有鹤的脸。或许是因为从来没有这么安静地跟他相处过，阮鸣夏觉得车厢内的气氛好像变得有些奇怪。

秦有鹤侧脸轮廓分明，尤其是下巴的弧度很好看。他唇薄鼻高，这样的五官组合让人觉得有些冷冽。

“秦先生，”阮鸣夏伸手碰了一下秦有鹤的肩膀，“秦有鹤？”

第四章

海中月是天上月，眼前人也是天上人

Part 1

阮鸣夏见秦有鹤仍然没有反应，以为他睡得沉了，便大着胆子伸手戳了一下他的脸："秦有鹤，到家了。"

当她准备再戳一次的时候，秦有鹤忽然睁开了眼睛。

"有没有人说过你很吵？"秦有鹤的眼里有被人吵醒的不悦，原本就淳厚的嗓音多了几分喑哑。

阮鸣夏被吓得不轻，手也僵在了半空中。

秦有鹤并不理她，阮鸣夏见他打开车门也连忙跟着下了车，直到走进秦宅，她都没想明白秦有鹤带她来做什么。

秦有鹤忽然停下脚步，阮鸣夏一头撞在了他笔挺的后背上，疼得她紧紧地皱起了眉心。

"啊……"

秦有鹤转过身来，伸手摸了一下她被撞红的额头。

阮鸣夏被他这个突如其来的举动惊呆了，下意识地后退了一步，但意识到秦有鹤是在察看她的额头时，心里不禁暖暖的……

秦有鹤这个人，也不总是冷冰冰的嘛。

“秦先生，你大半夜带我到秦宅来，我要是被你欺负了，你可就必须要负责了。”

阮鸣夏仰头看着秦有鹤，一双水灵灵的眼睛带着娇俏之色。

秦有鹤收回手，声音清冷：“你不是想做秦太太吗？”

“嗯？”阮鸣夏不敢相信，“你不可能这么轻松就答应。”

秦有鹤伸手解下手腕上昂贵的腕表，放到一旁的桌子上：“你的房间在二楼，管家会带你上去。其他的事情明天再说。”

阮鸣夏看着秦有鹤上楼的背影，有些发怔。

所以，秦有鹤这是答应她的态度吗？她又惊又喜，哪怕他不是真心的，也给了她一丝希望。

几分钟后，管家带着阮鸣夏上了二楼，并给了她一套全新的女式睡衣。她洗漱完毕，躺在床上给山山发了一张自拍照，附上文字：成功潜入秦宅，成为预备秦太太！

Part 2

翌日早上，阮鸣夏早早地起床给秦有鹤煮醒酒汤。

半个小时后，她端着刚刚熬好的汤走出厨房时，看到秦有鹤刚好从楼上走下来。

阮鸣夏愣了一下，她没想到秦有鹤会起这么早。

“早安，秦先生。”阮鸣夏笑意盈盈地跟秦有鹤打招呼。

秦有鹤穿着一身休闲运动装，最简单的剪裁和款式穿在他身上却显得很出众。这个男人简直是天生的衣架子。

“嗯。”秦有鹤只是冷淡地回应了一声，然后越过阮鸣夏到厨房拿了一瓶矿泉水喝了几口。

“你昨晚喝醉了，怎么一大早就喝冷水？”阮鸣夏脱口而出。

秦有鹤的目光浅浅地落在阮鸣夏的身上，她未施粉黛的样子清新又干净，的确是长着一张讨男人喜欢的脸。

阮鸣夏端起醒酒汤递到秦有鹤的面前：“我给你熬了醒酒汤，暖胃的，你要不要喝点？”她清澈的眸子看着他，语气轻柔。

秦有鹤从她手中接过醒酒汤喝了一口。

“怎么样？”她满脸期待地看着他。

“一般。”秦有鹤将碗放下，“我去跑步，等我一个小时。”

等他一个小时？哦，对，他昨晚好像是说今天有事情跟她说。

阮鸣夏含笑，看了一眼秦有鹤喝过的醒酒汤，心里竟然喜滋滋的。

为了等秦有鹤，阮鸣夏在秦宅客厅里干坐着，因为没有得到主人的允许，她也不敢开电视机或者做其他的事情。大概五十分钟后，门被打开，她没有多想，以为是秦有鹤回来了。

“你回来了？”

转身的同时，阮鸣夏才发现来人不是秦有鹤，而是一个老人。他一头银发，腰杆却笔挺，七十多岁的样子，精神抖擞。

老人看到阮鸣夏也愣了一下。

“您……您好。”阮鸣夏虽然含笑着跟老人问好，心里却莫名地紧张起来。

从厨房走出来的管家看到站着的两个人连忙介绍道：“阮小姐，这位是秦先生的爷爷。”

“爷爷好。”阮鸣夏礼貌地叫了一声。

原来是秦有鹤的爷爷，难怪眉眼间有点像，尤其是那股厚重沉稳的气场，秦有鹤简直跟老爷子如出一辙。

“老爷子，这位是秦先生的朋友，阮小姐。”管家又热情地介绍着。

老爷子的目光一直落在阮鸣夏的身上：“朋友？这小子总算知道带女人回家了！”

Part 3

阮鸣夏闻言倒吸了一口冷气，她还以为这个年纪的老人见到孙子一声不吭带着女人回家会不悦。

老爷子走到阮鸣夏身旁的沙发上坐了下来，吓得她愣愣地站在原地，不敢再说半句话。

“坐吧。”老爷子脸上没什么笑意，但口气是温和的，“阮小姐是B市人？”

阮鸣夏微微颔首：“嗯，爷爷叫我阮阮就行了。”

老爷子听着这一声“爷爷”心瞬间软了，朝一旁的管家赞许道：“有鹤这臭小子眼光不错，这丫头会说话。”

事实上，阮鸣夏的心已经提到嗓子眼了，她跟山山调查秦有鹤的时候并没有调查到他的家人，秦家的水到底有多深她也不清楚，现在光看老爷子的气场就不难猜测出，秦家不是一般的权贵人家。

晨跑结束的秦有鹤进门见到老爷子的时候并没有过多的惊讶，只是平静地换好鞋子走向他们。

“爷爷。”

“臭小子，我要是不来，你什么时候才肯带孙媳妇来见我这个老头子？！”老爷子对秦有鹤说话的口气虽然带着严肃，但也有几分宠溺。

秦有鹤的额头上渗出了细密的汗珠，他微微喘着气，看向阮鸣夏。她对上他漆黑的瞳仁时有些心虚，但她很快被秦有鹤的回答吓住了。

“我怕爷爷不喜欢。”

他这是……承认她是他的女朋友了？可是，她为什么没有任何如释重负的感觉，反倒是心虚感越发重了？

“我怎么会不喜欢？！这丫头嘴那么甜，一见到我就喊爷爷，比你之前找的那个叫什么的强多了！”爷爷声色俱厉地说。

阮鸣夏抓住了重点，老爷子说，秦有鹤之前找的那个？根据她的调查，秦有鹤的感情史几乎是一片空白的。

老爷子皱着眉心问：“打算什么时候结婚？”

阮鸣夏浅浅地吸了一口气，攥紧了拳头不要命地开口：“爷爷，有鹤说就这几个月。”

闻言，秦有鹤冷冷地扫了她一眼。

阮鸣夏觉得脊背有些发凉，为了能够嫁给秦有鹤，她觉得自己真是不害臊到家了。

老爷子显然对这个回答很满意，笑意一下子堆满了眼角。

“上楼。”秦有鹤对阮鸣夏说了两个字，转身上了楼，阮鸣夏朝老爷子笑了一下赶紧跟着上去了。

她跟着他走进了主卧，这是她第一次来秦有鹤的房间，灰暗的色调，最简单的装修风格，跟他一样看上去冷冰冰的。

“秦先生，有事吗？”

“刚才在爷爷面前叫我‘有鹤’，这会儿怎么改口了？”

Part 4

“秦先生想听，我以后可以每天这样叫你。”

秦有鹤缄默了数秒，倾身要靠近阮鸣夏一些的时候，她立刻往后躲了躲。

阮鸣夏噤若寒蝉的样子落入他的眼中像是一个小丑。

“刚才是谁跟我爷爷说这几个月要结婚的？怎么？结婚前碰都不让碰？”秦有鹤的话里带着讥诮。

“没拿到结婚证之前，我还是拒绝婚前性行为的。”阮鸣夏不自然地笑了笑，嘴角有浅浅的梨窝。

这个女人笑起来的确很撩人。

秦有鹤转身走到窗口前，背对着她脱掉了上衣。阮鸣夏看了一眼他紧窄的腰身，喉咙一紧。

他很快又转过身来看着她。

阮鸣夏的目光落在他的腰腹位置，性感的人鱼线映入眼帘……

秦有鹤将一张银行卡递到阮鸣夏的面前：“卡里有三千万。”

“嗯？”阮鸣夏讷讷地接过银行卡，清澈的眸子里带着一点惊讶，“给我的？”

“你可以不要。”

“谢谢秦先生。无功不受禄，三千万我怕是这辈子都还不清了，秦先生要不要考虑娶了我？”阮鸣夏始终没忘记要做秦太太。

秦有鹤精瘦的上半身有汗珠滑落，他微微蹙眉：“女孩子的脸皮怎么有你这么厚的？”

阮鸣夏含笑不语。

“今晚我爷爷八十大寿，你跟我一起参加。”秦有鹤说完，转身走进了洗手间。

阮鸣夏闻言之后愣了好几秒，让她参加秦老爷子的八十大寿，这意味着什么，她根本不用多想也知道。

十分钟后，秦有鹤已经换上了西装和衬衫，他扯了扯领带："晚上六点，维多利亚酒店，我不喜欢迟到。"

阮鸣夏闻言颔首："哦。你去上班吗？能捎我一段路吗？"

秦宅所在的别墅区并不好打车，上一次她拦了很久才拦到车。

"嗯。"秦有鹤没有拒绝，阮鸣夏跟着他下了楼。

老爷子正在客厅里看军事频道，见秦有鹤下来沉声开口："今晚准时到，别给我丢脸！"

"嗯。"秦有鹤点头。

阮鸣夏朝老爷子笑了一下。老爷子虽然没跟她说话，但脸色明显温和许多。

Part 5

车内。

"去哪儿？"秦有鹤发动车子，问阮鸣夏。

"CBD（中央商业区），顺路吗？"阮鸣夏看了一眼正在开车的秦有鹤，小心翼翼地问道。

"嗯。"

车子平稳地前行，车内的暖气很足，阮鸣夏的心情也变得惬意了很多。路上两人一句话都没说，阮鸣夏因为起得比平时早脑袋一直都是昏昏沉沉的。

当车子停靠在CBD附近的时候，阮鸣夏解开安全带，低声对秦有鹤开口："谢谢你，秦先生。"

这句"谢谢"指的不是他把她送到了这里，而是他借给了她三千万。

谁会平白无故地给你三千万？人都是有目的的，她心里清楚。

秦有鹤脸上的神色没有任何变化，阮鸣夏倾身靠近他，在他的脸上印下了一个吻，她的嘴唇绵软温和。

阮鸣夏像是做了坏事的小孩一样，匆匆打开车门下了车。

秦有鹤看着她落荒而逃的娇小的背影，脸颊上的温热仍在，嘴角的弧度变得缓和了一些，没有方才那么紧绷。

阮鸣夏来 CBD 是为了买下秦家的那块地，她怕晚了会落入陆一浓的手中，但没想到还是晚了。

“阮小姐，真的很抱歉，几分钟前这块地已经被人买走了。”工作人员的话让阮鸣夏有些崩溃。

“这么快？”阮鸣夏心里十分不甘，她就晚了几分钟而已。

“抱歉，对方出的价格是四千万。”

阮鸣夏深吸了一口气，准备继续追问买家是谁的时候，她看到陆一浓拿着一份文件从办公室里走出来，手挽着一个中年女人，同经理有说有笑的。

“恭喜陆小姐拥有这块地，希望陆小姐的工作室早日开张。”经理笑着对陆一浓开口。

陆一浓含笑：“谢谢。妈妈，谢谢你。”

“傻孩子，妈妈不为你还能为谁？”这道声音清晰而熟悉，让阮鸣夏浑身都颤抖了一下。

在纽约奥本监狱的两年里，她这位亲生妈妈没有来看过她一眼，她回到 B 市之后阮兰心也只不过是象征性地给她打了一次电话。

阮鸣夏的心紧紧地揪了起来。

“妈妈对我最好了。”陆一浓撒娇着。

阮鸣夏不由得鼻尖酸涩，在她厚着脸皮四处筹钱的时候，陆一浓只要撒个娇就能从妈妈手中拿到四千万，花高价买下这块地。

然而，阮兰心也是她的妈妈啊……

她深吸了一口气，不动声色地转身离开，没有惊动阮兰心和陆一浓二人。

阮鸣夏一路上都魂不守舍，失去那块地，她拿什么去跟陆一浓拼？

Part 6

滨海大厦。

山山陪阮鸣夏逛了不下十家店，腿几乎都要走断了，但是，阮鸣夏的热情尚存，不断地试衣服询问她。

“这件好看吗？”

“这件呢？”

“还有这件……”

“阮阮，秦有鹤忽然让你参加秦老爷子的生日宴，你就不怕他把你生吞活剥了？”

阮鸣夏看着镜子里的自己，微微抿唇：“I don't care。(我不在乎)”她说得很轻松。

“我怕他就是玩玩。”山山皱眉。

阮鸣夏静默了半秒才说道：“那……我也只能奉陪到底。”

“你喜欢他吗？”

这个问题让阮鸣夏一下子卡住了，她喜欢秦有鹤吗？

她跟秦有鹤相处的时间不算长但也不算短，她现在对他只有害怕。

“如果成了秦太太，我应该会慢慢喜欢上他。”阮鸣夏说的是实话，秦有鹤的魅力她从来没否认过。

山山叹气，最终帮阮鸣夏挑了一件有质感的淡紫色短款裙子，肩部是镂空的吊带款式，剪裁设计独特，阮鸣夏皮肤白，这件裙子更是将她衬得肤如凝脂。

走出这家店，山山拉着阮鸣夏拐进了阿玛尼的男装店，阮鸣夏有些疑惑。

“你来男装店干什么？”

“过几天……是你哥的生日。”山山的脸色透着不自然的红晕。

“啧啧……”

山山也不理她，兀自挑着衣服。

阮鸣夏顺手拿起一旁的领带，饶有兴趣地打量。

店员见状热情地上前介绍：“小姐，这款领带是今年的新款，全球限量六十条，适合事业有成的商务人士。”

事业有成的商务人士……阮鸣夏脑中想到的第一个人就是秦有鹤。

领带质地上乘，质感很好，颜色和款式都很适合秦有鹤。

“麻烦帮我包起来。”

山山听到了，转过身看向阮鸣夏：“你要将它送给你哥？”她想当然地以为是阮鸣夏给江牧霆买的生日礼物。

“我是要将它送给秦有鹤。”

Part 7

山山有点吃惊，阮鸣夏这副模样怎么瞧都像是在给男朋友买领带……

阮鸣夏怎么会不知道山山的心思，她漫不经心地解释道：“投桃报李的道理我还是懂的，他给了我三千万，我怎么也得有点回礼。”

“嘁！此地无银三百两。”

阮鸣夏一时有些心虚，也不再多说。跟山山分开后，她径直打车去了维多利亚酒店，换上了新买的礼服，又化了一个简单的裸妆，一个人坐在酒店会客处等秦有鹤过来。

下午五点五十分的时候，她看到秦有鹤的身影出现在维多利亚酒店的门口。

远远看过去，他一身剪裁得体的黑色西装，气质沉敛，刚好将他那种在商场上淬炼后留下来的气质衬了出来。人来人往中，他卓尔不群。

阮鸣夏忍不住心动了一下，但她很快就清醒了过来。

她深吸了一口气起身，踩着高跟鞋走到秦有鹤的身旁，酝酿了一下笑意后，上前伸手挽住了他的手臂，落落大方地开口：“秦先生，晚上好。”

秦有鹤看到阮鸣夏突然出现脸色平静，并没有过多惊讶。

他伸手扯了一下领带，似乎并不习惯她挽着自己。

“松手。”

“不松。”

秦有鹤的脸色微微沉了下去：“今晚你只需要安静地做个花瓶。”

阮鸣夏挑眉，一边走路，一边微微仰头看他：“秦先生想要成熟端庄型的，还是乖巧懂事型的？”

阮鸣夏当然知道他不是真心实意地邀请她来参加老爷子的寿宴。

秦有鹤睨了一眼身旁伶牙俐齿的女人，语调显得散漫：“管好你的嘴就行。”

“原来秦先生是想拿我当挡箭牌啊，你放心好了，今晚我不会让别的女人打扰你的。”阮鸣夏脸上保持着乖巧的微笑。

她明白，她跟秦有鹤算是踏出了第一步：彼此各取所需。

Part 8

阮鸣夏挽着秦有鹤走进寿宴举办场地的时候，心里还是有些忐忑的。

举办寿宴的场地采用的是非常低调的中式风格，名流攒动，有商贾，也有政客。山山曾调查过，秦有鹤的爷爷是政界赫赫有名的人物，只是早已退休，而且行事低调。

“秦先生会怎么向别人介绍我呢？”阮鸣夏含笑，仰头看着秦有鹤漆黑的眸子。

“别想太多，安分点。”秦有鹤的眉宇间扫过一丝不悦。

这时，迎面走来一个身高腿长的男人，他将剪裁得体的西装穿在身上，让阮鸣夏险些没认出来。

“啧啧，有鹤，你不厚道啊。”季邵从侍者手中拿了一杯香槟走到秦有鹤的面前，看到他身旁的阮鸣夏时，嘴角扬了起来，“当初我见你对人家冷冰冰的，怎么现在就美人在怀了？”

“季医生。”阮鸣夏礼貌性地笑了一下。

“阮美人还记得我？”季邵说道，“今天都跟着有鹤来见老爷子了，怎么，是打算公开了？”

阮鸣夏看了一眼秦有鹤，见他一副并不打算解释的样子。

“季医生这么急着吃喜糖？”阮鸣夏绕了个圈子，避免了尴尬。

季邵愣了一下，阮鸣夏的嘴是真厉害。

“秦先生。”

一道熟悉的声音自他们身后传来，阮鸣夏的脊背瞬间僵了一下。

是阮兰心。

阮鸣夏答应秦有鹤来这场宴会答应得太匆忙，忘了秦有鹤跟陆一浓之间是有婚约的。秦老爷子的寿宴，怎么可能不请陆一浓这个未来的孙媳妇来呢？

但是，老爷子好像并不知道秦有鹤有未婚妻，这点让阮鸣夏百思不得其解。秦有鹤明明知道她是阮兰心的女儿，也知道她跟陆一浓不对盘，为什么还要让她来？！

在看到秦有鹤眸子的那一瞬间，阮鸣夏就明白了他是故意的。

故意这样做？为什么？

一个又一个的疑惑萦绕在阮鸣夏的心中，挥之不去。

阮兰心走到秦有鹤的面前，身旁是小鸟依人一般挽着她的陆一浓。

今天的陆一浓格外光彩照人，一身浅蓝色长款连衣裙将她整个人衬得气质出众。她同阮兰心站在一起，五官如同一个模子刻出来的一般。

“秦先生，你好，我是阮兰心。这是我的女儿浓浓。”

Part 9

阮兰心端庄美丽，看起来不过四十岁出头，很难想象她已经有两个这么大的女儿。

“妈妈。”阮鸣夏的目光始终落在阮兰心的身上。

阮兰心听到这两个字的时候，脸色微变，这才发现秦有鹤身边的人竟然是自己的大女儿阮鸣夏。

“阮阮？”阮兰心微微皱眉，陆一浓的目光也落在了阮鸣夏挽着秦有鹤的纤细手臂上，原本得体的笑立刻僵在了那里。

到底姜还是老的辣，阮兰心知道这种场合不是多言的时候，很快敛了情绪：“原来秦先生跟我大女儿认识？浓浓说她怕生，没想到秦先生如此贴心。”

阮兰心句句都将陆一浓往秦有鹤身边推，可谓每个字都不浪费。阮鸣夏不禁在心里冷笑。

陆一浓暗自咬牙，蓦地想起当时在陆承泽的病房里，阮鸣夏曾说过：我还是未来的秦太太呢……

她只当是阮鸣夏在气她，但是，今天的情况让她瞬间有了危机感。

“浓浓，这位就是秦先生，你们订婚那么多年都还没见过。今天，秦夫人特地让你来，想让你们年轻人多说说话。”阮兰心状似无意地搬出了“婚约”。

季邵在一旁静静地听着，听到阮兰心的话后吹了一声口哨。

有意思。

今晚大概有一场好戏看了。

秦有鹤眼神平静地打量着阮兰心的小女儿。

陆一浓的脸和身材绝对都是一流的，妆容不重但是精致生动，估计找遍B市都找不出第二个这样的美人。

阮鸣夏注意到秦有鹤的目光，挽着他的手暗自在他手臂上用力地掐了一把。

秦有鹤感觉到阮鸣夏的小动作，嘴角扯了扯，她倒是着急。

秦有鹤嘴角上扬的弧度再加上他的目光一直落在陆一浓的身上，让陆一浓理解为秦有鹤应该是挺喜欢她的。否则，他怎么会看着她笑呢？

她含笑，眉目生动："秦先生，幸会。您比我想象中更加有魅力。"

阮鸣夏听到这样的话真想给陆一浓一个大白眼，但是，她面上仍保持着微笑："有鹤，我饿了，你带我先去吃点东西吧。"

她刻意地靠近秦有鹤几分，口气绵软地撒娇。

季邵忍不住低声笑了一下。

Part 10

秦有鹤看着阮鸣夏清澈的眸子，一眼就看穿了她的紧张和焦虑。

"失陪了。"这句话是秦有鹤对阮兰心和陆一浓说的。

陆一浓不由得僵了一下，目光落在阮鸣夏的身上，眼睁睁地看着她被秦有鹤牵着走向了一旁的餐饮区。

季邵也跟着走开了，陆一浓站在原地，有种被人扇了一巴掌的耻辱感。

阮兰心的目光定在阮鸣夏纤细的背影上，眉心紧蹙。

"妈，阮鸣夏为什么会在秦先生的身边？"陆一浓第一次被男人冷落，还是被自己的未婚夫，她的脸色有些端不住了。

阮兰心浅浅地吸了一口气，伸手拍了拍陆一浓的手背："沉住气。"

看不见陆一浓后，阮鸣夏紧绷的神经立刻松懈了下来，她虚脱了一样紧紧地抓着秦有鹤的手臂。

秦有鹤递过来一杯苏打水，她接过的时候手指甚至有些发抖。

“你明知道我妈妈会带陆一浓来赴宴，还让我来参加。你是故意的吗？”阮鸣夏的声音里带着难得的质问。

秦有鹤脸色微沉，室内华灯下，他的眸子显得越发深邃：“与其一个人狼狈地跟她们碰面，在我身边不是更有面子？”

他的话让阮鸣夏愣了一下。的确，在秦有鹤面前，只要她想演戏，他应该不会揭穿她，的确很有面子。

“那我是不是还要谢谢秦先生的煞费苦心？”

“交易互惠而已。”

他拿她当挡箭牌，让B市的人都知道秦有鹤有了心上人，各路莺莺燕燕就不会再来叨扰他。而她拿他撑场面，不至于在陆一浓和阮兰心面前丢脸。

本来就是彼此利用，交易互惠。

秦有鹤的态度不正是她梦寐以求的吗？但她隐隐有些不舒服，如鲠在喉……

“那还请秦先生不要在我面前看其他女人太久，我会吃醋的。”阮鸣夏阴阳怪气地说道，“演戏得演全套，是不是？”

秦有鹤看着阮鸣夏娇小白皙的脸庞，她说话的时候鼻翼微微颤动着，像一只剑拔弩张的刺猬。

“我去接一下爷爷。”秦有鹤低头看了一眼腕表上的时间，开口道。

“嗯。”阮鸣夏颔首。

在秦有鹤离开之后，阮鸣夏准备去找阮兰心，但她没想到阮兰心自己朝着她走了过来。

“阮阮，你怎么在这儿？”阮兰心一开口就是质问的口气。

阮鸣夏勉强挤出了一点笑意：“我是秦先生的女伴。”

阮兰心的脸色有些难看：“你明知道秦先生是你妹妹的未婚夫，将来是你的妹夫，你今天这么做，是想让妈妈下不了台吗？”

Part 11

阮鸣夏看着阮兰心端庄精致的脸，心里有些酸胀，她晦涩地笑了一下：“妈，我们两年没见面了，你一上来就这么质问我，偏心是不是偏得太明显了点？”

阮兰心今天穿着一身简单的黑色长款礼服，气质出众。她闻言恍惚了一下，说道：“你上次说你要有自己的家庭了，你要嫁人了，是要嫁给秦有鹤？”

阮鸣夏从一旁的餐饮区拿了一块蛋糕吃了一口，端着水晶小盘子，拿着小叉子淡淡地开口：“嗯。”

“阮阮，你要是想结婚，妈可以给你介绍B市的青年才俊。秦有鹤是你妹妹的未婚夫，妈妈知道你只是想气一下浓浓，所以才故意接近秦有鹤的，是不是？秦家的水太深了，连妈妈都摸不清，你别蹚这浑水。”

阮兰心在商场上混久了，话说得字字珠玑。

阮鸣夏拿着小叉子捣鼓了一下蛋糕，含笑看着阮兰心：“妈妈，是秦有鹤邀请我来参加他爷爷的寿宴的，不是我故意接近他。在你眼里，是不是只有你的小女儿才有资格嫁入名门，像我这样靠救济金长大的女儿，只能嫁给同等身份的男人？”

阮兰心皱眉，阮鸣夏从小牙尖嘴利，自己说一句必然被她反驳三句。

“妈妈只是不想看到你受伤，秦有鹤他……”

“爷爷！”还未等阮兰心说完，阮鸣夏深吸一口气，特别亲切地喊了正走进来的老爷子一声。

没想到老爷子看到阮鸣夏后，原本紧绷严肃的脸上立刻露出了笑意：“丫头，你来了呀！”

阮鸣夏没有理会阮兰心，径直走到了老爷子的身旁，秦有鹤也随着老爷子走了进来。

秦有鹤很自然地搂住阮鸣夏纤细的腰肢。

她感觉到他揽在她腰际的手是虚扶着的，并没有真正触碰到她的腰，这个男人的绅士风度果然是浸透到了骨子里。

老爷子一身笔挺的军装，阮鸣夏看到他的勋章时就大致明白了他的军衔，秦家是真正意义上的名门，难怪阮兰心挤破了头也要让陆一浓嫁进来。

老爷子笑着看着阮鸣夏：“来了就好，随便坐坐，待会儿吃饭的时候，坐到爷爷这边来。”

阮鸣夏含笑，她眼角的余光分明感觉到一旁的陆一浓此时正装作镇定，目光却直勾勾地盯着他们。

“好。”

陆一浓终于坐不住了，拿着 杯香槟走了过来，笑着对老爷子开口：“秦爷爷，祝您福如东海、寿比南山。”

老爷子看了陆一浓一眼，语气平淡：“你是？”

“我是秦先生的未婚妻。”

第五章

最美的年华，遇到了最毒舌的你

Part 1

陆一浓含笑看向秦有鹤，秦有鹤的目光只是在她精致的脸上扫了一眼。

秦老爷子的脸色却立刻沉了下去：“怎么回事？！”

秦有鹤棱角分明的脸上毫无波澜，陆一浓很快按捺不住开口道：“秦爷爷，这是我的姐姐阮阮，几个月前刚刚从纽约奥本监狱回来，我想秦先生应该是认错人了。”

陆一浓一句话，立刻将阮鸣夏推向了风口浪尖。

秦老爷子周围都是前来祝寿的人，议论声很快此起彼伏。

“真没想到啊，看上去漂漂亮亮的，竟然坐过牢。”

“啧啧，果然人不可貌相啊！”

……

阮鸣夏挽着秦有鹤的手有些颤抖。

“秦先生，我姐姐性格鲁莽，这几天是不是打扰到秦先生了？”陆一浓含笑的时候眉目甚是好看。

“我挺喜欢她的。”秦有鹤平静地弯了弯嘴角，说出的话却让人震惊，“反倒是陆小姐，我怎么没见过？”

“秦先生，浓浓是你的未婚妻啊，这是当年你父亲在世的时候订下的婚约，秦家难道想悔婚吗？”阮兰心在这么多人面前说出这句话，相当于间接公开了秦有鹤和陆一浓的婚约。

阮鸣夏实在是听不下去了，她也是阮兰心的亲生女儿，却得不到半点来自母亲的维护。

“秦先生，我去一下洗手间。”阮鸣夏发现秦老爷子看她的目光明显有所不同了。

也怪不得他，毕竟没有哪个名门大户愿意接受一个有前科的女人。

阮鸣夏匆匆忙忙地跑到洗手间，拿冷水不断地洗脸，想要让自己冷静一下。她的双手撑在洗漱台上，许久之后，身后传来一道熟悉的声音。

Part 2

阮鸣夏转过身直视着陆一浓漂亮的眼睛：“从小到大，什么东西你都要跟我抢，还不许我抢你的未婚夫了？”

“阮鸣夏，你还要不要脸？！”陆一浓人前那张温婉大方的脸终于绷不住了。

“我不要脸啊。两年前入狱的时候，我的脸不就已经丢尽了吗？但是没关系，等我做了秦太太，谁会在乎我要不要脸呢？”阮鸣夏靠近陆一浓，继续说道，“两年前你爬上了我男朋友的床，现在我抢了你的未婚夫，这只是以其人之道还治其人之身而已。别摆出一副深宫怨妇的模样。”

说罢，阮鸣夏踩着高跟鞋故作潇洒地离开。

陆一浓气得愣在原地，随后恨恨地拿出手机拨通了慕呈延的号码。

“你在哪儿？”

“有事？”慕呈延的口气显得有些不耐烦。

“阮鸣夏现在在维多利亚酒店，你要不要过来？”陆一浓眼里陡然升腾起意味不明的笑意。

“你要干什么？”

“我只是好心提醒一下你，她现在喝多了，来不来随便你。”

“你别动她！”

“我怎么动她？来不来一句话！”陆一浓收线，嘴角微微扯了一下。

阮鸣夏回到宴会的时候，秦有鹤正在应酬。

“秦先生。”她上前伸手扯了扯他西装的一角。

秦有鹤转过身来看向她：“有事？”

“我想先回去了。”

秦有鹤拿出一张房卡递给阮鸣夏：“先去房间休息，晚点我送你回去。”

她到底还是找不到理由拒绝秦有鹤，只好颔首，然后转身走向电梯。

阮鸣夏上了六楼的套房，刚刚准备休息时，门铃被按响了。

“客房服务。”

“好，等一下。”阮鸣夏打开门看到侍者端了一杯牛奶站在门口。

“请问是阮鸣夏小姐吗？秦先生让我给您送一杯热牛奶过来，让您趁热喝。”侍者嘴角挂着甜美的笑容，阮鸣夏没有想太多，微笑着接过杯子。

她关上门，喝了几口牛奶，嘴角不自觉地浮起了一丝笑意。

但是很快，她就泛起了困意，脸上也浮现出不自然的红晕。

阮鸣夏觉得有些燥热，猛地喝了几口冷水之后仍旧觉得浑身发热，最后干脆脱掉外套躺到了床上，迷迷糊糊地睡了过去。

大概过了半个小时，阮鸣夏被一阵门铃声吵醒，她强撑着燥热的身体走到玄关处开了门。

“慕呈延？”看到站在眼前的人时，阮鸣夏不禁皱了皱眉。

“阮阮，你喝多了？”慕呈延伸手想去触碰阮鸣夏，却被阮鸣夏躲开了。

“别碰我！”

慕呈延也不恼，推着阮鸣夏进了房间并关上了房门。

“你一个人在酒店很危险，我送你回家吧。”

“请你出去。你再不出去，我就喊人了！”阮鸣夏的呼吸有些紊乱。

阮鸣夏开始觉得不对劲……

“那杯牛奶是不是你让人送过来的？你到底在里面放了什么？”

慕呈延微愣：“什么牛奶？”

阮鸣夏只觉得身上越来越难受，她不想跟他争执，伸手想要推开他：“你出去……”

慕呈延看着脸颊绯红、眼底有晶莹泪花的阮鸣夏，有些不能自控，他俯身想要吻上阮鸣夏的红唇，被阮鸣夏飞快地躲过，只从她的脸颊轻轻一擦而过。

“阮阮，这两年我很想你……”慕呈延紧紧抱着阮鸣夏，阮鸣夏没有一点抵抗的力气，只能任由他抱着。

“慕呈延！你滚远一点！”阮鸣夏内心的恶心感一浪高过一浪。

慕呈延却像听不到她的话一般，将她直接抱起来走向床边。

当阮鸣夏的身体跌落在柔软的被子上时，她不由得紧张了起来，慕呈延接下来要做什么，她很清楚！

Part 3

慕呈延直接吻上了她瘦削的锁骨，在她的脖颈间流连。此时阮鸣夏脸庞绯红，一下子就激起了慕呈延的欲望。他原本并不想做什么的，但是当看到她通红的脸庞的时候，一时之间就难以自控了。

“阮阮，别闹。”慕呈延伸手抓住了她胡乱扑腾的手，声音低沉中带着一丝促狭，呼吸都变得湿热又厚重。

阮鸣夏脑中一片空白，她很清楚这个时候如果没有人来救她的话，她是没有任何力气去抵抗慕呈延的。

“别碰我……救命！”阮鸣夏开始大喊，但是不知道是不是她喝的牛奶当中的药物作用，她的声音都变得绵软无力起来。

慕呈延似乎是被她的叫喊声刺激到了，变得越发疯狂，他伸手直接覆在她柔软的腰际，让她浑身都战栗了一下。

“救命……慕呈延，你放开我！”

“阮阮，对不起……”慕呈延在阮鸣夏耳边低声呢喃，让她更觉得恶心。

阮鸣夏伸手想要推开他，却被他用力扣住了手腕。

慕呈延的呼吸越来越紊乱，他直接脱掉了西装外套，散开的衬衫露出了结实的胸膛。

阮鸣夏想要起身，浑身却酥软无力，即使上半身只剩下一件Bra，仍旧燥热不已。

那杯牛奶……果然有问题。

“救命……”阮鸣夏脑中发热，但仅存的理智告诉她，不能放弃，不能任由慕呈延摆布。

慕呈延双眼通红，额上有细密的汗珠，他这副样子让阮鸣夏越发紧张和不安。

他倾身过来想要扯掉阮鸣夏最后的防御，房门却在这时被打开，一道修长的身影出现在套房里。慕呈延的动作也随之被打断，在他还没有反应过来的时候脸上已经结实地挨了一拳。

“啊……”慕呈延跌到地上的样子狼狈至极。

秦有鹤拉过一旁的被子盖在阮鸣夏的身上。

阮鸣夏微微蹙眉，有些看不清眼前的人是谁，药物的作用让她的大脑渐渐迷茫了起来。

是秦有鹤吗？

“秦有鹤……”阮鸣夏试探性地低叫了一声，手紧紧地抓住他的手腕。

“别怕。”秦有鹤不着痕迹地抽出自己的手，转身看向慕呈延。

在那种时候被突然打断，换成是谁都难以忍受，慕呈延的眼里几乎要喷出火来：“你是谁？谁让你进来的？！”

秦有鹤挑眉：“在保镖进来之前，赶紧给我滚出去。”

Part 4

慕家在B市的地位算得上显赫，慕呈延从小过的也是百依百顺的日子，从来没有吃过半点亏。

他伸手擦了一下嘴角的血渍，脸色十分难看：“维多利亚酒店有慕氏入股，你凭什么把我赶出去？”

这句话宣示了他是慕氏继承人的身份。

秦有鹤拨了一通电话，声音里透着不耐烦：“进来。”

房里很快拥进来一批人，统一穿着黑色衣服，看样子是保镖。为首的人走到了秦有鹤的面前，沉声开口：“秦先生。”

“清理干净。”

秦有鹤扔下四个字，转身走向床边。

“是。”

几个保镖走至慕呈延的身边，一把扣住了他的手腕：“慕先生，恐怕您得跟我们去一趟警局了。”

慕呈延的神色显得有些慌：“凭什么？！放开我！我是慕氏集团的总裁！”

“您可以联系慕氏集团的法律顾问。”为首的保镖对慕呈延并不客气，直接将他推向门口。

“秦先生，我们先走了。”

“嗯。”

套房内总算是归于寂静，只剩下秦有鹤和阮鸣夏两个人。

阮鸣夏只觉得身上越来越热，她微微眯着眼，伸手朝眼前模糊的身影扑腾了两下，纤细的手腕立刻被一只有力的大手紧握住。

“好热……”阮鸣夏的声音像猫一样，挠得人心里痒痒的。

秦有鹤不禁蹙眉，他的脖颈很快被阮鸣夏纤细的手臂圈住，眼前的人目光盈盈：“秦先生，你帮帮我，我好热……”

阮鸣夏几乎是带着哭腔在说话。

秦有鹤看着她如同凝脂的皮肤此刻涨得通红，隐隐有些心痒。

阮鸣夏足够漂亮，此时含情脉脉地看着他，如水一般的身体不断地挑战着他的意志力。

“松开。”最后，秦有鹤冷冷地开口。

Part 5

阮鸣夏却紧紧地贴着他，几乎是跪在了床上，一点一点地靠近秦有鹤。

“秦有鹤。”喷在耳畔的声音绵绵软软的，带着撒娇和挣扎。秦有鹤的身体不禁产生了反应，他紧绷着脸，不发一语。

“我好难受……”阮鸣夏的哭腔更重了些，“秦先生帮帮我，好不好？”

“你不后悔？”秦有鹤皱眉。

但是，阮鸣夏此时什么都听不进去，她不顾一切地吻上了秦有鹤冰凉的薄唇。

阮鸣夏的吻技笨拙，在秦有鹤的唇边流连，撩拨着他的神经。

秦有鹤终于忍不住反客为主，加深了这个吻。

就在他伸手想褪去阮鸣夏最后的防御时，大脑却迅速地冷静了下来，他翻身坐了起来，俯身将阮鸣夏从床上抱了起来，向洗手间走去。

奈何阮鸣夏的手仍旧不安分地触碰着秦有鹤，试图解开他的衬衫。

“快点……”

秦有鹤的脸色黑沉得可怕，他将她抱到了洗手间后，打开了冷水淋浴，当冷水冲在阮鸣夏滚烫的身上时，她瑟缩了一下，下意识地想要钻进秦有鹤的怀抱。

“冷，我不要……”阮鸣夏像个撒娇的小孩躲避着周身的冷水。

秦有鹤任由她抱着，陪着她淋了半个小时的冷水，阮鸣夏才算是稍微安分下来。

用干燥的浴巾将她裹住后，秦有鹤拨通了前台的电话，当女服务员进门看到浑身湿透的两人时，羞红了脸。

“帮她换上睡裙。”秦有鹤倒是落落大方。

Part 6

服务员闻言，连忙手脚利索地开始帮阮鸣夏换衣服。

秦有鹤转身走进洗手间也换上了干燥的浴袍，出来的时候，服务员已经帮阮鸣夏换好了。

“先生，好了。”

“嗯。”秦有鹤颔首。

服务员走后，秦有鹤走到床边替阮鸣夏盖上了被子，他看着脸色依旧绯红的阮鸣夏，不禁蹙眉。

秦有鹤走到阳台抽烟时，秦老爷子的电话打了进来。

“你在哪儿？！”

“家。”

“今天那个陆家姑娘到底是怎么回事？！还有那谁……阮鸣夏，她坐过牢？”

“如果阮鸣夏真的有案底，爷爷还会让她进秦家的门吗？”秦有鹤深吸了一口烟，一时间云雾缭绕。

秦老爷子沉默了一下，再开口的时候依旧中气十足：“只要你喜欢，姑娘人好就行了。我看人准，阮阮那丫头应该没什么坏心思。”

秦有鹤听完，微微扯了扯嘴角。

没什么坏心思？阮鸣夏的坏心思还少吗？

翌日。

阮鸣夏醒来时只觉得头痛欲裂。

当她发现身上的衣服不知道什么时候换成了睡裙时，心里狠狠地咯噔了一下。

她只记得慕呈延来到这个房间，想要碰她，然后……然后她就什么都不记得了。

阮鸣夏心慌地下了床，赤脚踩在地毯上，有些不知所措。

客厅里似乎有细微的动静，她小心翼翼地走出了房门，映入眼帘的却是秦有鹤修长的身影，他正在煮咖啡。

浓郁的咖啡味道弥漫在空气里，秦有鹤看到阮鸣夏后，倒了一杯咖啡走到了她面前。

“早。”他的语气听上去毫无波澜，他穿着随性，不像平日里一本正经的模样，衬衫的扣子被解开了两粒，给他平添了几分慵懒气质。

阮鸣夏木讷地接过咖啡，微微瞠目：“你怎么在这里？”

“这是我开的房间。”

“昨晚……昨晚我怎么了？”阮鸣夏感觉自己的脸迅速地烧了起来，但她必须弄清楚慕呈延是怎么回事，后来又去哪儿了！

“你想听哪方面的？”秦有鹤好整以暇地看着阮鸣夏。

Part 7

“我想听……”阮鸣夏脱口而出却欲言又止。

“嗯？”

“那个……你回来的时候有没有遇到慕呈延？”

“谁？”许是刚起的缘故，秦有鹤的声音越发显得淳厚。

阮鸣夏皱眉：“上次在酒店的走廊，那个男的……”她觉得不用说得那么明白，秦有鹤一定知道她在说什么。

秦有鹤神色如常：“没见过。”

这个人在撒谎！

阮鸣夏也不恼，她走近秦有鹤，总算问出了心中最大的疑惑：“那我身上的睡裙是谁换的？”

“你脸上写着‘是不是你’四个字。”

闻言，阮鸣夏有些心虚地垂首，白皙的脸颊透着红晕，衬得气色很好。她伸手拢了一下睡裙的领子，心里当秦有鹤是默认了。但一想到是秦有鹤帮她换的睡裙，阮鸣夏就觉得浑身起了鸡皮疙瘩，而且怎么也消散不了。

“昨晚……你……我……没有发生什么不该发生的事情吧？”阮鸣夏指了指秦有鹤，又指了指自己。

秦有鹤伸手正了一下领带，居高临下地看着眼前战战兢兢的女人：“你不是一直很想做秦太太吗？现在害怕会不会太晚了？”

阮鸣夏清了清嗓子，眼神飘忽：“我哪有怕……我才没有害怕……再说了，像秦先生这种身份地位尊贵的人，肯定会负责任的。我……我有什么好怕的！”

“我爷爷挺喜欢你的。”

“啊？”

“你不是想嫁给我？”秦有鹤的口气依旧淡淡的。

“这跟你爷爷喜不喜欢我有什么关系？”阮鸣夏不解。

“想成为秦太太，必须要得到我家人的欢喜，才能撑得起场面。”秦有鹤将婚姻说得像是一场交易，让阮鸣夏觉得有些刺耳，但原本想要将婚姻当作交易的人，是她呀……她有什么资格不高兴呢？

等等，秦有鹤这话……

“你的意思是，你要娶我？”

“娶？不用说得这么好听，只是去民政局领个证的事。”

阮鸣夏从纽约回来后，做梦都想嫁给秦有鹤，但真到了这一刻，她却有些恍惚了。

“我嫁给你是为了钱和权，那你娶我是为了什么？”

“你的妹妹我看不上，你比较顺眼。”秦有鹤声音低沉，“就像你说的，我需要一个秦太太。”

“哦，一个有名无实的秦太太。”阮鸣夏扯了扯嘴角，说不上是高兴还是无奈，“这样再好不过了，什么时候去领证？”

Part 8

“不急。”

阮鸣夏拼命地按捺住自己焦急的心情，她要矜持、矜持……

见秦有鹤并不想继续这个话题的样子，阮鸣夏默默地回房换衣服，再出来时，看到秦有鹤似乎要走，她心里一急。

“秦先生方便捎我一程吗？”

“嗯。”秦有鹤颔首，长腿迈向玄关处，阮鸣夏立刻像跟屁虫一样跟了上去。

电梯降至一楼大堂的时候，阮鸣夏到前台拿了一个寄存的纸袋，然后着急地跟上了秦有鹤的步伐。

秦有鹤开车的速度不算慢，但是很稳。

“你平时住哪里？”

“住在我朋友家，就是我现在要去的地方。”阮鸣夏并没有撒谎，她的确是住在山山的公寓里。

“到了收拾一下行李，晚上我来接你，去秦宅。”秦有鹤话语平静，听起来像是在叮嘱小孩子。

阮鸣夏点头，对于入住秦宅这件事，她是很积极的。

但是，很快，她又忍不住作死地开口问：“在领证之前，我能住客房吗？”

“客房很多，随你选。”

也对，一个挂名的秦太太，他怎么可能有兴趣碰？

“哦。”阮鸣夏点了点头，没有再说话。

车子停靠在山山的小区门口时，迎面驶来一辆黑色卡宴停在了不远处，阮鸣夏觉得车牌号码有些眼熟，这不是江牧霆的车吗？

他怎么会在这里？

在阮鸣夏疑惑之际，一张名片被递到了她的面前:“上面有我的号码。”

回过神来的阮鸣夏很快接过名片，名片设计得很简单，只有秦有鹤的名字和一串手机号码，低调，却金贵。

“哦。”阮鸣夏推开门下车，“晚上见。”

“嗯。”

看到秦有鹤的车离开后，阮鸣夏才走向江牧霆的黑色卡宴。

她走近敲了敲车窗，车窗很快摇了下来，露出江牧霆的脸庞，沉稳清俊，却蹙着眉。

“哥，你怎么在这里？”

“阮阮，你怎么会在那辆车上？”江牧霆当然知道那辆车的主人是谁，那串车牌号，当年在 B 市拍出了两千万的高价。

阮鸣夏一时没想好怎么同江牧霆解释自己跟秦有鹤的关系，只好扯开话题：“你先回答我啊。”

“山山说有东西要给我。”

“山山对你可真好，什么时候让她做我嫂子？”

Part 9

江牧霆没有说话，手机铃声却响了起来。

“喂，嗯，我是。什么？”江牧霆蹙眉，“我马上过去保释他。”

阮鸣夏皱眉：“保释？谁啊？”

“慕呈延。”

“他……出什么事了？”想起昨晚模糊的记忆，阮鸣夏隐隐觉得有事情发生，她装作平静地问了一声。

“警局是以性骚扰的罪名拘留他的，我现在得过去保释他。”

“我跟你一起去！”虽然阮鸣夏并不想见到慕呈延，但她还是想弄清楚到底发生了什么。

江牧霆没有拒绝，只当是阮鸣夏在关心慕呈延。他始终觉得自己的妹妹对慕呈延的感情没有改变，毕竟当年的事情他再清楚不过了。

阮鸣夏打开副驾驶座的车门坐了进去，山山正好从小区里跑了出来，她将利落的短发扎成了乱糟糟的丸子头，俏皮又可爱。

“牧霆，这是我给你买的……”山山话说到一半才发现坐在车上的阮鸣夏。

“未来的江太太，你好呀。”阮鸣夏打趣道。

山山的脸瞬间涨得通红，剩下的话一个字也说不出来。

“谢谢。”江牧霆接过山山手中的纸袋，“改天一起吃饭，把事情商量一下。”

山山的脸色迅速变得苍白，她当然清楚江牧霆指的事情是什么，紧张地回答：“等我忙过这阵子，再说吧。”

“好。”江牧霆向来不喜欢强人所难。

“路上小心，我……我先回去写代码了。”

山山说完便慌慌忙忙地转身跑走。

阮鸣夏有一种错觉，山山瘦小的背影仿佛随时都会被风吹走。

“哥！”

“走吧。”江牧霆并不给阮鸣夏再往下说的机会。

江牧霆将车开得很快，两人很快到了警局。

阮鸣夏跟着江牧霆进去的时候，看到了在拘留室内站着的慕呈延。

拘留室环境简陋，慕呈延除了脸色有点疲惫之外，依旧温润如初。

只是许多事情到底是不一样了。

慕呈延看到阮鸣夏后，神色微变，脸上有惊讶，也有紧张。

Part 10

“阮阮……”慕呈延低低地喊了一声。

阮鸣夏浅浅地吸了一口气，面对慕呈延，她还是做不到心无波澜。

警察打开了拘留室的门，慕呈延走出来时，阮鸣夏下意识地往后退了一步，想要跟他保持距离。

“慕总，昨晚你在哪儿？”

但是阮鸣夏还是鼓足勇气问出了心里的疑惑。当她看到慕呈延略带愧疚的眼神时，她就明白秦有鹤在骗她。

“你听我解释。”慕呈延不由得有些慌。

“你说。”阮鸣夏的口气瞬间转为淡漠，眼里只有讽刺。

“昨晚陆一浓给我打电话，说你喝醉了，我不放心你，才去了维多利亚酒店。”

陆一浓……

果然是她。

阮鸣夏现在彻底明白了事情的始末。

“所以你就乘人之危？”一想到昨晚，阮鸣夏的脸色越发难看起来。

“我……”慕呈延原本想继续解释，但话到了嘴边还是咽了下去，他看了看一旁正在签署保释文件的江牧霆，“等我出去再好好跟你解释。”

局长却在这时出现：“抱歉，慕先生，您现在无法被保释。”

慕呈延有些急了：“我的律师马上到。”

“律师来了也没用，现在不能放人。”局长显得有些为难，但语气是不容置疑的。

阮鸣夏静静地站在一旁，若有所思。

在B市敢随便动慕家的人并不多，而慕呈延这样的贵公子哥是怎么被送来警局的，不难猜到谁是幕后之人。

除了秦有鹤，没有第二个人。

江牧霆放下笔询问慕呈延：“你到底得罪谁了？”

慕呈延的目光移向阮鸣夏，阮鸣夏则一脸无辜：“你看我干什么？你觉得我有这么大的本事把你送进警局还不让你出来？”

“你跟秦先生，是什么关系？”慕呈延也不再绕弯子。一想到昨晚，他就觉得那是自己莫大的屈辱。

在昨晚那种情况下，他被硬生生打断还送进了警局，真是想想都十分丢人！

“你是说秦有鹤吗？”阮鸣夏嘴角含笑，细细咀嚼着“秦有鹤”这三个字，“男女关系。”她的直接坦荡让一旁的江牧霆变了脸色。

“你怎么会跟他扯上关系？”

“慕总能跟我亲妹妹扯上关系，我为什么不能跟别的男人扯上关系？”

Part 11

阮鸣夏的话直接而讽刺，她微微挑眉看着慕呈延，心里却是酸胀疼痛的。

慕呈延到底还是她的心头刺，即使过去了两年也还是拔不掉。说出这些话时，她才真正体会到什么叫“杀敌一千，自损八百”。

秦有鹤的助理陆琛不知何时也到了警局。此刻，警局倒是显得格外热闹。

“局长，这是酒店走廊上的监控资料，秦先生希望慕呈延在这儿待久点。”陆琛没有丝毫的避讳，当着警局这么多人的面这样说，让慕呈延立刻怒火中烧。

“这是法治社会，我要见我的律师！”慕呈延上前一把揪住了陆琛的衣领，但很快被一旁的警察拉开。

陆琛平静地看了一眼慕呈延，他伸手正了一下领带：“法治社会，一切依法处理。”陆琛挥了挥手中的录像带，嘴角扬着不易察觉的笑意。

“你！”

陆琛并不想再跟他多说，转而看向阮鸣夏：“阮小姐，你也在？”

“是啊，我来看看某些人是怎么被关起来的。”阮鸣夏冷冷地扔了一句话。

江牧霆冷了脸色：“阮阮，好好说话。”

慕呈延的眼眶有些发红，阮鸣夏走近他，压低了声音开口：“我真的没有想到，以往清高的慕学长，会在我面前控制不住自己。再有下次，秦先生是不会客气的。”

阮鸣夏说完，扭头走出了警局。

“阮阮！”慕呈延的眼睛越发泛红，他想要追出去，身边的两个警察却不给他机会，死死地按住他。

阮鸣夏走出警局后心情有些复杂，一方面因为慕呈延，另一方面因为陆一浓。

看样子，她得尽快成为秦太太。

阮鸣夏回到山山的公寓简单地收拾了行李后，坐在客厅里等秦有鹤来接她。

一直到夜里十一点还不见秦有鹤的身影，阮鸣夏只好硬着头皮拨打了他的电话，不料却被直接挂断了。

山山盘腿坐在沙发上写代码，看到愁眉苦脸的阮鸣夏，忍不住开口："被秦有鹤放鸽子了？"

"应该不至于吧？"阮鸣夏心里也没底。

"我的意思是，或许围在他身边的女人太多，他忘了接你这回事。"山山故意开玩笑，想刺激一下阮鸣夏。

"你不是说他身边没有女人吗？！"

第六章
红玫瑰成了蚊子血，白月光还是白月光

Part 1

山山的话让阮鸣夏隐隐觉得有些苦涩，但苦涩归苦涩，她还是很快摆正了自己的位置。

“我嫁给他只是图个名分，即使他外边有无数女人，也不关我的事。”

“最好是这样。”山山吐了吐舌头，“你的婚姻还真是清新脱俗。”

山山刚说完，阮鸣夏的手机就突兀地响了起来，看到是秦有鹤打来的电话，阮鸣夏很快按下了接听键。

耳畔传来秦有鹤低沉收敛的声音：“下楼。”

“哦。”

阮鸣夏挂断了电话，山山嗤笑：“你确定这是即将确定男女关系的两人的通话方式？”

“走了。等着我给你加鸡腿的日子吧！”

阮鸣夏没有理会山山的挖苦，拎着行李直接下了楼。

黑色的劳斯莱斯幻影在夜色里泛着金属的光泽，秦有鹤站在车外等

她，手中的香烟一明一灭。

“秦先生，晚上好。”阮鸣夏打起了十二分精神。她在下人生最大的赌注，必须全身心投入。

“你是服务员吗？每次见到我都要问好？”秦有鹤微微不悦，但还是掐灭了烟，从她手中接过行李箱放到了后备厢。

车子发动后，车内寂静无声。

“昨晚你见过慕呈延，对不对？是你把他送进了警局，对不对？”最后阮鸣夏忍不住打破了沉寂，一连向秦有鹤抛出了两个问题。

“嗯。”秦有鹤没有否认。

“昨晚谢谢你。”

如果不是秦有鹤的话，她昨晚可能就……

“不怕我欺负了你？”

秦有鹤沙哑的声音传到阮鸣夏的耳朵里简直柔软得不行，她有些紧张地咳嗽了两声。

“结婚后，我们不是来日方长吗？”

“你的意思是，结婚后，我可以随便欺负你？”秦有鹤好像从来不羞耻于表达自己的欲望。

阮鸣夏紧紧地交握双手，脸上却保持着沉静：“只要秦先生想，随时随地都可以。不会的话，我可以学。”

Part 2

“以后谨慎一些。”秦有鹤难得有耐心地说道。

“侍者说，牛奶是你让人送上来给我喝的。”阮鸣夏不满地反驳道。

“如果放了毒药，你也不动脑子就喝了？”

阮鸣夏听后笑眯眯地说道：“只要是秦先生给的，我当然喝。”

“我有没有说过，最不喜欢你这副样子？”秦有鹤蹙眉，他不想看到抓住机会就向他谄媚的阮鸣夏。

“哦。”阮鸣夏立刻乖乖地垂首不语。

夜色里的秦宅越发显得古朴，阮鸣夏跟着秦有鹤进门后，还觉得像是做梦一样。

她真的要住进秦家了……

“你的房间在二楼书房的旁边，洗漱用品和换洗衣物都是新的，还需要什么，再让管家添。”秦有鹤淡淡地开口。

“为什么我有一种被人包养了的感觉？秦先生不是第一次做这种事吧？”

“住进秦宅，不代表你可以打听我的隐私。”秦有鹤的口气陡然转冷，“当然，我也不会打扰你。”

“如果婚后秦先生外面有了别的女人，要跟我离婚，怎么办？”

“原来你想跟我过一辈子？”

“我……”阮鸣夏一下子被问住了。

秦有鹤解下手腕上的腕表，露出了结实有力的手臂肌肉。

“在各取所需的这段时间里，你只需要做好秦太太该做的事。合作结束，我们就离婚。”

阮鸣夏木然地听着，说不出心里是什么滋味。

“另外，跟慕呈延断了联系。”

Part 3

阮鸣夏忍不住笑道：“刚刚是谁说不会打扰我的？我跟谁联系，秦先生也要管吗？”

“秦太太需要干干净净的名声。”秦有鹤说得很直白，他不再看阮鸣夏，转身准备上楼。

“等等。”阮鸣夏开口叫住了他，“秦先生打算让慕呈延在看守所里面待多久？”

“怎么，舍不得？”秦有鹤停下脚步，并未回头看她。

“这件事情的罪魁祸首其实是陆一浓……”

“阮鸣夏。”秦有鹤站在离她几步开外的地方，语气冷厉，似是带着不悦。

“啊？”

“他昨晚差点上了我未来的太太，你说我应不应该让他待久一点？”

“……”

污秽粗俗的话语从秦有鹤口中说出来，却丝毫不让人觉得难听。

阮鸣夏张了张嘴巴，发现自己竟无言以对。如果继续说下去，无疑是在为慕呈延开脱，她即将成为秦太太，这样做到底是不理智的行为。

夜里。

阮鸣夏有些认床，睡得并不是很好，辗转反侧许久一直难以入睡，索性起身下楼倒水喝，顺手拿走了随身携带的药瓶。

她怕惊扰到秦宅其他人，所以并没有开灯，赤着脚摸黑走向了厨房。

走到厨房摸索着准备倒水喝时，她却碰到了一块硬邦邦的不明物体……

阮鸣夏惊吓之余，手中的药瓶哐当一声掉到了地上。

厨房的灯很快被人打开。

“闭嘴。”

是秦有鹤的声音。

“秦先生怎么不开灯？”阮鸣夏仍心有余悸，声音里微微透着颤抖。

“你大半夜下楼来，开灯了？”

他说得好有道理，阮鸣夏感觉自己又被噎住了。

秦有鹤俯身将药瓶拾了起来，脸色随即变得有些阴沉。

“你在吃安眠药？”

阮鸣夏伸手想要抢药瓶，秦有鹤却将药瓶扔进了一旁的垃圾桶里。

“你干吗扔我的药！不吃，我今晚睡不着。”阮鸣夏觉得秦有鹤简直不可理喻，她想把药从垃圾桶里拾回来，却被秦有鹤一把拉住。

“这都是什么坏习惯。”

“我在纽约奥本监狱睡不着的时候都靠安眠药，已经养成习惯了。”

Part 4

阮鸣夏脱口而出后，才惊觉她好像不应该在秦有鹤面前提这些……

那么不堪的过去，有什么好说的……

“那个……我是说我晚上睡不着。”阮鸣夏一时有些心虚，不知道现在挽救还来不来得及。

“你在监狱里，也有不穿鞋的习惯？”

“不是有地暖嘛，我就……没穿了……”阮鸣夏再次愣住。秦有鹤的脑回路到底是什么做的，话题转换得太快。

阮鸣夏说话间，秦有鹤已经一把将她抱了起来。

“你干什么……”

“睡觉。”秦有鹤蹙眉，“下次记得穿拖鞋，还有，扔掉那些安眠药。”

“管那么多……”

“你说什么？”秦有鹤的声音变得冷峻。

“我说秦先生真好。”阮鸣夏的嘴角勉强挤出了一点笑容。

秦有鹤抱着阮鸣夏走上了二楼的客房，客房里灯火通明，她这才看清了今晚的秦有鹤。

他眼里略有阴云，看上去似乎很疲惫，身上只穿了一件居家的睡袍，睡袍领口被她拽开了些，露出结实精壮的胸膛……

“不要让我再看到你吃安眠药。”秦有鹤将阮鸣夏轻轻地放到了床上。

“管这么多……”

阮鸣夏的声音不算低，秦有鹤原本已经走出数步，闻言又折了回来，放低身子逼近阮鸣夏：“我只有一根管，不多。”

“啊？”阮鸣夏一时没反应过来，仰头疑惑地看着秦有鹤。等明白过来他的意思后，脸立刻火烧一般，变得通红。

秦有鹤看起来像个绅士，实际上就是个……就是个斯文败类！

阮鸣夏呆立在那里不说话，直到秦有鹤离开才倒在床上，用被子蒙住了头。

门外，秦有鹤拨通了陆琛的电话。

“喂，先生。”

“无论用什么方法，半个月之内我都不想看到慕呈延从看守所出来。”

陆琛倒吸了一口凉气，不敢怠慢：“好。”

第二天一早，阮鸣夏接到了一个熟人的电话：“阮鸣夏，你凭什么抢我的地？！”

Part 5

陆一浓气急败坏的声音差点穿破了阮鸣夏的耳膜。

“我的好妹妹，姐姐不知道你在说什么。”

“那块地已经转到了你的名下，对方赔了一千万的违约金给我。阮鸣夏，你到底给了秦有鹤多少好处，他肯这么帮你？！”

陆一浓的一席话惊得阮鸣夏从床上坐了起来。她深吸了一口气，声音如常：“秦先生对我好，难道不是应该的吗？”

陆一浓从小争强好胜，此时被气得不轻：“我是名正言顺的未来的秦太太，不需要学你这种下作的手段。”

“我下作？寿宴那晚到底是谁下作？”

陆一浓闻言僵了一下，她没想到阮鸣夏这么快就怀疑到她的头上，但她也不打算否认：“姐姐一向喜欢慕学长，我只是帮姐姐一把。”

“我只喜欢秦先生。”阮鸣夏阴阳怪气地笑了一下。

话音刚落，门刚好被推开，秦有鹤站在门口，饶有兴味地看着她。

就算阮鸣夏脸皮再厚，此时也觉得有些尴尬，她匆匆挂断了电话，愣愣地看着秦有鹤。

“秦先生进来怎么不敲门？”

“这是我家。”

也对。

阮鸣夏穿着棉质的睡裙，款式比较保守，即使裙子到膝盖，也遮不住一双修长纤细的腿。

秦有鹤眼睛微眯，任由阮鸣夏在他脸上落下一个轻轻的吻。

“早安吻。”阮鸣夏说完后，耳根迅速地红了起来。

没等阮鸣夏退出几步，秦有鹤用力吻上了她的红唇。

Part 6

阮鸣夏被吻得晕乎乎的，大脑有片刻的“死机”。

秦有鹤应该是晨起抽过烟，他身上清冽的烟草味钻入了她的鼻子，她意外地觉得十分好闻。

秦有鹤的吻技很好，阮鸣夏笨拙地回应着他，她原本以为自己会排斥这种没有任何感情基础的接吻，但是当唇齿相抵的时候，她竟然有些享受，在秦有鹤松开她之后，甚至有些意犹未尽……

秦有鹤眼里有着明显的欲望，阮鸣夏一下子就紧张了起来。

“我……我去洗漱。”

但是，秦有鹤没有要放过她的意思：“刚才不是说只喜欢我，现在就想逃了？”

“秦先生自己说过，婚前不会……不会碰我的。”阮鸣夏壮了胆子才说出这么一句话。

“既然不想让我碰你，就别整天穿成这样在我面前晃。”

阮鸣夏低头委屈地看了自己一眼，她穿成怎样了？

“我穿得……还不够保守吗？”她特地选了一件棉质的睡裙，既没有凸显身材，也没有风情万种。

“秦宅除了你和我，还有别人，把腿遮起来。”

“哦。”行，这是秦宅，你说了算。

沉默半晌，阮鸣夏转身拿了一个纸袋。

“跟朋友逛商场的时候，觉得这个挺适合你的，秦先生要不要试一试？”阮鸣夏的嘴角噙着笑意。

秦有鹤瞥了一眼阮鸣夏手中的领带，凛冽的目光变得柔和了些，但语气仍旧冰冷：“赶时间。”

他准备离开的时候被阮鸣夏抓住了手臂，她温暖的掌心触碰着他，让他微微皱眉，不是厌恶，而是因为克制。

“试一下嘛，好歹我们也是未来的夫妻，你这么小气干什么？”

Part 7

秦有鹤僵在原地。

阮鸣夏顺利地解开了他的领带，换上了新的。

“领带很适合秦先生呢。”

“嗯。”

“这条领带，就当作是我谢谢你的帮忙。”阮鸣夏想到陆一浓的那番话，低声开口，“那块地，是你让人转到我的名下的吧？”

“你不是想要？”秦有鹤意味深长地看着她，阮鸣夏晨起未施粉黛的一张脸素净好看，五官分明又温柔。

“你对我这么好，我会被你宠坏的。”阮鸣夏不知道该怎么表达谢意，只好轻轻扯住了他的领带，故作撒娇地开口。

“阮鸣夏，再这样阴阳怪气地说话，我会考虑把你扔出去。”

阮鸣夏在心里嘀咕了一句：竟然还有男人不喜欢女人撒娇的？但是，她在表面上仍是恭恭敬敬的：“哦。”

早餐是简单的中式早餐，阮鸣夏吃了一点就放下了筷子：“秦先生今天去公司吗？能不能捎我一程？”

秦有鹤喝了一口粥：“这是第几次了？”她还真把他当成出租车司机了。

“每次都正好顺路嘛……”阮鸣夏嘟哝着。

秦有鹤看着阮鸣夏一脸委屈的样子，微微蹙眉，放下筷子起身：“我赶时间。”

他这是同意了。

“我很快的！”阮鸣夏忙不迭地跟着起身。

一路上，阮鸣夏都昏昏欲睡，她昨晚没有睡好，但还是想找负责人商量一下改造工作室的事情。

车子缓缓地在路上行驶着，很快就到达了目的地。

“谢谢，秦先生，我今晚可能要晚点回秦宅，晚上有点事。”

“什么事？”

“嗯，私事。”

“下车。”秦有鹤没有再追问。

“……”

这个人真是……

Part 8

阮鸣夏直接找到了开发商的负责人，负责人听到她的名字后立刻变得热络起来。

和负责人刚碰面，不料在场的还有另一个熟人。

阮鸣夏心里咯噔了一下，却还是笑着打招呼：“妈妈，好巧啊。”

阮兰心看到阮鸣夏并不感到意外，只是眼底更添了一分不悦。

“阮阮，怎么回事？！当初这块地是你妹妹买下来的，你怎么能抢你妹妹的东西？”阮兰心句句质问。

阮鸣夏淡淡地笑了一下：“妹妹从小到大抢我的东西还少吗？连妈妈也不例外。”

“你在陆家的时候，浓浓有什么，你就有什么……”

“是啊，妹妹用完什么就扔给我，她有什么，我也有什么。”阮鸣夏脸上仍挂着笑意。以前陆一浓会将自己玩腻了的洋娃娃扔给她，会将吃到一半就不想吃的泡芙扔给她……

阮兰心自知理亏，她对这个女儿的确是不上心，但她还是装作冷静的样子，用一双美丽的眸子看着阮鸣夏：“阮阮，就当是妈妈求你，把这块地还给你妹妹，好吗？她为了这个工作室已经准备一年多了。”

“哦，这一年多我在纽约奥本监狱，谁更苦一点？”阮鸣夏深吸了一口气继续开口，“这是秦先生送给我的礼物，我怎么好意思退回去？既然妹妹这么想要这块地，那就让她自己去跟秦先生说呗。”

阮鸣夏云淡风轻地说出这么一句话，陆一浓做的那些事情她并不想和阮兰心多说。她再委屈，阮兰心也不会替她多说一句话。

阮兰心伸手拉了拉阮鸣夏的手臂：“听话，你想要什么，妈妈都答应。”

“我希望妈妈跟爸爸复婚，我们一家三口生活在一起。”

“阮阮！”阮兰心的脸色立刻变了。

“怎么？”

阮心兰看得出来阮鸣夏是故意的。

“先不说这件事……”阮兰心深吸了一口气，“既然在这里遇到了，妈也不跟你绕弯子了，你许阿姨的儿子年轻有为，是个不错的青年才俊，你年纪也不小了，该考虑一下婚姻大事了。”

“妈，我跟了秦有鹤。”

阮兰心听了这话终于不再是方才端庄的模样：“秦先生跟浓浓的婚约是他父亲还在世时定下的。婚期定在浓浓二十四岁生日那天，还剩四个月就是浓浓的生日了，你就不能放过你妹妹吗？”

Part 9

“嗬，放过妹妹？妹妹放过我了吗？”

阮兰心把最好的东西都给了陆一浓，小时候是玩具、衣服、零食……长大后也要将最好的男人给她……

“阮鸣夏！”

“哎呀，妈妈，您放心，我会尽快和秦先生领证的。”

阮兰心的脸色顷刻间变得十分难看，半天说不出一句话来。

阮鸣夏深吸了一口气：“我先走了，再见，妈妈。”

阮鸣夏打车去了城北江宅参加江牧霆的生日宴会。

江牧霆为人沉稳，向来对这种高调喧闹的庆生方式都是不喜欢的，但耐不住发小的软磨硬泡，还是在江家别墅举办了一场简单的宴会，权当和朋友们聚一聚。阮鸣夏是江牧霆的妹妹，自然会到场。

阮鸣夏到江宅的时候，江家的管家江伯认出了她，显得有些激动：“小姐回来了？”

江伯在江家多年，以前阮鸣夏每次被阮兰心当皮球一样踢回到江家的时候，都是江伯在照顾她，自然而然地就跟他更为亲近。

“江伯。”阮鸣夏见到许久不见的江伯，眼眶有些湿润。

“这两年受苦了吧？怎么回来了行李都没带？不打算住下吗？”

“我今晚就是回来给我哥过生日。”面对江伯一连数个问题，阮鸣夏心里微微一暖。

阮鸣夏跟江伯浅聊了几句，觉得有些困倦。

“江伯，我去我哥房间里睡一会儿。”她可不指望她那亲爸爸会为她留房间。

没想到，这一睡就是几个小时。

“醒醒。”

阮鸣夏隐隐听到有人在叫她，睁开眼睛看到是江牧霆时，微微打了一个哈欠：“我睡了多久？”

“听江伯说，你睡了一下午。”江牧霆揉了揉她的脑袋，“快收拾一下，人都快来齐了。”

“好。”

阮鸣夏下楼后，客厅里已经满满的都是人了，他们都是江牧霆的朋友。

“阮阮，你真是越长越漂亮了！”江牧霆的一个朋友很快开口。

阮鸣夏温顺地应着：“谢谢。”

“你跟慕少打算什么时候结婚啊？”

Part 10

所有知情人都倒吸了一口凉气，只有始作俑者还愣在那里，他一直在国外，并不知晓这两年发生了什么。

阮鸣夏也不解释，而是笑着转移了话题：“今晚的主角可是我哥哥哟。”

“哦，对对……”有人顺着阮鸣夏的话打圆场。

热闹的气氛并没有因此而减弱，阮鸣夏其实并不喜欢这样的场合。她坐在一边思考着工作室的事情，又觉得山山不应该错过江牧霆的生日，她逐渐感到有些不对劲。

阮鸣夏掏出手机给山山打电话，见对方很快接通了，她心下才松了一口气。

“喂，今天我哥的生日宴，你怎么不来？这么好的机会，不把自己灌醉了送给他？”阮鸣夏不由得打趣山山。

“礼物已经送给他了，今晚我就不去了吧。”山山情绪如常。

“晚上我哥他们要去暮色酒吧喝酒，大概九点的样子，你自己过来哦，机会只有这么一次。”

阮鸣夏不给山山拒绝的机会，直接将电话挂断了。

吃过晚饭，一行人风风火火地出发去暮色酒吧。阮鸣夏一来不想扫了大家的兴致，二来想为山山制造机会，向来不喜欢这种声色之地的她，也就欣然前往了。

暮色酒吧。

阮鸣夏坐在吧台上喝了两杯莫吉托，想起上次来这里还是跟秦有鹤一起来的。

江牧霆也不喜欢热闹，他没有跟着大伙闹腾，而是安静地坐在阮鸣夏的旁边。

阮鸣夏额前的碎发落了下来，江牧霆顺手帮她拨开了头发。

不远处的季邵正好看到了这一幕，他微微扬了扬嘴角，拨通了秦有鹤的电话。

“有鹤，你现在在哪儿？”

“秦宅。”秦有鹤刚开完一个长长的会议，声音显得有些疲惫。

“你知道我在暮色酒吧看到了谁吗？”季邵满是玩味地开口，“我看到了你的小女友。”他不信秦有鹤会不为所动。

秦有鹤微微皱眉，他身边本来就没有什么女人，而季邵见过的，也只有阮鸣夏。

“嗯。”秦有鹤只是平静地回答了季邵。

“她身边还有一个男人，两人贴得可近了……”季邵喝得有点高了，唯恐天下不乱地继续煽风点火。

季邵说完，明显感觉到空气沉默了几秒。

秦有鹤的脸色黑了黑。

去酒吧陪男人喝酒就是阮鸣夏所谓的私事？

是季邵先挂断了电话，他没空知道秦有鹤是什么反应。只埋雷不排雷，才是他季邵的风格。

秦有鹤刚回秦宅，本来想洗个澡早些睡下，季邵打来的这个电话却惹得他有些心烦意乱。他扫了一眼通信录，才发现并没有存阮鸣夏的号码。

口口声声说要做秦太太，却连联系方式都不舍得留下。

这个女人真是……

秦有鹤烦躁地抓了抓头发。

阮鸣夏左等右等终于还是等来了山山，看得出来，她是精心打扮过的。

“山山，来这边坐，我哥说，没人陪他喝酒，很无聊。我有事要先走，你过来陪他。”

“阮阮……”面对阮鸣夏的刻意行为，山山一时有些尴尬。

“哥，你不会丢下山山在这儿的，对不对？山山没有安全到家，我可是不会放过你的哦。”

“嗯。”江牧霆淡淡地开口，没有拒绝。

阮鸣夏一个人走出了暮色酒吧，慢腾腾地走在路上，前面就是禄福斋，是B市有名的糕点铺。

秦有鹤的作息极其规律，这个时候应该在家了。阮鸣夏突然心血来潮想买点消夜回去，犒劳一下她的大金主。

回到秦宅已经将近十二点，阮鸣夏没想到，这么晚了，秦宅依然灯火通明，而秦有鹤就坐在沙发上，戴着金丝边框眼镜，正在看财务报表。

她忽然有种小孩回家晚了要挨骂的错觉……

“这么晚了，秦先生还不睡？”尽管心虚，阮鸣夏还是喜笑颜开地同秦有鹤打着招呼。

秦有鹤闻言放下了手中的报表，一双黑色的眸子紧紧地盯着阮鸣夏，让她忍不住不寒而栗。

“你也知道很晚了？”

阮鸣夏晃了晃装着消夜的袋子：“我去给你买消夜了。”

“还没嫁进来，就知道夜不归宿了？”

Part 11

“互不打听隐私，不是秦先生说的吗？”

秦有鹤藏在镜片后的眼睛越发深邃，里面满是愤怒却不发。

“晚上去哪儿了？”

“我哥今天生日，去暮色酒吧喝了几杯。”

“一个女孩子，少去这种地方。”

阮鸣夏顿时觉得此时的秦有鹤真的像……一个家长。

“哦……”阮鸣夏乖顺地回答。

但是……

“秦先生是在关心我吗？”

“没这个闲工夫。”秦有鹤将手里的一沓报表放到了一旁，“我不需要一个贞洁烈女，但名声得是干净的。”

“哦，秦先生不喜欢，我就不去。”

管家这时走了进来：“先生，慕晏明先生来访。”

慕晏明？

阮鸣夏对这个名字再熟悉不过了。

慕呈延的父亲登门造访，必然是为了慕呈延的事。

“让他进来。”秦有鹤脸色无异。

“喀……我刚接了一个品牌的设计的活，要上去做设计了。”阮鸣夏觉得此时见到慕叔叔必定徒增尴尬，不如溜之大吉。

“阮小姐刚刚出狱，哪个品牌敢用你？”

太不给面子了吧，阮鸣夏一时气结：“既然秦先生有贵客，我在这里不方便。我现在名不正、言不顺的，被人看到跟秦先生同处一室，传出去不好听。所以，我……”

“话太多。”

看来她是不得不见一见慕晏明了。

几分钟后，阮鸣夏看到慕晏明穿着剪裁得体的西装，由管家领了进来。深夜造访让这个年过五旬的男人看上去有些疲惫。

阮鸣夏上一次见慕晏明，还是两年前在慕呈延的生日家宴上，她以慕呈延女朋友的身份出席。

当年慕呈延对她的所有深情和承诺，到今已经变得一文不值。

“秦先生，这么晚来找您，真的打扰了。我为儿子对您的无意冒犯向您道歉。我想……想请您高抬贵手，放小儿出来。”

慕晏明向来慈善温和，对阮鸣夏也很好，经常教育慕呈延要对她好一点，别辜负她。

虽然结果不尽如人意……但看着慕晏明这个样子，阮鸣夏心里还是忍不住觉得酸涩。慕呈延是他一直引以为傲的儿子，如今却进了警局，慕家的人肯定都急坏了。

“无意冒犯？”秦有鹤声音清冷，“慕呈延觊觎未来的秦太太，送他进警局已经算客气了。”

“这其中一定有什么误会，我……”慕晏明的话说到一半忽然看到了站在一旁的阮鸣夏。他的眸子里闪过一丝异样，好像瞬间明白了什么，目光很快暗淡了下去。

“阮阮？你什么时候回来的？”慕晏明并不知晓当年慕呈延拒绝帮阮鸣夏证明清白的事情，只知道她因为故意伤人罪在纽约坐了两年牢，两人也因此分手。

“前段时间回来的。慕叔叔身体还好吗？”阮鸣夏故作镇定。

“一切都好。”阮鸣夏只是在说客套话，慕晏明驰骋商场多年怎么会听不出来？

阮鸣夏不再说话。

“人人都说慕总为人和善，想来是没时间教儿子好好做人。正好我近日清闲，只好代劳了。”

“秦先生，等我儿子出来之后，我一定好好教他，一定亲自押他前来向您赔罪。”慕晏明在B市的权势也不小，这么多年来还是第一次这样低三下四地求人。

秦有鹤明显不吃这一套：“管家，不早了，送慕总出去。”

这是……要撵人了？

阮鸣夏到底是不忍心。即便慕呈延对不住她，可慕家父母并没有错。

“秦先生，要不……这件事情就算了吧？”

Part 12

事情因她而起，她说点什么，应该……不为过吧。

“送客。”秦有鹤却丝毫不留情面。

“秦先生，退一步海阔天空，能不能……”慕晏明一听急了。

“慕总与其在我这里浪费时间，不如替你儿子请个好点的律师。”

阮鸣夏微微蹙眉：“慕叔叔，您先回去吧。”

慕晏明的脸色早已变得铁青，在两个后辈面前如此丢了面子，任谁都冷静不了。但是，为了慕呈延，他到底是忍住了。

慕晏明走后，秦宅回归于平静。

“秦先生，要不要吃点糯米红豆糕？很好吃的！”阮鸣夏尴尬地打破了沉寂。

“秦宅从来没有甜食。”

阮鸣夏并不死心，她拿了一块红豆糕，趁秦有鹤没有防备搁到了他的嘴边。

“秦先生，吃一口试试嘛，真的很好吃。”

秦有鹤看着她略带央求的眼神，却是一点胃口都没有。

她明明迫不及待地想要嫁入秦家，却当着慕晏明的面拂了他的面子，为别的男人求情。

“拿开。”秦有鹤冷冷地开口。

“不吃就算了，我自己吃……”

秦有鹤没有理她，转身上了楼。

阮鸣夏盯着他笔挺的背影，她的心里其实很紧张，生怕被秦有鹤两三句话就赶了出去。

阮鸣夏进厨房热了一杯牛奶，打算给秦有鹤送去，顺便赔礼道歉。她先上楼敲了敲书房的门，却没人应，索性直接推开房门，不想书房里竟空无一人，连灯都没开。

然后，她又去了主卧，依旧没见到秦有鹤的人影，但依稀可以听到从洗手间里传来了淋浴的声音。

阮鸣夏将牛奶放在了桌上，秦有鹤的手机却在此时响了起来，屏幕上跳动的是陌生的号码，看数字像是国外的电话号码。

她鬼使神差地接了起来。

电话里很快传来一个清冷的声音，却充满了独特的温柔。

“有鹤，我后天回国，有时间见一面吗？”

阮鸣夏愣了一下，过了许久都没说话。

“我很想你。”

温柔如水的一句话再次传来，音质干净得让阮鸣夏的心咯噔了一下。

“有鹤？”

轻柔的声音又一次响起，阮鸣夏萌发了做贼心虚的感觉，她不敢说话，但是觉得直接挂断似乎也不妥。

“不好意思，这手机是我拾到的，正准备去警局报案。”阮鸣夏编了一个极其蹩脚的理由。

“那麻烦你了。手机的主人工作很忙，离不开手机。”对方的口气听起来很急切。

“好。”能少说一个字她绝不多说。

阮鸣夏挂断电话后还没来得及放下手机，秦有鹤已经从洗手间里走了出来，他赤裸着上半身，完美的身材展露无遗。

阮鸣夏一时忘记移开视线。

“看出什么名堂来了？”秦有鹤语气不善，目光落在了阮鸣夏攥着的手机上。

“秦先生的身材真好，忍不住多瞧两眼。”

“手机拿来。”

“我……抱歉，刚刚有电话进来，我不小心……接了……”阮鸣夏紧张得一句话都说不完整。

秦有鹤看到通话记录里那串熟悉的号码后，原本就沉闷的脸色，越发沉了沉。

Part 13

“她是谁呀？说是马上要从伦敦回来，还说很想你。”阮鸣夏觉得自己如果有一天死了，一定是被这张嘴巴害死的。

秦有鹤没有理她。

“是你的白月光？”阮鸣夏又问。

“很想知道？”

“当然啊，如果真的是，我得跟秦先生保持点距离，以免伤人伤己。”

“你跟慕呈延当初发展到什么程度？”秦有鹤忽然话锋一转。

阮鸣夏愣了一下：“不是我在问你吗？”

“嗯？”

“只牵过小手……”

“这就可以见家长了？”

“事实如此，不管你信不信。倒是秦先生，不会浑身都是朱砂痣，满头都是白月光吧？”

“无论是不是，秦太太的位置还是你的。”秦有鹤已经点燃了一根烟。

阮鸣夏想再说些什么，山山的电话却在这时打了进来。

“阮阮，明天你哥要去一趟柏林，你能不能……去机场送他，顺便把我也捎上？”

“当然没问题。”

“谢谢你，阮阮。”

阮鸣夏觉得山山的声音不太对，又继续追问：“你现在在哪儿？”

“我在……在维多利亚酒店。”

第七章

你的过去我来不及参与，未来的结婚证上有你

Part 1

“维多利亚酒店？现在都几点了，你还在那里？”

山山支支吾吾地开口：“你哥他睡着了。”

“睡着了？这么好的机会你不把握！”阮鸣夏再次对山山有点恨铁不成钢。

“我跟你说正经的！你哥要去柏林一个多月，我想去送他，你陪我去，好不好？”

“好，好，好，明天几点？”

“下午一点多。”

“好。”

翌日，阮鸣夏起了个大早，打算为秦有鹤做顿早餐。但下楼后，她才发现他已经跑步回来坐在餐厅里悠闲地享用着早点了。

这个人的作息真是有规律得可怕……

“秦先生昨晚睡得好吗？”

阮鸣夏问候着，秦有鹤没像往常一样理会她。

她也不恼，兀自在他对面坐了下来。

秦有鹤放下了手里的报纸，低头开始专心喝粥。

报纸上的几行字随之映入阮鸣夏的眼帘：京剧名伶沈依杭结束巡演回国，B 市首场《女起解》将于三天后在滨海大剧院上演。

“秦先生喜欢听京剧？”

秦有鹤冷冷地扫了她一眼：“食不言。”

阮鸣夏看着报纸上女人的京剧剧照和现代照，忍不住赞叹：“旦角好漂亮。”

秦有鹤没说话。

“沈依杭，名字也很好听。”阮鸣夏继续自说自话。

“阮鸣夏，你几岁了？”

“二十六啊。”

“我以为三岁。”

“哦。”

阮鸣夏不傻，秦有鹤这是在说她啰唆！

Part 2

中午。

阮鸣夏依约到了机场，和山山碰面后直接在机场门口守株待兔。

江牧霆出现后，看到山山时有些惊讶：“怎么都来了？”

“山山说要一个多月瞧不见你了，得来机场多看你两眼。”

“阮阮！”山山皱眉，她就知道阮鸣夏会乱说话。

“山山，我去买水。”阮鸣夏故意找借口离开。

山山感激地颔首。

阮鸣夏的确是有些口渴了，她在机场大厅转悠着寻找咖啡店，目光却被不远处熟悉的身影吸引了过去。

秦有鹤一身黑色的大衣，里面是同色系的宽松高领毛衣，衬得整个人干净清爽。

阮鸣夏一眼就看到了他，正准备上前打招呼时却看到一抹窈窕的身影出现在秦有鹤的身边。

女人穿着简单的大衣，脚下踩着一双名牌黑色丝绒高跟鞋，即使是在人潮涌动的机场，也是一眼就能够让人看到。

阮鸣夏的脚步立刻顿住了，这个人……是沈依杭？

秦有鹤非常自然地从女人手中接过行李箱，动作随意，仿佛是做惯了的事情。

他明明就认识，早上还一副“你在说谁”的样子。

阮鸣夏正想得出神，忽然传来了山山的声音：“阮阮！”

秦有鹤也循声看了过来。

“阮阮，你在看什么？你哥要登机了。”山山又走近了几步。

“我在看秦先生啊。”

山山一时被噎住。

此时秦有鹤已经携同沈依杭走了过来，阮鸣夏亦大大方方地打着招呼：“接人吗？”

“嗯。”秦有鹤看着阮鸣夏的娇俏脸庞，眯了眯眼，敷衍地回应了一声。

“咦？这位不是沈小姐吗？我很喜欢您唱的《女起解》，沈小姐跟秦先生认识吗？”

一旁的山山听了差点笑出声。

《女起解》？那不是京剧吗？阮鸣夏一个音乐白痴，怎么可能喜欢京剧？她又开始一本正经地胡说八道了。

沈依杭愣了一下，茫然地看着秦有鹤，她并不知道这个忽然冒出来的女人是谁。

“谢谢，我跟有鹤是朋友。”

“哦，朋友啊。”阮鸣夏微微挑眉，“我也是秦先生的朋友。秦先生，我们没有开车来，方便搭个顺风车吗？”

“自己打车回去。”秦有鹤脸上有隐忍的怒意。

“阮阮，我们自己打车回去就好了。”山山扯了扯阮鸣夏。

“不是顺路吗？秦先生这么小气？”阮鸣夏头一次纠缠个没完。

“既然是有鹤的朋友，就一起吧，有鹤？”

阮鸣夏觉得这声“有鹤”真是刺耳极了，她没想到的是，秦有鹤的态度竟然立刻转变了，脸色也比刚才平和了许多。

“嗯。”

阮鸣夏觉得这声温柔的“嗯”好像更加刺耳。

机场的停车场内，山山压低了声音跟阮鸣夏说道：“秦有鹤明明不乐意，你还往枪口上撞，真以为自己秦太太的位置坐稳了？”

“既然给我秦太太的位置，我不摆出点正宫的样子来，难道眼睁睁地看着别的女人在我未来老公的面前瞎晃悠？”

“小心翻车啊你。”

而那边，沈依杭很自然地打开了副驾驶座的车门，阮鸣夏连碰到门把手的机会都没有。

阮鸣夏见秦有鹤并未发话，心里越发不是滋味，却也只能跟着山山坐在了后座上。

“沈小姐有男朋友了吗？”刚一落座，阮鸣夏就开了口。

Part 3

“我？没有。”被问到这个问题，沈依杭有些尴尬。

“沈小姐跟秦先生是怎么认识的啊？”

“我们……从小就认识。”

“那就是青梅竹马？”

沈依杭没有回应，阮鸣夏又不死心地开口：“沈小姐家在B市吗？”

“阮鸣夏。”秦有鹤终于忍不住开口，强忍着积压的不悦。

“怎么了？”阮鸣夏明知故问道。

“你在查户口？”

“我很喜欢沈小姐，多问问，沈小姐不会介意的，对不对？”

沈依杭扯了扯嘴角，笑得勉强：“不会。”

秦有鹤缄默不语，阮鸣夏以为他也不是那么在意，但是不到半分钟，车子就在路旁停住了。

“下车。”秦有鹤冷冷地开口。

“我还没到呢。”

山山倒吸了一口凉气，连忙打开车门：“阮阮，我刚好要去滨海大厦买点东西，前面正好就是，你陪我去吧。真是麻烦秦先生了。”

山山边说边拉着阮鸣夏下车，车门关上后，车子立刻扬长而去，没有任何的犹豫。

阮鸣夏站在原地，心里瞬间酸涩不已，像是寒冬里被人狠狠地泼了一盆冷水。

“别看了，开远了。”山山皱眉，“你这么逼问人家干什么？你不会是真的喜欢上秦有鹤了吧？”

“昨晚有个女人大半夜打电话给秦有鹤，还说很想他，我听得出她的声音，就是她。”

“So ？你不就是图个名分吗？”山山还是不能够理解，“阮阮，你别假戏真做了，秦有鹤根本没有把你放在眼里。”

“山山，有什么办法让秦有鹤立刻跟我去领证吗？”阮鸣夏突然转换话题。

“生米煮成熟饭呗，这不是我们一开始的计划吗？”

“可是……”

“别可是了！择日不如撞日，你今晚就拿下他！”

Part 4

阮鸣夏不禁皱眉，这一定不是我认识的山山。

但她还是狠了狠心，她心里很清楚秦有鹤一天不跟她领证，她就得多过一天如履薄冰的日子，一边是陆一浓虎视眈眈地想要嫁入秦家，另一边是青梅竹马的沈依杭……

“嗯。”似乎只有山山说的这个办法效率最高了。

由于倒时差，沈依杭在车内有些昏昏沉沉的，睡了大概半个小时，睁开眼的时候发现身上盖着一条薄毛毯，她看了一眼身旁正在开车的秦有鹤。

他还是这样细心，跟以前一样。

“还没到吗？”

“溪山御府在城南，跟滨海大剧院只有三分钟路程，你先住在那儿，去剧院排练会方便一些。”

秦有鹤明明将她的事情都提前安排得稳妥周全，她却感受不到一点暖意。

“谢谢。”沈依杭如鲠在喉，“那位阮小姐，是你的女朋友吗？”

秦有鹤的侧脸棱角分明，下巴的弧度坚毅冷峻，许久才开口。

“爷爷很喜欢她，我会跟她结婚。”

沈依杭的心沉了沉，原本捏着手包的手更加紧了几分。

“原来爷爷喜欢这样的，难怪他不喜欢我。”沈依杭扯了扯嘴角，带着一丝自嘲的味道，她跟阮鸣夏，根本是截然不同的风格。

秦有鹤不再说话，眸色深沉。手机也在这时响起，他直接按了扬声器。

“有鹤，依杭回来了，是不是？我们给她办了一个接风宴，在丰泰楼，晚上带着依杭一起过来哦！”季邵的声音听起来十分高兴，发小聚会这种事情，季邵永远都是最积极主动的那一个。

沈依杭不禁弯了嘴角：“季二哥，你做东吗？”

“依杭，你在旁边啊？当然了！我的依依妹妹回来了，我当然要做东！”

“那好，今晚见。”沈依杭满口答应，方才的郁结也因季邵的热情而驱散了不少。

“好嘞。”

挂断电话之后，沈依杭试探性地问道：“一起聚聚吧？”

“嗯。”

阮鸣夏跟山山逛完商场回到秦宅时已经是晚上七点，她却不见秦有鹤的黑色幻影停在院中。她心里有一种不好的预感，这种怪异的情绪迫使她拨通了秦有鹤的电话，对方也很快接通。

“有事？”秦有鹤的口气淡漠得仿佛接到的是陌生人的电话。

Part 5

阮鸣夏愣愣地问：“秦先生晚上回家吃饭吗？”

“不回。”

“那，我能跟秦先生一起去吃晚饭吗？我听管家说秦宅的厨师好像生病了。”

“这么大的人了，吃饭的问题还要我帮你解决？”秦有鹤显得有些不耐烦。

“秦先生现在在哪儿？秦先生，别误会，我只是问问，不会打扰秦先生的。”

秦有鹤到底还是回复了她：“暮色酒吧。”

此时秦有鹤一行人已经在丰泰楼吃完晚饭，准备前往暮色酒吧。

半个小时后，山山被阮鸣夏硬拉着去了暮色酒吧。

“你拉着我出来干什么？自己要堵秦有鹤，就自己来呗。”山山颓丧着一张脸，她今晚还有许多代码要写。

“我一个人来喝酒显得太刻意了。”阮鸣夏拉着山山进了暮色酒吧的女洗手间，将隔间的小门直接关上。

“你拉我来洗手间干什么？”

阮鸣夏将大衣脱下，拉下一点薄款毛衣的衣领，胸前一片美好便显露了出来。

她的身材极好，凹凸有致，尤其是身前那一抹雪白，引人入胜。

“你觉得怎么样？性感吗？”

山山倒吸了一口凉气，笑着说：“你不穿，更诱人。”

“秦有鹤什么样的女人没见过。”

山山帮阮鸣夏拉好了领口，叹了一口气：“酒一喝，灯一关，对男人来说，女人不都是一个样了吗？你别担心。”

虽然山山说得有道理，但是阮鸣夏心里还是没有把握，她抿了一下嘴唇，打开隔间的门走了出去。

她们要了一个卡座和一些酒，山山喝着水，看着阮鸣夏一杯一杯地灌自己，不禁苦笑。

“你看你一副视死如归的样子，不知情的还以为你在喝农药。”

阮鸣夏喝了一杯辛辣的威士忌后，觉得喉咙里着火了一样：“把自己灌醉，才能让他有机会。”

“……”

不远处的卡座在这时传来了一道熟悉的声音：“依杭，你首场的门票，二哥我全包了！”

阮鸣夏循声看过去，只见季邵举着酒杯大喊大叫，而他身旁坐着秦有鹤和沈依杭，俨然一对璧人。

阮鸣夏一向是心特别大的人，但是看到他们并肩坐在一起的时候，她觉得心头生生长了一根刺一样，特别碍眼。

“看到没，秦有鹤跟沈依杭坐在一起。”

山山喝了一口柠檬苏打水，她今晚任务繁重，不能喝酒。女程序员一般都重度近视，她眯着眼睛看向沈依杭，恍然大悟道：“啊，我想起来了，我奶奶经常在戏曲频道看她唱戏，前两天我奶奶还嘀咕着，说唱《西厢记》的俊俏小女娃要回国了，还让我买了两张滨海大剧院的票呢……”

敢情沈依杭的名气还不小？

阮鸣夏突然郑重地问山山：“你觉得她好看，还是我好看？”

山山显得有些为难：“你跟她不是同一种风格，不过，如果秦有鹤喜欢她那种风格的，应该不会喜欢你这样的了。你们的差别太大了。”

她没有说谎。

阮鸣夏的五官精致抢眼，第一眼看上去明亮动人，带着侵略性的美。沈依杭则是像她的名字一样，拥有江南女子的温婉柔美，清秀耐看。

在山山没注意的情况下，阮鸣夏已经端起酒杯走向了秦有鹤那一桌。

“季医生，好巧啊。”阮鸣夏含笑对季邵开口，原本喧闹的人群都安静了下来。

阮鸣夏的脸因为微醺而有些泛红，衬得她肤如凝脂。就像山山说的，她足够美，第一眼就让人挪不开眼。

季邵愣了一下，但很快笑了笑：“这不是阮小姐吗？看样子，阮小姐对暮色酒吧情有独钟啊。”

“彼此彼此。”

“既然有缘就一起吧，来来来，我给你介绍一下，这是我们和有鹤共同的发小沈依杭。”

在季邵的盛情邀请下，阮鸣夏径直在秦有鹤的身边坐下，她刻意靠得很近，近到几乎能闻到他身上独有的烟草味。

“秦先生不会怪我不请自来吧？朋友心情不好，我就跟着来了。”阮鸣夏在秦有鹤的耳边低语，动作亲昵，让在场的一群人都傻眼了。

沈依杭的脸色更是难看，她尴尬地起身：“我去一下洗手间。”

“是吗？”秦有鹤的眼神讳莫如深。

“我是担心秦先生夜不归宿，所以来看看。”

夜不归宿？她这是以其人之道还治其人之身啊。

“回去。”秦有鹤隐忍着怒气。

“不回，秦先生跟别的女人在一起，我不放心。”

“……”

秦有鹤不想再多解释，将她晾在了一边。沈依杭回来后，气氛很快又闹开了。

阮鸣夏越发觉得自己像个局外人，事实上，她就是外人，她同秦有鹤才认识多久？

三个小时后，所有人都烂醉如泥，只有秦有鹤仍旧是清醒的。

他叫了几个代驾，送走他们后，只剩下沈依杭。

“我待会儿找代驾先送你回家。”

沈依杭喝了不少，秀气的脸庞染上了一层红晕，添了几分娇媚，连阮鸣夏瞧见了都觉得好看。

沈依杭伸手轻轻搭在秦有鹤有力的手臂上，整个人几乎要倒入他的怀里。

阮鸣夏见状，借着酒意将两人冲撞开，十分自然地伸手圈住了秦有鹤的脖颈，醉意蒙眬的她越看越觉得秦有鹤下巴的弧度好看得过分，让人心动。

“秦先生，山山没喝酒，让她开车送沈小姐回家吧？待会儿再来接我们。”

山山的用处，就在这里。

“沈小姐，我奶奶是您的戏迷，她老人家特意嘱咐我，一定要把您安全送到家！”山山说得一板一眼，似乎真有这么一回事。

沈依杭皱了皱眉：“有鹤……”

“那就麻烦你了。”秦有鹤并没有拒绝。

山山搀着沈依杭走向了自己的车。

阮鸣夏则挽住了秦有鹤的手：“秦先生，我们去酒店吧。”

Part 6

“好好说话！”

“我怎么没好好说话了？我表达得……还不够简单明了吗？”

秦有鹤没理她，径直走向暮色酒吧的门口。

他忽然离开，阮鸣夏一个踉跄，膝盖碰到了桌角，疼得她咬紧了牙关，坐在了地上。

“啊……”

秦有鹤听到叫声，转身看到的是缩成一团坐在地上的阮鸣夏。

他阔步走到她的面前，蹲下来与她平视。

“痛不痛？”

秦有鹤的声音原本就好听，说出这样温柔的话来让阮鸣夏觉得心里一阵暖意……

“我走不了了，秦先生抱抱我，好不好？”

阮鸣夏面含笑意地央求着他，秦有鹤的脸色很快黑了下来。

在这种情况下，她还在演戏。但他还是一把将她抱了起来。

“前边就是维多利亚酒店，我们去那里，好不好？”

“回家睡觉。”秦有鹤冷冷地开口。

“我怕一会儿我吐了，弄脏了秦先生的车。让我先到酒店里醒醒酒，好不好？酒醒了，我们就回家。”

阮鸣夏央求着开口，微微蹙眉的样子娇嗔动人。

秦有鹤拗不过她，只好抱着她去了维多利亚酒店。

“忍着点，如果吐到我的身上，我把你扔到草丛里去。”

阮鸣夏也不回应，她一直强撑着精神，其实头已经疼得快裂开了……等她再醒来的时候，已经躺在酒店的床上了。

房间里没有开灯，阮鸣夏只觉得渴得不行，便起身一路摸索着想要找水喝。她很快凭着感觉打开了一扇门，氤氲的热气顿时扑面而来，待热气散去后，一张熟悉的脸出现在阮鸣夏的面前。

“秦先生？”

秦有鹤深邃的瞳仁紧盯着她，冷冷地开口：“出去。”

阮鸣夏这才发现秦有鹤没有穿衣服。

哦，他刚刚是在洗澡？

哦，她好像是来拿下秦有鹤的……

“秦先生，一起睡觉呀。”思绪回笼后，阮鸣夏很快伸手环住了秦有鹤的脖颈。

“松开。”秦有鹤语气不善。

阮鸣夏的双手却圈得更紧了，她踮起脚吻上了他的薄唇。

她的吻技像往常一样笨拙，但也轻而易举地撩拨了他的神经……

阮鸣夏的手很自然地落在秦有鹤紧窄的腰身上，不安分地触摸着他的人鱼线……

“嗯……”阮鸣夏发出了一声嘤咛。

秦有鹤的眼睛一直没有闭上，他看着她迫切却又生涩地吻着自己，心里一动，将她抱了起来，阔步走出了洗手间。

都说酒壮人胆，被秦有鹤丢到床上的阮鸣夏此时没有半分的恐惧。

“秦有鹤……”她在他的耳边低低地开口。

秦有鹤脑中紧绷的弦瞬间松了下来，他反客为主，加深了方才那个吻……

第二天醒来的时候，阮鸣夏觉得浑身酸痛不已。

天还没有亮，手机上显示的时间是凌晨五点。

她转了个身，看到了身边躺着的人……

秦有鹤五官深邃，轮廓分明，即使是沉沉地睡着，也带着一分强势，从骨子里透着几分霸道。

阮鸣夏挪了挪身体，不想跟他靠得太近。

手机却突兀地响了起来，吓得阮鸣夏倒吸了一口冷气。

“喂。”大清早的，谁啊！

阮鸣夏掀开被子起身，随手扯过睡袍胡乱地裹在身上，走到了落地窗前。

“阮小姐。”温柔中带着一点凉意的声音传来。

阮鸣夏心里咯噔了一下，这个声音她记得，是沈依杭的……

她看了一眼床上仍旧在熟睡的秦有鹤，突然有种做贼心虚的感觉。

“沈小姐怎么会有我的号码？”

“季二哥给的。”沈依杭倒是诚实。

“哦，有什么事吗？”

“那天晚上，是你吧？”沈依杭淡淡地开口，“你假装是拾到了手机的人。”

阮鸣夏也不打算否认：“是我。”

沈依杭轻笑了一声：“靠嗓子吃饭的，总是对声音敏感一些。”

“是吗？我听到沈小姐说第一句话也认出了你是那天晚上打电话过来的人，可我不是靠嗓子吃饭的，我是学设计的，这怎么说？”她见不得沈依杭句句自视甚高。

沈依杭默了数秒，才又开口：“阮小姐跟有鹤的关系应该不仅仅是朋友吧？”

“对啊，我们昨晚在一起。”阮鸣夏对自己的淡定有一瞬间的难以置信。

沈依杭显然也震惊于阮鸣夏的直白，再开口时语气微变：“听说有鹤的爷爷很喜欢你？”

“是啊。”

“其实我跟有鹤在一起很多年了，只是有鹤的爷爷一直不喜欢我……”沈依杭的声音里充满了落寞。

“那你是想告诉我，你跟秦有鹤两情相悦，奈何被秦老爷子棒打鸳鸯，所以才分开了，是吗？”

“我不是这个意思。”

“沈小姐是不是戏唱多了，就觉得这生活跟戏文里的一样了？”

“阮小姐，我只是想确认一下你是不是那天接电话的人。”沈依杭淡淡地开口。

听她这样说，阮鸣夏没来由地觉得烦闷。

“现在是凌晨五点多，沈小姐给我打电话就为了这点事？只怕沈小姐是醉翁之意不在酒吧？”阮鸣夏不傻，她怎么可能不知道沈依杭的心思。

沈依杭有些难堪地沉默着。

“大家都是女人，谁还没点心机呢？这点小心思藏着掖着就好了，不要拿出来让人看笑话了。”阮鸣夏笑了笑，“我喜欢有什么说什么，沈小姐不要介意。”

沈依杭没再说话，阮鸣夏看了一眼屏幕，才发现电话已经被挂断了。

她关掉手机站在原地，全然没有了刚才的凛冽劲儿，只觉得浑身的力气都被抽空了……

沈依杭说，她跟秦有鹤在一起很多年了……

阮鸣夏努力告诉自己秦有鹤的私事跟她没有关系，但是越想越心烦，她伸手抓了抓散乱的头发，重新回到床上躺了下来。

她了无睡意，只是闭着眼睛休息。昏昏沉沉过了许久，再次醒来时，她看到的是秦有鹤深邃漆黑的眸子。

阮鸣夏原本可怜的睡意瞬间消失无踪，她跟秦有鹤只隔着一个枕头的距离。

“秦先生，睡……睡得好吗？”

“你睡得好吗？”秦有鹤伸出长臂将阮鸣夏捞到了他的身侧。

Part 7

“我睡得……还行。”

“昨晚是谁给你的胆子？！”

“我喝了酒，酒后那什么……”阮鸣夏越说越心虚。

“从你昨晚问我在哪儿，你就已经计划好了，是不是？”秦有鹤的语气算不上严厉，却让阮鸣夏莫名地紧张。

“嗯……”她没有别的优点，有的就是诚实。

阮鸣夏伸手推了推秦有鹤，想离开他的怀抱，她觉得再多待一秒钟都是折磨。

秦有鹤却越发将她禁锢得紧了一些：“我可以让你做秦太太，也可以让你变得什么都不是。”

阮鸣夏扯了扯嘴角，佯装不在意："明白。"

"以后少在我面前玩这种把戏，别得寸进尺。"

阮鸣夏的心紧缩了一下，明明房间里的暖气开得很足，她又躲在被子里面，却觉得周身都是寒意。

"只要秦先生不会翻脸不认人，我就会摆清楚自己的位置，你不让我进一尺，我绝对不进一寸。"

秦有鹤直接掀开被子起身，阮鸣夏愣愣地看了一眼，当发现他没有穿衣服时立刻捂住了脸。

即使昨晚已经"坦诚相见"过，但她还是没有办法直视……

秦有鹤冷声开口："昨晚有胆子做，现在没胆子看？"

阮鸣夏还是觉得有些尴尬："咯咯……秦先生快把衣服穿上吧，别着凉了。"

秦有鹤没有理会她，转身走进了洗手间。

大概十五分钟后，门铃响了起来，阮鸣夏狐疑地打开门，门口站着的是秦有鹤的助理陆琛。

"陆助？"

"阮小姐？"陆琛的眼里闪现一丝震惊。秦有鹤这些年来身边一直没有女人。

"嗯。"

"阮小姐，秦总呢？"

"他……他在洗澡。"

话音刚落，就看到秦有鹤围着浴巾走了出来，脸色仍旧冷峻。

"东西放下吧。"

"是。"

将东西放在沙发上后，陆琛又开口："秦总，今天早上十点有一个会。"

"推到下午。"

"是股东会议……"陆琛显得有些为难。

"没听明白？"

"是……秦总、阮小姐，我先走了。"

“再见。”阮鸣夏冲陆琛笑了一下。

陆琛走后，阮鸣夏才小心翼翼地开口：“秦先生为什么……要推迟会议啊？”看时间完全是来得及的，股东会议这么重要的事情说推就推了，她不明白。

“你千算万算费尽心机，不就是为了一张结婚证？”

说领证就领证？事情顺利得反而让阮鸣夏觉得心惊。

“把衣服换上。”秦有鹤将陆琛送来的盒子递到阮鸣夏的面前。

“你怎么知道我没衣服穿？”阮鸣夏脱口而出后立刻就后悔了。

他怎么可能不知道她没有衣服穿？她的衣服就是被他撕毁的……

阮鸣夏接过衣服，逃也似的进了洗手间。

她换好再出来时，秦有鹤拿起茶几上的药递给了她。

“把药吃了。”

“啊？”

阮鸣夏很快明白过来，她接过药，觉得心里凉凉的。

“秦先生不是不能生育吗？我为什么还要吃药？”

秦有鹤闻言，脸立刻沉了下去，眼底含着积压不发的怒意。

“明明知道不会怀孕，还要让我吃……”阮鸣夏小声嘀咕着。

“你说什么？”

“我说我会乖乖地吃的。”

吞了药后，阮鸣夏不怕死地继续说道：“没事的，秦先生，小孩子多闹腾啊，不能生更好。”

“阮鸣夏。”

“啊？”

“不说话没人当你是哑巴。”

“……”

阮鸣夏看着秦有鹤那比锅底还黑的脸色，赶忙转移了话题：“我们一会儿直接去民政局吧？户口本我带在身上了。”

秦有鹤揉了揉眉心，不说话。

这个女人为了做秦太太，把户口本都随身带着了。

民政局门口。

“想好了？”

“从纽约回到中国的那一天，我就想好了。”

阮鸣夏当然知道秦有鹤问的是结婚这件事。

与其说是结婚，不如说是一场交易……

“你现在还有反悔的机会。”

“秦先生不是说了吗？这是一场互惠的交易，我们各取所需，事情结束后就离婚，我有什么好后悔的？”

“女人离婚，背负的东西会更多。”秦有鹤平静地说着，神情真诚。

Part 8

阮鸣夏何尝不清楚离婚对一个女人意味着什么。

“最差，也不过是自己一个人过完下半辈子。”

她一副“视死如归”的样子，让秦有鹤越发沉了眸色。

“秦先生，我有个问题。”

“说。”

“秦先生跟沈小姐，是恋人吧？”阮鸣夏佯装不在意。

“曾经是。”

“那就是旧爱呗。如果有一天我跟沈小姐吵了起来，秦先生会向着谁呢？”

“女人都喜欢问‘掉进水里救谁’的问题吗？”

“我会游泳，不用你救。”阮鸣夏笑了一下，“嗯？”

“你的话太多了。”秦有鹤并不打算回答。

阮鸣夏也不再刨根问底，她跟着秦有鹤走进了民政局，长椅上面坐满了男男女女，只剩下了一个位置，秦有鹤拉着阮鸣夏让她坐了下来。

“谢谢。”阮鸣夏有种被照顾的感觉，心里不由得一暖。

秦有鹤在她眼底看到了不一样的东西，但也没时间想太多，他站在一边开始打电话。秦有鹤说的话不多，都是对方在说，应该是工作上的事情，阮鸣夏看他神色严肃，就一直静静地坐着没打扰他。

百无聊赖之际，有人轻轻地拉了拉阮鸣夏的衣服。是一个小腹已经微隆的女人，因为怀孕，脸庞显得有些浮肿。

“你跟你老公在一起多久啦？”

阮鸣夏沉默了几秒，这个问题她回答不出来。

在女人说到“老公”这个词的时候，阮鸣夏的心好像被什么柔软的东西击中了，生涩，却又温暖……让她无法抗拒。

“几个月。”阮鸣夏选择随口回答。

“我跟我老公在一起五年了。”女人一脸幸福，坐在她身旁的男人充满善意地朝阮鸣夏点了点头。

女人瞥了一眼正在通话的秦有鹤，忍不住羡慕地开口：“你老公好帅啊，你好幸福。”

“谢谢。”

“我宝宝已经五个多月了，你跟你老公打算什么时候……”

“不好意思，我老婆比较喜欢说话。”女人的老公扯了扯她。

阮鸣夏摇头：“没关系的，我们……还没打算要孩子。”她当然知道女人没说完的话是什么。

“生孩子一定要趁年轻呢，身体容易恢复……”女人叽里呱啦地跟阮鸣夏讲述怀孕的事情，阮鸣夏听得糊里糊涂的，脸色也不太好。

她想起了早上秦有鹤给她吃的那颗药……

女人接下来又说了什么，阮鸣夏没太听得进去。

半个小时后，阮鸣夏起身扯了扯秦有鹤的袖子。

“秦先生，到我们了。”

秦有鹤颔首，对着手机说道：“等我回来再说。”将手机放进大衣口袋后，他才说，“走吧。”

“秦先生是不是很忙？”阮鸣夏忽然觉得有点对不住秦有鹤，让他百忙之中抽时间来领这张结婚证……

“嗯。”

秦有鹤真是惜字如金，一句话都不跟她多说。

“那……”

“话真多。”

阮鸣夏撇了撇嘴，跟着秦有鹤走了进去。

婚姻登记处的工作人员进行了简单的询问，紧接着便给他们拍照。

拍照的时候，阮鸣夏觉得特别不自在，她没有跟秦有鹤一起拍过照片，站在镜头前显得特别局促。

秦有鹤则自然得多，镇定地站在她的身旁，跟她保持着一点距离，面朝镜头时脸色清冷，一点都没有要结婚的喜气。

“新人笑一笑哦。”摄影师提醒着。

阮鸣夏稍微靠近了秦有鹤一点，希望彼此能尽量亲密一点，起码，不要像是两个陌生人在拍结婚照。

“笑一下吧，要不然贴在结婚证上多难看。”

“结婚证还需要给别人看？”秦有鹤反问了一句，让摄影师一时无言以对。

阮鸣夏不管秦有鹤如何，自己朝着镜头笑了一下，好歹是结婚，怎么说也不能颓丧着一张脸。

几分钟后，拿到结婚证的阮鸣夏看着上面的照片有些哭笑不得。

秦有鹤一张俊脸紧绷着，一点笑意都没有，让人望而生畏。而她自己笑得比哭还要难看……

“我们真的是来结婚的吗？”

“走个形式而已，你要的不就是这张证书吗？”

阮鸣夏无法反驳。

秦有鹤看了一眼腕表：“我有事要回公司，结婚证你拿着。”

“秦先生先忙，我自己打车回家。”

“嗯。”秦有鹤说完，就走出了民政局。

阮鸣夏被晾在了原地，有些恍惚。

她走出民政局准备打车回秦宅时，阮兰心打来了电话。

“阮阮，中午回家一起吃饭吧。你陆叔叔做的饭。”

陆叔叔？呵呵……

陆一浓的爸爸陆宏阳，表面上衣冠楚楚，是个功成名就的教育家，创办了多所学校，在教育界也有一定的名气，但是，实际上他就是一个道貌岸然的人！

要是搁在以前，面对阮兰心这样的请求，阮鸣夏拒绝一百次都嫌少。

他们一家三口团圆吃饭关她什么事？

但今时不同往日，她是合法的秦太太了。

“好啊，我马上过去。”

阮兰心似乎没想到她会答应得这么爽快，顿了一下，才开口：“好，你路上小心。”

Part 9

半个小时后，陆宅。

阮鸣夏并没有陆家的钥匙，小时候阮兰心会给她配一把，让她自由出入陆宅。但是后来长大了一些，陆一浓说不喜欢外人随便进出自己家，于是央求着阮兰心将阮鸣夏的钥匙收了回去。

陆一浓担心她偷偷留了备用的钥匙，甚至请人将陆家所有的门都换了新锁。

阮鸣夏站在陆家的门口，恍然觉得已经好几年没有来过这里了。

她按了门铃，是管家开的门。

“小……小姐？”管家是个中年妇女，当年很照顾阮鸣夏。

阮鸣夏朝她笑了笑，走进了陆宅。

陆宅客厅。

陆一浓正在看电视，手里拿着一个剥开的橘子，看上去悠闲自在。

“你来了？我以为你没脸来。”陆一浓嘲讽地开口。

“妈妈让我来的，你爸要做饭给我吃，有饭，我为什么不吃？还能免费聆听陆大教育家的教诲，有什么不好？”

“阮鸣夏，这是我家，你说话放尊重点！”陆一浓气得站了起来。

“谢谢你让我亲眼看了一场‘狗急跳墙’的戏码。”

“阮鸣夏，是谁给你的优越感，在我家里乱吠？”陆一浓此时已经脸色发青，手里的橘子被她摔在了地上。

“你又是哪来的优越感在这里指责我？”

“我是秦先生的未婚妻，秦夫人答应妈妈提前在月底举办婚礼。”

“是吗？可是，我跟秦先生今天已经领证了。”阮鸣夏云淡风轻地开口。

陆一浓冷笑："你是想嫁入豪门想疯了吧？！"

阮鸣夏也不着急解释，虽然陆一浓嘴上这么说，到底是不淡定了，她眼里极力掩饰的慌乱没有逃过阮鸣夏的眼睛。

看到阮兰心和陆宏阳从厨房里走出来，阮鸣夏立刻露出了乖巧的笑容："后爸，您好。"

"阮阮，这么大人了，怎么说话的？！"阮兰心厉声指责道，端着菜走到了饭桌前。

陆宏阳脸色微微不悦，但也没有发作。

"没事，阮阮开心就好。"

陆宏阳还是这副样子，表面上慈眉善目，实际上就是个败类！

阮鸣夏记得十一岁那年的暑假，阮兰心有事临时出差，陆宏阳叫了一群朋友到家里打牌。

一直到深夜，牌局还没散，阮鸣夏肚子饿了，只好自己下楼到厨房找东西吃，再准备上楼时却被一个中年男人抱在了怀里。

她那时还小，什么都不懂，只是不断地大喊大叫，想要从中年男人的怀中挣脱出来。

可是，中年男人直接将阮鸣夏抱到了沙发上，明眼人一眼就知道他想干什么。

阮鸣夏害怕极了，向陆宏阳求救的声音在空旷的屋子里格外响亮，可是，哪怕她喊得声嘶力竭，陆宏阳却根本不闻不问，只顾着打牌。

如果不是管家冲了进来，后果难以想象……

"来来来，快吃饭吧。"回忆被阮兰心的声音打断。

"吃饭前我有件事情想告诉你们。"阮鸣夏淡淡地开口。

"阮鸣夏，吃饭。"陆一浓厌恶地皱眉。

阮鸣夏从包里拿出了两张结婚证，推到了桌子的中间："我结婚了，和秦有鹤。"

第八章

春风十里，都比你好

Part 1

阮鸣夏的话一出，饭桌上突然一片死寂。

“你说什么？！”最后还是陆一浓沉不住气。

“听不懂普通话吗？”阮鸣夏微微挑眉，这样的场面她等了很久了，心里是说不出的痛快，“需要我再重复一遍吗？”

见陆一浓通红着一双眼不说话，阮鸣夏脸上的笑意更甚。

“我结婚了，和秦有鹤。”

“阮鸣夏！”陆一浓摔了筷子，瞪大了眼睛看着阮鸣夏。

阮兰心脸色深沉：“阮阮，这么大的事情怎么不跟妈商量一下？”

阮鸣夏悠闲地吃了一口菜，想必整个饭桌上只剩下她有胃口吃饭了吧。

“告诉您，岂不是给了您阻止我嫁给秦有鹤的机会？”

陆一浓显然难以接受这样的事实，她推开椅子站了起来，一把夺过桌上的结婚证，看到贴在上面的照片时，瞬间僵在了原地……

登记日期是今天。

“阮鸣夏，你真不要脸！”

“我又不是陆家大小姐，要什么脸？”

话刚说完，陆一浓发了疯般一把扯过阮鸣夏的头发，从头皮传来的尖锐的痛感让阮鸣夏忍不住低呼了一声：“你放手！”

陆一浓却抓得更紧。

阮兰心和陆宏阳见状并不出声制止，任由陆一浓胡闹。直到将阮鸣夏的一小撮头发扯了下来，她才罢休。

“抢了妹妹的未婚夫还值得你出来炫耀，是不是？”

阮鸣夏的眼泪一下子被逼了出来。

她在陆家受了天大的委屈也不会掉眼泪，因为不想被人看轻。但是现在，她明明已经嫁给了秦有鹤，还是要受这份委屈……

陆一浓是被捧在掌心里的明珠，而她，什么都不是……

更疯狂的是，陆一浓当着阮鸣夏的面将结婚证撕了个粉碎，洋洋洒洒地扔在桌上。

“陆一浓你干什么？！”阮鸣夏完全没有想到陆一浓竟然敢这么做。

“姐姐结婚了，我不该送点礼物吗？”

“你……”阮鸣夏颤抖着手，一片一片地拾起结婚证的碎片，强忍着不肯多掉一滴眼泪。

“从我家滚出去！”

自始至终，阮鸣夏的亲生妈妈阮兰心没有开口为她说一句话。

“陆一浓，你一辈子也别想进入秦家！”

“你！给我滚！”

阮鸣夏出了陆宅后，鬼使神差地给秦有鹤打了电话。结婚证被撕碎了，她心里慌得很，也难受得厉害。

过了许久，秦有鹤才接了电话：“喂。”

“秦先生，你在哪儿？”

“公司。”

“我能不能去找你……”

“有事？”秦有鹤的声音生疏而略显冰冷。

阮鸣夏这才清醒过来自己在做什么……她跟秦有鹤之间还没有亲密到可以让她撒娇依靠的地步。

“我被人欺负了。”可是，她不受自己控制地倒出了心中的委屈。

“我在开会，我让陆琛去接你。”

“不用，我自己过去就好了。”

“听话。”

简单的两个字，却让阮鸣夏心头一动。

秦有鹤这算是……安慰她吗？

“我是不是打扰到你工作了？”

秦有鹤听出了她浓重的鼻音，眉头皱得更紧了：“陆琛很快就到。”

“好……”

陆琛接到阮鸣夏时已经接近一点钟。

阮鸣夏看着秦氏集团的大楼，有些恍惚，这还是她第一次到这里来。

“阮小姐吃过午饭了吗？”

“还没。你们……”阮鸣夏一时没想到该怎么称呼秦有鹤，只好硬着头皮继续说，“你们的秦总呢？他吃过了没？”

“秦总平时工作忙，午餐经常到下午才吃。”

阮鸣夏闻言忍不住皱眉：“他的胃一定不好吧？”

“嗯。”陆琛也没多说。

“陆助，可以麻烦你先等我一下吗？我去附近买点东西。”

“好。”

大约十五分钟后，阮鸣夏跟着陆琛走进了秦氏集团的大楼。

秦氏集团包下了CBD最中心地段的一整幢办公楼，气势恢宏，饶是见多了商贾贵胄的阮鸣夏，内心也忍不住一阵唏嘘。

“秦总的办公室在二十六楼，他现在正在开股东会议，不能抽身，秦总嘱咐我带阮小姐去他的办公室休息一下。”陆琛笑着开口，不是例行公事化的口吻，反而让人觉得暖洋洋的舒服。

难怪秦有鹤会选一个男人当特助……

哎哎，好像有点跑题了。阮鸣夏连忙收了心思。

“好，谢谢。”

说话间，电梯已经到了二十六楼。

“阮小姐觉得无聊的话，可以四处转转。”走进办公室后，陆琛再次开口。

“没事，我坐着等就好。”

陆琛很快退出了办公室，留下阮鸣夏一个人。

她环视着四周，秦有鹤的办公室和想象中的有点不一样。

典型的中式装修风格，座椅和办公桌都是红木家具，看上去沉稳持重，虽然秦有鹤给人的感觉的确是沉稳的，但也不应该是这种风格吧……

想来这个办公室是别人设计的，或者这些家具是别人帮他挑选的吧……

阮鸣夏没有再多想，乖乖地坐在沙发上等秦有鹤。

但是，一个多小时过去了，办公室的门仍旧没有什么动静，阮鸣夏觉得有些无聊，便起身走向秦有鹤的办公桌，上面摆放着秦老爷子和他的合照。

照片上的老爷子比现在要年轻一点，秦有鹤也青涩稚嫩很多，应该是多年前的旧照。

阮鸣夏拿起照片仔细看了一眼，发现日期是六年前，那个时候，秦有鹤应该刚刚大学毕业吧？

她跟秦有鹤认识的时间太短，对他的过去更是一无所知，这样想着，心里瞬间有一种空落落的感觉，她跟他之间的确有太多的空白了……

办公室的门在这时被打开，阮鸣夏慌了一下，连忙将手中的相框放回办公桌上。

秦有鹤从门外走进来，目光落在她的身上。

“我不是故意的，我只是……无聊……好奇。”

秦有鹤没说话，也没有责备的意思，他将手中的一沓文件放在了办公桌上。

“发生什么了？”

“我有件事要跟你说，你听了之后不要生气哦……”

秦有鹤看着她紧张的小脸，眉头又紧锁了三分。

“什么事？”

阮鸣夏深吸了一口气，如果她这个时候告诉秦有鹤他们刚领的结婚证被撕了，秦有鹤会不会一怒之下跟她离婚？

她觉得这个可能性还挺大的。

“你是不是还没吃饭？”阮鸣夏决定采取迂回战术，先转移话题。

阮鸣夏强颜欢笑的样子落在秦有鹤的眼里，让人产生一丝不耐烦，他冷声开口：“阮鸣夏。”

“在。”

“被谁欺负了？”

阮鸣夏到底是被秦有鹤难得的关心感动到了。从小到大没有人会这样问她，只有不断欺负她的人。

“陆一浓，她扯我头发。”阮鸣夏低声开口。

秦有鹤冷了眸色，伸手摸了摸阮鸣夏的头，发现她的一小撮头发被硬生生地扯了下来，露出森白的头皮。

他的脸色立刻沉了下去。

Part 2

“你没还手？”秦有鹤眼里积满了不悦。

“我是文明人，能动口就不动手。”她如果动手了，可能连陆宅的门都出不来。

“就一张嘴厉害。”

“万一我把她打伤了怎么办？”

“打伤了，算在我的头上。”秦有鹤眼神沉稳，“记住，你现在是秦太太。”

秦太太……等他看到被撕碎的结婚证，或许就不会这么说了。

“谢谢秦先生。”

此时，门外有人敲门，秦有鹤淡淡地开口：“进来。”

走进来的是一个西装革履的男人，手中拿着几份文件，当看到办公室里还有一个陌生女人的时候明显愣了一下，但到底是懂分寸的人，并没有表现出更多情绪。

“秦总，这是股东会议后需要您签署的文件。”

秦有鹤点头，看了几眼后，快速签完了字。

“秦总，今天股东会议时间缩短了一半，还有很多细节没有处理完，股东们的意思是再召开一次，他们还有不明白的地方。”

阮鸣夏愣了一下……

秦有鹤是因为她在等他，所以将会议时间缩短了吗？

“嗯。我会让秘书再安排。”秦有鹤将文件递还给了这个男人，男人很快离开。

秦有鹤也随之走向门口，阮鸣夏不明所以地跟了上去：“秦先生要下班了吗？”

“去医院。”

“去医院干什么？”阮鸣夏有些发愣，“是不是你的胃不舒服？”

“你的伤口需要处理。”

“哦……”

阮鸣夏心里一暖的同时立刻返回了办公室，将方才买的东西拿了过来。

“我听陆助说，你的胃不大好。”

秦有鹤一双黑眸紧紧地锁住她，不说话。

“你今天开会前还没吃饭吧？我在路上买了点吃的，你要不要先垫垫肚子？”

阮鸣夏从纸袋中拿出了一个奶油面包，递到秦有鹤的面前。

“我从来不吃奶油。”

阮鸣夏一时有些尴尬，轻声道：“那芝士蛋糕呢？你喜欢吃吗？还有这个草莓小蛋糕……”

“我不饿。”

“哦。”

阮鸣夏只好将纸袋又放回了办公室的茶几上。

“东西我先放在这里，秦先生胃不好，再忙都要吃点东西，不要饿着，那样胃会更难受。饿的时候就吃点面包，或者让陆助买点其他吃的，秦先生这样三餐吃得不规律，胃哪里受得了……”

阮鸣夏噼里啪啦地说了一堆之后，才发觉她好像说得有点多……

“你对所有人都这么热心？”秦有鹤将阮鸣夏的这种行为定义为“热心”。

她今天过分热情的举动让他有些吃惊。

阮鸣夏以往总是一副唯利是图的样子，没有利益，她是绝对不会抛出真心的，今天却有点不一样。

婚前婚后，差别还真是大。

“秦先生这么关心我，作为合法的秦太太，我当然也要关心一下秦先生啊。”

秦有鹤闻言冷冷地扫了她一眼，果然是他想多了。

秦氏集团地下车库内。

阮鸣夏还是第一次认真地记下了秦有鹤的车牌号码。

“1212……”

竟然还有这样的车牌号码？

“秦先生的车牌号，好别致啊……”

秦有鹤发动了车子，将车驶出了地下车库，渐渐汇入了车流中。

面对秦有鹤的不回应，阮鸣夏基本上已经习惯了。

但她还是不死心：“这个车牌号码有什么特殊的含义吗？”

Part 3

“没有。”

“哦……”阮鸣夏知道秦有鹤并没有说实话，但她也没有逼问的资格。

阮鸣夏不自觉地伸手碰了碰自己受伤的地方，只觉得疼得厉害。

“不要触碰伤口，万一感染发炎，变成傻子了，谁负责？”

“哦。”阮鸣夏听话地缩回了手，“小时候陆一浓就喜欢打我，我从来都不敢还手，脖子和手臂上经常被她掐得青一块、紫一块的，家里从没有人管。秦先生是第一个关心我的人呢。”像在诉说，又像在自言自语。

“话真多。”

“如果头发长不出来了，秦先生会不会不要我了？”阮鸣夏已经习惯秦有鹤嫌弃她话太多。

“你的学历是什么？”

“啊？”这跟她的学历有关系吗？

但她还是乖乖地回应：“大学本科……”

“一个大学生，为什么总问这种肤浅的问题？”

“……”

半个小时后，车子停在了 B 市附属医院的门口。

阮鸣夏和秦有鹤沉默了一路，仿佛是两个陌生人。她下车，跟着秦有鹤进了医院，秦有鹤帮她挂号，带她去了外科急诊室，她一直默默地跟在他身后，有一种被人关怀的感觉。

以前她要是生病了，从不会有人送她来医院，更别说照顾她，秦有鹤是第一个。

阮鸣夏的一颗心变得柔软极了，她一步一步地跟着他走向了外科急诊室。

季邵的外科急诊室外挤满了人，都是受了大伤小伤的人，阮鸣夏看得有些触目惊心……当看到一个大妈鲜血淋漓的手指时，她忍不住腿一软，下意识地将脸埋在秦有鹤的肩膀上。

“怎么了？”

“我有点晕血……”

秦有鹤让阮鸣夏背靠墙壁，他则站在她的面前用身体挡住了她的视线。

嗯，是个好办法。

“谢谢秦先生。”

秦有鹤身上独有的味道混合着清洌的烟草味将她包裹住，让她莫名觉得心安。

阮鸣夏忽然觉得有点愧疚，秦有鹤从小养尊处优的，哪里吃过来医院排队的苦，于是，她低声开口：“要不我们去挂普通号吧？季医生这边人太多了，估计要等很久。”

她怕秦有鹤等不了……

“季邵处理伤口的技术一流，要是没处理好，你秃一辈子，算谁的？”

“哦。”不带这么吓唬人的！

一个多小时后，总算轮到了阮鸣夏。

“有鹤？怎么是你？哪里受伤了？”

“季医生，是我……”

季邵意味深长地看了秦有鹤一眼，似乎明白了什么，招呼着阮鸣夏坐下。

“怎么了？”

阮鸣夏陈述了事情经过之后，季邵开始帮她处理伤口。

全程秦有鹤都站在一边静静地等着，季邵还是头一次见到这么有耐心的秦有鹤。

“有鹤，对你的小女友不错啊。”

“她不是我的女朋友。”

阮鸣夏讷讷地看着秦有鹤，他难道是想隐婚不成？

季邵也愣了一下：“我懂了，朋友关系是不是？”

“我们结婚了。”

“你在开玩笑吧？”季邵差点没拿稳纱布。

“我像是开玩笑的样子？”

季邵低声咳嗽了两声：“真的结了？你跟老爷子交代过了吗？还有你妈。”

“嗯。”秦有鹤没有解释太多，“好了吗？”

“好了。”季邵放下纱布，但仍在震惊中一时难以平复，只能眼睁睁地看着他带走阮鸣夏。

秦有鹤让阮鸣夏在医院门口等着，他则去药房拿药。

就在阮鸣夏等得无聊时，忽然出现了一道熟悉的声音。

“阮阮？”

随后一只有力的手臂紧紧地抓住了她的肩膀，阮鸣夏下意识地想要躲开，对上的是慕呈延疑惑的眼睛。

“你怎么……在医院？”慕呈延的目光落在她头顶的纱布上，“你受伤了？”

阮鸣夏拂开了他的手臂，后退两步跟他保持着一段距离，冷着脸色开口：“我还想问慕少怎么会在这儿呢？慕少不是应该在看守所里蹲着吗？”

“阮阮，我们能不能好好说话？”

“不能。”

“阮阮，你别这样……”慕呈延无奈地叹气。

“是慕叔叔保你出来的吗？慕少不觉得丢了慕叔叔的脸吗？”阮鸣夏的话像把锋利的刀子，丝毫不留情面。

“阮阮，之前是陆一浓……”慕呈延激动地抓住了她的手腕。

“你跟她一样，都不是什么好人！”阮鸣夏挣扎着想要甩开他。

但她越是用力，慕呈延就抓得越紧。

Part 4

“慕呈延！你再不放开，我就喊人了！”阮鸣夏没来由地觉得一阵烦躁，她对慕呈延的感情很复杂，不仅仅是厌恶和排斥，还掺杂着很多情绪……

慕呈延更加靠近了她一些。

阮鸣夏的性子他是了解的，她遇到不喜欢的人或事会奋力反抗。他现在就是她不喜欢的那个人。

“阮阮，你冷静一点，我有话对你说。”

阮鸣夏咬牙：“我跟你没什么好说的！”

慕呈延看上去很疲惫，以慕家在B市的势力，他当天就应该被保释出来，却一直拖到现在，可见秦有鹤到底做了什么……

“这张卡里有三千万，你先拿着。”慕呈延拿出一张卡递到阮鸣夏的手里。

阮鸣夏触电般缩回了手，卡掉在半米开外。

慕呈延刚蹲下准备拾起来的时候，一双皮鞋出现在他的视线里，不轻不重地踩住了银行卡。

看到来人是秦有鹤，阮鸣夏像抓住了救命稻草，拽住了他的衣角。

“看来慕少在看守所还没有待够。”秦有鹤的声音冷得让人心惊。

慕呈延的脸色有些发白：“秦先生，阮阮心思不坏，你不要伤害她。”

慕呈延看着阮鸣夏紧紧地拉着秦有鹤衣角的手，觉得有些刺眼。

以前他打完篮球后，她也喜欢轻轻拉着他的衣角，问他渴不渴、累不累。只要是他的事情，阮鸣夏比谁都要上心。

“我太太心思纯良，我当然知道，不需要慕少提醒。”

秦有鹤称他一声“慕少”，是看在慕晏明的分上才给足了他面子。

闻言，慕呈延的脸色变得更加难看了。

“阮阮，到底是怎么回事？！”

“慕总凭什么质问我？”阮鸣夏的唇线僵硬，她的声音越来越冷，“你是我的男朋友呢，还是我的未婚夫？我嫁给谁，跟你有关系吗？”

“阮阮……”慕呈延一时无言以对。

“晚上想吃什么？”秦有鹤忽然开口，打断了慕呈延的话，看似不经意似的，也看似他根本没有想要理会慕呈延的意思，但是阮阮知道，这个男人胜负欲强得很，他就是故意的，故意让慕呈延难堪。

阮鸣夏并不想让慕呈延看出她心里的不适，她的眼角眉梢都堆满了笑意：“我想吃川菜。”

“嗯。”

秦有鹤握住了阮鸣夏的手，十指相扣，阮鸣夏不由得愣了一下，她下意识地想要缩回手，却被秦有鹤抓得更紧。

阮鸣夏跟着秦有鹤走到了黑色的幻影旁，秦有鹤才松开了手。

他面无表情，阮鸣夏却一路脸红心跳，非常紧张……手被松开后，她立刻躲进了车子里……

“是不是发烧了？”

“没有啊？怎么……怎么会这么问。”

“你的脸……很红。”

阮鸣夏伸手碰了一下自己滚烫的脸，暗叹自己不争气！

“喀喀……脸红很正常啊，秦先生刚才牵了我的手，我很激动啊。”

“如你所愿领了证，没必要再阿谀奉承我。”秦有鹤冷冷地扔了一句话。

“不熟悉的男女牵手，脸红很正常啊……”

“不熟悉的男女？”秦有鹤一边开车，一边咀嚼了一下这句话，面色显得有些冷淡，“阮鸣夏，你真有本事。”

“酒壮人胆嘛……”

秦有鹤的脸色仍不好看，他沉默了许久，阮鸣夏以为这件事就这样翻篇了，然而金主又发了话。

“既然做了秦太太，眼里就不能再有别的男人。我不管慕呈延跟你之前发生过什么，全都给我忘干净。”

阮鸣夏的脸色不由得僵了一下，莫名的晦涩从心里慢慢蔓延出来，她的眼眶微微酸痛，却必须迎合着秦有鹤。

“好。”

忘干净？谈何容易。八年的青春，慕呈延就像毒瘤，只能靠她一点一点地慢慢拔出来……

“为什么不接受他的钱？”秦有鹤平静地开口。

Part 5

“天上不会白白掉馅饼,他给我钱,我也是要还的。”阮鸣夏顿了一下，“但秦先生的钱不一样，我把我自己给你，虽然我应该不值三千万，但是有了秦太太这个头衔，我总是可以慢慢还的。”

阮鸣夏说得有理有据，落入秦有鹤的耳中却让他越发心烦。

“账算得不错。”秦有鹤的脸色看起来十分不悦，阮鸣夏觉得自己可能哪里又说错话了，干脆保持沉默，不再说话。

半个小时后，车子停在秦宅的门口，阮鸣夏解开安全带准备下车，发现秦有鹤却没有要下车的意思。

“秦先生不回家吗？”

“有事。”

“哦……秦先生记得早点回家。”阮鸣夏敷衍地开口。

“违心的话就不用多说了。”秦有鹤一眼就将阮鸣夏看穿，她忍不住心惊。

“装夫妻就装得像一点。”

“睡过了还算是装夫妻？”秦有鹤挑眉。

“咯咯……秦先生，我觉得我们之间需要好好沟通一下夫妻之事。”

“夫妻之事？”

“嗯……我只是秦先生挂名的妻子，按照约定，我们日后是要离婚的，所以在夫妻之事方面，我希望秦先生尊重我。”

阮鸣夏觉得这种事情有点难以启齿，她真的是觍着脸才说出了这番话来。

秦有鹤拿出了烟，打开车窗之后，伸手喂到嘴边，点燃了烟。

烟蒂在寂静无声的车厢里发出滋滋的声音，浓烈的烟草味扑面而来。

秦有鹤沉默了良久：“我会尊重你，尽量克制我自己。”

“我想秦先生误会我的意思了，我是说……我们保持交易关系就好，秦先生完全可以把我当作是透明的。在家里，我也不会在秦先生的面前晃悠。至于那种事情，我觉得我们还是不要发生第二次比较好。”

阮鸣夏特地将“那种事情”加了重音，强调了一下。

秦有鹤身边烟雾缭绕，他的脸显得越发晦暗不明……

“阮鸣夏，贪心是要付出代价的。”

“啊？”

“你要钱和权，我给你了。作为秦太太，也该履行好自己的义务。”

“可是，我不想……”阮鸣夏脱口而出。

“昨晚是你爬上我的床，现在改口说不想，是不是太晚了点？”

秦有鹤一脸“开过荤了，你让我吃素”的表情。

阮鸣夏紧紧地攥着自己的衣角，低声咳嗽了几声：“咯……秦先生要是有需求需要解决，可以找别的女人，我不会介意的。”

这句“大度”的话一出口，秦有鹤的脸色变得近乎阴鸷了起来。

“你再说一遍！”

阮鸣夏被陡然提升的音量吓了一跳。

秦有鹤掐灭了烟，将烟扔到了窗外，随后倾身靠近阮鸣夏，清冽的烟草味混合着他身上独有的味道，让她有些意乱情迷。

“秦太太必须要为我解决基本的生理需求。”

“我拒绝。”

“可以。”秦有鹤扯了扯嘴角，眼底似是划过一丝狡黠，“拒绝，就离婚，趁着还没公开，对彼此都好。”

“衣冠禽兽！”

阮鸣夏咬牙，直接打开车门下了车，然后用力关上车门回了秦宅。秦有鹤看着她气急败坏的身影，嘴角略微弯了弯。

阮鸣夏回到家后心里气愤不已，索性上楼洗个舒服的热水澡。

洗完澡后，阮鸣夏准备到厨房煮点面吃，在陆家的时候几乎没吃什么，一道纤细的背影却落入了她的眼中，那人站在客厅中，身边放着一个行李箱。

“您好……”阮鸣夏有点紧张，小心翼翼地询问了一声，“请问您是？”

女人闻言转过身来，她化着精致的妆容，看上去成熟有魅力。

“你好。”她朝阮鸣夏轻轻颔首，“你是？”

“我是有鹤的太太。”稍作考虑后，阮鸣夏决定说实话。

女人愣了一下，好看的眉心皱了起来：“有鹤的太太？”

“是啊……”阮鸣夏尴尬地扯了扯嘴角，“您是？”

“我是有鹤的妈妈。”

Part 6

秦有鹤的妈妈？

阮鸣夏惊得愣在了原地。

她尴尬地笑了一下，尽量让自己表现得得体一些。

“您好，我之前没听有鹤说您要回来，所以也没准备什么……”

“没事。我没跟有鹤说。”女人脸色平和，只是目光一直仔细地打量着阮鸣夏，“我叫温锦。”

“哦……我姓阮，叫阮鸣夏。”阮鸣夏刚刚洗完澡，头发还有点湿，身上穿着居家的睡袍，面对温锦的打量，她感觉十分别扭。

“阮小姐跟有鹤是什么时候结婚的？”

“没多久……”

阮鸣夏不敢说是今天，她还不清楚温锦是什么性格的人，有些话她必须有所保留。

“嗯。”温锦没有再说什么，只是让管家把行李箱提上了二楼的房间，“我先上楼休息了，阮小姐请自便。”

“好，您好好休息。”

温锦对她很客气，不过也在情理之中。换作是谁，都无法接受一个凭空冒出来的儿媳妇。

见温锦的身影消失在二楼的拐角处，阮鸣夏才跟着上了楼，拨了秦有鹤的电话。

秦有鹤似乎在忙，很久都没有接听。

阮鸣夏有些颓丧，一连打了好几次电话才总算被接起。

“喂。”

一听到秦有鹤富有磁性而淳厚的嗓音，阮鸣夏像是抓住了救命稻草，慌忙地开口：“秦先生，你妈妈回来了。秦先生什么时候回来？我一个人不知道该做点什么、说点什么，我……”

阮鸣夏说得很急，秦有鹤却一直沉默着不回答，她愣愣地住了口。

“喂？你在听吗？”

“嗯。我很快回来。”

阮鸣夏这才长舒了一口气。

半个小时后，秦有鹤如约回到秦宅。

“我还以为你不会这么快回来……我不知道你妈妈会过来，我怕她不喜欢我，我……”

秦有鹤鲜少看到这样紧张的阮鸣夏，他扫了她几眼，目光落在她的锁骨处，沉声开口：“你不需要她喜欢你。”

“那怎么行呢？”阮鸣夏不解，“好歹我是秦太太，是你的妻子，我得做好自己的本分，让婆媳关系变得融洽一点，不是吗？”

“管好你的嘴，她或许会喜欢你一点。”

秦有鹤说完便不再看她，他看上去有点疲惫，阮鸣夏想努力做个好太太，这才新婚第一天，她心里再抵触，脸上也要保持微笑。

阮鸣夏很自然地接过秦有鹤刚脱下来的外套，并上前两步，想要帮他解领带，却在触碰到的瞬间，愣住了。

领带是她送给他的那条……

“原来，秦先生不讨厌我呀，还系着我送的领带。”明知道这话一出定然会遭到秦有鹤的嫌弃，但是阮鸣夏还是说了。

秦有鹤的目光落在她的手上，她的手指纤细白嫩，穿梭在他的领带和脖颈之间，酥酥麻麻的，让人意外地觉得舒服。

秦有鹤的喉咙不由得紧了一下，他不耐烦地推开了阮鸣夏的手。

“我来吧，这种事情比较适合秦太太来做，以后我每天帮秦先生解领带，好不好？”

秦有鹤一双深邃的眸子紧紧地盯着她狡黠讨好的眼睛，他很清楚她说出这句话有多违心，她表面上看着温柔纯良，心里却始终打着小算盘。这么一想，秦有鹤更觉得一阵烦躁。

“拿开。”

“马上就好！”

阮鸣夏不想放过这么好的机会，她解领带的动作并不熟练，手不断地触碰到秦有鹤的脖颈和喉结部位。

秦有鹤突然抓住她的手腕，眉宇深锁：“停下。”

“为什么？”阮鸣夏不明所以，挣扎了一下，身上的丝质睡袍从肩膀微微滑落下来一些，露出白皙的肩膀。

她的皮肤很白，在灯光的衬托下显得更是肤如凝脂，肩膀瘦削却并没有给人一种骨感的感觉，反倒是平添了一丝娇俏，胸前的雪白也因睡袍的滑落变得若隐若现……

阮鸣夏还来不及拉上睡袍，整个人就被秦有鹤打横抱了起来。

“你干吗？快放我下来！”阮鸣夏心下一惊，她能感觉到接下来会发生什么事情。

秦有鹤并不理会她的抗议，将她丢在大床上，欺身压了上去。

“现在知道怕了？刚才给了你机会，让你停下来。”秦有鹤眼里的欲望没有丝毫的遮掩。

“我只是想做个贤妻良母，帮你解一下领带而已……没有别的意思。”

“贤妻良母不应该只帮我解领带，还要解皮带。”

“秦有鹤，你……你怎么这么无耻？！”

“在床上，还是无耻点好。”秦有鹤原本僵硬冰冷的唇线变得温和了许多，甚至带着笑意。

“我们可以好好商量一下，你妈还在隔壁的房间。”阮鸣夏好心提醒他。

秦有鹤置若罔闻，轻吻上了阮鸣夏光滑洁白的肩膀，她忍不住浑身战栗了一下，仿佛有一道电流从头顶钻到脚底，酥麻的感觉让她一时有些意乱情迷，甚至有些害怕。

情急之下，阮鸣夏张嘴狠狠地冲秦有鹤的肩膀咬了下去。

“有鹤？”突然响起的敲门声吓得阮鸣夏差点失声尖叫。

第九章

所爱隔山海，我不喜欢爬山

Part 1

秦有鹤的兴致顿时消散无踪，他眼里的欲火却依然隐约可见，但也不得不起身去开门。

阮鸣夏也连忙穿好了睡袍，乖乖地跟着他走到了门口，外面站着的人正是温锦。

“有鹤，我有话对你说。”温锦看了一眼阮鸣夏。

“我去一下洗手间。”阮鸣夏不傻，很快找了个借口离开。

阮鸣夏走后，温锦仍旧没有开口说话，她看着自己的儿子，端庄秀气的眉紧锁。

“有鹤，阮小姐是怎么回事？你明明知道你爸当年跟你阮阿姨家订了婚约，现在你一声不吭地娶了这个人，让我们怎么跟你阮阿姨交代？”

温锦跟阮兰心相交甚深，只不过，温锦这几年一直在国外演出，两人碰面的机会减少了。

“我娶了阮阿姨的大女儿，这也算是交代。”秦有鹤的语气透着不耐烦，脸色也略显沉郁。

“什么……什么意思？”温锦愣了一下，她其实已经猜到了，只是有点不敢相信。

“阮鸣夏是阮兰心的女儿。”

温锦脸色变了一下，精致的脸上神色有些僵硬。

“有鹤，妈这几年不在你的身边，你怎么越发胡来了？”

“我从小就爱胡来，您不是最清楚？”

秦有鹤的脸色越发冰冷起来，他从小到大就不是什么乖孩子。发小中，他虽然是性子最冷淡的那一个，但坏心思最多的是他，小时候带头闯祸的也都是他。

温锦的眼眶微微泛红，她哽了一下，对儿子这种态度虽然已经习惯了很多年，但心里依然堵得慌。

“老爷子知道吗？”

“阮鸣夏是爷爷选的人，您应该去问爷爷。”秦有鹤冷冷地扔下一句话，“您去休息吧，我还有事要办。”他特意将最后四个字说得暧昧不明。

阮鸣夏在洗手间里可以清楚地听到二人的对话，秦有鹤的“有事要办”不会是指……

思及此，阮鸣夏的脸瞬间涨得通红。她在想什么呢！

“老爷子不知道你有婚约，他糊涂，你也跟着他一起糊涂？”温锦的音量陡然高了起来，“这么多年来，你一直没有原谅我，这些妈都知道。但你毁掉婚约娶了一个身世不清白的女人，妈不能不管。”

“妈，你想多了。”秦有鹤这声“妈”叫得寡淡无味。在阮鸣夏听来，这和她叫阮兰心是一样的，不带多余的感情……

“总要给陆家一个交代，我们秦家总不能白白辜负人家陆家女孩的青春。”

“我们秦家？原来您还知道自己的丈夫姓秦。”

温锦的脸色立刻沉了下去：“当年的事的确是妈的错，但是已经过去这么多年了……算了，不提这个了。依杭回来了，她住在哪儿了？”

“溪山御府。”

“这样我就放心了。”温锦的脸色并不好看，“我身体不舒服，先去休息了。”

确定门外没有声音后，阮鸣夏才松了一口气，又等了一会儿才打开门走了出来。

卧室里早就没有秦有鹤的身影，她也不打算自己送上门去。

阮鸣夏走到阳台想吹吹夜风，让头脑清醒一下。

秦宅很大，处于别墅区的中心位置，从这里望下去正好能看到整个别墅区的夜景。

她靠在阳台的护栏上，心里有些烦乱，拿出手机给山山打了电话。

“山山，帮我一个忙。”阮鸣夏的声音显得有气无力。

“嗯。”

“帮我查一下‘溪山御府’是谁名下的房产。”

“你们家秦先生的。”山山很快给出了答案。

得知这个事实后，阮鸣夏心里的郁闷更甚，她烦躁地拨了拨额前的头发。

虽然心里不舒服，但她还是故作轻松地笑了笑：“山山，我们什么时候见一面吧。我给你加鸡腿啊，我可是很讲诚信的老板哦。”

山山隔空翻了一个白眼：“等你坐稳秦太太的位置再说吧！不知道有多少女人盯着你呢！”

“我的山山大小姐，不能给点鼓励吗？”

“有没有人告诉你，得意容易忘形？我要时刻提醒你危险的存在，为保卫秦太太做出最大的贡献……”

“停，停停停……”眼看着山山又要发表长篇大论，阮鸣夏赶忙将苗头掐灭在摇篮里。

溪山御府……是秦有鹤名下的房产。

秦有鹤把他的旧爱安置在他名下的公寓里，这是什么意思？

金屋藏娇吗？

阮鸣夏越想越气愤，恨不得立刻抓住秦有鹤问个明白。

但是，她又该以什么身份去质问他呢？秦太太？别说是秦有鹤了，她自己都心虚。阮鸣夏在阳台上来回踱了几圈就回卧室躺下了。

第二天早上醒来时，如果不是身旁的枕头上有被睡过的压痕，她根本无法确定他昨晚有睡在她的身边。

阮鸣夏准备下楼的时候看到温锦正在一楼的餐厅吃早餐。

秦宅的门铃也在这时响起，管家看了一眼监控，笑着对温锦开口："夫人，是沈小姐来了。"

Part 2

"师父，早上好。"随即，一道柔柔的问候传来，沈依杭手里捧着花，身姿婀娜。

阮鸣夏听到她的问候却有些震惊，沈依杭是唱京剧的，她叫温锦师父，难道温锦也是京剧演员？

这是什么乱七八糟的关系？

"你来了？"温锦从沈依杭手中接过花，淡淡地对沈依杭开口，虽然话语上也称不上有多亲昵，但听起来的感觉比对阮鸣夏就好很多，毕竟她们俩是师徒关系，语气自然会温和一些。

阮鸣夏思忖着要不要在这个时候下楼，正在她犹豫不决之际，有人已经替她做了决定。

"阮小姐？"沈依杭面色如常，眼里却带着讶然。她没想到阮鸣夏会一大清早就出现在秦宅。

"沈小姐真早啊。"被沈依杭这么一叫，阮鸣夏不下楼也得下了。她甚至还故意打了一个哈欠，装作刚睡醒的样子。

阮鸣夏只是简单地洗漱了一下，并未化妆，五官却依旧清丽精致。

她缓缓地走下楼梯，落座于餐厅。

"京剧演员，大多会出晨功。正好师父回来了，我过来看看。"沈依杭笑着开口。

阮鸣夏看了看温锦，她还不知道该怎么称呼温锦比较好。妈？不可能。婆婆？就算她想叫，也不见得温锦喜欢听。想了想，她还是决定叫一声"伯母"。

"伯母，早。"

"早。"温锦对阮鸣夏的态度很寡淡。

阮鸣夏不再说话，低头自顾自地喝粥。

“你还没吃早餐吧？一起吃点。”温锦让沈依杭坐到了自己的身旁，正好在阮鸣夏的对面，阮鸣夏顿时觉得碗里的食物味同嚼蜡。

就在她觉得食之无味的时候，秦有鹤晨跑回来了。

阮鸣夏很快起身，她不知道沈依杭会不会迎上去，但是先下手为强总不会错。

她从管家手里拿了干净柔软的毛巾，走到秦有鹤的面前。

“早上怎么不叫醒我？我好跟你一起去晨跑啊。”阮鸣夏娇嗔地开口。

正在喝粥的沈依杭脸色僵了僵。

“明天叫你。”秦有鹤看了一眼沈依杭，语气不温不火。

“我给你盛了一碗粥，你现在喝，刚好不会太烫嘴。”

秦有鹤坐下后，阮鸣夏贴心地帮他拿了碗筷。

“有鹤每天早上跑完步都喜欢喝粥。”阮鸣夏像是在宣告主权，眼角眉梢都带着笑意。

沈依杭却幽幽地开口：“我记得有鹤跑完步之后，喜欢先喝一大杯苏打水。”

阮鸣夏僵了一下，原本柔软的唇线弧度也变得僵硬，她觉得自己有些难堪，像是强撑面子的“小三”，一下子被正室打回了原形。

但是，这么多年来，她最不怕的就是丢脸了。

“是吗？我最近记性不太好，总爱忘事。对了，有鹤，我们的结婚证放哪儿了？我好像也忘了。”

秦有鹤原本寡淡的脸色立刻沉了下去。

阮鸣夏的胆子真是越来越大了。

“吃饭话还这么多。”

阮鸣夏并不在乎秦有鹤的态度，她的目的达到了就好。

果不其然，沈依杭的声音突然变得低落起来。

“你们……结婚了？”

从她回来到现在，不过短短几天的时间，他们就结婚了，速度快得让人咋舌。

“是啊，刚领的证。有鹤说，他年纪不小了，再不结婚，都要老了。”

其实，秦有鹤不过二十九岁，大阮鸣夏三岁而已。阮鸣夏这样说，不过是想气气秦有鹤。

秦有鹤到底沉得住气，只是安静地喝着粥，不辩驳也不言语。

“阮小姐，我们秦家的规矩可能比别人家的多了些，想必阮小姐的家人也同你说过一二吧？”温锦忽然开口，让还想继续滔滔不绝的阮鸣夏只能把话都咽了回去。她怎么会不知道温锦话里的意思。

可是，她什么都不多，就话最多。

温锦的口气很平和，但她越是这样，就越让阮鸣夏觉得胆寒。

“伯母不是认识我妈妈吗？她平时工作那么忙，还要照顾她的小女儿，哪有时间教我什么规矩呢……”阮鸣夏故意说得落寞。

“那就跟依杭学着点吧，她从小跟着我，懂的东西不少。”温锦喝了一口粥，淡淡地笑着开口，没有半分讽刺的味道，却让阮鸣夏感到十分不舒服。

从小跟着温锦？温锦又是沈依杭的师父……

温锦却只字未提沈依杭跟秦有鹤的关系。

看来，温锦维护沈依杭也只是出于师徒之情，而非其他。

如此想来，阮鸣夏才稍微放宽了心，只要不撼动她秦太太的位置，她不在意温锦的态度。

“好的，伯母。”阮鸣夏乖巧地笑了一下。

早餐结束后，秦有鹤上楼洗澡，温锦大概是外出有什么事，并没有留在秦宅。阮鸣夏则准备化个妆出门去医院看陆承泽。

在转身上楼时，她却被沈依杭叫住了。

“阮小姐等一下。”

阮鸣夏回头，疑惑地看着沈依杭。

沈依杭从包里拿出一把钥匙递到了阮鸣夏的面前，脸上始终挂着淡淡的笑意：“阮小姐，我待会儿要去剧院彩排，能麻烦你把这转交给有鹤吗？”

“这是哪里的钥匙？”阮鸣夏好奇多嘴问了一句。

“是我住处的钥匙，物业给了我两把，另一把还给有鹤比较好，毕竟他才是公寓的主人。”

面对沈依杭的挑衅，阮鸣夏也不恼，她接过钥匙，目光含笑：“好的，钥匙我收下了，但我不会转交给有鹤的。这是有鹤名下的房产，也就是秦太太的房产，我有权利拿着这把钥匙。倒是沈小姐，你这番举动是什么意思呢？来向我炫耀？”

“阮小姐，我想你误会了。有鹤是觉得溪山御府的房子离滨海剧院比较近，才让我暂时搬到那边去住，这样的话，我去排练和演出会方便一点。没有别的意思。”

“沈小姐，如果我将钥匙交给有鹤，是不是意味着秦太太允许有鹤拿着钥匙去你那里与你共度良宵？或者你是想告诉秦太太，她的丈夫特意把你安排在距离你上班的地方比较近的公寓，是体贴你、照顾你，不舍得你多走一步路？”

阮鸣夏几句话说得沈依杭眼眶有些红，一副楚楚可怜的模样倒真像是被欺负了。

“你哭什么？”阮鸣夏觉得很可笑，感觉委屈的人不应该是她才对吗？

“发生什么事了？”秦有鹤的声音自阮鸣夏的身后传来，透着浓浓的不悦。

“有鹤，我想让阮小姐把溪山御府的一把钥匙转交给你，阮小姐可能误会了我跟你之间的事情。如果阮小姐不高兴的话，我觉得……我还是从公寓搬出去吧，我在滨海剧院旁边租房子也是可以的。”

“不用搬出去。”秦有鹤的声音低沉。

Part 3

“但是，阮小姐好像不太高兴。”沈依杭的目光若有若无地落在阮鸣夏的身上。

阮鸣夏冷着一张脸，心里想着，这个沈依杭段数很高啊。

“她不高兴的事还少吗？”

这话瞬间惹恼了阮鸣夏，一双美眸里尽是愤懑。

“是啊，我不高兴了，我不想让她住在溪山御府。”原本她还想装装大度，但是秦有鹤随口一句话惹得她十分不舒服，哪怕她内心深知这里没有她胡闹的资格，可她就是忍不住。

外人不承认她是秦太太，一口一个“阮小姐”就算了，她要的就是秦太太的身份，秦有鹤这样一来，她岂不是满盘皆输？

“有鹤……”沈依杭微微蹙眉，秀气的脸上写满了无奈，仿佛她才是受气的小媳妇。

“继续住着。”秦有鹤也不同沈依杭多说，只扔了这样一句话，看阮鸣夏的眼神也多了一丝凛冽。

阮鸣夏觉得背后凉飕飕的，他这是在公然护着沈依杭了？

她刚想要再说点什么的时候，温锦从楼上徐徐走了下来：“依杭，我们去滨海剧院，去看看你彩排。”

“好。”沈依杭乖巧地答道。

阮鸣夏的眼眶微微泛红，他分明是向着沈依杭的。

她曾问过秦有鹤，如果她跟沈依杭吵架了，他会帮谁？如今，答案再明显不过。

阮鸣夏越想越觉得心里难受，转身就上了楼回到了主卧，秦有鹤也跟了上去。

“你跟着我干什么？”阮鸣夏脱口而出，瞪着他的眼睛微红。

秦有鹤看着她红肿的眼睛，他没想到阮鸣夏也会觉得委屈。

这个女人让他越来越看不透了。

秦有鹤的唇线僵硬，他没说话，径直走到沙发前，拿起西装外套慢条斯理地穿上，自始至终没有再多看阮鸣夏一眼。

阮鸣夏一时尴尬了起来，耳后根不自觉地红了起来，她刚刚的话……显然是她在自作多情。

“为什么要让沈依杭住在你名下的公寓里面？秦先生这算是金屋藏娇吗？”

阮鸣夏索性破罐子破摔，将心里的不平说了出来。

秦有鹤看了一眼紧张又委屈的阮鸣夏，原本僵硬的唇线稍微变得温和了一些。

她未施粉黛，却肤如凝脂，五官也是女人中的上乘。

他本应该让她做他的情人，她足够漂亮和有趣，而不是秦太太……

“我记得秦太太曾说过，如果我有需求的话，可以去找别的女人。”秦有鹤语气平静。

这话……的确是她说的。阮鸣夏体会到了什么叫作“搬起石头砸自己的脚”。

可是，他是傻吗？他不知道她当时说的不过是气话吗？！

“我……我后悔了。我不想秦先生有别的女人。”

“家里的太太不能满足我，家外当然会有别的女人。”

“……”

原来，这才是秦有鹤的目的，阮鸣夏觉得她从一个坑掉入了另一个更深的坑。

她如果拒绝的话，等于给了秦有鹤在外面养女人的借口。

她心里莫名地不想让秦有鹤跟别的女人扯上关系，更别说是发生关系了……

“我以后……一定尽量满足秦先生。”阮鸣夏捏了捏拳头，艰难地挤出这样一句话来。

“嗯。”秦有鹤满意地勾了勾嘴角。

“那……秦先生能不能让沈依杭从溪山御府搬出去？”

“她在B市演出的时间就几个月，没有地方可以住。”

“你这么可怜她？”阮鸣夏感觉心头十分酸涩。

“她是孤儿，从小跟着我妈，如果她不住那套公寓，我妈会把她接到秦宅来，跟你住在一起。”秦有鹤气定神闲。

“……”

“还有什么话说？”

“我比她可怜多了，你怎么不可怜可怜我……”

秦有鹤沉默了几秒钟才开口：“你还想要什么？”

阮鸣夏上前抱住了秦有鹤紧窄的腰身，笑意盈盈地娇嗔道：“我想要秦先生啊，想要秦先生对我好。”

“我不想再看到你这副样子。”

“哦。”

她知道他不喜欢，但她能做的也只有这些。

讨好他，他才会保护她……

眼见秦有鹤就要离开，阮鸣夏连忙开口：“我这几天没什么事，秦先生喜欢吃什么？我做给你吃呀。”

“不用，晚上我有事。”

“哦……”阮鸣夏有些失落，“那晚上早点回来。”

“好。”

傍晚的时候，阮鸣夏约了山山一起去逛超级市场。

“你买菜干什么？秦有鹤要回家吃饭？”

“他今晚有事不回来吃。我买了在家里放着，万一他明天想吃呢？”

“啧啧，阮阮，你知道你现在像什么吗？”

“嗯？”

“你现在就像个怨妇，每天等着丈夫回家吃饭。阮阮，我没想到你会堕落成这样。”山山故意调侃阮鸣夏。

“我这叫贤妻良母。”阮鸣夏不认同地挑眉道。

“对了，我奶奶今晚去看沈依杭的首演了，她老人家等了大半年就为了看这一场。”山山看着阮鸣夏忽然想到了沈依杭。

“首演？”阮鸣夏略微愣了愣，“今晚？”

“对啊，我奶奶还给了我两张票，让我找你哥一起去看，她不知道你哥现在在柏林。况且，我也不喜欢听京剧。”

“山山，要不我们去滨海剧院吧？”

Part 4

“阮鸣夏，你没毛病吧？沈依杭可是你的情敌！你去看她干什么？”

“去嘛，去嘛！我的好山山。”

“好好好，去去去。”山山实在是拗不过她，只好答应。

滨海剧院。

当看到剧院门口人山人海的时候，阮鸣夏有些发愣，沈依杭的影响力比她想象的要大很多。

“年轻人什么时候对国粹这么感兴趣了？”阮鸣夏以为来听戏的大多数都是老人……但现在看来，明显是年轻人更多。

“老人来这儿，是为了听。而年轻人来这儿，纯粹是为了看。懂吗？哪怕在娱乐圈，沈依杭也是女神级别的，何况这是在京剧界，这么一个年轻的大美人，唱功还扎实，师承名门，来看的人当然多了。一票难求啊！”

山山听她奶奶念叨得多了，说起来也头头是道的。

“你知道沈依杭的师父是谁吗？”

“听我奶奶说，好像是京剧名角，叫……叫温锦。”

“你知道温锦是谁吗？”

“谁啊？”

“秦有鹤的妈妈。”阮鸣夏轻扯嘴角。

山山觉得自己可能在做梦。

两人边说边走进可以容纳几千人的大剧院，一眼望去，黑压压的都是人，座无虚席。

山山的座位在第三排，她指了指头排的座位，压低声音对阮鸣夏说：“看到我奶奶没？我经常怀疑沈依杭才是我奶奶的亲孙女，之前我奶奶甚至飞去伦敦看她在国外的演出。每次都是坐在头排的座位！”

“她不会是你爸流落在外的女儿吧？你叫沈岑，她叫沈依杭，一家人啊！”

“照你这么说，我跟姓沈的都是失散多年的姐妹？”

阮鸣夏闻言淡笑。

她顺着山山的指引看向第一排的座位，目光却落在了坐在山山奶奶身旁的那道熟悉的身影……

如她所料，秦有鹤的“晚上有事”是来看沈依杭的首演。

阮鸣夏说不清此时自己是什么心情……

她犹豫了一下，还是发了一条短信给秦有鹤：秦先生，你在哪儿？

发完后，她看见秦有鹤低头看了一眼手机，但是，她的手机没有收到任何回复。

阮鸣夏的心顿时沉入谷底，越来越沉……

她不死心地又发了一条短信：秦先生什么时候回来？

她依旧没有得到回复。

台上的幕布也缓缓被拉开，沈依杭的出现带起了雷动的掌声。

秦有鹤显得很平静，只是挺直脊背坐着，没有鼓掌。

沈依杭开始咿咿呀呀地唱起了《女起解》，她身段姣好，一步一挪间韵味十足，眉眼间尽是温婉柔情。

阮鸣夏虽然听不懂，但也辨得出沈依杭的唱功了得，她越听越心烦，十分钟不到，便起身离开了。

山山见状连忙拿了包跟上了阮鸣夏。

“你看你，不是自己来找罪受吗？”山山皱眉，递了一瓶水给阮鸣夏。

阮鸣夏接过水狠狠地喝了一大口，心里苦涩却不知道该怎么说出口。

“人家秦有鹤把持得多好，再看看你自己，动情了吧？”山山怎么会不明白阮鸣夏这副样子是为何。

“谁说我对他动情了？我只是怕他跟沈依杭走得太近，我秦太太的位置不保……”

“在我面前你还装什么？喜欢上秦有鹤这样的人又不是什么丢脸的事情。嫁给他，很风光啊。”

“我喜欢他？我那是在他面前装出来的。”

阮鸣夏的手机不合时宜地响了起来，她正心烦意乱，看到是陆一浓的来电后直接拒接了。

但是，陆一浓没有放弃的意思，又一次打了进来。

阮鸣夏最终还是接了起来。

“喂？”

“承泽不行了，你快过来！”

“什么？”阮鸣夏瞪大了眼睛，“承泽怎么了？！”

“承泽正在抢救，你要是还想见到他就快过来！”

陆一浓跟陆承泽毕竟是同父同母的姐弟，即使陆承泽跟阮鸣夏要更亲近一些，但他到底是陆一浓的亲弟弟。阮鸣夏在感受到陆一浓前所未有的恐慌和焦急后，心也跟着怦怦地乱跳起来。

承泽，你千万不能有事，等我……

阮鸣夏一到医院门口就看到了陆一浓的身影，当时她脑中只想着陆承泽，根本没有想太多。

“承泽在里面抢救，你在这里干什么？！”

“等你啊。”陆一浓挑眉。

“承泽到底有没有事？！”

“承泽好好地躺在那儿呢，能有什么事？当初你把他害成了这样，已经让他变成最糟糕的情况了，不可能再糟糕了。”

此时此刻，阮鸣夏才后知后觉地发现自己上当了。

“你到底想干什么？”

“你抢了我的未婚夫，我当然要给你一点回礼了。你不是想做秦太太吗？我帮你一把，让所有人都知道你是秦先生的太太，好不好？”

一大群记者忽然冲了过来，对着阮鸣夏不停地拍照。

阮鸣夏一时手足无措，只能尽量用手遮住自己的脸。记者实在是太多了，她被簇拥着，有些记者甚至扯下她的手臂，让她整张脸暴露在镜头之下。

镁光灯笼罩着阮鸣夏，她看着陆一浓的笑脸，心里的恨意再度膨胀了起来，却只能任她得意扬扬地离开。

“阮小姐，听说您坐了两年牢，怎么会突然变成秦太太？”

“秦先生为什么会接受您呢？他知不知道您有过案底，知不知道您的身世？”

“阮小姐，听说您抢了您妹妹的未婚夫？”

“……”

阮鸣夏耳边充斥着记者们的提问，她从来没有想过要面对这些人，顿时没了主意。

慌乱中，她拿出手机拨了秦有鹤的电话，却迟迟没有被接听。

阮鸣夏觉得有些绝望。

第十章
我在闹，你在笑，笑什么笑

Part 1

在阮鸣夏以为电话将要自动挂断的时候，秦有鹤淳厚的声音传入她的耳中。

“喂。”

“有鹤，你能不能来救救我？”

“发生什么事了？”秦有鹤的声音似乎也沉了下去。

“我被一群记者围住了……”

“你在哪里？”

“我在附属医院门口，秦先生能不能过来帮帮我？”

阮鸣夏刚说完，就听见电话那头传来了一道温柔的嗓音。

“有鹤？”

即使只有两个字，阮鸣夏也能够听出来那是沈依杭的声音。

阮鸣夏怔在原地，忘了继续求救。

“发生什么事情了？”沈依杭的声音温柔缱绻，哪怕是阮鸣夏听了都觉得浑身酥麻。

阮鸣夏迅速地挂断了电话，她不想继续听沈依杭和秦有鹤的对话，慌乱中手机掉在了地上，记者又拥了上来，手机很快被踩得粉碎。

“阮小姐，请您回答一下。”

阮鸣夏冷冷地扫视着面前的记者，眼神凛冽。

“是陆大小姐告诉你们的吧？是啊，我就是抢了她的未婚夫，我就是坐过牢。你们可以散了吗？”

阮鸣夏没什么心情骗这群记者，她早就声名狼藉了，不在乎再在所有人面前丢脸一次。

面对阮鸣夏的坦诚，记者反而有些愕然。当然，得到了想要的答案，他们也就识趣地纷纷散去，独留阮鸣夏一个人站在医院门口。

她十分清楚，很快各大媒体的头条一定都是跟她和秦有鹤有关……

媒体对秦有鹤很感兴趣，包括他的金钱和女人……

喧闹之后归于寂静，阮鸣夏坐在附属医院旁的公共木椅上，怔怔地失神。

她不想回秦宅，也不想让山山担心。

阮鸣夏不知道在冷风里坐了多久，直到一双皮鞋出现在她的视线里，她才回过神来，抬头愣愣地看着来人。

“你怎么来了？”

秦有鹤赶到的时候，看到阮鸣夏小小的身体蜷缩成了一团坐在长椅上，一副楚楚可怜的模样。

秦有鹤没有说话，他从长椅上将阮鸣夏捞了起来。

阮鸣夏微怔，有些不习惯被秦有鹤这样抱着，但心情很快平复了下来，她伸手圈住了秦有鹤的脖颈，缩在他的怀里。

她跟秦有鹤相处不久，在他眼里，她现在也只不过是与他发生了关系、领了结婚证的陌生人……

但她闻着他身上的味道觉得熟悉又安定，这种安定感像是他们做了十几年的夫妻的感觉。

秦有鹤将她放进了车里，车内暖气开得很足，一下子包裹住了阮鸣夏，让她觉得舒服了一些。

“把消息尽量压下去。”

秦有鹤上车后给陆琛打了一个电话。

“秦总，恐怕来不及了。网上已经传得沸沸扬扬了……”

“给钱，删帖，这些事情还需要我教你？”

“是……”

挂断电话后，秦有鹤的脸色十分不好看。

“秦先生为什么一句话都不跟我说？”阮鸣夏低声开口。

平日里阮鸣夏同剑拔弩张的小刺猬没两样，怎么对付起外人来，这么胆小？

秦有鹤看出了她的怯懦，原本的怒意消散了一些。

他不擅长安慰人，只是沉声开口：“说什么？”

“……”

秦有鹤，你把天聊死了，你知不知道？

“我是被陷害的。”阮鸣夏现在一心只想着解释，“陆一浓让我来医院看承泽，我不知道门口躲着一群记者……他们人太多了，我……我没有办法，才会麻烦秦先生跑一趟，我想，只有秦先生能帮我……”

阮鸣夏越说越小声。

秦有鹤看着她慌乱的样子，紧抿着薄唇一言不发。

他越是这样，她就越紧张！

“你是不是很烦我？”阮鸣夏又开口。

气氛有点微妙。

秦有鹤沉默了一会儿，才说：“不会。”

短短两个字，让阮鸣夏莫名地舒了一口气。

“很抱歉，我给秦先生添麻烦了……记者必定会抓住这件事不放，明早满天飞的肯定都是秦先生的消息。”

“这不就是你想要的吗？让外界都知道你是秦太太。”

阮鸣夏心里咯噔了一下，好像……是这么一回事，但是，她怎么觉得一点都不高兴呢？

“就算记者不说，我也会对外公布你是我的太太。至于负面消息，陆琛会尽量去压制，不用担心。”

“你肯定觉得我很讨厌……”她不知道自己说话的口气，像是在撒娇。

“没有，挺有趣的。”

Part 2

“我又不是小孩子。”有趣？

秦有鹤不说话，启动车子驶入了车流中。

“我这样的身份，会不会给秦先生的声誉造成什么坏的影响？”阮鸣夏仍旧有些不安。

“你在嫁给我之前，就应该考虑这个问题。”

“……”

秦先生，你又把天聊死了，你知不知道？

“那，秦先生为什么还要娶我？你不介意吗？”

“还没哭累？闭上嘴巴，好好休息。”

“……”

秦有鹤娶她的目的有多不纯，彼此心知肚明，温锦和阮兰心的关系，阮兰心和陆一浓之间……或许秦有鹤娶她，是为了气温锦……

他还真是把她利用得淋漓尽致。

阮鸣夏索性看向窗外，不再说话。

空气里的安静和尴尬让阮鸣夏觉得时间过得好慢。若不是秦有鹤接了一个电话，她差点以为空气静止了。

“喂，依杭。”

“有鹤，我的演出结束了，晚上是庆功宴，你要不要一起过来？”

“家里有点事，不去了。祝贺你。”

老公大半夜接到初恋打来的电话，她本该不高兴的，但当听到“家里”二字时，一颗心却柔软了一下。

嗯，今晚是她出事了，秦有鹤这样说，是把她当家里人了？

哪怕是自作多情，阮鸣夏都觉得很安心，嘴角也忍不住弯了弯。

“真的不过来了吗？有鹤，你说好首演陪我的。”

阮鸣夏见秦有鹤一直沉默着，猜想定是沈依杭在纠缠，于是，她故意扬声开口：“有鹤，我肚子饿了，你回家下面给我吃，好不好？”

秦有鹤皱着眉不应声。

“有鹤……”阮鸣夏故意又靠近了一点，秦有鹤戴着蓝牙耳机，她一说话，温热的气息轻轻地扑在他的脖颈处。

秦有鹤的眉又皱紧了几分，他索性挂断了电话，冷冷地扫了一眼阮鸣夏。

“别用这种阴阳怪气的口气跟我说话。”

“别的女人都是这样撒娇的啊。哦，难道秦先生不喜欢这套？”

秦有鹤的脸色越发沉了。

阮鸣夏看得心惊，一时不明白她做错了什么。

她不就是……撒了个娇吗？

“我看沈依杭也是吴侬软语地跟秦先生撒娇的啊，秦先生分明是对人不对事。”

秦有鹤并不理会阮鸣夏的挖苦，将车子停在一家超市门口。

“我们不回家吗？”

“你不是说要吃面？”秦有鹤打开车门，“下车。”

阮鸣夏怔住，她是为了刺激沈依杭才说的，他难道听不出来？

但她还是乖乖地跟着秦有鹤进了超市。

秦有鹤在食品区域买了一些面条、西红柿和肉。回到车内后，阮鸣夏看到他提了几个塑料袋，有些吃惊：“怎么买这么多？”

“多吃点，晚上才有力气做事。”秦有鹤的话听起来十分暧昧。

这人满脑子都在想什么呢！

一路上，阮鸣夏一句话都没敢再跟秦有鹤说，车子一开到秦宅，她就匆忙下车进了门。

管家见到她这副样子有点疑惑：“秦先生，太太怎么了？”

秦有鹤看着阮鸣夏慌忙上楼的背影，弯了弯嘴唇：“害羞。”

管家愣了一下，没明白秦有鹤的意思……

阮鸣夏一到卧室就躲进了被子里，她可以把门反锁了吗？但她到底是没有这个胆子，生怕惹恼了她的大金主。

秦有鹤也跟着上楼，看到阮鸣夏此番举动，觉得有些意思。

“这么早就想睡了？”

“嗯，挺累的。”阮鸣夏敷衍着。

“嗯，跟着我去滨海剧院，又逼着自己听根本不喜欢听的京剧，的确挺累的。”

阮鸣夏一阵心虚，他怎么……什么都知道？！

“什么滨海剧院？我刚才在附属医院啊……”

“是吗？”

“是、是啊……”

秦有鹤深深地看了她一眼就走出了卧室，阮鸣夏这才松了一口气。

半个小时后，阮鸣夏隐约闻到了一阵面香，被那群记者这么一闹，她真觉得有点饿了。

她掀开被子，发现一碗热面被端放在床头，而秦有鹤双手抱臂，站在床前看着她。

呃，这种氛围好像有点诡异……

Part 3

饶是如此，阮鸣夏还是乖乖地起身端了面开始慢慢吃着，她实在是有些饿了。

“我就说说而已……”

秦有鹤亲自把面端进来，又递了一杯水给她……突然这么贴心，事出反常必有妖。阮鸣夏心中不禁警铃大作，秦有鹤他到底想干吗？

“秦先生是觉得我被人欺负了，想补偿我？”

“你的想象力什么时候能用来做点正事？”秦有鹤掀开被子躺到了另一边。

阮鸣夏吓得起身坐到了沙发上，她没想到秦有鹤的厨艺这样好，一碗简单的面都能做得如此色香味俱全。

“真没想到秦先生会做饭。”

秦有鹤此时戴着金丝边框眼镜，正在看睡前读物。

他的睡前读物，好像是财务报表……

人与人之间的差别怎么就这么大呢……

“这是基本的生存技能。”

“……”

“学会了，做给我太太吃。”

秦有鹤突然又补充了一句，目光也落在了正在专心吃面的阮鸣夏的身上。

“咯咯……”阮鸣夏差点被噎住。

“秦先生真是个好男人。”阮鸣夏嘴上虽然赞美着，心里却在想，他是不是对每个女人都这么好……

阮鸣夏吃完洗漱好后，再回来时秦有鹤还在看报表。

“秦先生怎么还没睡？”

“等你。”

“秦先生对我真好。”

阮鸣夏小心翼翼地躺下，紧紧地拽住被子，内心紧张到不行。当耳边传来关灯的声音和秦有鹤躺下的声音时，她愣住了。

就这样？没了？

秦有鹤刚才又是喂饱她，又是等她的，她还以为他要做什么……

好羞耻……她想多了。

秦有鹤瞥了一眼阮鸣夏缩成一团的背影，脸色平静，嘴角却是弯了弯，果然经不得吓唬。

“秦先生，晚安。”阮鸣夏闷头匆匆说了一声。

“晚安。”

翌日早上，阮鸣夏起得很早，不出她所料，秦有鹤已经坐在餐厅了。

“秦先生早上好。”

“结婚证呢？”秦有鹤不经意间问起，吓得阮鸣夏差点咬到自己的舌头。

Part 4

“怎么了？怎么忽然提到结婚证？”

“我不能看？”秦有鹤反问了一句。

“当然不是了……”阮鸣夏牵强地扯出了一抹笑，“晚上等你回来再看吧，在楼上呢。”

秦有鹤喝了两口粥，抬头看了一眼阮鸣夏，眼中聚集着不悦。

“秦太太不打算解释一下？”

阮鸣夏拿着三明治的手僵了一下，她明白瞒不下去了，只好老实交代：“那天领完证，我去了陆家，我告诉他们我跟你结婚了。他们不信，我只能拿出结婚证……”阮鸣夏撇了撇嘴继续说，“陆一浓一生气，就、就撕掉了结婚证。”

秦有鹤一直沉默着，阮鸣夏越发紧张起来。

“其实那天我就想跟你说了，但是怕你骂我……”

秦有鹤看着阮鸣夏红着眼眶胆战心惊的样子，软了口气：“结婚证而已，再补办一张就是。”

“结婚是我央求着你结的，领证也是我求着你去领的，我怕你一气之下不要我了……”

“你也有权利决定是否离婚。但交易才刚开始，不仅我不会离婚，你也不能跟我离婚。”

听着秦有鹤的话，阮鸣夏在感到一丝心安之后，亦觉得有些心凉。

秦有鹤到底是个商人，浑身上下透着精明和敏锐，他向来只用利益来权衡事情，对婚姻也是如此。

“嗯。”她没有再多说，只是低头开始吃三明治。

吃过早饭，阮鸣夏在秦有鹤开车离开秦宅后，自己打车到了工作室。

工作室已经初具形状，是简单的北欧装修风格。

“秦太太，您的工作室需要招聘设计师吗？我这边有好几个设计师朋友问我能不能加入你的工作室。”跟阮鸣夏说话的是江牧霆介绍来的室内设计师。

“你怎么知道我是秦太太？”

“网上都已经传遍了啊，您还不知道吗？”

阮鸣夏愣了一下，经过早上的“惊魂一刻”，她差点忘记昨晚被记者围攻的事情。

“我手机没带，能让我看一下网上怎么说的吗？”

“可以。”女设计师大方地拿出了自己的手机，打开微博给阮鸣夏看。

阮鸣夏拿着手机越看越觉得头疼。

“阮小姐，您跟秦先生真的结婚了吗？能不能给我看看他的正脸照啊？听说他超帅哎！”

对外界而言，秦有鹤的消息可以说是少之又少，像他这样成熟有魅力的男人，多金又有一副好皮囊，对任何年龄段的女人来说都具有致命的吸引力。

“我没有他的照片。”网上的评论无不例外都在指责她，她实在没有心情应付秦有鹤的小迷妹们。

工作室的装修还有几天就可以完工了，阮鸣夏只逗留了一个多小时便打算回家。没想到一走出办公楼，她就看到了一抹熟悉的倩影。

沈依杭从一辆红色玛莎拉蒂上下来，手中提着一个纸袋。

“阮小姐？真巧，怎么在这里遇到你了？”

阮鸣夏故意开口：“我刚从有鹤的办公室下来。”

“是吗？我刚好要上去。我做了一点饭菜，给有鹤送过来尝尝。阮小姐要不要一起？”

沈依杭一脸理所当然的样子，让阮鸣夏忍不住皱眉。

“沈小姐给我老公送饭是什么意思？”

“你别误会，昨晚有鹤来看了我的首演，我很感激，这顿饭就当是谢谢他。”

“又不是坐牢，送什么饭？我说话的方式你可能有点难以接受，但我还是想提醒沈小姐一句，离别人的老公远一点。”

“我们真的只是朋友……”沈依杭苦笑，“我觉得有鹤也是需要异性朋友的。你这样……有鹤肯定不喜欢。”

“有鹤不喜欢我，难道喜欢沈小姐？”

沈依杭脸色难看：“要不，阮小姐帮我送上去？”说着她将袋子递到了阮鸣夏跟前。

阮鸣夏接过纸袋的时候，手一松，袋子应声而落。

“不好意思，手滑。”

Part 5

她却在下一秒看到了沈依杭的车牌号——1212……

前面几个数字同秦有鹤的一样。

几乎不需要多问，她就能猜到这个车牌号具有特别的寓意。

无论是什么寓意，对他们来说，肯定都意义非凡。

“阮小姐，你！”沈依杭眼眶湿润，一副我见犹怜的模样让阮鸣夏看了更是一阵烦躁。

“实在抱歉，昨晚太累了，一时没拿稳。”

阮鸣夏的话让沈依杭脸一红，一时无言。

离开CBD后，阮鸣夏并没有马上回秦宅，而是给自己买了一部新手机，她打开百度，输入了三个字：沈依杭。

手机上很快跳出了许多页面，网上对沈依杭的赞誉倒是出乎阮鸣夏的意料。

其中一条写着：传闻京剧名伶沈依杭将嫁入豪门，在事业顶峰期退出戏坛。

嫁入豪门？阮鸣夏觉得有点想笑，这里的豪门指的不是秦家，还会是什么？

阮鸣夏又点开沈依杭的百度百科，她随便看了几眼之后却被一串数字惹得心口疼。

1212……

是沈依杭的生日。

傍晚，秦宅意外地迎来了秦老爷子，还有跟他一起来的季邵。

“哟，阮小姐，不对，现在应该叫秦太太了。”

阮鸣夏露出一个得体的笑容：“季医生好啊。”

“果然做了秦太太感觉就不一样了，神清气爽的，看来被滋润得不错。”

阮鸣夏只是淡定地笑了一下：“秦先生长得好，每天看着就养眼，当然被滋润了。”

秦老爷子和季邵已经在棋桌前坐了下来。

秦有鹤坐在一边不动声色，他对下棋没什么兴趣，季邵棋艺精湛，每次老爷子叫季邵来秦宅吃饭，倒不如说是让季邵来陪自己下棋。

“有鹤，你这小娇妻嘴够厉害啊。”

“她就是话多。”

客厅的门再一次被打开，温锦和沈依杭一前一后地走了进来。

“沈小姐怎么又来了？中午不是才给有鹤送过午饭吗？不知情的还以为你觊觎我老公呢，是不是，季医生？”阮鸣夏抢先开口，她不在乎温锦是如何看她的，在秦宅里她就是秦太太，怎么说话，是她的事。

沈依杭听到阮鸣夏这么说，尴尬地笑了一下。

最尴尬的就是季邵了，阮鸣夏将烫手的山芋丢给了他……他怎么说都里外不是人。

季邵觉得，秦有鹤娶的这个小娇妻够聪明，也够牙尖嘴利……

“季邵在下棋，你别打扰他。”秦有鹤适时开口化解了尴尬的局面。

温锦则随后淡淡地开口：“依杭一个人住在 B 市，一日三餐也是一个人，我就叫她过来一起吃晚饭了。”

客厅顿时陷入一片死寂，并没有人回应温锦。

“有鹤，你来顶替一下，我去趟洗手间。”

阮鸣夏拿起水果盘里的一块苹果：“老公，你要不要吃块苹果？”声音娇嗔酥软，秦有鹤抬头意味深长地看了她一眼。

Part 6

秦有鹤的眼神不算凛冽，但是看得阮鸣夏脊背都挺了挺。

她刚想要缩回手，秦有鹤却握着她的手腕，将苹果吃了。

这个动作在外人看来无疑是特别亲密的。

沈依杭像是看不下去了，跟着温锦上了楼。

老爷子看了一眼秦有鹤：“专心下棋，多学学人家季二。”秦老爷子又问，“最近公司怎么样？工作忙不忙？”

“忙。”秦有鹤放了一颗黑子，平静地回应。

“工作再忙，也要抽出时间来陪陪阮阮，她一个女孩子嫁到秦家来，能够依靠的只有你。”

“我会的。”秦有鹤在老爷子面前还是挺“乖顺”的，不似平日的冰冷。

“几个老股东那边，有没有什么躁动？”

“爷爷什么时候对商场这么感兴趣了？是退休在家无聊，想要去商场闯闯？”秦有鹤没有正面回答老爷子。

秦老爷子斜了他一眼：“你小子真是越来越不成体统了！”

阮鸣夏觉得有些话她可能不太适合听，于是，她起身去了厨房，想给老爷子换杯热茶。

她才一起身，门铃却响了。

阮鸣夏只好先开门，只见门口站着一个女人，女人面目和善，过肩的长发尾部微鬈，五官和气质给人的感觉知性而舒服。

“你是？”阮鸣夏首先开口。

能够进秦宅的，要么是秦家人，要么是与秦家很亲近的人。

女人手中抱着一束百合花，她淡淡地笑了一下：“有鹤在家吗？”

“在的。请进。”

“谢谢。”

老爷子听到门口有动静，回头看了一眼，随口说了一句：“和和来了？”

“爷爷。”女人上前将百合花放在了桌子上。

“阮阮，这是有鹤的姐姐，顾和。”

姐姐？阮鸣夏看着女人的脸庞暗自琢磨，秦有鹤的姐姐，怎么姓顾？是表姐？

顾和大概是看出了阮鸣夏的疑惑，淡笑着开口：“我跟有鹤是同父异母。”

“哦哦。”阮鸣夏顿时觉得尴尬，不再言语。

“我听说温阿姨回来了，就过来看看。”顾和脸上笑意不减。

老爷子喝了一口茶：“今天一家人坐在一起聚聚，你温阿姨带着沈依杭也一起来了。我把季二也……”

话还没说完，老爷子便停了下来，他手中的棋子僵在半空中，回头看一眼坐在沙发上的季邵。

“后妈也来了？巧啊。”季邵起身，脸色沉了下去。

有鹤的姐姐，是季邵的……后妈？！

这关系让阮鸣夏有些震惊和唏嘘……

“嗯。”顾和只是淡淡地看了季邵一眼。

阮鸣夏走到秦有鹤的身旁坐下，扯了一下他的衣服。

“季邵吃了炸药吗？这么大火药味……”

“你跟陆一浓的父亲相处的时候，火药味不重？”

阮鸣夏无言以对。

“你姐姐怎么嫁给了季邵的父亲？”阮鸣夏觉得很奇怪，“她多少岁了？”她尽量压低声音用只有两人能听到的音量说。

“感兴趣？”

“嗯。”

“自己去问她。”

“秦先生怎么这么小气……我现在是你太太，是时候了解一下家里的事情了……”

然而，秦有鹤并不打算多说。

“这个时间点你不是应该在医院照顾我爸吗？你不是很喜欢在人前装出一副贤妻良母的模样吗？你现在扔下我爸，让他一个人在医院，万一出事了，你负得起责？”季邵冷冷地开口，打断了老爷子跟顾和的交谈。

季邵平时很有分寸，老爷子是长辈，而且从小就照顾他，今天在老爷子面前失态，证明他是真的不悦。

“你爸在休息，有护工看着，不会出事。”顾和明显想息事宁人，她并不想跟季邵多说，转身走向了秦有鹤。

“有鹤，你结婚的事情，爷爷之前告诉我了。我也没准备什么礼物，这块玉镯是我一直戴着的，送给你的新婚妻子，不介意吧？”

顾和将手中通透的和田玉镯子摘了下来，递到阮鸣夏的手里。

“这……”阮鸣夏慌忙看向秦有鹤。

“收下吧。”秦有鹤没有让她拒绝。

阮鸣夏尴尬地收下了镯子：“谢谢姐姐。”

“没事。”顾和温和地笑着。

季邵却冷声开口：“这么快就知道收买人心了？季太太的行事风格果真一点都没变。”

Part 7

季邵的话并不好听。

顾和对他的恶语相向选择了无视，只是找了个借口暂时离开了这个是非之地：“我去趟洗手间，失陪了。”

季邵的脸色十分难看，秦有鹤平静地开口：“看不顺眼就回去。”

“我为什么要回去？我是爷爷叫来吃饭的，不请自来的是她。”季邵的口气越发冷淡，“回去也是朝夕相对，我看得眼睛疼。”

“你大可从大院搬出去，没人逼你住在那儿。”

“我得在那边碍她的眼啊。”季邵嗤笑，也不管老爷子在场，说话十分难听，“她有脸破坏别人的家庭，我当然不能让她过得太舒服。”

季邵的话让阮鸣夏倒吸了一口凉气，她抿了抿嘴唇看向秦有鹤。

“幼稚。”秦有鹤只是淡淡地抛出了两个字。

老爷子低声咳嗽了两声，脸色深沉：“季二，你也不是小孩子了，事情都过去这么多年了……”

其实，老爷子在这件事情上也很难堪，里外不是人。

毕竟顾和是他的孙女，季邵也是他看着长大的，情同爷孙。自己的孙女嫁给了季邵的父亲，在当年，这是天大的丑闻。

季邵额头上的青筋微微凸起，他强行控制着自己的情绪。

“爷爷，我妈当年因为她而死，让我怎么放下？她现在是季家人，况且她也不姓秦，我跟她的事，爷爷不要管。”

“唉，我老了，也不想管你们这些事了。”老爷子叹了一口气。

气氛一下子陷入了尴尬，阮鸣夏抿了抿嘴唇，低声说道：“有鹤，我想去院子里透透风。”

“嗯。”

秦有鹤起身后，阮鸣夏小跟班一样跟在他的身后。走出客厅后，她总算舒了一口气。

“我在里面都快闷死了……”

秦有鹤不说话。

“秦先生，你姐姐为什么会嫁给季邵的爸爸？”

“你念幼儿园的时候，老师是不是经常夸你？”秦有鹤突然一本正经道。

“好像是的。”阮鸣夏笑了笑。

“那就对了。”

阮鸣夏不解：“什么？”

“好奇心重的宝宝，一般都很受老师喜欢。”

“……”

阮鸣夏沉默了一会儿又开口：“我不想跟沈依杭坐一桌吃饭。”

“你不吃饭，饿的人是你，不是她。”秦有鹤说出的安慰的话语很生硬。

“为什么我总是跟她碰面？”阮鸣夏觉得哪里都有沈依杭。

“因为你现在是秦太太。”秦有鹤穿着居家服，敛去了平日里的冷峻，多了几分慵懒。

他看着她的寡淡样子，让她的心跳忍不住加快。

“我真是自讨没趣跟你出来，我去厨房帮忙了。”

大概一个小时后，阮鸣夏和厨师将饭菜端到了餐厅，人都陆陆续续坐了过来。

温锦大概是知道老爷子和阮鸣夏都不待见沈依杭，所以带着她在楼上，直到吃饭才下来。

厨师一边上菜，一边说：“这些菜基本上都是太太做的，太太的手艺很好。”

阮鸣夏并不是很习惯“太太”这个称呼，但是，看到沈依杭沉下去的脸色时，又觉得心头畅快。

“这是我做的宫保鸡丁，老公，你多吃点。”

沈依杭平静地开口：“有鹤不喜欢吃宫保鸡丁的。”

阮鸣夏夹菜的手停在了半空中，脸色微微僵硬，但她也只能继续将宫保鸡丁喂到秦有鹤的嘴边：“你吃一口嘛，很好吃的。”

她央求的语气显得特别娇嗔，秦有鹤很给面子地吃了她递过来的菜。

沈依杭神情讶异。

阮鸣夏见秦有鹤吃了，又夹了几筷子宫保鸡丁放在他的碗里。秦有鹤没有说话，她夹多少就吃了多少，看得一旁的季邵目瞪口呆。

顾和一直静静地吃着饭，偶尔同温锦说两句，也不跟其他人搭话，看似熟稔，实则生疏。

“有鹤，打算什么时候办婚礼？”老爷子忽然开口，打破了饭桌上死一般的寂静。

“过段日子。”

“别让阮阮等久了，婚礼还是要尽快办，别委屈了人家小姑娘。”

“嗯。”秦有鹤仍旧没有多说话。他看了一眼阮鸣夏，她一直殷勤地给他夹菜，自己没有吃多少。

她讨好的意味太明显了，她以为别人看不出来吗？

秦有鹤不动声色地夹了一块鸡胸脯肉放到了她的碗里。

“谢谢老公。”阮鸣夏脱口而出，叫得这么顺口，把自己都吓到了。

秦有鹤倒是不为所动：“多吃点。吃什么，补什么。”

阮鸣夏佯装淡定地夹了一块腰花放到秦有鹤的碗里：“你也是。”

“温锦，既然你在 B 市不会逗留太久，就搬去跟你徒弟一起住吧。有鹤这边新婚燕尔的，难免有不方便的地方。”老爷子对温锦开口，语气中透着长辈的威严。

“爸，我已经找好公寓了，依杭一个人住方便点，我就不去了。”

“那也好。”

秦有鹤冷冷地开口：“打算搬到叶家去住？”

老爷子闻言咳嗽了两声：“吃饭！”

叶家？阮鸣夏心下虽疑惑，却也不好多问。

晚饭结束后，顾和开车送秦老爷子回去，季邵担任的则是沈依杭的护花使者。

顾和拎起包走向门口时，季邵故意将身子侧了侧，顾和没注意，一下子撞到了他的肩膀。

顾和眉头紧蹙，抬头对上季邵戏谑的眸子。

“季太太走路不长眼吗？”

“季邵，你不是个孩子了。”

“你不是我妈吗？在你眼里，我应该永远都是个孩子才对。”季邵的话越来越难听，顾和的脸色有了一些波澜，精致的脸上蒙上了一层荫翳。

老爷子沉声发话：“好了，回家吧。”

季邵笑容顽劣：“回家见啊，后——妈。”

顾和黑了脸色，推门而出。

客厅里这才安静下来，温锦已经不知道什么时候上了楼，秦有鹤的脸色看上去不太好。

“秦先生是不是身体不舒服？”阮鸣夏又用上了疏离的称谓。

秦有鹤点了点头。

“秦先生哪里不舒服？刚才吃饭的时候不是还好好的吗？”

“吃点药就好了。”秦有鹤看着她眼里紧张的神色，原本沉着的脸色变得缓和了一些。

他走向一旁的红木柜子，拿出了医药箱。

阮鸣夏连忙跟了过去，见秦有鹤手中拿的是胃药。

“秦先生胃不舒服？”

“嗯。”

“是我做的饭菜有什么问题吗？”阮鸣夏有点紧张。

“不是。”秦有鹤并不想多说。

“要不我们去医院吧？”

“不用。我还有些文件要看，你先去睡。”

“……”

秦有鹤吃了药后去了二楼的书房，阮鸣夏决定热一杯牛奶给他送上去，才走两步，秦有鹤放在沙发上的手机却响了。

是沈依杭打来的。

阮鸣夏皱了皱眉，扯开嗓子喊了起来：“老公，依杭来电话了！”她是故意的。

“你接吧。”

秦有鹤的回答倒是出乎她的意料，既然得到了手机主人的允许，阮鸣夏也就不客气地接起了电话。

“有鹤，你的胃怎么样？医生明明叮嘱过你很多次不能吃刺激性的食物，今晚的宫保鸡丁那么辣，你为什么还要吃？就因为是阮鸣夏夹给你的吗？”

阮鸣夏的心咯噔了一下，她知道秦有鹤有胃病，但是她为了气沈依杭，竟全然忘了这一点，秦有鹤还一口不剩地全部吃完了……

“有鹤？”沈依杭的声音再次响起。

阮鸣夏知道自己错了，但还是冷冷地回了一句：“沈小姐还没说完吗？”

“怎么是你……”沈依杭的声音明显有了一丝颤抖，“阮小姐，你跟有鹤之间的事情我插不了手，但是，你今天为了气我，拿有鹤的身体开玩笑，我是不答应的。”

“为了气你？沈小姐也太看得起自己了。”阮鸣夏咬牙，“夹菜是夫妻之间再平常不过的事情，沈小姐没有结过婚，当然不知道。挂了。”

阮鸣夏主动挂断了电话，不给沈依杭反驳的机会。

但是，挂断之后依然觉得惴惴不安，她拿着热牛奶上了楼。

第十一章

你非我良人，你知道什么？

Part 1

阮鸣夏敲了敲书房的门，里头传来秦有鹤比往日里似乎还要低沉一点的声音。

“进来。”

书房的灯光有些昏黄，她进去的时候，秦有鹤没有抬眼。

他知道来人是阮鸣夏。

阮鸣夏心里愧疚：“秦先生，胃有没有舒服一点？”

“嗯。”秦有鹤依旧没有抬头，他沙沙地写着字，看上去很忙。

阮鸣夏将手中的牛奶放在秦有鹤的书桌上：“我热了一杯牛奶，秦先生趁热喝。”

秦有鹤放下钢笔抬起头，对上阮鸣夏紧张关切的眼神。

“关心我？”

“夫妻之间相互关心，不是应该的吗？”

“人前装，没必要人后也装。”

“对不起，我没想到你不能吃辣，我以为你喜欢吃……”阮鸣夏心有歉疚，说话的声音都变得绵软了些。

秦有鹤喝了几口牛奶，语气平淡：“好了，你可以出去了。”

“秦先生可不可以先把工作放一放，我们去睡觉，好不好？”话一出口，阮鸣夏就后悔了。

果不其然，秦有鹤饶有兴味地开口：“睡觉？”

阮鸣夏硬着头皮苦笑：“对啊，工作可以明天做，先去睡吧。”

她原以为秦有鹤会拒绝，没想到他却起了身：“嗯。”

他似乎真的很不舒服，一到卧室就躺下了，唇色有些泛白。

“秦先生的脸色很差，还很难受吗？”

“嗯。”此时的秦有鹤像个生病的小孩……

“要不我们去医院吧？我开车送你。”阮鸣夏低声说着。

“不用。”秦有鹤皱眉。

阮鸣夏见他抵触，思索了一会儿使劲地搓了几下手，然后探入被子里，将手覆在秦有鹤的腹部，揉了揉他的胃部。

感受到腹部传来的温暖，秦有鹤睁开眼，不悦地抓住她的手腕。

阮鸣夏吓了一跳：“我帮你揉一下应该会舒服点。”

“谁让你乱摸的？”秦有鹤的眼神凛冽。

阮鸣夏顿时有一种他“狗咬吕洞兵，不识好人心”的感觉……

她下意识地想将手缩回去，秦有鹤却强硬地拽住了她的手。

“不让我帮，就松开我。”阮鸣夏也不示弱。

“阮鸣夏，不让碰的人是你，次次点火的人也是你。”秦有鹤的喉结滚动了一下。

她就这么碰了他一下，他就……

“阮小姐之前是帮多少男人暖过胃，动作才会这么熟练？”秦有鹤眯着眼。

“我没有！”

“慕呈延呢？”

“我跟他不熟。”

“不熟还差点上了床？”秦有鹤咄咄逼人，脸色却仍旧是苍白的。

阮鸣夏心里咯噔了一下，之前念书的时候，她的确是差点跟慕呈延发生关系。那次两个人都喝得烂醉，如果不是山山来找她，他们应该已经生米煮成熟饭了。

“你怎么……”阮鸣夏想问秦有鹤怎么会知道，但很快明白了过来，“秦先生调查得这么彻底，是想把我的老底都翻出来吗？”

“阮小姐不是也刚调查过我名下的房产吗？”

阮鸣夏一时尴尬。

两人相对无言。

“我不喜欢你将对付其他男人的那一套用在我这里。”秦有鹤许久才又开口。

“秦先生这是只许州官放火，不许百姓点灯？”

“明晚秦氏年会，你参加。”

“什么？”话题转得太快，阮鸣夏觉得她可能听错了。

秦氏年会向来不对外公开，除了公司的董事和高管，能参加的也必然是商贾名流和政客，可谓千金难求一张邀请函。

“明晚秦氏年会，你参加。”秦有鹤耐着性子又说了一遍。

“我是以秦太太的身份出席吗？”阮鸣夏有点兴奋。

参会的名流中肯定不乏知名的设计师，她想要在设计圈立足，就需要一些人脉。

“你也可以作为江家的女儿去。”秦有鹤话里的意思很明显，江颂年是政客，他也会去。

“我当然要做秦太太了。秦先生还有什么要交代的吗？”

“别让我丢脸。”

“……”

Part 2

第二天中午，阮鸣夏接到了山山的电话，要她陪同去医院体检。阮鸣夏虽然心里疑惑，但也没多问，上了出租车，直往目的地。

军区医院门口。

阮鸣夏看了看山山手里的挂号单，心里的疑惑更加浓烈。

“妇产科？”

“阮阮，我觉得我怀孕了。”

“怀孕？山山，你在开什么玩笑？！”这下阮鸣夏急了。

“我跟你哥……喀喀，你懂的。”山山的脸慢慢变红了。

阮鸣夏瞠目：“你跟我哥？”她想起了在维多利亚酒店那天……

“当时我问过你，你明明否认了。”

“我当时不好意思……也怕多生事端。”

“好家伙，我哥就没有要对你负责的意思？”

“他说等他从柏林回来，会给我一个交代。”山山对江牧霆一直以来都很信任，从小到大都是。

“你不怕万一？”阮鸣夏挑眉，她这个哥哥她也拿捏不准他的心思。

“那我还能怎么样？”山山深吸了一口气，“先陪我去做检查吧，我有点害怕。”

“嗯。”阮鸣夏也不多说，陪着她去了三楼。

军区医院很大，三楼是妇产科和内科。

山山拿了B超单子进去做检查，阮鸣夏一个人在B超室外等着。

等着检查的队伍排得很长，阮鸣夏百无聊赖地四处张望，很快一道熟悉的身影落入她的眼中。

秦有鹤站在B超室门口，手中拿着单子，显然是刚刚做完B超出来。

阮鸣夏起身，想上前问问检查情况，但是，沈依杭清丽的身影已先于她迎了上去。她愣在原地，看着沈依杭跟着秦有鹤进了内科诊室，心里顿时一片凉意。

早上她想陪秦有鹤来医院，被他冷漠地拒绝了，而现在，沈依杭却陪着他来了医院。

原来不是他不想来医院，而是不想让她陪着来。

没一会儿，山山就从B超室走出来了，她看到阮鸣夏有些失神的样子，担心道：“怎么了？脸色这么难看。”

“刚刚看到秦有鹤跟沈依杭了。早上他胃不舒服发烧了，我想陪他来医院，他拒绝了我，一转眼却让别的女人陪着来了……”阮鸣夏眼眶微红。

“果然还是女人更容易动情。”山山撇嘴。

“看到自己的丈夫跟别的女人亲近，换谁心里都不舒坦吧？”

“我认识你这么久了，你对慕呈延都没有这般魂不守舍过。”山山嘴角的笑意更甚，“果然还是秦先生的魅力更大啊。”

阮鸣夏的心提了提，她从没想过自己会跟秦有鹤产生交易以外的感情。

“走吧，去医生办公室。”阮鸣夏不想继续这个话题。

十分钟后，山山走出了办公室，脸色苍白。

阮鸣夏从长椅上起身：“怎么样？”

“我怀孕了。”山山的眉眼里看不出喜乐。

“那你打算怎么办？留下孩子？”

“等牧霆回来再说吧。”

“既然你这么喜欢我哥，干脆让父母来处理这件事吧，让你和孩子都有个名分。”

山山沉默着。

阮鸣夏陪着她走出了军区医院，外面正下着大雨。

“下雨了，我们等雨小点再打车。”阮鸣夏不敢让山山淋雨，毕竟她现在是孕妇了。

“嗯。”山山只是点了点头。

“雨下得好大，幸好我带了伞。”一道熟悉的嗓音落入阮鸣夏的耳中，她转身看到了沈依杭。

在她身旁的，是秦有鹤。

“有鹤。”阮鸣夏忍不住叫了一声。

秦有鹤看到阮鸣夏的时候脸色平静，声音有些疲惫：“你怎么在这儿？”

“阮小姐？又遇到你了。”沈依杭露出得意的笑容。

“沈小姐对我的称呼什么时候能改改？我现在已经是秦太太了，怎么还一口一个‘阮小姐’呢？”

沈依杭闻言，脸色微僵。

“有鹤身体不舒服，我陪他来检查一下。”

“看什么科？男科？”

秦有鹤的脸色立刻沉了下去，阮鸣夏这个女人的胆子真是越来越大了。

“阮阮，我们先回去吧。”一直不说话的山山开口。

“嗯。”阮鸣夏颔首，看向秦有鹤，“有鹤，我们先送山山回家，再一起回家，好不好？我还要回家换身礼服。”

沈依杭一听到阮鸣夏要同行，脸色立刻变了：“有鹤身体不舒服，我来开车。我不太了解B市的路况，待会儿直接去溪山御府，可以吗，有鹤？”

到底谁是秦太太？！

阮鸣夏睨了一眼沈依杭：“有鹤不舒服，那就我来开车。我们秦家的车，还轮不到外人来开。”

沈依杭脸色僵了一下，却也不好再说什么。

秦有鹤沉默地坐在副驾驶座上，眉头紧紧地皱着，很不舒服的样子，阮鸣夏心下一紧，将车开得更平稳了些。

“阮小姐的朋友病了？”沈依杭坐在车后座上，打破了沉默。

阮小姐、阮小姐、阮小姐……

阮鸣夏冷哼了一声：“没有，我去做检查。”

“你……做检查？”沈依杭愣了一下。

“嗯。我怀孕了。”

这句话犹如重磅消息，阮鸣夏从后视镜里看到沈依杭的脸立刻变得煞白，就连山山都震惊地张了张嘴，唯独秦有鹤依然一脸平静，不发一言。

“有鹤，你马上就要当爸爸了。”阮鸣夏笑了笑，“医生说孩子很健康，要定期做产检。现在孩子还小，让我们要克制点，我说我怕我老公控制不了……”

听到这里，山山忍不住笑了。

而沈依杭的脸色极其难看。

“沈小姐，溪山御府到了，我和有鹤就不远送了。”阮鸣夏将车停在小区门口，没有开进去。

车内很快只剩下三个人。

阮鸣夏将山山送到公寓门口后，山山特别配合：“阮阮，你的病历本放在后座上的，你记得拿。”

“好。你回家当心。”

山山走后，秦有鹤才冷冷地开口：“戏演够了没有？”

Part 3

外面下着大雨，车厢内一片寂静。

阮鸣夏知道瞒不过秦有鹤，但是能骗多久就骗多久，她就是想看看秦有鹤的反应。

“你不相信我？不信的话，你可以看看我的孕检报告。”

“你吃了事后药。”秦有鹤的双眸略微眯了一下，眼神凛冽。

阮鸣夏面色寡淡：“现在假药很多的，秦先生大概买到假药了吧。”

“前后不到半个月的时间，你肚子里的孩子就能检查出来了？”

秦有鹤是商人，有着精明的头脑，她这点小伎俩还骗不过他。

阮鸣夏突然抓过秦有鹤的手放在了自己的肚子上。

“你摸摸看。”

“感觉到了吗？”阮鸣夏觉得跟秦有鹤开玩笑也挺有趣的，反正他也看穿了，干脆就跟他玩玩。

“嗯。”

“感觉到什么了？”

“我感觉到，你午饭吃得很饱。”秦有鹤将自己的手收了回来。

“……”

阮鸣夏开车的速度很慢，陆承泽的那场车祸在她心里留下了很深的阴影，如今她能够正常开车实属不易。

“如果我真的怀孕了，秦先生会要吗？”

“不会。”秦有鹤回答得干脆。

“这么狠心……”得到这样的答案，阮鸣夏觉得整个人都不好了。

“你不是说你不喜欢小孩？”

“喜不喜欢是一码事，怀不怀得上又是另一码事……”阮鸣夏低低地说着，“我怎么这么傻，跟秦先生开这种玩笑。我忘记秦先生因为一场意外不能生育这件事了。”

“所以，你让我去看男科？”

“有病我们可以治，不用羞于启齿的。”阮鸣夏冲秦有鹤笑了笑。

“是我没有满足你，让你觉得我还需要去看病？”秦有鹤神色镇定。

“没有，秦先生已经……很厉害了。”

秦有鹤似是得到了自己满意的答案，不再说话，开始闭目养神。

回秦宅休息了几个小时后，秦有鹤的精神总算好了一些，阮鸣夏这才放下心来。

傍晚，两人到达洲际酒店。

阮鸣夏挽着秦有鹤由侍者引着进门，却被一道中年男人的声音叫住。

“秦先生、阮小姐。”慕晏明站在酒店门口，西装革履，应该也是应邀参加秦氏年会的。

慕氏虽然名声在外，但历年来从没有得到过秦氏集团年会的邀约。

今年，还是头一次。

即使有前仇，慕晏明还是拉着不情不愿的儿子慕呈延一道来了，毕竟能够参加秦氏年会是一件极其风光的事。

谁知他们到了酒店门口，却被保安拦了下来，声称慕氏并不在受邀的名单内。

他这才觍着脸叫住了秦有鹤和阮鸣夏二人。

“慕叔叔。”阮鸣夏乖巧地叫人，对一旁的慕呈延装作没看见。

慕呈延炽热的目光一直停在阮鸣夏的身上。

秦有鹤的脸色沉了沉，他的手随意地搭在阮鸣夏纤细的腰上。

阮鸣夏的礼服恰好开口开在腰际，秦有鹤的手指触碰到她的时候，她觉得腰际传来了一阵酥麻感，忍不住瑟缩了一下。

“秦先生，我前天收到了贵公司年会的邀请，但是没有邀请函，不知道是不是贵公司疏忽了？”

“是吗？我不记得邀请了两位。”秦有鹤的口吻近乎冷漠。

这下阮鸣夏越发确定，秦有鹤是故意的。

他故意邀请慕氏父子赴宴，却不给邀请函，以至于慕氏父子现在被酒店的保安拦在门外，不得入内。

这对慕氏来说，无疑是羞辱。

秦有鹤在羞辱慕家，更确切地说，是在羞辱慕呈延。

“秦先生，您这样做，也不怕让人笑话？”慕晏明的怒意几乎有些压不住了。

“是我疏忽了，抱歉。”

慕晏明额头上青筋暴起，显然在极力地控制着怒气。

“阮阮。”慕呈延一心只在阮鸣夏的身上。

“慕总有事吗？”阮鸣夏看着慕呈延的眼睛，心里已经没有了之前的酸涩和难过，有的只是厌恶。

“天气冷，你怎么穿这么少？”

“慕总冷的话自己多穿点。我太太的冷暖，我知道。”秦有鹤冷冷地开口。

慕晏明恨铁不成钢地看着自己的儿子，这个时候竟然还有心思管女人，惹恼秦有鹤。

秦氏年会对慕家来说是结交各方名流的绝佳机会，所以，慕晏明即使拉下老脸也要在秦有鹤面前低声下气地说话，现在倒好，慕呈延几句话就让他的一切努力付诸东流。

“秦有鹤，你不过是用钱娶了阮阮，阮阮她根本不爱你。”

“慕总大可以花更多的钱，把我太太娶过去。”秦有鹤说完，揽着阮鸣夏走进了酒店大堂。

慕呈延想要追上去，却被保安拦在了门口。

慕晏明痛心疾首，现在好了，慕家跟秦家的新仇旧恨，是算不清了。

阮鸣夏虽然以前在家不受宠，但也跟随阮兰心和江颂年参加过不少重大的宴会，然而，秦氏年会绝对是她见过的排场最大、最奢华的宴会。

没想到秦有鹤为人低调，秦氏集团的年会却办得如此高调。

“你先吃点东西垫垫肚子，这次请了不少知名的服装设计师，晚点我带你去见他们。”秦有鹤淡淡地交代着。

秦有鹤的话让阮鸣夏有点受宠若惊，这是为了她特地请了这么多设计师吗？

“秦先生要去哪里？”

“我招呼一下几位贵客。”

“我一个人坐在这里孤单怎么办？”

“你还是三岁小孩？需要我教你怎么跟人相处？”

Part 4

“哦……”阮鸣夏只是有些紧张。

“听话，我很快会来找你。”

“秦先生胃还没好，千万别喝酒。”阮鸣夏嘱咐道。

“嗯。”

阮鸣夏一个人百无聊赖地开始吃东西。

“阮鸣夏。”是顾和。

“姐……姐姐。”阮鸣夏叫得有些生硬，毕竟两人才见过一次面。

顾和穿了一身黑色的晚礼服，及肩的长发被一丝不苟地盘了起来。

阮鸣夏至今不明白，为什么顾和会嫁给……一个老头？

“你一个人？有鹤扔下新婚小妻子自己走掉了？”

阮鸣夏含笑：“嗯，他让我先吃点东西，待会儿来找我。”

“其实有鹤对你挺好的，很少见他这么关心女人。”

很少？那也就是有呗……阮鸣夏觉得，能让秦有鹤关心的，除了沈依杭，没有别人。

“很少？”

顾和放下了手中的香槟酒杯，同样是女人，阮鸣夏的心思她怎么会不懂。

“你想从我这儿打听有鹤的前任？”

“对啊，他不跟我说，我只能够问姐姐了。”阮鸣夏大方地承认。

“其实，你应该知道，有鹤的前任就是沈依杭。”

“姐姐可以跟我说说他们的事情吗？”

顾和倒是很大方：“我说了，你可不要吃干醋。”

“好。”阮鸣夏颔首。

宴会人潮涌动，只有这个角落显得清静一点。

“有鹤和沈依杭曾在一起很多年。依杭是有鹤的妈妈收养的孤儿，当初看中的是她的嗓音适合唱京剧，所以，后来又收她做了徒弟。”顾和不紧不慢地开口，“有鹤呢，跟依杭从小一起长大，一起度过了童年，也一起度过了少年时期。你知道的，青春期孩子的感情最懵懂、最难忘了。”

“早恋？”阮鸣夏扯了扯嘴角，“真看不出来秦先生还会早恋……”

“算是吧。那个时候有鹤对沈依杭特别好，沈依杭在福利院住过一段日子，体质一直不好，有鹤很照顾她，两个人一起上学一起放学，有鹤连书包都舍不得让她背。”

原来，秦有鹤对沈依杭这么好……学生时代的恋情往往是最干净、不掺杂着任何利益关系的，那样的感情真令人羡慕。

阮鸣夏敛了敛神色，心里有些堵得慌。

“他可从来没有帮我拎过包……”

顾和轻笑：“说好的不吃醋呢？”

“然后呢？为什么他们会分开？”

“沈依杭是温锦的养女，名义上是有鹤的妹妹，他们怎么可以在一起？最主要的是，爷爷很不喜欢沈依杭，后来有鹤甚至因为沈依杭放弃去牛津大学读书，留在国内陪她。这样一来，爷爷就更加不高兴，更加不待见沈依杭了。”

原来，真的是秦老爷子棒打鸳鸯……

“秦先生不记恨老爷子？”

“怎么会？有鹤是爷爷带大的。他后来去了宾夕法尼亚大学，沈依杭则留在国内跟着温锦学京剧。那段时间他们还有联系，有鹤曾偷偷瞒着老爷子，连夜从费城飞回来，就为了看沈依杭的一场演出。有鹤没能在门票售罄前买到门票，只能站在场外等着沈依杭，通过场外的大屏幕看她。那么冷的冬天，他在外面站了整整三个小时。后来，我去接他，看到他冻青了嘴唇，心疼得不行。”

阮鸣夏哽了一下，突然不知道说什么好。

“没想到他对沈依杭的感情这么深……”

“其实，谁还没有个过去？你了解一下有鹤的过去也是好的，以后防着点沈依杭就是。”

阮鸣夏愣了一下，顾和还真是直接。

“沈依杭心思不坏，但她一定还爱着有鹤。”

“谢谢姐姐。”

“没事。”顾和笑了一下，“那边有几个生意伙伴，我过去打个招呼。你自便。”顾和拿起酒杯，走向前方的几个中年男人。

顾和笑着跟他们攀谈，其中一个中年男人开口：“季太太真漂亮，只可惜季总躺在医院里，无福消受啊，哈哈。”

这样的话语有些不堪入耳，顾和却假装没听到。

“那块地，不知道傅先生能不能行个方便？我相信季氏出的价格在众多公司中已经不低了，不如卖我个人情？”

自从季氏集团总裁季斌尿毒症发作，每天都需要躺在医院开始，季氏集团的大权就全落在了顾和手中。

最初，无人服顾和这样一个空降兵，但在季斌生病的这两年里，顾和将季氏集团打理得井井有条，季斌当年没有拿下的几个项目，她都轻松地拿下了。

所以，顾和现在是季氏集团无人有异议的掌权者。

男人靠近顾和，手不老实地环住了顾和的腰身：“人情？这要看季太太愿意付出多少了。大家都是生意人，亏本的买卖不做，是不是？”

顾和的脸色有些难看。

但是她不能拂了他的面子，毕竟是她有求于人。

顾和之所以会参加秦氏年会，一方面她是秦氏集团的股东之一，另一方面她是想拿到傅先生的那块地。

“傅先生有需要的话，我今晚会安排好。”顾和笑得温柔端庄。

傅先生却伸手在顾和的臀部捏了一把：“我要你陪我……怎么样？”

“我来陪你？怎么样？”冷冷的声音自两人身后传来，顾和的手臂被人拉了过去，身体撞入一个宽大的怀里。

Part 5

顾和抬头对上了季邵微愠的双眸，他将她拽到了身后。

“你是谁？滚一边去！”

“她是我妈，你说我是谁？”季邵冷冷地反问了一句。

傅先生和几个看热闹的中年男人听到后都忍不住笑了。

“原来是季二少，你不乖乖地当你的医生，在这里瞎掺和什么？我跟季太太正在谈生意，小孩子一边去。”

说罢，傅先生再次将手伸向顾和，却被季邵扣住了手腕。

“动季家的人，不想混了，是不是？”

季邵的口气带着一点痞味，人人都说季家二少跟季家长子季捷不同，季捷沉稳，季邵随性。

“我还真不知道季太太后妈做得这么好，丈夫的儿子都这么护着你。”傅先生满是嘲讽，“季二少，你这个后妈在外面做了多少不堪的事情……”

“你再说一句试试！”

顾和蹙眉道：“季邵，算了。”

顾和遇到这样的事情已经不是一次两次了，今天如果季邵不出现的话，她多喝几杯酒也就挡过去了。

“算了？”季邵冷冷地笑了一下，原本拽着男人的手劲稍微松了一些，“顾和，我以前怎么没发现，你心这么宽？”

季邵松开了傅先生，脸色冷淡地从顾和的身边走过去。

傅先生大腹便便，突然失去拉力，差点跌坐在地上，几个人扶住了他才没让他倒下。

“季太太，你装什么贞洁烈女？你男人都可以当你爸了，陪我一晚，我就把那块地让给季氏集团，怎么样？”

“怎么秦氏集团会邀请嘴巴这么不干净的人？看来，门槛设得太低了，什么货色都能进来。”阮鸣夏走到顾和的身边，挽住了她的手臂。

“今天晚上是怎么了，为季太太说话的人这么多？你又是谁？长得漂漂亮亮的，怎么这么喜欢多管闲事呢？”

阮鸣夏冷笑：“我就看不惯狗乱吠。”

“你！我是秦先生请来的，你算什么东西？”

“我还是秦太太呢。”阮鸣夏嗤笑着开口。

“秦太太？”傅先生眼里带着浓烈的讽刺，“我记起来了，是阮兰心那个坐过牢的大女儿吧？”

阮鸣夏的心紧缩了一下。

顾和低声开口：“别跟他计较。”

阮鸣夏准备跟顾和离开，傅先生却不肯放过她们：“我听说阮大小姐当初戳瞎了自己妹妹的眼睛，一转眼又抢了妹妹的未婚夫，成了秦太太。真是人心不古啊。”

他说得很大声，周围的人都听到了。

阮鸣夏脸色僵了一下，即使这些事情在网上早就被传得沸沸扬扬了，但是被人亲口说出来仍旧有些难听。

“阮家的事，不需要丑人多说话！”

“不就是傍了秦有鹤吗？嚣张什么？等我跟季太太好了，我还是你半个姐夫呢，哈哈。”

“傅先生是不是该让幼儿园老师重新教教你怎么说话？”阮鸣夏既替自己不平又替顾和不平。

傅先生一把扯住阮鸣夏，说出的话越发难听：“小丫头傍有钱人的手段倒是不错，嘴巴这么厉害，敢情秦有鹤就好这一口？”

阮鸣夏准备反驳的时候，两旁的保镖忽然上前抓住了傅先生的手臂。

“你们干什么？！”

阮鸣夏听到耳旁传来秦有鹤的声音时，瞬间安定了很多。

“傅总，我太太脾气不好。抱歉了。”

傅先生看到秦有鹤酒立刻醒了三分，甩了甩脑袋：“秦先生，没事没事，我不跟女人计较。”

“但是……你欺负了我太太，我会跟你计较。”秦有鹤冷冷地开口，伸出修长的手轻挥了一下，保镖立刻将男人直接拽了出去。

全场一片死寂。

秦有鹤淡淡地询问：“没事吧？”

“嗯……”

“有鹤，对不住了。”顾和皱眉。

“没事。”秦有鹤跟顾和之间从小感情就很淡，称不上亲近，也称不上疏远。

"季邵怎么也在？你不是说你没请他吗？"

"我没请他，以他的性子自己也会来，你又不是不了解他。"

"……"

傅先生被保镖带走之后，阮鸣夏仍旧心神不宁，她觉得自己所有的隐私好像被暴露在了所有人的视线中。

她跟在秦有鹤的身后，心不在焉。

"秦先生，这位就是秦太太吧？秦先生向来低调，没想到结婚也这么低调，说结就结了，哈哈。"一个中年男人领着自己的妻子笑着跟秦有鹤说话，阮鸣夏静静地站在一旁，带着端庄的笑意，没说话。

"遇上合适的就结了，我太太很合我心意。"

"秦先生，这杯酒你赏脸喝下吧？"

秦有鹤没有拒绝，从一旁拿起了香槟酒杯，却被阮鸣夏夺过。

"有鹤今天胃有点不舒服，我来替他喝吧。"阮鸣夏仰头一口饮尽了杯里的酒。

秦有鹤蹙眉："哪有让女人挡酒的？"

"总不能让你喝吧？你喝了，胃会更不舒服。"阮鸣夏抿唇，看到秦有鹤脸色仍旧有些苍白，她踮起脚将额头贴上了秦有鹤的。

"还有点烫。"阮鸣夏皱眉。

秦有鹤看着她紧张的样子，脸色变得缓和了一些。

阮鸣夏跟着秦有鹤在人群中走动，年会上的人大多数都是她不相识的，秦有鹤帮她引荐了圈内几个知名的服装设计师，是她之前一直想要结交却没有机会认识的。

他们看在秦有鹤的面子上，卖了阮鸣夏一个顺水人情，在设计工作室开张的那天都会到场。

阮鸣夏正在跟这几个设计师聊天，秦有鹤为了避免她尴尬也没有离开。

其中一个设计师过来敬酒，看到阮鸣夏的时候有些惊讶。

"阮鸣夏？"这是一名男设计师，当年跟阮鸣夏在大学的时候是同班同学。

“戴佳明？”阮鸣夏也有些意外，毕竟在这样的场合遇到老同学的概率并不高，“有鹤，这是我大学同学。”她转而向秦有鹤介绍道。

秦有鹤礼貌地点了点头，很配合她。

“阮鸣夏，你比以前更漂亮了啊。”

“你也变帅了。”阮鸣夏敷衍地回答着。

“各位，以前阮鸣夏参加纽约新锐服装设计大赛的时候，要不是在后台出了事故，按照当年的比赛情况，她绝对是冠军。”戴佳明想要表达的点在于阮鸣夏在设计方面才华出众，但是有人听话不听重点。

“出了什么事故？”

“当年阮鸣夏误伤了她妹妹陆一浓的眼睛啊。你们不知道这件事吗？也对，过去这么久了，大家肯定都忘记了。”

话音刚落，空气立刻变得一片死寂。

“原本就是误会，旁人当然不会知道。”秦有鹤有些不悦。

戴佳明在设计圈内小有名气，最近新开拓了一种设计潮流，在圈内一时名声大噪，虽然才华横溢，却不怎么会说话，换而言之，情商低。

“说起来，你真的是太倒霉了，大二那年你刚刚拿到驾照开车跟你弟弟出去，还出了车祸，后来跟你妹一起参加设计师大赛又发生这样的事情。你说你是不是命里克弟弟妹妹啊，哈哈。”

“……”

全场只有他一个人在笑。

提起陆一浓，阮鸣夏心里并不十分难受，但提到那场车祸，她只觉得脊背一阵发凉。

“我太太不舒服，不奉陪了。下次见。”秦有鹤的语气变得生硬起来。

阮鸣夏真怕他下一秒会将戴佳明丢出会场。

秦有鹤带着阮鸣夏离开，她整个人却是呆愣的，脑海中闪过很多画面，无一例外全是当年车祸的一幕幕场景。

Part 6

秦有鹤递了一杯水给阮鸣夏：“喝点水冷静一下。”

阮鸣夏颤抖着接过了水。

“对不起，我想先回去了……”她完全没有心情继续待在这里，她想去医院看看陆承泽。

“去那边坐一会儿，等我半个小时。你一个人回去，我不放心。”

“可是……”阮鸣夏心里烦乱，她只想一个人静一静。

“没有可是。”秦有鹤口气强硬，却无端让她觉得心安，“要我抱你过去？”

阮鸣夏一听这话，立刻乖乖地走向了角落里的沙发。

顾和的生意黄了之后，她也没打算继续留在会场，人人都知道她是秦家的女儿，嫁给了一个年过半百的男人，所有人看她的眼神就跟看笑话似的。若不是想从傅先生手中拿到那块地的话，她并不喜欢在这种公众场合出现。

她穿着高跟鞋走向了洗手间，洲际酒店很大，去洗手间要穿过一个很长的长廊。

长廊是仿欧式设计，暖色调的灯光照下来落在墙壁和地板上，是温馨暖心的色调。

顾和觉得有些累，从早上在季氏集团开始，就一直很忙，为了参加晚宴，回到家匆匆换了礼服和高跟鞋出来，出门后才发现高跟鞋有点不合脚……

她的脚后跟有些被磨破了，只能小心翼翼地慢慢走着。

快走到洗手间门口的时候，一道男人的身影忽然从拐角处出现。

穿着西装的男人腰身紧窄，一套黑色的沉闷西装将他衬得与平日里只穿白大褂和休闲装的男人区分了开来。

顾和很少见到季邵穿西装。

他有些烦乱地扯着衬衫上的领带，似是很不悦。

顾和想要转身走掉，这么多年在季家，她都是尽量不跟他碰面。季邵在医院工作，有早班和晚班，顾和在他上早班的那几天干脆直接住在季氏集团总裁办公室的休息室里，等他值夜班，她才会回家睡。

少碰面，就少生摩擦。季邵一向最厌恶她这个后妈，她心知肚明。

但是，现在想走显然来不及了，季邵已经抬头看到她了。

一阵酒味扑面而来，顾和微微皱眉，觉得有些刺鼻。

“你喝了多少酒？”她记得季邵的酒量一向都是不错的。

“你真把自己当成我妈了？还管我喝多少酒？”季邵靠近了顾和，“要不要我把我的身份证拿出来给你看看，我是不是成年了，能不能喝酒了？嗯？”

他这样的反应顾和已经习惯了。

季邵看着顾和身上的礼服，和她故意梳得老气横秋的头发，不禁冷笑：“为了配合老季的年龄，你把自己打扮成这样，也真是委屈你了。只可惜，老季不能陪在你的身边，你一个人在人前装有什么意思？”

顾和哽了一下，不打算跟他计较。

“刚才谢谢你帮我。”顾和只记别人的好，不记别人的坏。她知道季邵心性并不坏，所以，从来不跟他争执。

“你以为我是在帮你？”季邵喝了酒之后越发猖狂了，他又靠近了顾和几分，将她逼退到了身后的墙壁上，大理石的墙壁冰凉，顾和身上只穿了薄款的礼服，冷得浑身哆嗦了一下。

季邵身上浓烈的酒味扑到了顾和的脸上，混合着他呼吸的气息，炽热滚烫。

顾和的眼神没有任何躲避地看着他，她比秦有鹤年长四岁，季邵和秦有鹤同龄，也就是说，她比季邵大四岁。

虽然只有四岁的年龄差，但她心智原本就早熟，在商场上已经摸爬滚打了将近十一年。而季邵学医学，虽然因为成绩优异一直跳级，但医科大学的硕博连读需要很多年，毕业也只不过是几年前的事情。

所以，在顾和的眼中，季邵一直就是个孩子。

直到现在……当季邵靠近她的时候，他身上浓烈的荷尔蒙味道让她有些蒙了，她突然觉得她好像不能像以前那样用看孩子的眼光去看待他了……

季邵离她很近，俊挺的鼻尖几乎贴到她的。

“我只是不想让你给季家丢脸。”季邵冷冷地开口，他说话的气息扑打在顾和的脸上，她不自觉地加重了呼吸。

顾和伸手想要推开他，她没有喝酒，她是清醒的。

但是，她的手突然被季邵紧紧地抓住，他的力道很大，几乎要将她纤细的手腕捏断。

“季邵，松手。”顾和在季邵面前一直端着长辈的架子，却从来没有命令他做过什么。

“你说松手就松手，你以为我跟我爸一样事事都听你的？”

季邵越发靠近她，附在她的耳边，在她光滑洁白的脖颈处轻轻呼气：“等着，我会把你从季家赶出去。”

季邵的声音很轻，却让顾和心惊。

顾和感觉过了一个世纪之久，季邵才松开了对她的束缚。

季邵松开顾和后，深深地看了她一眼，便转身离开。

顾和觉得浑身的力气好像都被抽空了，她看着他的背影，第一次有一种害怕的感觉……

洲际酒店的自助餐比想象中美味很多，阮鸣夏吃了一点东西，才觉得心情稍微放松了一些。

秦有鹤办完了该做的事情才来找阮鸣夏。以往的秦氏年会，他都是不露面的，今年突然出现，很多人都围着他，他一时之间无法脱身。

“走吧。”秦有鹤走出了会场。

阮鸣夏连忙跟了上去。

从会场到酒店门口有一段距离，阮鸣夏一边走，一边询问秦有鹤：“你的胃还难受吗，还发烧吗？”

秦有鹤递给她车钥匙，答非所问：“我喝了酒，你来开。”

Part 7

阮鸣夏闻言眉心都皱起来了：“你喝酒了？你胃都这样了，怎么能喝酒？”

秦有鹤不说话。

上了车后，他靠在椅背上闭目养神，没有半分要理睬阮鸣夏的意思。

“秦先生，你冷不冷？冷的话，我帮你盖条毛毯？”在人后，她习惯性地叫他“秦先生”。

“专心开车。”他淳厚低沉的声音传来，让阮鸣夏无端端地紧张了一下。

“一会儿我去超市买点老姜，回家熬点老姜汤，秦先生喝了应该会舒服些。”阮鸣夏低声喃喃，更像是在自言自语，“秦先生是不是还很难受？”

秦有鹤睁开眼，低低地应了一声：“嗯。”

“早上我要陪你去医院，你还拒绝我，下午一转眼就跟沈依杭去了医院……要是早上你听我的，早点去医院的话，现在说不定都好了……”阮鸣夏低声嘀咕着。

“我在医院恰好遇到了她。”

阮鸣夏撇了撇嘴：“这么胡编乱造的谎话你以为我会信？”

秦有鹤没有再理她，一副“信不信随你”的样子。

阮鸣夏虽然心里不痛快，但也只能认真地开车。

她有些烦闷地打开了车内的广播，电台主持人正在讲安全行车的问题，不可避免地提到了车祸……

“车祸这个词真的很可怕，车祸会造成人残废，变成植物人，甚至是死亡，所以，安全驾驶非常有必要。开车的时候不要嬉闹，否则，造成的后果就可能是家破人亡。”

阮鸣夏慌了一下，握紧了手中的方向盘。

“之前我有个朋友在开车的时候闯红灯，跟一辆大货车相撞了，成了植物人，一直躺在医院里。”电台主持人的话让阮鸣夏想到了陆承泽，那些可怕的画面又浮现了出来……

她吓得立刻关掉了广播。可即使关掉了广播，她仍旧心神不宁，浑身忍不住打战，满脑子都是当年车祸的画面。

阮鸣夏开得不算快，但她没注意到的是，一辆电瓶车从人行道上冲了过来。

砰的一声，电瓶车应声而倒，阮鸣夏见状慌了，坐在车里久久反应不过来。直到听到妇女的哀号，她才下车查看，当看到地上一摊血时更是呆立在了原地。

一个五六十岁模样的中年妇女此时正坐在地上，一条腿上全都是血。

“杀人了！杀人了！”中年妇女开始大喊大叫，一边痛哭，一边大喊，立刻引来了大量的围观者。

阮鸣夏惊魂未定，脸色煞白地站在原地，一动不动。

“救命啊！杀人了！”中年妇女越哭越厉害，围观的人也越来越多。

有人大声吼道：“撞了人，怎么还不报警？！怎么还不叫救护车？是不是不想负责？”

阮鸣夏现在满脑子都是当年陆承泽倒下的画面，她眼神恍惚，甚至有些看不清眼前的东西。被路人不小心推了一把后，阮鸣夏整个人往前扑去。眼看就要扑倒在地，一双有力的长臂适时扶住了她。

阮鸣夏觉得眼前天昏地暗，她像抓住了救命稻草：“秦先生，我撞人了……怎么办？”

“有我在。”秦有鹤脸色冷静，他拿出手机拨通了 120，“喂，城海路交叉路口这边发生了车祸，有两人受伤。”

“一个人。”阮鸣夏低声纠正着。

秦有鹤挂断后又拨通了警局的号码，警局很快也派了警车过来。

秦有鹤看了一眼阮鸣夏的额头，她的额头受伤了，殷红的血一点一点地渗了出来，她却紧张得丝毫没有察觉。

“你也受伤了。”

阮鸣夏却只是惨白着脸问秦有鹤：“她不会有事吧……”

“救护车马上就过来。是她闯红灯，你不用怕。”秦有鹤宽慰着阮鸣夏。

秦有鹤的话却引来了路人的不满。

“车撞人那肯定是车的错，跟闯红灯有什么关系？”

“就是。明明是她开车开得太快，把人家阿姨撞成这样了，还说没事？”

阮鸣夏越听越害怕：“我没有开得很快……”

“我知道。”秦有鹤虽然睡着了，但他清楚阮鸣夏的性子。

中年妇女的叫声越来越凄惨：“造孽啊！撞了人还赖账，怪到别人的头上来！我的腿怎么办啊！”

越来越多的人围了过来，救护车也很快到了现场，阮鸣夏被秦有鹤护在身后。

医护人员将受伤的中年女人抬上了救护车，警察走到了阮鸣夏和秦有鹤的面前。

“先去医院吧，看看伤者的情况。”

“嗯。”秦有鹤淡淡地开口，随后又拨通了一个电话，“城海路这边，让保险公司的人过来。”

保险公司……

阮鸣夏这才想起来她开的是秦有鹤的车……

当时由于紧张，车子撞上了公路的护栏，车身的前面有些凹陷。

要是普通的车子也就罢了，可这是秦有鹤的车……

她欠秦有鹤的已经太多了，现在看来，似乎又多了一辆车？

第十二章
此生多寒凉，喝杯奶茶暖一暖

Part 1

车子停在了城海路，他们是跟着警车一起去医院的。

阮鸣夏之前在纽约被人冤枉入狱就是被警车带走的，她倒是跟警车打过交道，但是，她坚信，秦有鹤肯定是头一次坐警车……

“秦先生要不靠在我的肩上睡一会儿，等到了，我再叫你。”阮鸣夏担心秦有鹤的病情。

原本他胃不舒服和发烧都是因为她，不能再因为她变得更加严重。

秦有鹤闻言，伸手将阮鸣夏的头拉向他的肩膀，让她靠着他睡觉。

“应该靠一会儿的人是你。闭上嘴巴，睡觉。”

“你的车要花多少钱才能修好？”

“看情况，至少要八十万。”秦有鹤云淡风轻地开口，他这样的口气越发让阮鸣夏觉得愧疚。

“秦先生上次给我的三千万还剩了不少，要不这八十万我来……”阮鸣夏小心翼翼地说着，生怕秦有鹤拒绝。

毕竟，她是拿着他的钱在还他。这算什么？她自己都觉得说不过去。

“你是秦家人，撞了自己的车还要赔钱？”秦有鹤反问了一句，他的精神状态其实并不好，“还是你需要跟我算得这么清楚？”

“秦先生真好，都把我当自己人了。”她冲他一笑。

“下不为例。”

“嗯……”阮鸣夏颔首。

车子最后停在了B市附属医院的门口。

季邵是被秦有鹤从家里叫来的，他匆匆地赶到医院时，警车也到了。

秦有鹤和阮鸣夏刚好从警车上下来。

秦有鹤身形修长，气质不同于旁人，这样一个人从警车里出来，不像是被人“押送”过来的，更像是警车护送领导来视察……

“有生之年能看到秦先生从警车上下来一次，真是荣幸。”季邵忍不住打趣，“阮小姐，自从你来到我们秦先生身边之后，他的人生经历都丰富起来了呢。”

“进去吧，病人在等着。”秦有鹤此时没有心情跟季邵开玩笑。

季邵替伤者检查完出门后，只看到阮鸣夏坐在走廊的长椅上。

“有鹤呢？”

“他好像有点事。”阮鸣夏安静下来之后又有些心神不宁。

走廊的尽头，秦有鹤拨通了陆琛的电话。

“秦总，您还没睡？”

“查一下阮兰心的儿子陆承泽，我要当年关于车祸的所有资料和档案。”

“现在吗？”现在已经是深夜。

“明天下午之前，我要看到资料。”

秦有鹤还没挂断，就被季邵用力拍了一下肩膀。

“阮兰心的儿子？你调查他干什么？”季邵的脑子转得快，“阮鸣夏是阮兰心的女儿，难不成你调查的事情是跟阮鸣夏有关系？”

秦有鹤沉默。

“我记得VIP病房里躺着一个植物人，叫陆承泽。之前医院全科会诊的时候，我见过。他是不是就是阮兰心的儿子？”

“嗯。”

“网上说，阮鸣夏当年出车祸，害得自己的弟弟成了植物人，你是想查清楚当年的车祸？”

“你是需要我夸你是医学界的福尔摩斯？”

“我喜欢柯南。”季邵转移了话题，“你对你的小娇妻这么好，她知道吗？”

秦有鹤不回答，只是转身走向阮鸣夏。

季邵却不肯停下来：“你这个小娇妻很不好控制，长得这么漂亮，小心被别人拐走了。”

“我秦有鹤的女人，谁拐得走？”

秦有鹤的话让季邵唏嘘不已。

“怎么，真的打算跟依杭断了？”

“别在阮鸣夏面前提起沈依杭。”

“啧啧。”季邵叹了一口气，“果然有了太太就是不一样，护妻心切啊。”

Part 2

“笔录已经做完了，你可以回家休息了。警方有什么事情会再联系你。”

秦有鹤回去的时候，警察刚刚给阮鸣夏做完笔录。

警察看到秦有鹤的时候，脸色多了几分恭顺。

“秦先生，实在抱歉，让秦太太受惊了。”

“辛苦你们了。”秦有鹤淡淡地开口。

“应该的，应该的。秦先生，这件事情我们会处理好，您放心。”

“我太太困了，我们先走一步。”

“好、好，我让警员送您和太太回去。”

阮鸣夏回家后简单洗了一下脸，她一下子受到了太多的冲击，整个脑袋昏昏沉沉的，只想钻进被子里。

秦有鹤在书房看标书，高盛集团的那块肥地，房地产巨头都将目光放到了这上面，以房地产为主的秦氏集团自然不会放过这个机会。

对于高盛集团，阮鸣夏是有点了解的。

高盛集团的总裁是江颂年的至交楼封，楼封今年年近六十岁，阮鸣夏小时候见过他几次。她记得楼封有个儿子，应该比她大一两岁……

阮鸣夏习惯在睡前喝一杯牛奶，刚喝完，江牧霆的电话打了过来。

江牧霆不是在柏林吗？这么晚打电话给她干吗？

“哥，这么晚了，你怎么还没睡？”

阮鸣夏一边刷牙，一边开口，声音有些含混不清。

“阮阮，是我。”

阮鸣夏下意识地抽搐了一下，但她没有直接挂断电话而是咬牙开口：“慕总怎么跟我哥碰面了？哦，我记起来了，今天在洲际酒店门口被秦氏年会拦在了外面是不是？难怪有时间去找我哥。”

“今天的事情，你不觉得是秦有鹤做得过分了？”慕呈延说话的语气比刚才差了一些。

“原来，慕总打给我，是为了当着我的面指责我老公做错了事情啊。用你的脑子想想，我会觉得我老公不好吗？”阮鸣夏挑眉。

慕呈延面色铁青。

他刚刚同江牧霆碰面，知道阮鸣夏不会接他的电话，只好拿江牧霆的手机打。

“阮阮，能不能好好说话？”

“你又不是第一天认识我，还不知道我喜欢怎么说话？”

“秦有鹤他根本不爱你，他这种身份的男人要什么样的女人没有，怎么可能会看上你，阮阮……”

“所以，在你的眼里，我是个一文不值的女人，是这个意思吧？”阮鸣夏冷笑，寒意遍布全身，连指尖都仿佛冰凉了起来，“慕总，各花入各眼，你为了名声、为了美色随随便便抛弃的女人，别人可能就喜欢得紧。我老公对我很好，他什么都好，不用你瞎操心我的婚后生活。”

当年慕呈延被陆一浓迷惑，不肯在法庭上帮她做证导致她入狱，她真的抑郁过一段时间。

“阮阮，秦氏集团内部没有你想的那么稳定，秦家也是乱成一团，趁现在你涉足未深，我希望你能早点抽身离开。”

“多谢慕总的好意。”阮鸣夏无所谓道。

“算了，我向来说不过你。你知道高盛集团吗？”

“知道啊。”

“我听说秦有鹤想拿下高盛集团的地？”

“慕总如果想从我这里打听商业机密的话，如意算盘恐怕是打错了。”

“我不是这个意思，慕氏也会参加招标，我会让秦有鹤输得很惨。”

输得很惨？阮鸣夏只觉得可笑。

“原来，慕总的野心这么大？那你是想通过我提醒秦有鹤得有点危机感吗？抱歉，我老公不管在哪方面都很厉害的，在商场上更是没有他解决不了的事情。他还会怕你？”阮鸣夏觉得慕呈延简直莫名其妙，“没劲，挂了。以后别再打扰我。”

阮鸣夏匆忙挂断电话，心里却有点难受，慕呈延不再是从前的那个他了。

念书的时候，她会去看他打篮球，也会跟着他一起去自习室看书。他的确是在看书，她却睡着了，他走了她也不知道。

阮鸣夏想起这些事，还是觉得鼻尖有些酸酸的，明明才过了几年，她却感觉像过了几十年……

她准备回到床上，才发现秦有鹤站在她的身后。

她一惊，连忙伸手捂住了手机。

他什么时候来的？

秦有鹤已经换上了睡袍，看上去有些疲惫。

“不愧是八年难得的朱砂痣，深夜还要通电话。”

Part 3

秦有鹤的声音很轻，听起来慢条斯理的，却让阮鸣夏生畏。

她答应过他不会再跟慕呈延联系，也不会跟别的男人有不清不楚的关系。但是现在这样的情况，分明在啪啪打她的脸。

阮鸣夏认真地替自己解释：“慕呈延用我哥的手机……我不知道是他。”

秦有鹤没说话，只是又靠近了她几分。

“他跟我哥是朋友。你要是不喜欢，以后我哥的电话我也不接就是了。”阮鸣夏觉得被秦有鹤这样盯着真的很恐怖，他眼神讳莫如深，她猜不透他在想什么。

“这么六亲不认？”秦有鹤反问了一句。

“有事的话，我可以跟我哥见面说。”

“你哥到底安的是什么心，把你推给慕呈延这样的人。”

阮鸣夏愣了一下：“我哥是好心，他跟慕呈延认识很多年了，以为慕呈延是个好人，以为慕呈延真心喜欢我……”

“真心喜欢你？”秦有鹤的嘴角挂着讽刺的笑意。

“对不起，我保证不会再跟他联系。”阮鸣夏咬唇。

秦有鹤看着阮鸣夏紧张的样子，不知道她的紧张里掺杂着怎样的情绪，是担心不能再联系慕呈延，还是担心秦太太的位置不保？

“你上次也是这么保证的。”

“我……”

“那就将功补过。”秦有鹤的语调散漫。

聪明如阮鸣夏，她大概猜到秦有鹤要干什么。

“我累了，明天再将功补过吧。”

说完，她想绕开秦有鹤回到床上去，却被他抓住了手臂。

“阮鸣夏，别在我面前耍心机。”秦有鹤伸手将她圈住，阮鸣夏被禁锢，一时无处可逃。

“秦先生……”

“今晚我有需求。”秦有鹤丝毫没有掩饰自己的意图。

阮鸣夏一阵紧张，话都忘了说。

“我娶你回来，不是放在家里当摆设的。”秦有鹤的掌心已经触碰到了阮鸣夏柔软的腰。

“秦先生还在发烧，胃不是还不舒服吗？”

“发烧需要出汗。”秦有鹤低沉的嗓音响在阮鸣夏的耳边，惹得她浑身的汗毛都要立起来了。

阮鸣夏知道今晚是逃不掉了，她心一横，索性送上了自己的嘴唇。

秦有鹤伸手托住了阮鸣夏的后脑，加深了这个吻。

“去床上还是喜欢在这里？”秦有鹤竟然在询问她的意见？

“还是去床上吧……”阮鸣夏想说，她哪儿都不喜欢！

秦有鹤将她抱了起来，几步走到了床边。

秦有鹤看着阮鸣夏一副视死如归的表情，嘴角噙着一抹戏谑的笑。

他捏了一下她细嫩的耳垂，惊得她又是一颤……

“刚才不是跟你的前男友说你老公对你很好，很厉害吗？那你在怕什么呢？”

她就知道他肯定听到了什么……

“秦先生对我还不够好吗？供我吃穿，给我地方住，又给我秦太太这样风光的头衔。我当然会念着秦先生的好，时不时在我前男友面前炫耀一下。这不是人之常情吗？”

“如果还有人愿意供你吃穿不愁、对你好，你是不是就乖乖地跟他走了？”

阮鸣夏愣了一下，觉得秦有鹤有些奇怪。他不像是一个问题会问两遍的人。

她苦笑：“秦先生这么怕我跑路，是不是喜欢上我了？”

她以为他会恼，但是，秦有鹤没有半分的怒意。

“你呢？”

“我？如果秦先生想让我喜欢你，我就表现出喜欢你的样子。如果秦先生想要清静，我就躲远点儿，不碍你的眼。”

“没心没肺。”秦有鹤掐了一把她纤细的腰肢，说罢，吻上了她娇艳的嘴唇。

翌日清晨，阮鸣夏醒过来的时候觉得自己好像一夜没有睡，秦有鹤精力很好，一直到深夜还是不肯放开她。

秦有鹤不在身边，他应该是晨跑去了。

洗手间的门却忽然被打开，秦有鹤从里面走出来，直接从被子里将未着寸缕的阮鸣夏抱了出来。

“你还不够吗……”阮鸣夏被腾空抱了起来，脱口而出。

秦有鹤睨了她一眼，将她抱进了洗手间。

“我不要在洗手间！”

秦有鹤皱眉：“洗澡。”

呃，好丢人。

阮鸣夏连忙将脸埋进秦有鹤的怀里，不敢再看他。

几分钟后，秦有鹤将阮鸣夏从浴缸里捞了起来，抱着她回到房间放到了床上。

阮鸣夏裹着浴巾坐在床上，愣愣地看着秦有鹤走到一旁拿了一根烟喂到了嘴边。

“以前你抽烟，沈小姐不说你吗？”

“跟她认识的时候，还不抽烟。”秦有鹤倒是诚实，但阮鸣夏宁可他说的是假话。

“也对，青梅竹马少年时候就认识，那个时候哪里会抽烟……”阮鸣夏嘀咕着，“秦先生烧退了吗？抽烟不好……”

“出了汗，退了。”秦有鹤特地强调了出汗，阮鸣夏的脸不禁一红。

昨晚，他的确是出了不少汗……

阮鸣夏看着秦有鹤指间的明灭，忍不住开口：“秦先生，我觉得我们之间这种以肉体为主要交流方式的关系，有点可耻。”

阮鸣夏沉着声音开口，眼神灼灼。

“所以？”秦有鹤深吸了一口烟，眼神讳莫如深地看着她。

“所以，我们以后……还是少做这样的事情比较好，要以精神交流为主。”她跟秦有鹤毕竟没有感情基础，做这种事即使合法，更多的却是别扭。

“你的意思是，你要跟我谈恋爱？”

秦有鹤的话一下子将阮鸣夏问住了。

她的话，好像从字面上理解，就是这个意思……

阮鸣夏的耳根子很快红了，她连忙解释：“没有。我只是觉得我们这样好像……很别扭，秦先生不觉得吗？”

“既然想谈感情，就直接点，我不希望我们睡在同一张床上，说话还绕弯。”

“我怎么敢跟秦先生谈恋爱……”阮鸣夏抽了一下嘴角，“秦先生不是有沈小姐了吗？沈小姐昨天还陪你去医院看病……”

女人都是小气的，也是记仇的。沈依杭陪秦有鹤去医院的事情，阮鸣夏到现在还记着。

“我不舒服，自己去了医院，恰好在医院里遇到她了。”秦有鹤耐心地又解释了一遍。

“鬼才相信……”

“她嗓子有点不舒服，刚好去医院，你可以去医院查查。”秦有鹤难得跟人解释，没想到还落了一个不被相信的下场。

“我才没有这个闲工夫……”

秦有鹤将手中的烟蒂摁灭在烟灰缸里，拿起运动服准备换衣服去晨跑。

“如果你觉得肉体交流寡淡无味，我也会抽空陪你吃吃饭，做点普通夫妻或者情侣该做的事情。”

“你的意思是装模作样地陪陪我？”阮鸣夏抽了一下嘴角。

真有他的。

“是你说只上床可耻。”

“……”

“城南开了一家不错的泰国餐馆，今晚一起去吃。”

“秦先生，这算是约会吗？跟我？”

“嗯。”

下午，阮鸣夏约见了几个圈内有名的、在秦氏年会上认识的设计师。

见面的都是年轻的女设计师，女人围在一起的时候话总是比较多。

“秦太太，我听说你妹妹陆一浓的工作室也要开了，她还参加了一个服装设计比赛，你打算参加吗？”

“参加啊。”阮鸣夏笑了一下，有陆一浓在的地方，她怎么能不去凑凑热闹？

“主办方是谁？”她又问了一句。

“听说是高盛集团主办的，目的是聘请服装设计总监。”

Part 4

三年前的纽约设计师大赛，陆一浓的所作所为，阮鸣夏至今都恨得咬牙切齿。

陆一浓“投之以桃”，她当然要“报之以李”。

阮鸣夏与几位设计师告别后，决定前往江宅，没想到却扑了个空。江颂年不在家，管家说他去了楼家。

这正中阮鸣夏的下怀。她直接打车去了城北楼家。

楼家，阮鸣夏还是有点印象的，小时候她去拜访过几次。

她到达楼家别墅门口时，一个男人正好从里面走出来。

男人的个子很高，脸色沉稳。

阮鸣夏也没细想，跟他擦肩而过。

管家一听她是江颂年的女儿，立刻将她带进了别墅。

江颂年同楼封正在客厅下围棋。

“楼叔叔。”阮鸣夏乖巧地叫人。

“这是……”楼封抬头看着阮鸣夏，有些不明所以。

江颂年的脸色顿时沉了下去，眼里有惊讶，也有不悦。

“你怎么来这里了？”

阮鸣夏笑了笑：“刚才回家听管家说爸爸来楼叔叔家了，我有急事找您，想着也好多年没见楼叔叔了，就冒昧来访了。楼叔叔不会介意吧？”

阮鸣夏的嘴巴甜，从小就一口一个“楼叔叔”地叫着，楼封自然是开心的：“你是阮鸣夏吧？”他放下棋子，“管家，赶紧去泡杯茶来。”

“楼叔叔不用麻烦了，我买了点水果，不知道楼叔叔爱不爱吃。”

楼封笑得合不拢嘴：“颂年啊，你这个女儿还是跟小时候一样聪明，讨人喜欢！现在的女孩子在这个年纪，哪有这么懂礼节的，这是你的福气啊！”

江颂年的脸色平静得可怕。

“我记得楼叔叔喜欢打太极，难怪这么年轻，爸爸有空多跟楼叔叔学学打太极，对身体好哦。”阮鸣夏故意开口，一面讨好了楼封，一面也打击了江颂年。

以前在江家的时候，她也总是打击江颂年，只不过是为了引起爸爸的注意罢了。

“哈哈，颂年，你家这个小丫头啊！”这番话显然取悦了楼封。

江颂年却皱眉：“你来楼家，到底想干什么？”

“我来看看楼叔叔啊。”阮鸣夏一脸无辜。

楼封笑着让阮鸣夏坐到他的身边：“你女儿来看我，你不乐意了，是不是？”

“哪里，没有的事。”

江颂年对这个女儿向来都是头疼的，她小时候就牙尖嘴利的，经常反驳他。后来因为陆家接二连三地出事，他也就放弃她了。

“阮阮，现在在做什么工作？”看样子，楼封对阮鸣夏的事情一无所知，江颂年以阮鸣夏为耻，自然也不会同他说这些。

“服装设计师，过几天我的工作室就要开张了。楼叔叔要是有空的话，过来捧捧场，我亲自为您设计西装。”阮鸣夏含笑。

“服装设计师？颂年，你怎么不跟我说？”楼封有些惊喜，“阮阮啊，我们高盛集团最近举办了一个服装设计大赛，你有没有兴趣参加？”

“真的吗？那太巧了，只是阮阮怕技不如人，给楼叔叔丢脸。”阮鸣夏半开玩笑地开口。

江颂年冷冷地看了阮鸣夏一眼，她肚子里那点心思，他还不知道？

她分明就是冲着这场服装设计大赛来的！

阮鸣夏知道像楼封这样的商场老狐狸，肯定也猜得出她的来意，他只不过是送了一个顺水人情给江颂年罢了。

“这有什么关系？就当练练手。一切包在叔叔身上。”

听了楼封的话，阮鸣夏的心才安了一些。

“谢谢楼叔叔。”

“对了，邺城刚刚离开，你遇到他了吗？”

第十三章

无人问我粥可温，你帮我熬碗粥呗

Part 1

阮鸣夏这才恍然大悟。

在门口遇到的那人……想必就是楼封口中的郕城了。

她努力回想了一下男人的脸庞，实在是跟小时候的小哥哥联系不到一起……果然男大也十八变。

“我也有好些年没有见到小哥哥了。”阮鸣夏尴尬地笑了一下。

在她的记忆中，楼郕城是一个特别正经的孩子，从小书念得好，不喜欢跟其他的男孩子一起闹腾，喜欢安静。但阮鸣夏每次来楼家，他倒是愿意陪她一起玩，一起看动画片。

“下次一起吃个饭。阮阮，有男朋友了吗？”

“我已经结婚了。”阮鸣夏的回答让楼封一怔。

“这是好事，好事，哈哈。”楼封的口吻里有几分可惜的味道。

江颂年只是尴尬地笑着，他也是通过新闻才知道阮鸣夏结婚的消息。

阮鸣夏从楼家出来的时候已经是晚上五点多了，楼封一直拉着她说话，给她看小时候跟楼郸城在楼家院子里拍的照片，时间不知不觉就过去了。

而让阮鸣夏意外的是，秦有鹤竟然打了电话过来。

“不在家？”

“嗯……我在玫瑰山庄。”

玫瑰山庄距离秦宅所在的小区并不远。

“十分钟。”还没等阮鸣夏回应，电话就已经被挂断了。

阮鸣夏只好站在小区门口，等秦有鹤来接她。

几分钟后，一辆黑色的宾利添越出现在玫瑰山庄的门口。车内的楼郸城正在打电话，他看到阮鸣夏一个人站在门口，似是无聊地盯着自己的脚尖。

她这个动作还真是从小到大都没变。楼郸城忍不住轻扬嘴角。

秦有鹤将阮鸣夏接到了城南泰国餐馆。

这顿饭，美其名曰，约会。

秦有鹤只不过是装模作样地陪陪她而已，陪她吃餐饭，自己也吃餐饭。坐下后，秦有鹤点了一些餐馆的主打菜，每个菜都十分美味。

阮鸣夏吃着咖喱蟹，觉得味道浓郁淳厚，忍不住跟秦有鹤赞叹：“秦先生是不是常来这家餐厅？点的菜都很好吃。”

“喜欢就多吃点。”秦有鹤吃得不多。

“吃完后，我想去医院看看那个阿姨。”

“陆琛已经在处理了，你不用去。”

“哦……”阮鸣夏点了点头，“我现在都不敢开车了……”

“前几年陆承泽的车祸，你就没有怀疑过什么？”

阮鸣夏闻言，拿着螃蟹的手顿了一下。

她放下螃蟹，拿过纸巾擦了一下手指，抿了一下嘴唇，然后开口：“怀疑过，但是我寡不敌众，当时什么都查不出来，现在过去这么久了，更加查不出来了。”

秦有鹤忽然伸手想触碰阮鸣夏的脸，阮鸣夏下意识地往后退去，眼里带着防备。

她对秦有鹤终究还是没有办法做到百分之百信任。

秦有鹤却是用纸巾擦掉了她嘴角的饭粒。

阮鸣夏碰了碰被秦有鹤碰过的嘴角，有些失神。

“不用时时刻刻防着我，这是公众场合，我能把你怎么样？”

“那可说不准，秦先生的兴致说来就来，我得防着点。”

秦有鹤眯眼，他发现阮鸣夏这个人没办法好好说话。

阮鸣夏吃螃蟹吃得很吃力，没办法做到优雅又尽兴。

秦有鹤夹了一只蟹腿，开始剥壳，阮鸣夏看着秦有鹤剥蟹的动作，真是斯文又优雅……她顿时有点自惭形秽。

片刻后，一块蟹肉被放到了阮鸣夏的碟子里。

“给我的？”阮鸣夏有点受宠若惊。

“嗯。”秦有鹤拿过侍者递过来的热毛巾擦拭了一下手，动作随意。

阮鸣夏抿了抿嘴唇，低头怔怔地看着蟹肉。

“凉了会有腥味。”秦有鹤是在提醒她赶快吃。

“秦先生是不是对所有女人都这么绅士，都会主动剥蟹肉给她们吃？”

“是不是所有的女人都喜欢问这样愚蠢的问题？”

阮鸣夏还在继续问：“秦先生以前没有帮沈小姐剥过蟹肉？”

“没有。”

“真的？”阮鸣夏哪里会相信，“我听说念书的时候秦先生连书包都舍不得让她背，怎么舍得让她自己剥螃蟹。”

“她不喜欢吃螃蟹。”

这样就没得聊了。

阮鸣夏有些搞不明白秦有鹤对沈依杭到底是怎样的感情。

她深吸了一口气，夹起蟹肉放到了嘴里。

“没想到做秦太太能够享受到秦先生的服务。”

“吃饭。”秦有鹤声音变冷。

阮鸣夏撇了撇嘴：“三天后，我的工作室开张了，秦先生会来吗？”

“看时间。”秦有鹤面不改色地回答。

“沈依杭的首演秦先生都去捧场了，太太的工作室开张，秦先生不来的话，是不是有点说不过去呢？”阮鸣夏故意用激将法，她希望秦有鹤能够到场。秦有鹤是谁，光站在那里就是一块活招牌。

“是在你这儿说不过去，还是在外人眼中说不过去？”秦有鹤眼中带着戏谑。

“就当是帮帮我。”阮鸣夏的手随意地覆在了秦有鹤拿着叉子的右手上。

一道女人的声音却在这时从身旁传来。

“阮阮？”

阮兰心一身白色连体裤，手中拿着 Jimmy Choo 的精致手包，既端庄又不失时尚。

“好巧啊，妈妈。你也来吃饭？”阮鸣夏立刻表现出一副乖女儿的模样。

阮兰心的脸色有些阴沉，却还是笑着开口：“秦先生，晚上好。”论资排辈的话，阮兰心绝对算是秦有鹤的长辈，无论是在年龄上，还是履历上。但见了秦有鹤，她尚且要尊称他一声“秦先生”，可见，秦有鹤的身份地位有多高。

而秦有鹤只是颔首，没有要说话的意思。

刚停完车的陆宏阳此时也走了过来，看到阮鸣夏和秦有鹤时，脸色微变。

毕竟，如果没有阮鸣夏的话，今天跟秦有鹤面对面坐在这儿的，应该是他的女儿陆一浓。

“陆叔叔，是不是学校事情太多累着了？看上去怎么好像老了十岁。我说，陆叔叔您要好好保养身体，我妈妈这么年轻，下次走出去都会有人说她是您女儿了。这样多没面子，是不是？”

阮鸣夏抿唇含笑看着陆宏阳，每句话都说得精粹刺人。

她像是连珠炮一样扔了这么多话出来，陆宏阳面上一时有些挂不住。

阮鸣夏其实是一个很极端的人，她想挤对人的时候，话就特别多，自己也不会主动停下来。但其实她并不喜欢说话，跟山山或跟江牧霆在一起的时候，她话就不多，只是静静地做自己的事情。

所以，能让她这样说话的人，要么是像陆宏阳这种让她极其讨厌的，要么是像秦有鹤这样，让她想极力讨好的。

“阮阮，怎么说话的？”阮兰心的脸色变得难看起来。

她从小就喜欢跟陆宏阳对着干，阮兰心是清楚的。

阮鸣夏抿唇：“陆叔叔工作当然忙了，听说之前去哪个学校做客座教授来着，和一个女大学生搞出小生命来了，这事可是闹得沸沸扬扬的。啧啧，妈妈，你得好好管管。”

陆宏阳气得直接离开，这本就不是多么光彩的事，现在被人当着秦有鹤的面揭开……他哪里还有脸继续待下去。

阮兰心的脸色更是难看，这不仅是在打陆宏阳的脸，也是在打她的。

“阮鸣夏！你陆叔叔什么时候亏待过你了，你是要气死我吗？！”

“这是事实啊，难道不是妈妈出钱才摆平了这件事吗？大家都心知肚明，又不是什么秘密。”阮鸣夏笑了一下，“陆叔叔的确是没有亏待过我，我念书的时候，给我安排最差的漏水宿舍，他的中年朋友欺负我也不管不问，他倒是真的对我挺好的。”

“阮鸣夏！”阮兰心觉得丢人，而秦有鹤自始至终都没有阻拦阮鸣夏说话，他静静地吃着东西，嘴角似是上扬起一点弧度。

“哦，对了，陆宏阳最亏待我的地方，就是他生了陆一浓这个女儿出来。”

此时，餐厅的门被推开，两道身影从门口进来，女人的声音很温柔，是一听就会让人记住的声音。

“兰心，怎么不去包间？”

秦有鹤放下筷子，抬头平静地看着温锦，温锦却浑身微微颤抖，僵在了原地。

她的身旁还有一个男人……

即使已人到中年，男人的身材也依旧挺拔，气质沉稳厚重。

“有鹤……”温锦见是秦有鹤，立刻刻意跟身旁的男人保持了一点距离。

阮鸣夏挑眉，阮兰心跟温锦是闺密，看来他们是一起来吃饭的。

双方都是一男一女，那就是两对？

阮鸣夏抿唇，心想，这还真是有趣。

秦有鹤起身，阮鸣夏立刻拎了包跟着他走到了温锦面前。

“妈。”秦有鹤的脸色仍旧保持着冷静，但阮鸣夏明显感觉到了一点不一样的味道。

她觉得，秦有鹤周身阴森森的，像是在压抑着什么。

温锦别过头去，眼神恍惚。

秦有鹤转而看向温锦身旁的男人：“姑父，这么巧，跟我妈来吃饭？”

中年男人穿着笔挺的西装，看上去比温锦的年纪要稍微大一点儿，但五官仍旧深邃，脊梁依旧笔挺。

这个男人，年轻时一定是个美男子……

阮鸣夏饶有兴致地想着。

“嗯，最近秦氏集团怎么样？听说想拿下高盛那块地？”男人开口，嗓音温和，像长辈在跟晚辈说话。

“想要？高盛的地早已是秦氏的囊中之物了，姑父是不是太小看秦氏了？”秦有鹤的脸上却没有半分笑意，甚至带着一丝不尊重。

阮鸣夏倒吸了一口凉气，秦有鹤向来低调，按照他的性子，倘若不是真的拿下那块地，是绝对不会说出这么猖狂的话的。

除非，他很想让眼前人难堪。

“姑父慢慢吃吧。我太太困了，我们先走了。”秦有鹤又搬出了“太太”，阮鸣夏觉得她“挡箭牌”的功能被他用得越来越顺手了。

不过，她无所谓，她是他的挡箭牌，他是她的“摇钱树”，说起来赚的还是她。

从餐馆出来后，阮鸣夏一句话都不敢跟秦有鹤说，他浑身冷厉，让人觉得难以靠近……

一直到上了车，阮鸣夏才低声开口：“你不要不高兴，我妈妈在我很小的时候就不要我了，后来跟陆宏阳结了婚。陆宏阳在我妈面前表现得对我很好，实际上……”

秦有鹤平稳地开着车，脸色沉稳。阮鸣夏突然不敢继续往下说了。

“秦先生？”过了一会儿，阮鸣夏才又试探性地叫了一声。

“你是在哄小孩？”

“我哄我老公不行吗？”阮鸣夏这句话倒是出自真心，她以前觉得秦有鹤什么都不缺，现在看来，他们其实同病相怜，都缺父母的疼爱……

秦有鹤的手机在安静的空气中响了起来，阮鸣夏看了一眼车内的蓝牙显示屏，上面跳动着“沈依杭”三个字。

她立刻就不舒服了：“能不接吗？”

Part 2

“嗯。”秦有鹤竟然很听话地拒接了，让阮鸣夏吃惊不小。

但沈依杭又不依不饶地打过来了。

秦有鹤似乎没有要接的意思，一直等到屏幕自动暗了下去他都没有接听。

然而沈依杭不死心地又打了过来，阮鸣夏开始意识到或许是真的有什么急事……

再不让接就显得太不通情达理了，阮鸣夏沉声咳了两声：“你接吧，万一真有什么急事……”

她可不想落人口舌。

秦有鹤不急不缓地接起了电话。

“喂。”

耳边传来的却是一个男人的声音：“请问是秦先生吗？”

“我是。”

“我是剧院的工作人员，沈小姐排练的时候忽然失声了。她说在B市只有您一个亲人，您能马上过来吗？沈小姐的情绪不是很稳定。”

“嗯，我马上过来。”秦有鹤挂断电话，此时车子已经停靠在华鼎山庄门口。

他看着阮鸣夏：“自己进去，可以吗？”

阮鸣夏心里晦涩：“我说不可以，秦先生难道会送我进去吗？”

她觉得自己真是太深明大义了……现在好了，让他接电话的人是她，不高兴的人也是她。

“沈依杭出什么事了？”

“失声。”

“失声了，让人送去医院不就行了吗？”阮鸣夏咬唇，“打给你干什么……”

“我去去就来。”

“下次她要是说睡不着觉，让秦先生陪她，秦先生是不是也去？”阮鸣夏丝毫没意识到自己的语气里满是酸气，像极了责备丈夫的妻子。

“她在 B 市只认识我。”

“季邵呢？她怎么不找季邵？”阮鸣夏扯了扯嘴角，“不都是发小吗？失声了还要选人送去医院？还偏选别人的老公陪着去，沈小姐真是好手段。”

“阮鸣夏。”秦有鹤的脸上已经有了怒意。

“我不想你去。”

阮鸣夏知道自己这样也不会得到他的同情或者留下他，但她心里就是不甘心，不想让秦有鹤大晚上地去陪别的女人。

她终于不得不承认，这是嫉妒心在作祟。

本以为秦有鹤肯定会严词拒绝她，没想到他却拨通了季邵的电话，而后打开车门下了车。

阮鸣夏看着车外的秦有鹤，心里隐隐有些不安。

她是不是有点过分了？她凭什么约束他？但是，看秦有鹤的样子，他好像并不恼她的行为……

季邵在季宅刚刚洗完澡准备休息。

他不值夜班的时候，顾和是不会在家的，她知道自己碍他的眼，一向睡在公司。但是，今天顾和竟然破天荒地在家。

“喂，有鹤，晚上不陪你的小娇妻，给我这个孤家寡人打电话干什么？”

“去一趟滨海剧院。”

“现在？”季邵何等聪明，一听到滨海剧院就想到了沈依杭，“是依杭出什么事情了吗？”

“她失声了，你送她去医院。”

秦有鹤和季邵之间从来不说“拜托”和“麻烦”之类的话，从来都是有事说事。

季邵失笑："依杭应该更想让你陪她去医院吧？"

"半个小时之内，赶到剧院。"秦有鹤根本不买账，这让季邵很无奈。

秦有鹤从小到大都是这副唯他独尊的样子。

"是不是小娇妻在你身边，不让你去？"季邵一猜一个准。

"到了告诉我。"秦有鹤直接挂了电话，转身回到车内，看到阮鸣夏坐在那里，像是害怕被责罚的孩子。

"秦先生真的不去了？"阮鸣夏低声问。

"你想让我去？"

"不想。"

"那就闭嘴。"

季宅。

顾和洗完澡后，湿着头发下楼，准备去倒杯水喝。

"不行，我已经洗完澡准备休息了，你们去玩吧。我不喜欢热闹。"顾和一边接了水一边和人通电话。

季邵恰好从楼上下来，看到顾和时脸色立刻沉了下来。

顾和看到他后僵在了原地，连道别都没有就挂断了电话。

他们已经很久没有在季宅里碰面了，每次都是刻意避开，顾和看着季邵，一下子不知道该说点什么。

季邵随意地穿了一件衬衣，顾和看着他臂弯里的西装外套，猜测他大概是要出门。

"这么晚了，还出去？"顾和没话找话地随口问道。但是这话落入季邵耳里，却变了味道。

他走到顾和面前，唇线僵硬冷漠。

"年轻人嘛，夜生活总是要有的，不像季太太，年纪大了，不喜欢热闹。"季邵的话针对性很强，让顾和的脊背凉了凉。

她刚才通话的内容应该是被他听到了……

"出去小心点，早点回来。"顾和故作镇定地在他面前扮演着合格"家长"的角色，疏远地"嘱咐"了一句。

“不回来了，晚上温香软玉，还回来干什么？漫漫长夜，家里就我跟后妈，有什么意思？”季邵故意刺激顾和。

但是，顾和的脸上没有半分怒意，她只是喝了一口水，然后平静地上了楼。

季邵看着她头也不回的身影，瞬间恼了。

无论他说什么，都无法激起她的怒意来。

季邵去滨海剧院接到沈依杭后，给秦有鹤打电话报了平安。

沈依杭见到是季邵，眼里有明显的失望，但也只能由季邵带她去医院。

季邵一直陪着沈依杭，毕竟是发小，沈依杭在 B 市举目无亲，他们哥几个从小就很照顾她。

深夜，顾和接到了一个电话。

“喂，顾和，凯文喝多了，我们送他去医院，你猜遇到了谁？”

“谁？”顾和云淡风轻地问道，她性子有点寡淡，对八卦并没有多大兴趣。

“你儿子。”顾和的这些朋友跟她关系很亲近，才敢如此打趣她有个比她小四岁的儿子。

“季邵。”

“他在医院不是很正常吗？”顾和淡淡地开口，季邵是医生，或许是晚上临时有急诊，在医院不足为奇。

“他没穿白大褂，还扶着一个女的，看上去态度很亲昵。怎么，季家马上就要有另一个季太太了？”朋友又继续打趣着。

顾和微微皱眉，看来这就是季邵离开的时候说的“温香软玉”了。

“哦……”

顾和挂断电话，季邵的事情，她不想多管。

Part 3

阮鸣夏回到家洗漱好之后没有直接回到主卧，而是去了小书房画图纸。

这个小书房在她来之前一直都是空着的，现在被她简单收拾了一下，作为临时“办公”的地方。

她报名参加了高盛集团举办的服装设计比赛，初赛的设计主题是婚纱，没有材料限制，以纸质设计图的形式，在指定的时间内交给主办方。

现在离交稿时间只剩两天，时间紧迫，阮鸣夏自知必须拿出十二分精神来，毕竟，陆一浓定然已经做好了十足的准备。

她连续画了三个小时，回房的时候已经是夜里十二点。

秦有鹤的作息很规律，撇开公事特别忙的时候不算，十一点左右基本上就已经入睡了，但阮鸣夏却发现卧室里空无一人。

她转而去书房敲了敲门，很快传来秦有鹤的声音："进来。"

听到秦有鹤的声音，阮鸣夏这才松了一口气，她以为秦有鹤趁着她在画设计图的时候去见沈依杭了……

看来，是她多虑了。

阮鸣夏推开门看到秦有鹤正在看标书。

"秦先生在看标书？"阮鸣夏轻手轻脚地走到秦有鹤的身旁，低头看着他。

秦有鹤看文件的样子总是很迷人，让她有些移不开眼。

"高盛集团的地，秦先生真的势在必得吗？"

"嗯。"秦有鹤没有抬头。

"慕呈延说慕氏也会参与竞标，看他胸有成竹的样子，是不是走了什么门路？"阮鸣夏现在是秦太太了，也算是半个秦家的人了，即使日后要踏出秦家的门，起码现在得为秦家、为秦氏着想，更要为秦有鹤着想。她担心慕呈延走什么歪门邪道，想提醒一下秦有鹤。

"他有门路，秦氏就会有更广的门路。"秦有鹤的口气听上去带着一点点不屑，却又充满了冷然的味道，似乎并不把慕呈延放在眼里。

"那我就放心了。我今天去玫瑰山庄探望了高盛集团的董事长楼封，他跟我爸的关系不错……"

"我还不至于需要用夫人进行外交。"秦有鹤的视线总算离开了标书，抬头看了她一眼。

"我参加的设计比赛，也是高盛主办的。"阮鸣夏觉得有必要告知一下秦有鹤自己的动向。

"嗯。"但是，秦有鹤显然对她的事情并不是很感兴趣。

“如果我拿了奖，去高盛做设计总监，秦先生不会反对的吧？”

“那是你的自由，不用跟我交代。

阮鸣夏吐了吐舌头：“夫妻之间还是知道点对方的动向比较好，免得我们的婚姻还没走到尽头就被迫夭折了。”

“现在就开始计划离婚了？”

“不是秦先生自己说的不会跟我过一辈子的吗？我们有可能真的谈恋爱不离婚？”

阮鸣夏只当玩笑话说道，没想到秦有鹤却认真地回应了她：“可以试试。”

秦有鹤这句话一下子让阮鸣夏吓到了，她还以为是自己听错了，她低声咳嗽了两声，冷静下来之后，又觉得心里头有点惊喜……

这种惊喜的情绪，就连她自己都没有想到，嘴角情不自禁地上扬。

“像今晚这样的‘约会’就是秦先生口中的谈恋爱？”阮鸣夏的口气有点戏谑。

“你想怎样？”秦有鹤像是在认真询问她的意见。

“起码得有点表示吧？比如，给我做顿早餐或者晚餐，送一束花什么的。”阮鸣夏完全是开玩笑，因为她知道秦有鹤肯定是不会这么做的。

像他这么忙的人，哪里有时间来做这种事情。

况且，她也不值得他做这种事情，交易对象而已，不需要记挂在心上。

所以，她也就是说说。

秦有鹤没有回应她，低头继续看标书。

还说要跟她谈感情呢，果然只是嘴上说说……

阮鸣夏撇了撇嘴。

不过，她心里也清楚得很，跟秦有鹤谈感情，她是真的不配。她的出身、背景和往事，时时刻刻都在提醒着她与他简直是云泥之别。

只不过人有的时候就是贪心，得到一点之后，就想得到更多……

秦有鹤放在一边的手机屏幕亮了一下，阮鸣夏无意间瞥到是沈依杭发来的短信，内容直接显示在了屏幕上。

“有鹤，季二哥陪我在医院，你什么时候过来？”

她深吸了一口气，伸手戳了戳手机屏幕：“沈小姐发短信让秦先生过去呢。真可怜，不能说话，只能发短信。”阮鸣夏冷冷地嘲讽，她虽然对京剧行不熟悉，但也知道失声对一个京剧演员来说意味着什么。沈依杭现在一定是需要秦有鹤的，这一点将心比心，她能够理解，毕竟秦有鹤是沈依杭觉得唯一可以依靠的人。

但是，她就是不想让沈依杭见到秦有鹤，他是她的合法丈夫，凭什么大半夜去见别的女人？

秦有鹤瞥了一眼，薄唇紧抿，没有说话。

“你不去？”

“别在我面前装出一副深明大义的样子，你的那点小心思都清楚地写在脸上。”秦有鹤的口气很平稳，并没有半分斥责，也没有半分不悦。

秦有鹤这样说，看样子是不会去见沈依杭了。阮鸣夏不由得放下心来，她不敢想象他如果真的去了，她会怎么做。

秦有鹤一晚上都在书房里看文件和标书，阮鸣夏一个人睡得极其不安稳。第二天早上，她迷迷糊糊醒来时，空气里弥漫着一股食物的味道。

难道是保姆一大早就做了早餐送上来？

可是……阮鸣夏看了一眼时钟，六点半，也太早了点吧。

而此时秦有鹤已经换上了运动服。

“是保姆送早餐上来了吗？”

“我送来的。”

“秦先生一大早就下去做早餐了？”

“嗯。”

三明治、熏肉和一杯牛奶，是简单又营养的早餐。

“你做的？”

“嗯。牛奶还热着，先喝了。”

“我还没刷牙。”阮鸣夏抿了抿嘴唇，她觉得有些受宠若惊……秦有鹤怎么突然对她这么好，连早餐都给她端上来了……

“那就先刷牙，还是，要我教你刷牙？”秦有鹤反问了一句。

阮鸣夏点了点头，睡眼蒙眬地走向洗手间，拿起牙刷的时候忽然想起昨晚开玩笑跟秦有鹤说的，如果谈感情，就做点实际的事情。比如，做早餐什么的……难道他今天做早餐，是因为这个？

第十四章
女人不狠，地位不稳

Part 1

阮鸣夏嚼着三明治，明明三明治是咸的，阮鸣夏吃在嘴里却感觉到了一丝甜味。

她像是掉进了蜜罐子里，即使知道秦有鹤可能并非真心实意地要做早饭给她吃。或许他只是心血来潮，又或许他只是想要履行昨晚对她的承诺，总之，她不觉得秦有鹤是喜欢她的。

但是，她仍旧觉得心里甜滋滋的……

想到秦有鹤围着围裙做早餐的样子，阮鸣夏的嘴角忍不住弯了。

她一边吃着三明治，一边摸索着手机，她想看看高盛集团的设计比赛有没有什么新进展。随手捞了部手机，仔细一看才发现是秦有鹤的。

他晨跑是不带手机的。

阮鸣夏没有打算查看秦有鹤的隐私，但因为有消息进来，屏幕随之也亮了起来，上面显示有好些未读短信。

全是沈依杭发来的。

显然，秦有鹤没有看过这些短信。

原本，阮鸣夏还秉着跟秦有鹤互不干扰的理念不想看的，但是，心里的嫉妒和占有欲却在作祟。

秦有鹤的手机没有设密码，她颤抖着解锁了屏幕，一共有二十几条未读短信。

“有鹤，我嗓子不舒服，我以后是不是不能唱戏了？你能不能来陪陪我，我一个人很怕。”

“你在哪儿？季二哥说你很忙，是不是还在加班？”

“我晚上不想住在医院，我想回家，回我们的家。”

阮鸣夏匆匆地看了几眼，看得心里的怒火不断升腾。当她看到沈依杭说“回我们的家”时，心像是被针刺了一样，疼得厉害。

秦有鹤和沈依杭还有家？她怎么不知道？难道是溪山御府？

阮鸣夏咬了咬下嘴唇，看到最后一条短信，心里仅存的一丝甜蜜劲瞬间消失了。

“有鹤，你现在是不是在家了？是不是跟阮小姐在一起？你说过你跟她只是交易，你永远不会爱她的。”

阮鸣夏有点想笑。

沈依杭对他们“夫妻”之间的事情还真是一清二楚啊，秦有鹤对她还真是什么都说啊……

阮鸣夏心寒地放下秦有鹤的手机，拿起自己的手机拨通了山山的电话。

这个时间山山还在睡觉，怀孕后，她变得特别嗜睡，也无法经常对着电脑写代码，作息随之变得规律起来，从原本的日夜颠倒变成现在的早睡晚起。

“喂，这么早怎么了？”山山困得不行，打着哈欠问阮鸣夏。

“沈依杭大半夜发短信给秦有鹤，让他去医院陪她，你说，我要怎么反击比较好？”

阮鸣夏向来什么事情都跟山山商量，遇到棘手的事情会听听她的意见。

山山哑着嗓子开口：“要我说，你得去医院看看她。你是合法的秦太太，她需要知道这个铁定的事实。”

如果说阮鸣夏一肚子坏水，那么，山山就是真的聪明。

山山从小成绩就很好，当年从北航计算机系毕业时，计算机学院的院长还亲自请她留校，但是她不愿意。她跟阮鸣夏不同，阮鸣夏做事比较任性，随着性子，怎么痛快怎么来。而山山则是会瞻前顾后一些，逻辑性更强。

“有道理。”阮鸣夏颔首，山山果然是她的智囊团，“对了，你的孩子打算怎么办？我哥怎么说？”

“等他从柏林回来再说吧。”

“他已经回来了啊。”阮鸣夏愣了一下，发觉山山好像错过了什么重要的信息，“前几天慕呈延还拿他的手机给我打电话了。慕呈延没有去柏林，肯定是我哥回来了。”

山山听完后，沉默良久。

“山山，有时候你要主动点。都什么时候了，还矜持？你现在肚子里有他的孩子，你最大知道吗？”

她这是话糙理不糙，确实是这么一个道理。

山山抿唇：“等我见到他再说吧。”

“嗯，如果发生什么事情就打电话给我，你现在怀孕了，心思不能太重。”

“好。”

阮鸣夏挂断电话，不明白江牧霆什么时候变得这么翻脸不认人了。这不像他的风格啊。

江牧霆是个责任心很重的人，从小到大都是如此。

阮鸣夏简单洗漱了一下便下了楼，正好碰到跑步回来的秦有鹤。

“回来了？”

“嗯。”

阮鸣夏装模作样地拿了杯水抿了一口，指腹摩挲着玻璃杯，淡淡地开口：“秦先生，我刚刚不小心看了你的手机。”

“你还真是诚实。”秦有鹤瞥了一眼阮鸣夏，她妆容精致，穿着简单的套装，看上去干净又明艳动人。

“沈依杭昨晚发了二十几条短信给秦先生，我帮秦先生把她拉黑了。”

秦有鹤皱眉，盯着她没有说话，但是，阮鸣夏能够感受到他的愠怒。

“我不喜欢别的女人深夜联系我的老公，更何况还是我老公的前任。秦先生不会介意我这么做吧？”

阮鸣夏先发制人，微微靠近了秦有鹤。她身上喷了宝格丽大吉岭香水，带有一点木质的香味，清冽温暖，同她的身体融合在一起后，又多了点撩人的味道，像端着架子高高在上的妖精。

她微微挑眉看着他，秦有鹤闻着她身上的味道，目光变柔。

“不介意。”阮鸣夏惊讶于秦有鹤竟然没有责备她。

虽然她知道他转眼就可以将沈依杭的号码从黑名单里拉出来，但是，哪怕他现在这样哄骗她一下，她也是高兴的。

“好的。”阮鸣夏含笑。

“这么早去哪儿？”秦有鹤看着她穿戴整齐，应该是要出门。

“去办点事情。”

“晚上老爷子想请你吃饭。”

“嗯……在哪儿？”

“福瑞阁，六点。”

福瑞阁是一家传统中式餐馆，是老爷子喜欢的风格。

“好，我会准时到。秦先生可不可以让让……我要出门了。”秦有鹤的手并没有触碰她一寸，但他挡在她前面，让她无处可走。

“不是说想做点普通夫妻之间的事情？难道普通夫妻之间，早上出门前什么都不做？”

秦有鹤的嗓音原本就华贵，他故意压低声音在她耳旁开口。

阮鸣夏装作听不懂的样子，她其实很紧张，背后就是餐椅，脊背抵在餐椅上，有些发凉。

“嗯？”

秦有鹤看着她明明猜到了他的心思却故意端着架子撩拨他的样子，越发心痒。

他俯身吻上了阮鸣夏娇艳欲滴的嘴唇……

阮鸣夏觉得呼吸一窒，对这个突如其来的吻没有任何排斥，甚至有些留恋。

“嗯……”阮鸣夏实在有点喘不过气来了，她有些吃力地推开他，脸庞红得像是菜市场的西红柿。

Part 2

阮鸣夏有点不敢看秦有鹤，他嘴上明明说着可以试着谈谈感情，但是谈着谈着，又变成了身体的交流……

男人果然都是衣冠禽兽。

她装作并不在意这个吻的样子，心里谨记着“谁先动心，谁就输了”的道理，在秦有鹤没有表现出喜欢她之前，她是绝对不会也不敢表现出对他有半点喜欢的……

否则，她只会输得一败涂地，从一场公平而简单的交易变成她败走麦城。

但是，她好像嗅到了动心的危险信号。

“咯……秦先生今天，不去医院看沈依杭吗？”

“嗯。”秦有鹤看着阮鸣夏试探的模样，嘴角弯了弯。

“哦……那我先走了。”阮鸣夏仓皇地拿起包，逃出了客厅。

秦有鹤看着她快步离开的背影，嘴角的弧度变得柔和了一些。他上楼拿了干净的衣服准备洗澡，陆琛的电话打了过来。

“秦总，之前您让我查阮小姐，不对……是太太出车祸的事情，所有的资料已经整理成册送到您的办公室了。”

“简单地说一下。”

“是。”陆琛颔首，“那场车祸，太太开的是阮兰心的车，据当时警方的记录，是车子的刹车片出了问题，导致途中撞上了一辆大货车。车祸后，陆家对太太开始疏远起来。当时的车祸如今看来的确疑点重重，阮兰心的车在车祸后很快被销毁，警方没有取证。”

秦有鹤沉默了几秒之后才开口：“知道了。”

“老板，做一面锦旗要多久？”阮鸣夏在一家图文店里，看着墙上的锦旗问老板。

“几个小时就够了。”

阮鸣夏颔首：“好，那我要一面。”

“上面要印什么字？”老板笑着问。

阮鸣夏拿出手机，递给老板看。

“真的印这个？”老板的神色僵了僵。

“对。”阮鸣夏颔首。

临近下午，阮鸣夏取了锦旗放进包里，买了一束玫瑰花去了 B 市附属医院。

沈依杭住的是 VIP 病房。

阮鸣夏敲了敲门，里面应声的是季邵。

“请进。”

阮鸣夏一进门就看到季邵躺在一旁的床上，正在玩手机游戏。

季邵看到是阮鸣夏愣了一下，随后起身：“阮小姐怎么来了？”

“我来探望一下我老公的女性朋友，不行吗？”阮鸣夏特地加重了“女性朋友”这几个字，目光移向了沈依杭。

“那……你们聊。我先回去了，一晚上没睡好，我得补补觉。”季邵脸色有些僵硬。

“去吧。”季邵在这里，有些话她还不好跟沈依杭说呢。

“你好好休息，我晚点来看你。”季邵昨晚陪了沈依杭一夜，现在的确是疲惫得不行。

季邵出了病房后，在走廊上遇到了几个护士，有胆子大的小护士红着脸跟他打招呼。

“季医生，你怎么在我们耳鼻喉科啊？”

“朋友生病了。”

“是女朋友吗？”护士笑着打趣。

季邵在附属医院算得上是最热门的抢手货，海归博士，自身专业过硬，再加上身后的季氏集团，以及季家的红色背景，几乎所有的年轻女医生和护士都想要攀枝。

就连女病人都有不少。

但是，季邵有自己的职业准则，医院里的女人，无论是病人，还是医生、护士，他都不会碰。

“你猜？”

季邵说完就离开了。他困得不行，只想回季宅好好睡一觉。昨晚他一直担心沈依杭会出事，几乎不敢睡，毕竟是多年的朋友，又是秦有鹤以前的心上人，他怎么敢随便怠慢？

当乘电梯准备下楼的时候，他看到了一抹熟悉的身影。

女人穿着最寻常不过的职业套装，过肩的长发让她干练知性之余显得温柔了些许，手中提着爱马仕的大象灰手袋，在一群颓丧的病人和家属当中，再显眼不过。

“哟，后妈？”季邵语调怪异地开口。

他故意叫得很大声，引得周围不少人侧目。

顾和脸色微变，昨晚凯文酒精中毒，原本以为没事，没想到后半夜竟转为胃出血，紧急做了手术，才稳定了下来。顾和也只能在中午午休的时候特地来探望一下。

时间有点紧，所以行色匆匆。

顾和也没有想到会在这里遇到季邵。

“你病了？”季邵和顾和站在电梯门口等电梯。

“探望病人。”耳鼻喉科和消化科在同一层楼。

“男人？”季邵打趣道。

在顾和眼里，他就是个孩子，句句话都要呛她。她干脆不回答。

正好有护士过来跟季邵说话。

“季医生，住在耳鼻喉科VIP病房的那位美女，是你女朋友对不对？难怪平时你都看不上我们。”女护士刚好经过这儿，同季邵开起玩笑来。

顾和看了一眼季邵，他这换女朋友的速度，真的比她换衣服还要快。

季邵只是笑了笑，也不说话，女护士一脸“我懂了”的表情，转身离开了。

“你现在又在跟哪家的女孩交往？”顾和问了一声。

季邵笑道：“不告诉你。”

顾和的脸色僵硬了一下，此时电梯门打开，她和季邵一起走了进去。

季邵打了一个哈欠："如果不想让我疲劳驾驶的话，就送我回家，我要睡觉。"他一副理所当然的口气。

"我下午要参加股东大会。"她连来探望的时间都是挤出来的。

"那我去你办公室的房间里睡吧，好瞧瞧我们顾总的闺房。"

季邵是故意的，顾和看得出来。

但他看上去似乎真的很累。顾和只好忍着不悦，没有拒绝他。

"嗯。"

耳鼻喉科的VIP病房内。

阮鸣夏看着半躺在床上一句话都不能说的沈依杭笑了笑，将手中的大捧玫瑰花放到了床头柜上。

"沈小姐，我听有鹤说你失声了，特地来看看你，也不枉费你昨晚连续给他发二十多条短信的心血了。"

阮鸣夏坐了下来："我没有买花送过人，所以，不知道你喜欢什么花。但是，我听说百合送妻子，玫瑰送情人。所以我就买了点玫瑰花送过来，玫瑰更适合沈小姐，希望你喜欢。"

沈依杭一张脸涨得通红，神色愤然，却说不出一句话来。

阮鸣夏就喜欢看到沈依杭一副看着她不爽却又干不掉她，甚至连说话反驳的能力都没有的样子，也算是解了昨晚她发短信给秦有鹤的恨了。

"对了，有鹤不会来看你的，别等了。就算等到你嗓子好了，你也等不到他的。"

Part 3

阮鸣夏的话字字带刺。

沈依杭的表情越来越难看，嘴巴张合了几下，却发不出声音来。

"说实话，旧爱嘛，人人都有，我也有。但是，如果一直念念不忘，那就不对了，害人也害己，更何况你的旧爱已经结婚了，再缠下去有什么意思？到最后，还不是你背上骂名。"

阮鸣夏说了许多，反正沈依杭没有任何反驳的机会，她就想说个痛快。

"其实，男人都挺无情的，千万不要高估自己在男人心中的地位。

别说你失声了，秦有鹤不会来看你，就算你得了重病，我在他枕边吹吹耳边风，他也不会来看你的。”

阮鸣夏只要想到沈依杭发的那些暧昧短信，她就更加气恼，说的话也越发狠戾了些。

沈依杭张了张嘴巴，发出了特别沙哑的声音，完全不像是她平日里的语调。这是她强憋出来的声音，医生特意叮嘱她千万不能说话，否则会更加严重，但是，她实在听不下去了。

人永远不会觉得是自己做错了事情，而是当自己处于弱势的时候，会觉得是对方欺负了自己，哪怕自己才是那个欺负人的恶人。比如沈依杭，她并不觉得自己做错了什么。

她的声音沙哑难听，完全没有了平日里温柔的感觉。

“你偷看有鹤的手机，他知道吗？有鹤最不喜欢的，就是别人碰他的东西。”

阮鸣夏说了这么多话，气消了不少，但是，听到沈依杭可怜兮兮地憋出这么一句话后，更加恼了。

她挑眉：“我想沈小姐误会什么了，秦有鹤之前同你在一起的时候，你们只是男女朋友关系，他当然不会喜欢你碰他的东西，哪怕只是手机这种小物件。但是，我跟他是合法夫妻，拥有着共同财产，别说他的手机了，他整个人都是我的，我有什么东西不可以看的？”

阮鸣夏故意说得意味深长，沈依杭果然脸色发青，一副愤懑的样子。

沈依杭显然比她更了解秦有鹤……

沈依杭咬牙，每说一句话都很艰难，声音粗哑难听。

“我不知道你为什么这么记恨我，也不知道我到底做错了什么，我只不过在危难的时候想到了有鹤，因为有鹤是我在B市唯一的亲人……”

阮鸣夏觉得，沈依杭真的是她见过的、最不要脸的人。

没有之一！

陆一浓坏则坏，却比沈依杭来得爽快。敢做敢当，从不藏着掖着，抵死不认账这种事也就沈依杭做得出来。

好一朵盛世白莲花。

“亲人？我跟有鹤是夫妻，他的亲人就是我的亲人，我怎么不知道我们秦家还有这么不要脸的亲戚呢？”

阮鸣夏这话相当讽刺，让沈依杭脸色骤变。

沈依杭知道自己处于弱势，原本说话就说不过阮鸣夏，更何况是在失声的情况下，于是她开始低头默默地掉眼泪。

有话可以好好说，瞎哭什么？沈依杭越是装作一副无辜受欺负的样子，阮鸣夏心里就越是觉得硌硬。

“哦，对了，我还给你带了一份礼物。”

阮鸣夏从包里拿出了锦旗，摊开在沈依杭面前。

沈依杭看到小锦旗上的字时，原本含羞带泪的眼神立刻变得凛冽一些……

上面写着：水至清则无鱼，人至贱则无敌。

“喜欢吗？沈小姐是唱京剧的，应该深谙中国古典文化，这句古话，沈小姐比谁都明白其中的意思，对吧？”

沈依杭额上的青筋已经微微凸起，看上去哪里还是平时温柔似水的模样。

“时间不早了，沈小姐休息吧，好好养病，万一以后唱不了戏又没有有鹤护着，拿什么吃饭？我先走了。”

阮鸣夏刚起身，就听到沈依杭哑着嗓子开口：“我跟有鹤，早就发生了关系。当时有鹤跟我说，他会对我负责的。我把一辈子都交到了他的手上，所以，阮小姐，请你谅解。”

早就……

阮鸣夏听到这两个字时，瞬间蒙了，她一想到他曾经跟沈依杭发生过那种关系……她就觉得恶心。

阮鸣夏眼眶微微泛红，狠狠地看着沈依杭。

“沈小姐的意思我明白了，沈小姐在我面前博同情装可怜是没有用的。沈小姐如果缺钱的话，我可以给沈小姐钱，让你做个什么修复手术，聊表心意。”

“我不是这个意思……我只是希望，你可以把有鹤还给我。”

“狐狸终于露出尾巴了？秦有鹤是我老公，我凭什么将他让给你？”阮鸣夏说这话的时候没有半分的犹豫。

就像山山说的，她的确是一点点地喜欢上秦有鹤了。与他的接触就像是血液渗透到骨髓一般，多一天就多喜欢一点……

她不知道秦有鹤的心思，但至少昨晚他听了她的话，没有来看沈依杭。

阮鸣夏踩着高跟鞋转身离开了沈依杭的病房，待在这里的每一分每一秒都让她有一种窒息的感觉，特别难受。

特意为沈依杭定制的锦旗却被她带了出来，阮鸣夏直接将它挂在了病房门上。

周围的人好奇地围过来看，看到上面的字后，都纷纷在猜测病房里住的是什么人……

阮鸣夏前往电梯口的时候看到了陆琛，他手中拿着病历本和一些药，看上去挺忙的样子。

“陆助？”

陆琛见到阮鸣夏有些意外。

“太太？您怎么也在这儿？”

“看望病人。”阮鸣夏含笑，“你呢？生病了吗？”

“我没有。您忘了吗？之前您……撞伤了那个女人，我现在在处理这件事情，被她吆喝来吆喝去的。这不，刚好给她拿了药准备送上去。”陆琛一脸无奈，“这个女人可真难伺候。”

阮鸣夏心里顿时有点愧疚，之前秦有鹤跟她说，这件事情陆琛会处理好，她不需要去医院看望这个女人。现在看来，是她连累了陆琛……

“辛苦你了啊，陆助。我跟你一起去看看她吧。”阮鸣夏觉得，这个世界上除了陆一浓之外，应该也没有人可以为难得了她。

陆一浓算是她的劲敌了，虽然沈依杭很不要脸，段位也很高，但是，她也只是卖惨而已，攻击力远不及陆一浓的二分之一。陆一浓才是真正心狠手辣，否则，当年她也不会在被戳伤了眼的情况下，还不忘拉她下水。

“不用，不用。秦总特地嘱咐了，千万不能让您去看那个女人……”

“为什么？我总应该慰问一下。”阮鸣夏觉得秦有鹤有点小题大做了。

看着陆琛一脸为难的样子，阮鸣夏微微皱眉：“陆助，你不告诉我的话，等你不在的时候，我还是会去看的。”

陆琛深吸了一口气："因为这个女人是沈小姐的舅妈。"

阮鸣夏皱眉，这世间的事儿，还真是都缠在了一起。

"沈小姐不是孤儿吗？怎么有舅妈？"

"秦总也是刚刚才知道的，具体我也不太清楚。"

"哦……沈依杭跟有鹤之间没有关系，她的舅妈，跟有鹤就更加没有关系了。陆助只需要像对待平常人一样对待就好。"

陆琛愣了一下，颔首。

晚上，福瑞阁。

阮鸣夏早早地到了餐馆，在包厢里等了十几分钟秦老爷子才到，而秦有鹤因为一个会议要晚会儿才过来。

老爷子脸上堆满了笑意："阮阮啊，在秦宅住得怎么样？还习惯吗？有鹤有没有欺负你？"

阮鸣夏听着秦老爷子的关怀，鼻尖微微发酸，从小到大，没有人这么关心过她。

Part 4

阮鸣夏摇了摇头："没有，有鹤事事顺着我，对我很好。"

她没有说谎，秦有鹤的确待她不差。

老爷子点了点头："那就好。有鹤这小子从小就被人惯着，不懂得照顾人，你多担待一点。"

阮鸣夏苦笑，秦有鹤不会照顾人？之前他在念书的时候不是连书包都舍不得让沈依杭背吗？

秦有鹤年少时这么会撩妹，他爷爷知道吗？

老爷子并不知道阮鸣夏心中所想，他拿出钱夹，抽出了一张照片。

"给你瞧瞧这小子小时候的样子。"老爷子说到自己这个孙子的时候，语气还是很自豪的。秦氏企业本就强大，但在秦有鹤的手中才发展到鼎盛，他的能力老爷子是再满意不过了。

阮鸣夏接过照片，目光变得柔和起来。

泛黄的老照片上，小秦有鹤坐在地上玩玩具，背景是秦宅。

照片上的小男孩最多五六岁，看着镜头的眼神极其傲娇。

胖嘟嘟的小脸上五官很精致，仍旧看得出与现在很相像，只不过，阮鸣夏没想到，秦有鹤小时候竟然是这种胖乎乎的类型。

“这小子从小就长得俊。上幼儿园的时候，就有不少女孩子说长大后要嫁给他，哈哈。”秦有鹤是老爷子一手带大的，感情特别深厚。

阮鸣夏忍不住笑了：“要是我跟他在同一个幼儿园上学，我也喜欢他。”

这么胖乎乎又可爱的男孩子，怎么可能有小女生不喜欢？

秦有鹤小的时候，应该不止深受小女孩喜欢，肯定也很受阿姨们的喜爱。

“那你估计要跳级。”身后，传来秦有鹤戏谑的声音。

“我也就随便说说，你小时候这么胖，我才不喜欢你……”阮鸣夏斜了秦有鹤一眼。

老爷子看着小两口拌嘴的样子，心里高兴。

“喜欢的话，以后生个大胖小子出来，保证跟有鹤小时候长得一模一样！”

阮鸣夏的嘴角抽搐了一下，敢情老爷子还不知道秦有鹤那方面……

“婚礼迟点办没事，但是，蜜月旅行总得要吧？否则，有鹤你就是亏待阮阮了。”侍者已经开始上菜，老爷子一边给宝贝孙媳妇夹菜，一边严肃地对孙子说道。

“嗯。”秦有鹤没有什么意见。

阮鸣夏吃了一口菜，没有说话。

“我去一趟洗手间。”饭吃到一半的时候，老爷子起身离开了包厢。

包厢里只剩下阮鸣夏和秦有鹤两人。

阮鸣夏低头兀自吃饭，身旁传来淳厚的声音：“想去哪儿？”秦有鹤说的是蜜月旅行地。

“这种事情在爷爷这边敷衍过去就行了，不用真的去。”阮鸣夏觉得秦有鹤应该也不想带她出去的吧？

“喜欢海边，还是城市？”

阮鸣夏怔了一下：“秦先生真的要带我去？”

“我不带我太太去，难道带别的女人去？”

阮鸣夏抿唇："其实你不用为难的，我也不是强人所难的人。"

"你的医生有没有说过你视力很差？"

"嗯？"阮鸣夏皱眉，不知道秦有鹤说的是什么。

"你哪里看出我为难了？"秦有鹤有点不悦。

"我……"阮鸣夏语塞，发现的确是她自己妄自在揣测秦有鹤，"喀喀……秦先生的初恋都失声住院了，一不小心可能就会失去她的事业，这个时候秦先生还有心思跟我去度蜜月？"

"阮鸣夏。"

秦有鹤每次这样沉声叫她名字的时候，都让她觉得有点害怕。

他好像一直都是连名带姓地叫她，没有什么亲切的称呼。阮鸣夏心里微微泛酸，但是也不好说出来。

秦有鹤仍旧是穿着定制的西装，从公司回来后一直没有换过。

"等高盛集团的招标会结束，我们选一个地方，度蜜月。"

阮鸣夏的心头微有暖意，虽然心里清楚秦有鹤带她出去度蜜月，作秀的成分更多，但仍旧觉得甜滋滋的……

她低声咳嗽了一下，想掩饰自己兴奋的情绪。

"再说吧，到时候不知道我有没有时间。"

秦有鹤听到阮鸣夏傲娇的语气，脸色沉了下去。

"我没空的话，你可以带着沈依杭去啊，我看她巴不得呢。她还说啊，她早些年就已经跟秦先生有那种关系了。很早的时候，有多早啊，秦先生？"

"挂那面旗，对你有什么好处？"秦有鹤没有回答她，而是转移了话题。

"痛快啊。"阮鸣夏挑眉，"你不知道沈依杭有多坏。"

秦有鹤的唇线没有方才那么僵硬，看到她牙尖嘴利的样子反而变得温和了一些。

阮鸣夏咬唇："你别扯开话题，我在问你跟沈依杭什么时候发生的关系？"

"没有。"秦有鹤平静地回应了两个字，一副清者自清的样子。

"沈依杭说得清清楚楚……"阮鸣夏眼眶微红，"如果之前没有过，你怎么可能这么有经验……”阮鸣夏低声开口，觉得说出这种话有点尴尬和羞耻。

秦有鹤的薄唇弯了弯：“这种事情，也要看天赋。”

阮鸣夏顿时不想跟他说话了，每次她心里酸涩不已，秦有鹤总是一副掌控着她的情绪的样子，让她觉得自己很挫败！

此时，包厢的门被打开，老爷子从洗手间回来的同时还带来了一个人。

“来来来，有鹤，介绍一下，这是高盛集团的总裁楼封楼先生。”老爷子出门恰好遇到了楼封，他知道秦有鹤想要拿下高盛集团的地。

况且又是老熟人，老爷子顺水推舟把楼封请了过来。

秦有鹤起身，面对楼封的时候神色淡定，丝毫没有面对长辈时的胆怯。他淡定地伸手跟楼封握手。

“楼总，幸会。”秦有鹤话语稳重，即使跟楼封这样的商场老前辈站在一起，秦有鹤与他也是势均力敌的，甚至气场更加强大一些……

“秦总向来低调，我今天还是头一次见到啊，哈哈。”楼封个性爽朗，笑着开口，“秦老，您这个孙子真的是宝贝啊！”

秦老爷子听到有人夸自己的孙子当然高兴：“哈哈，有鹤这小子从小就听我的话。”

阮鸣夏站在一旁，有点紧张。

老爷子一直在跟秦有鹤介绍楼封：“以前我跟你楼叔叔的父亲是战友，过硬的交情！”

秦有鹤颔首，脸色沉稳。

阮鸣夏趁这个时候抽身离开去了洗手间。

出了房间，她走到走廊后才舒出了一口气。

一个包厢的门忽然被打开，一个男人横冲直撞地跑了出来。

男人手里拿着酒杯，显然已经喝醉了：“楼总，我们再来一杯！”

阮鸣夏被撞得手臂生疼，皱眉看向了男人。

“是谁挡我的路？”男人开始发酒疯，明明是他撞了阮鸣夏，却拽着阮鸣夏开始骂。

阮鸣夏当然敌不过一个醉酒的成年男人，两三下就被他拽入了包厢。

“啊……你干什么！”

包厢的门被关上，男人正准备痛骂阮鸣夏的时候，有人抓住了男人的手腕。

“朱总，你需要休息。”

阮鸣夏抬头看了一眼，这人好像……有点眼熟？

他不是她在楼宅门口遇到的那个男人吗？好像是楼郢城？

Part 5

楼郢城一双深邃的眼睛看着她，走到她身前护住了她，不让朱总再靠近。

“楼总，我想让这个小美女晚上陪陪我，你看她怎么生得这么漂亮呢？”朱总上前想要碰阮鸣夏的下巴。

阮鸣夏早上为了在沈依杭面前逞强，精心打扮过，原本就明艳的五官越发显得好看，在包厢的灯光下，肤如凝脂，又不失娇媚。

“这是我朋友，陪不得。”楼郢城话语平静，眼里带着轻笑，阮鸣夏躲在他身后。

楼郢城很高，穿着笔挺的西装，身形颀长，气场厚重。头发修剪得干净利落，没有一丝累赘。

朱总摸了摸自己的下巴，饶有意味地看着楼郢城：“楼总的女人？那当然是陪不得了，哈哈。”

朱总说完便转过身去同人喝酒。

阮鸣夏长舒了一口气，也不管他是不是在胡说八道。

“没事了。”楼郢城的声音算不上温和，但是音质很好。

阮鸣夏愣愣地没说话。

“在楼宅门口遇到你的时候，我以为我看错了。”楼郢城嘴角隐隐有笑意，不是很深。

阮鸣夏张了张嘴巴，她觉得有点尴尬……

“小……小哥哥。”阮鸣夏不知道该怎么称呼楼郢城，如果再装作不认识他的话，就显得太矫情了。但是，她一时不知道该怎么叫他。楼郢城？不行，太生硬了。郢城？不行，哪能这么亲近？楼先生？也不行，显得太生疏了，毕竟是认识这么多年的人。

阮鸣夏干脆像小时候那样叫了一声“小哥哥”。

“叫我的名字就行了。”楼郸城大概也觉得这声“小哥哥”奇怪又尴尬，神色有些怪异。

但是，阮鸣夏实在叫不出口，毕竟，对她来说，眼前的楼郸城完全是陌生人……

“我们从小就断了联系，没想到现在你都长这么大了。”楼郸城这句话说得像是长辈，让阮鸣夏有些无所适从。

不过，阮鸣夏也觉得遇到楼郸城是一件挺高兴的事，毕竟小时候愿意跟她玩的小孩不多，楼郸城和山山是仅有的两个。

她笑了一下，妆容精致的脸显得容光焕发。

“我有没有比小时候漂亮一点？小时候，我爸老说我是黄毛丫头。”阮鸣夏想开个玩笑缓和一下尴尬的气氛。

“小时候也很漂亮。”楼郸城拿了一杯水递给阮鸣夏，阮鸣夏接过，掌心里温温热热的。

“嗯，每个人都喜欢听好话，哪怕是假的。”

秦有鹤就不一样，他好像不曾夸过她……

他不是不懂女人心，而是他根本没有费心思在她的身上。

阮鸣夏想着想着，心里就觉得沉甸甸的……

“跟朋友来的？”楼郸城见她沉思，添了一句。

“没有，跟家人。”

“嗯。”楼郸城也不多问，而是递过了一张烫金名片，“这是我的联系方式，随时联系我。”

阮鸣夏接过，名片上只有一个联系方式和楼郸城三个字，她觉得出于礼貌还是要接受的，于是点了点头：“好的。”

“我听我父亲说，你参加了我们的设计大赛？”

阮鸣夏再次点头，她出来的时候没有带包，只能将名片随意地放在外衣口袋里。

“嗯，刚刚报了名。”

“如果有需要我帮忙的地方，尽管说。”

楼郸城的话让阮鸣夏受宠若惊，她苦笑着看着他，她并不是一个自来熟的人，如果她第一次见面就表现得非常热情，那一定是她想要讨好这个人，比如秦有鹤。

她对楼郢城没办法表现得很热情……毕竟，他们那么多年没见了。

但是，她还是尽量不让气氛变得尴尬，半开玩笑地开口："这是要帮我开后门的意思吗？"

"如果你想，可以。"

阮鸣夏不过是开个玩笑，得到的答案却让她再次吃了一惊。她尴尬地捋了一下头发，之前她去找楼封，只是想通过江颂年的关系稍微通一下在高盛的关系，倒并没有真的想过要走后门。

君子爱财，取之有道。虽然她要的不是财而是机会，但也是同一个道理。

阮鸣夏摇了摇头："不用了，我自己可以。"

"嗯。"楼郢城也不强迫她。

"我家人在等我，我先回去了。"阮鸣夏放下了杯子。

"嗯。"楼郢城将阮鸣夏送到了包厢门口才与她分别，她莫名有一种如释重负的感觉……

阮鸣夏正准备回自己的包厢，却看到了从不远处走过来的阮兰心和陆一浓。

真是冤家路窄。

陆一浓跟阮兰心有说有笑的，其间还整理了一下头发，朝着楼家人所在的包厢走来，她们的意图显而易见……

陆一浓也参加了高盛的服装设计大赛，必定也想拿下高盛服装设计总监的位置，这不仅仅意味着可以获得一份高薪的工作，更代表着可以在设计圈一炮而红。

阮兰心带着陆一浓来见楼家人，无非为了帮陆一浓打点关系。

看到阮鸣夏时，二人一时愣在了原地。

"妈。"阮鸣夏唤了阮兰心一声。

自从上次在泰国餐馆遇到了阮兰心，因为阮鸣夏说了陆宏阳搞大了一个女大学生的肚子，阮兰心不快到现在。今天见到阮鸣夏的时候，她也冷淡了不少。

陆一浓秀眉微皱："你从楼家包厢里出来的？"

阮鸣夏挑眉："是啊。妈带着你来，也是想去楼家通通关系吧？这就有点不好意思了，我捷足先登了。"

陆一浓嗤笑，上前几步走到了阮鸣夏的面前："就你？凭什么捷足先登？"

"小时候我跟着我爸经常去楼家玩，不仅跟楼封熟悉，跟楼封的儿子也很熟的。"阮鸣夏故意夸大其词，就是想让陆一浓害怕。

果然，陆一浓听完后脸色骤变，透着苍白。

"你怎么也报名参加了这个比赛？是不是属于我的东西，你都要跟我抢？！"陆一浓是单眼皮，属于长得特别好看的单眼皮类型，眼睛不大，但是偏偏让人觉得媚眼如丝。

"属于你的东西？你就这么确定比赛的冠军是你？"阮鸣夏冷笑，"既然你都问了，我也不怕告诉你，我参加比赛的确是因为听说你也会参加。我这人就是喜欢跟人抢东西，满意吗？"

阮鸣夏将自己的想法说得一清二楚，没有半分的遮掩。

"你！"陆一浓脸色铁青。

"我什么？我你还不清楚吗？"阮鸣夏笑了笑，"两年的牢狱之灾拜你所赐，这笔账我总得跟你慢慢算，不是？"

Part 6

不顾陆一浓越来越难看的脸色，阮鸣夏说完就转身离开，回到了自己的包厢。

楼封正在陪老爷子喝茶，看到进来的人是阮鸣夏时，愣了一下。

刚才楼封并没有注意到她。

"阮阮？"楼封觉得很惊讶，难道她跟秦家人认识？

阮鸣夏尴尬地笑了笑，表面仍旧端庄："楼叔叔。"

"你怎么在这儿？是跟你爸爸一起来的吗？"

秦有鹤起身走到阮鸣夏身旁，揽住了她不盈一握的腰肢。

"楼总跟我太太认识？"

太太，太太……只要秦有鹤当着别人的面说"太太"这两个字，阮鸣夏就觉得准没有好事。

楼封怔了一下，眼里有震惊，但很快就被敛去了。

他看了一眼阮鸣夏，阮鸣夏有些不好意思地笑了笑，她没说话代表着默认。

他没想到阮鸣夏竟然嫁给了秦有鹤……

高盛集团在商场上也是久负盛名，即使楼封和秦老爷子也有不浅的交情，他也是到了今天才见过秦有鹤。

之前有人跟秦老爷子吃饭的时候介绍了一位名媛，出身红色家庭，不仅事业有成，长相身材都能与明星媲美，秦有鹤为了不拂老爷子的面子才象征性地见了一面，之后也就没有后续了。

以秦有鹤的身份和性子，在旁人看来跟阮鸣夏是完全走不到一起的，楼封才会格外觉得震惊。

“没想到阮阮嫁给了秦先生。”

秦有鹤平静地回应：“缘分。”

听见秦有鹤煞有介事的回答，阮鸣夏忍不住在心里翻了一个白眼，他们如果是因为缘分走到一起的话，那全天下的夫妻都比他们有缘分吧？

她对秦有鹤是典型的蓄意接近，徐徐图之。

楼封寒暄了几句后便离开了，秦老爷子喝了几口茶后，忽然开口。

“阮阮，我听有鹤说你开了一个工作室？”

“嗯。过几天就开业了。”

“和和好像认识不少设计圈的人，开业的时候，我让她过去帮衬帮衬你。”秦老爷子对顾和这个孙女还是很宠爱的，只是顾和性格独立，打小就很少依赖家里。

“好。”阮鸣夏颔首，开业那天顾和能到场的话她是再欢迎不过了。

“司机会来接我，你们年轻人要出去玩的话就去吧，我先回家休息了。”

“嗯。”秦有鹤将秦老爷子送到了酒店门口，让阮鸣夏在包厢里先等着，如今是春天，外面有点儿冷。

秦有鹤如此注意这些小细节总是让阮鸣夏动容，他总是在无言之间撩人心绪。

几分钟之后，秦有鹤回包厢的时候阮鸣夏正在跟山山发微信，见到他回来了，就将手机放进了大衣口袋里。

“有什么见不得人的东西，见到我就需要藏着？”秦有鹤觉得阮鸣夏的秘密很多，她不想让他知道的事情也很多。

只可惜，她的很多心思都写在脸上。

阮鸣夏起身，笑着走近秦有鹤，故意在他的西装外套上画圈。

秦有鹤身上残留着一点男士香水的味道，她没有闻错的话，应该是娇兰的满堂红香水，味道温和却又带着一点侵略性，最适合他这种含着金汤匙出生自身又优质的男人，骨子里透着贵气和绅士。

阮鸣夏深深地吸了吸鼻子，越发靠近了一点。

她没有发现自己现在这个动作有多撩人心。

秦有鹤抓住阮鸣夏的手，用指腹轻轻地摩挲了一下她的骨节。

“离远点。”三个冷硬的字让阮鸣夏立刻从意乱情迷的幻觉中抽身而出。

“为什么？”

“你靠这么近，是想在这里？嗯？”

阮鸣夏心里咯噔了一下：“你！流氓！”

“你想让我在床上正经点？”秦有鹤倾身想要吻上阮鸣夏的红唇，近在咫尺的距离，他的呼吸喷洒在她的鼻翼，她却下意识地往后退了一步。

她在秦有鹤身上只感受到了欲望，感受不到情爱。

阮鸣夏心里像被泼了一盆冷水，秦有鹤不知道她已经动心了，她也不敢说，一厢情愿太没面子了！

“我想回家了。”她沉着声音说道，然后轻轻推开了他。

秦有鹤倒是没有继续，而是在她的额头轻轻印下一个吻，脱下西装外套披在了她的肩膀上。

阮鸣夏先是微微皱眉，随即苦笑着看着他：“秦先生，对我这么好，就不怕有一天我爱上你？我可是很缠人的。”

“那就好好过日子。”秦有鹤平静地回应她。

秦有鹤……想要跟她好好过日子？

阮鸣夏没想到秦有鹤会这样回答。她也没再说话，跟着秦有鹤离开了包厢。

酒店门口，秦有鹤将车钥匙交给了侍者，等待侍者取车的时间里，阮鸣夏才感受到秦有鹤的贴心……

春寒料峭，外面冷得不行。

秦有鹤应该是送秦老爷子出来的时候感受到了温度，所以才提前把衣服给了她……

阮鸣夏心里的积冰融化了一些。

两人身后忽然传来了男人的声音："这不是刚才那个小美人吗？"

阮鸣夏回头，朱总正指着她笑呵呵地开口，眼里带着几分欲望。

他身旁还有几个男人，应该是楼家的客户。

阮鸣夏一眼就看到了楼郦城，淡淡地跟他点了点头。

"送朱总回家。"楼郦城嘱咐了身旁的助理，助理连忙扶着朱总走了。

楼郦城看到阮鸣夏和她身旁的男人时并没有感到意外，他听父亲说过，阮鸣夏已经结婚了。

这个男人应该就是她的丈夫。但是，楼郦城并不知道他是谁。

"阮阮，不要介意，他喝醉了。"

阮鸣夏听到"阮阮"的时候还是有些不适应，她觉得她跟楼郦城之间还没有这么熟悉……

但她还是礼貌得体地笑了笑："没事。"

秦有鹤平静地看了一眼楼郦城，楼郦城也看向秦有鹤。

阮鸣夏连忙介绍："这是我先生。"

"你好。"楼郦城伸出手，但是直到话落，秦有鹤都没有伸出手来。

"回家。"秦有鹤抚上了阮鸣夏的腰肢。

阮鸣夏觉得秦有鹤的态度有些无礼，尴尬地冲楼郦城笑了笑："我先生身体有点不舒服，小哥哥我们下次见。"

她还是没有办法叫"郦城"这样亲近的称呼，只好像小时候叫他"小哥哥"。

话落，秦有鹤的脸色立刻变得阴郁。

"我身体不舒服，我怎么不知道？"

Part 7

阮鸣夏原本是想拉着秦有鹤赶紧离开的，她跟楼郸城不熟悉，在这里多站一会儿都是徒增尴尬。

但是秦有鹤忽然冒出来这么一句，让阮鸣夏一时不知道说什么好。

楼郸城的手都递到了他面前，他却无动于衷……

他似乎不喜欢楼郸城。

他们应该不认识啊，他怎么无缘无故……

阮鸣夏实在想不通。

“你刚才不是说胃不舒服吗？我们赶紧回家休息吧。”阮鸣夏挤出了一个比哭还要难看的笑容，她突然想起秦老爷子说秦有鹤小的时候就喜欢一本正经地调皮，让人根本没有办法责骂他。

现在阮鸣夏信了……这家伙坏得很。

“小楼先生跟我太太认识很多年了？”

小楼先生……阮鸣夏傻眼了，他秦有鹤也真敢叫。

楼郸城颔首：“从小就认识。”

“小哥哥，我们先走了，你回去路上也小心。”

阮鸣夏并不知道她这是在火上浇油。

秦有鹤的脸色越来越难看。

“郸城哥哥。”

陆一浓娇俏的声音自身响起，她踩着高跟鞋跑到了楼郸城的身前，原本含笑的脸在看到阮鸣夏时，瞬间僵住了。

阮兰心想给女儿和楼郸城制造独处的空间，自己先离开了，她想把条件范围内最好的都给陆一浓。

秦有鹤这条路走不通了，她转而带着女儿走向楼郸城。

在 B 市，楼郸城也是炙手可热的贵公子。

“陆小姐。”楼郸城的口吻很平淡。

阮鸣夏是绝不会放过任何一次反击陆一浓的机会的，她微微挑了挑眉看着陆一浓，转而同楼郸城说话：“小哥哥，我妹妹看上去很喜欢你呢。一口一个郸城哥哥的，你怎么可以这么冷淡呢？”

陆一浓一听，脸色瞬间又变了变。

“楼先生，我没有……”

楼郧城却并不在意，只是弯了弯嘴角看着阮鸣夏：“阮阮从小就爱开玩笑。”

他这样说话总给人一种特别温柔的感觉，但是阮鸣夏觉得有点儿不舒服，尤其是在秦有鹤面前……

莫名觉得压力很大。

秦有鹤会不会误会什么？

她偷偷地瞥了一眼秦有鹤，果然看到他脸色十分阴沉。

他大概，是吃味儿了吧？

阮鸣夏觉得不能继续惹恼秦有鹤了，赶忙跟楼郧城道别：“我和我先生先回去了。”

陆一浓瞪了阮鸣夏一眼，眼里含着浓浓的憎恨。

阮鸣夏也不理睬，随她去吧。看楼郧城的反应，对她似乎并没有多大的兴趣。

陆一浓真是不简单，原本一心想嫁给秦有鹤，一见楼郧城对她有利，立刻扑向了这边。当年慕呈延给阮鸣夏做模特从而让她在很多比赛中拔得头筹，陆一浓很快想方设法引诱慕呈延，让他成为她的裙下之臣。

她会玩的，也不过就是这点儿套路。

阮鸣夏小心翼翼地跟着秦有鹤上了车。

“秦先生饿不饿？刚才都没吃什么东西。”

“不饿。”秦有鹤语气不善，让阮鸣夏有些紧张。

她的大金主可能饿坏了呀。

“秦先生看上去好像不高兴。”阮鸣夏抿了抿嘴唇，显得特别乖巧，与平日里牙尖嘴利的模样完全不同。

秦有鹤没有回应她，让阮鸣夏心里越发沉甸甸的……

阮鸣夏觉得有些自讨没趣，兀自看向了窗外。

窗外华灯初上，车子疾驰，路边城市的霓虹灯犹如一道道幻影，光怪陆离。

几分钟后，秦有鹤清冷的声音响了起来。

“跟楼封的儿子不要走得太近。”带着一点点恼怒，又好像带着不在意的味道。

“为什么？高盛集团这次主办的设计大赛，掌控权都在楼郸城手中，跟他走近一点没有坏处。”

阮鸣夏心里其实并不这么想，她觉得楼郸城看她的目光有点儿不一样，她本能地想避开。毕竟，她很清楚自己的身份，她是秦太太，而且，除了秦有鹤之外，她也不想跟别的男人有任何暧昧不清的关系。

但是，为了刺激秦有鹤，为了知道秦有鹤对她的态度究竟是怎样的，她选择故意这么说。

秦有鹤的一张俊脸此时变得阴沉，他原本给人的感觉就很清冷，如今这么一看，他浑身上下都是寒意……

“阮小姐还真是趋炎附势。”秦有鹤想到阮鸣夏为了钱和权接近他的事情，又跟眼前楼郸城的事情一对比，心里更加不悦了。

“我本来就是趋利的小人……”阮鸣夏笑了。

当初为了钱和权接近秦有鹤，她就觉得自己有点儿不堪，索性安慰自己人都是趋利的，都是自私自利的。

“有什么事情，是我帮不到你的？”秦有鹤突如其来的霸道，让阮鸣夏有些吃惊。

的确是……

秦有鹤在商场上叱咤风云，他有什么帮不到她的？

“总不能次次都让秦先生出力。秦先生帮我买了工作室，已经对我很好了。”

“我不对你好，你想让别的男人对你好？”秦有鹤的嗓音原本就淳厚，在安静的车厢里显得越发喑哑低沉，给平静的空气平添了一丝暧昧。

“没有、没有。”阮鸣夏连忙挥了挥小手，摇头道，“这顶高帽子我可不敢戴，我眼里和心里都只有秦先生。”

阮鸣夏娇俏地笑了一下，她说的是实话，但给秦有鹤的感觉却是，她在讨好他。

看着秦有鹤僵硬的面部表情，阮鸣夏便知道，哪怕她说的是真心话，他也不会相信。

更让人苦涩的是，她心里眼里，真的只有秦有鹤。

但是，他不信。

以前她总是虚情假意地说自己喜欢他，现在才说实话，他肯定是不信的。“狼来了”的故事安在她的身上，真的是再适合不过了。

“我跟楼郸城已经好多年没有见过了，他只是我小时候的玩伴。”阮鸣夏添了一句。

“多年没见，还叫得这么亲切，阮阮？嗯？”秦有鹤故意用楼郸城的语气叫着她的名字。

当自己的小名从他口中说出来的时候，阮鸣夏没来由地感觉一阵酥软……

她抿唇略带嗔怒地开口：“你从来没这样叫过我，还不许别人叫了？”

“不许。”

“难道下次见面，我要这样告诉他——小哥哥，你不能这样叫我，我先生会不高兴的。”

“那就别见他。”

“……”

“还有，你那一声声‘小哥哥’，我听着也不舒服。”

阮鸣夏抽了一下嘴角，她现在有些分不清秦有鹤到底是占有欲在作祟，还是真的在吃醋……

“那我下次不这样叫他，行了吧？我参加了高盛主办的比赛，总是还会遇到他的。”

秦有鹤薄唇紧抿，不说话。

“或者，我叫你大哥哥，好不好？”阮鸣夏笑得生动，她是真的觉得好笑。

堂堂秦氏集团的总裁，竟然因为这点小事跟她“闹别扭”。

秦有鹤俊逸的眉紧蹙了起来。

“我不跟你闹了，我困了，想睡会儿。”阮鸣夏仍旧忍不住想笑，即使闭上了眼睛也掩饰不住嘴角的笑意。

秦有鹤看了一眼她嘴角弯着的样子，心里微微一软。

他是不是对她太苛刻了一些？

阮鸣夏醒过来的时候，发现自己已经躺在了秦宅的主卧里……

她有点震惊，她不是在车上睡觉吗，难道是秦有鹤抱她回了秦宅？

她掀开被子，才发现身上已经换上了平日里穿的睡裙……

秦有鹤正好走进来，穿着宽松的睡袍，略显慵懒，看到阮鸣夏醒来了，他将房间的灯光调亮了一点。

“是秦先生帮我换的睡裙？”

“不然呢？”秦有鹤拿起烟盒和打火机，准备去阳台抽烟。

阮鸣夏连忙赤脚跑下床，跑到了秦有鹤跟前，将烟和打火机抢了过来。

“待会儿再抽。”阮鸣夏其实是想让他不要抽的，抽烟对身体不好，但她又觉得以她现在所处的位置，好像还没有什么资格去勒令秦有鹤。

“嗯。”她没想到秦有鹤会乖乖听话，竟然真的不抽了。

“有件事情忘记问秦先生了。”

“说。”

“秦先生知道被我开车撞了的那个女人，是沈依杭的舅妈吗？”

秦有鹤脸色平静：“刚知道。”

“秦先生不会因为沈依杭的关系就偏袒她吧？”阮鸣夏急切地问。

“我会偏袒我的太太。”

秦有鹤的话让阮鸣夏一颗睡觉时都悬着的心稍微沉了沉。

“秦先生，你是不是喜欢上我了？所以最近才事事顺着我，处处惯着我？”

“知道我顺着你，就消停点。”

“哦……”没有得到秦有鹤的正面回答，阮鸣夏有些挫败。

第十五章
事事不顺，转条锦鲤吧

Part 1

阮鸣夏也不再追问，她靠近了秦有鹤一点，刚才急匆匆下床，她赤着脚，觉得脚心有点凉，便故意踩在了秦有鹤穿着的棉质拖鞋上……

秦有鹤看着她这个小动作也不推开她，只是开口的时候，呼吸有些紊乱。

“今晚不想睡了？”

阮鸣夏听到这句带着一点点恐吓味道的话，微微瑟缩了一下，但是，她还是没有挪开自己的脚，笑道：“我不睡，秦先生不是也不能睡吗？怕什么？”

秦有鹤觉得阮鸣夏真是越发肆无忌惮了。

他弯腰将她捞了起来，阔步走向了床。

阮鸣夏以为他要做点什么的时候，秦有鹤却将她放下之后就起身了。

“你一脸失望，是期待我做什么？”

她哪里有！

“嗯？”

“是啊，这不像秦先生衣冠禽兽的风格啊。”阮鸣夏微微挑眉，她的睡裙是吊带的款式，此时肩带微微往下滑了一点，露出她肤如凝脂的肩膀。

阮鸣夏很瘦，但是该有肉的地方还是很丰满的，肩带一掉落，她身前的美好就露出了一半。

这种犹抱琵琶半遮面的隐约美感，最让人窒息。

秦有鹤的喉结滚动了一下，却被他很好地克制住了，随后熟视无睹地拿了烟盒和打火机走到了阳台上。

阮鸣夏一个人坐在床上，心下郁闷，这才几天，她对秦有鹤就没有吸引力了吗？

难道她最近瘦了，秦有鹤不喜欢了？

萌生出这种想法后，阮鸣夏觉得有点后怕。她怎么会这么想……

之前她不是希望秦有鹤不要碰她，一碰她她就要死要活的吗？

阳台上。

秦有鹤给秦氏集团建筑部的总监打了一个电话。

“喂，秦总。”现在已经很晚了，但对方还是毕恭毕敬地回应了秦有鹤。

“秦氏跟惠远建材是不是有生意上的往来？”

在秦氏集团，秦有鹤向来是事无巨细都会亲自过目，所以，即使是像惠远这样的小公司，他也记得。而且，他之前见过惠远的老板一次，也就是今天在福瑞阁遇到的朱总。

秦有鹤的记性很好，过目不忘。

“是的。最近秦氏集团正在建设的那个小区，用的是惠远的建材。”

“取消跟惠远的合作，明天另觅合作方。”

“什……什么？”总监愣住了，“秦总，这是不是太突然了？我们在这方面一直都是跟惠远合作的。因为长期合作，惠远给我们的钢材价格是业内最低的。”

“明天我会让陆琛拨一笔资金到建筑部，价格比惠远高一点没事，我不想再看到惠远出现在秦氏集团合作伙伴的名单中。”

秦有鹤的话凝练简洁，短短几句话已经让总监心惊胆战。

据他所知，秦有鹤向来沉稳，怎么忽然不按照套路出牌了？

临时换合作方，损失可不是一点点……

但总监也不能说什么，只能照做，秦有鹤既然不想跟惠远合作，依照他的性子必然已经精确计算过秦氏的亏损值了，肯定是在可以接受的范围内才做了这个决定。

“是。”

翌日早上，阮鸣夏是被门铃声吵醒的。

她迷迷糊糊地睁开眼睛，才早上五点多，连秦有鹤晨跑的时间都还没到……

管家这个时候肯定也还没醒，门铃才会一直响着，尖锐刺耳。

外面正在下大雨，雨声很大，夹杂着尖锐的门铃声，扰得人根本没有办法睡觉……

“有鹤……”阮鸣夏的口吻带着一点点撒娇的味道。

King size 的大床上，阮鸣夏和秦有鹤隔得很远，她低声开口叫了一声后，缩回手臂转了个身，然后又闭上了眼睛。

秦有鹤是被阮鸣夏吵醒的，他没有恼，而是平静地起身，随意地披上睡袍，下楼去开了门。

沈依杭没有撑伞，浑身上下都湿透了。她瑟缩着站在门口，湿透的头发紧紧地贴在额头上，眼眶里蓄满泪水，随时都会掉下来的样子。

“怎么回事？”秦有鹤开口，语气里带着不悦。

春寒料峭，春雨本就凉，沈依杭不知道在雨里淋了多久，嘴唇冻得发紫，久久才挤出一句沙哑的话。

“有鹤……”

然后直接扑进了秦有鹤的怀中。

沈依杭穿着病号服，被雨水淋湿后紧紧地贴在了身上，勾勒出她曼妙的曲线……

“昨晚我打电话给你，你为什么没接？昨天医生说，我以后可能再也不能唱京剧了……”

沈依杭的声音变得极其沙哑，带着一点哭腔，听上去再也不像以前那般婉转好听了。

“昨晚我没接到。”秦有鹤平静地回应。

“我打了好多次，你都掐断了……”沈依杭紧紧地抱着秦有鹤，几乎用了全身的力气。

秦有鹤轻推了她一下，沈依杭却像蚂蟥一样贴着他。

“松开。”他平稳地说了一句，没有什么情感。

“是不是阮小姐挂断的？”沈依杭仰头看着秦有鹤，“我知道阮小姐不喜欢我，可是我真的很怕。昨晚听了医生的话后，我一晚上没有睡觉，我……”

“你还知道我不喜欢你？”阮鸣夏在睡裙外披了一件宽松的睡袍，慢悠悠地从秦有鹤身后走出来，双手叠放在身前，微微挑眉看着沈依杭。

她抱着秦有鹤的样子真是扎眼啊。

沈依杭像是触电般缩回了双手。

“阮小姐，我……”

“我一向以为沈小姐是很聪明的，没想到却记不住我是秦太太。”阮鸣夏淡淡地开口，随意地挽住了秦有鹤的手臂，“老公，你说是不是？”

秦有鹤意外于自己竟对这声“老公”没有任何的厌恶之情。

“还有，沈小姐怎么能诬陷我昨晚挂断了你的电话呢？”

沈依杭没说话，因为淋了雨，嘴唇惨白得可怕。

阮鸣夏怎么可能不知道她一大早来找秦有鹤是为了什么。

早上人将醒未醒，本来就是迷迷糊糊的，最容易被哄骗了。

而且她一淋雨，再装下可怜，秦有鹤说不定真就被骗过去了。

“昨晚我真的给你打了电话……”沈依杭看向了秦有鹤。

秦有鹤口气平稳：“我没接到。”

沈依杭不死心，皱眉继续道：“是不是被删掉了通话记录……”

她的意思是，阮鸣夏把秦有鹤的通话记录删了？！

阮鸣夏嗤笑。

沈依杭无中生有的本事还真是大。她这样做，无非就是想让秦有鹤迁怒于阮鸣夏……

天气冷得厉害，沈依杭站在风中打了一个寒战。

“我让司机送你回医院。”秦有鹤看起来并没有要留沈依杭在秦宅暖一暖身子的意思，这让阮鸣夏感到很意外。

沈依杭张了张嘴巴，欲言又止。许久，她才哑着嗓子开口：“有鹤，我想换件衣服……我好冷。”

秦有鹤这次没有拒绝她，哪怕是陌生人，请求要一件干衣服，他也是不会拒绝的，况且对方是沈依杭。

“拿件干衣服给她换上。”秦有鹤看着阮鸣夏。

阮鸣夏心里写满了不愿意，但面上仍旧装作大度的样子：“进来吧，换完衣服再走。”

沈依杭连忙走进了秦宅。

因为下雨，秦有鹤无法晨跑，阮鸣夏故意当着沈依杭的面温柔地开口：“老公，你再去睡会儿吧，一会儿我让司机送沈小姐。”

秦有鹤没有拒绝，沈依杭看到他上楼，也随后跟了上去。

阮鸣夏蹙眉，沈依杭还真是……不要脸啊。

“等等，沈小姐，你去哪儿呢？在一楼换衣服就可以了。”阮鸣夏一把抓住了沈依杭的手臂。

沈依杭有点儿委屈，但她冷得浑身打哆嗦，只好先跟着阮鸣夏去换衣服。

阮鸣夏将她领到了保姆的房间，敲了敲门。

“秦姨，你醒了吗？”

“醒了、醒了，太太，有事吗？”秦姨是秦宅的保姆。

阮鸣夏含笑：“你去拿件干衣服，我们家来了一位客人，浑身湿透了，要换件衣服。”

秦姨看了一眼沈依杭，愣了一下，随即会意，转身回到自己的房间，拿了一件衣服出来。

沈依杭一看秦姨手里的衣服，瞪大了眼睛问：“你让我穿保姆的衣服？”

Part 2

沈依杭的声音有点颤抖，一副可怜无辜的样子。

阮鸣夏笑着将衣服递到了她面前："如果你想湿漉漉地回医院，没问题啊，冷的又不是我。"

阮鸣夏实在是对沈依杭温和不起来。

沈依杭咬了咬牙，阮鸣夏看着她自作自受又不能说什么的样子，觉得畅快无比。

沈依杭最终还是去换了衣服，秦姨的身材很胖，衣服穿在沈依杭身上显得宽松肥大，看上去别扭极了。

阮鸣夏忍不住勾了勾嘴角。

"衣服很适合沈小姐啊，活脱脱像个唱戏的呢。"

"阮小姐，你为什么要这样对我？"沈依杭看到自己穿成这副样子，心里酸涩委屈，眼里蓄满了委屈的眼泪，"我只是想见有鹤，以前我每次生病，我都会找有鹤……"

阮鸣夏额头上的青筋微微凸起，敢情沈依杭这是要跟她玩怀旧这一套？

"以前是以前，他现在是有妇之夫，怎么能随随便便见你？"

沈依杭像是没有听到阮鸣夏说的话，继续呢喃着开口："以前念书的时候，有鹤每天早上都会给我热一杯蜂蜜水，让我润嗓子，晚上睡前也会给我热一杯牛奶，他最担心我生病了……"

"沈小姐都说是以前念书的时候了，现在是现在。"阮鸣夏皱眉，"我让司机送沈小姐回医院，我和有鹤还要睡觉呢。"

"阮小姐……"

"秦姨，送客。"

沈依杭的脸色凄楚难看，临走前她还不忘撂下一句话："我舅妈被你撞了，你不想负责了？"

阮鸣夏嗤笑，果然，沈依杭还真是替她那个舅妈来"伸张正义"的。

"她闯红灯撞坏了我老公的车，不让她赔个几十万上百万的，已经是有鹤给面子了。"阮鸣夏冷冷地抛出一句话。

"对了，秦姨，给沈小姐一把伞，别淋湿了又回来哭哭啼啼地找你借衣服。"

"好。"秦姨忍不住偷偷笑了一下，从一旁拿了伞递给沈依杭，"沈小姐。”

沈依杭接过伞，泪眼汪汪地离开了秦宅。

阮鸣夏再上楼时，秦有鹤已经洗漱完毕，换上了西装准备离开。

“这么早就去公司吗？”

“嗯。高盛那块地的招标会就在这几天。”

“哦……秦先生要防着点儿慕呈延，他跟我哥交情好，我哥因为我爸的关系跟楼家走得近。”阮鸣夏替秦有鹤正了一下领带。

秦有鹤没有系她送的那条领带，阮鸣夏心里想着有必要再去买几条领带了……

“嗯。”秦有鹤颔首，“下午我让陆琛来接你，去一趟警局把车祸的事情了了。”

“不用了，我自己打车过去就好了。”阮鸣夏觉得没必要麻烦陆琛走一趟。

“嗯。”秦有鹤也没有拒绝，看着她认真系领带的样子，继续开口，“喜欢轿车、SUV，还是跑车？”

“嗯？”阮鸣夏愣了一下，她认真地在帮他正领带，没有过多分析秦有鹤的话，只是抬头看了他一眼，“我对车没什么兴趣。”她跟陆承泽出了车祸后，甚至都不怎么敢开车了，更别说是对车有兴趣了……

秦有鹤没有回应，拿起袖扣扣上后便离开了卧室。

阮鸣夏又睡了个回笼觉，醒来后收到消息才得知设计稿要求纸质档，必须由参赛者亲自送过去。

她赶忙洗漱了一下，打车去了高盛集团。

高盛集团同秦氏集团一样位于CBD，阮鸣夏想着一会儿从高盛集团出来就直接去秦氏集团找秦有鹤，这样可以一起去警局。

出租车在高盛集团的门口停下，她下了车，按照短信的提示去了高盛集团十六楼。

到了十六楼，一出电梯，她有点儿震惊。

到处都是人……参加高盛集团设计比赛的人，未免也太多了点儿吧？

所有人都整齐有序地排着队，队伍几乎排到了电梯门口，每个人手中都拿着设计稿。

阮鸣夏拿着设计稿也排起了队，看这情形，起码要排一两个小时吧……

此时，电梯门又打开，一道女人的声音从身后传来。

“阮鸣夏？”

阮鸣夏听到自己的名字，条件反射地转过头去，看到是顾和的时候她有些惊讶。

“顾……姐姐？”阮鸣夏还是有点不习惯叫顾和姐姐。

顾和穿着米白色的大衣，手中拎着同色系的Birkin手包，气质出众。这样一个知性温柔的女人站在电梯口，使得不少人都转过头来看她。

“我听爷爷说，你的设计工作室要开张，这次是来参加高盛主办的设计比赛吗？”顾和看了一眼这边黑压压的人群。

“嗯，是的。”阮鸣夏笑了一下，“你呢？”

“我来找高盛的楼总，我们有个合作项目。”

Part 3

“这样啊……”

顾和点了点头：“那我先进去了。”

“嗯。”

阮鸣夏在人群中排着队，因为穿着高跟鞋，腿有点儿酸。

一道靓丽的身影直接走向了队伍的最前面，一脸淡定而又趾高气扬。

阮鸣夏眯了一下眼睛，这不是陆一浓吗？

她差点忘记自己是为了陆一浓才来参加这个比赛，陆一浓怎么可能不来？

陆一浓在一群人的注视下，走到了队伍的最前面，将设计稿交给了审核的人。

“这人怎么这样……插队啊。”

“就是，怎么不遵守规矩呢？”

“真没素质！”

……

所有人都在议论陆一浓，但她并不在意。阮鸣夏扯了扯嘴角，陆一浓肯定是不愿意排这么长的队伍进行等待的，像她这样的千金大小姐，连多站一分钟都觉得吃力。

阮鸣夏别过头，她不想在这个时候跟陆一浓发生争执，最好是不打照面。

但事与愿违，陆一浓经过阮鸣夏身旁时，到底还是一眼就看见了她。

“阮鸣夏，你躲什么？”陆一浓的口气淡淡的，带着一点点讽刺的味道。

“躲瘟神。”阮鸣夏挑眉，转过头来看着陆一浓。

陆一浓向来知道她一张嘴不饶人，所以听到她的话也只是脸色略微一僵，继而抬起白嫩的下巴，看着阮鸣夏的眼神里带着不屑。

“不是秦太太吗？怎么还在这里排队？你想交了设计稿直接走人，还不是秦先生一句话的事情？”

陆一浓故意说得很大声，引起了身旁不少人的注意。

阮鸣夏美眸微抬，秀气的眉毛略微挑了挑。

“还是凭点真本事比较好，以免日后落人口舌。”阮鸣夏冷冷地说道。

陆一浓瞥了一眼她手中的设计稿，唇线弯了，什么也没说就转身离开了。

这不免让阮鸣夏觉得有点蹊跷。

就这么结束了？按照陆一浓的性子，有机会不多讽刺几句不像她的作风。

阮鸣夏排在队伍的最后面，想着这个时间点了，后面应该也不会有人来了，就算有，最多也就几个人。

她索性拿着设计稿去了洗手间。

阮鸣夏站在洗手台前时，身后传来了咯噔咯噔的高跟鞋声音。

声音很清脆，让人莫名觉得心惊。

洗手台的镜子里映出了陆一浓的脸。

平心而论，陆一浓无论是身材还是脸蛋，都是一等一的，即使是在名媛圈内，也是属于佼佼者，看一眼就能让人记住的那种。

阮鸣夏不确定如果她当初没有去秦宅抢秦太太的位置，现在这个位置是不是就会属于陆一浓，而秦有鹤又会不会被陆一浓迷倒……

这一切都是未知的了，她对男人的定力一点信心都没有。毕竟，美女在前，无论是哪个男人都很难把持住吧？

“阮鸣夏，为什么我的东西，你偏偏都要抢？”陆一浓的脸色没有异常，双手叠放在身前，淡定自若地走到阮鸣夏的面前，抬眸看着她。

阮鸣夏的脊背上生出了一点凉意，她觉得陆一浓有点搞笑。

什么都想抢的人明明是她陆一浓才对……

“是你的，抢不走，不是你的，终究不是你的。”阮鸣夏挑眉开口，如果当初陆一浓嫁给了秦有鹤，那么自己的日子一定很难过……

万幸。

陆一浓越发靠近了阮鸣夏一点：“这次的比赛，你别想拿冠军。”陆一浓斩钉截铁地说出了这句话。

“呵呵。”阮鸣夏扯了扯嘴角，像是听到了最好笑的笑话，“你是哪里来的自信敢这么说？哦，我记起来了，你是不是想攀附楼郢城来着？你是不是以为，攀上了楼郢城，你就可以拿到大赛的冠军了？还是，你是真的想嫁进楼家，做楼太太？”

阮鸣夏一眼就看穿了陆一浓的心思，她的心思也不过如此而已。

陆一浓毫不遮掩：“是啊，妈妈跟楼封都说好了，让我跟郢城哥哥相处一阵子试试看。虽然楼家比不上秦家根基深厚，但好歹也是数一数二的名门，而我身后有整个陆家做支撑，而你，只有秦有鹤而已。”

“一个秦有鹤，抵得过多少名门，你心里清楚。”阮鸣夏含笑，心里却是酸涩的。

陆一浓说的没错，真的没有任何人在支撑着她……

她孤注一掷地嫁给秦有鹤……

她只有秦有鹤而已。

就在这个时候，陆一浓忽然靠近她，趁着她出神的时候，一把夺过她手中的设计稿，将它浸湿在了一旁的水池里。

Part 4

纸张碰到水，上面的画全都遇水晕开，根本没有任何挽救的机会。

阮鸣夏连忙捞起了设计稿，但是稿纸已经废了，她画了整整三天的婚纱设计图，就这样被陆一浓毁了！

“陆一浓，你是不是疯了？！”阮鸣夏瞪大了眼睛看着陆一浓，眼眶酸胀泛红，额上的青筋因为激动而有些凸起。

阮鸣夏不是容易动怒的人，即使是有怒意也会压抑在心里，不会真的发泄出来，但陆一浓的举动真的惹恼了她。

陆一浓精致的脸庞上仍旧挂着淡淡的笑意，仿佛并不在意阮鸣夏如何说，仍旧端着一副名媛的架子，高贵优雅地站在那里。

“你不是跟楼家的关系也挺好的吗？设计图被毁了又怎么样？你还有电子扫描版，你去跟楼家人说，高盛的高层肯定会让你过审的。不是吗？”

陆一浓挑衅地挑眉，话语里带着浓重的讽刺味道。

她在逼阮鸣夏去求楼家的人，初赛就去求楼家，也就意味着之后阮鸣夏可以求楼家的机会会越来越少……

一路求过去，哪怕是关系再好，楼家人估计也会看不起阮鸣夏。

陆一浓的算盘，打得真是好。

阮鸣夏攥紧了手中已经湿软的稿纸，愤懑地瞪着陆一浓。

“从小到大我想得到的东西，你都会毁掉。没想到都这个年纪了，你还是死性不改，这么多年的岁数是白长了！”阮鸣夏知道原稿肯定没办法恢复了，初赛要求的就是原稿，她不可能拿着电子扫描版给高盛的人看，否则她在初赛时就会被淘汰。

那就真的合了陆一浓的意了……

此时，一阵平稳的高跟鞋声从门口传来，阮鸣夏抬头看到顾和的时候，觉得有点儿难堪。

被人撞见自己被欺负，是很丢人的事情，尤其她跟顾和之间的关系还没有亲近到可以被看到狼狈一面的程度。

顾和先是怔了一下，目光随即落在了阮鸣夏手中完全湿掉了的稿纸上。

她上前仔细看了一眼稿纸，原本温和的脸瞬间阴沉了下来。

顾和很聪明，很快明白这期间发生了什么事。

“是她吗？”顾和看了一眼阮鸣夏，面色恢复了平和。

阮鸣夏点了点头，她也没想怎么样，只是顾和问了，她就回答了而已。

顾和闻言抬眸看向了陆一浓。

陆一浓在顾和面前站着，气质和气场一下子就被削弱了。

顾和站着不说话，淡淡地看着陆一浓，让陆一浓有点生畏。

“无端端地毁了人家的画纸，你还很得意，是不是？”

陆一浓并不认识顾和，只是觉得她的眼神莫名地带着刺，让她觉得很不舒服。

此时阮鸣夏已经全然没有心思跟她争执，只是在想着到底该怎么办……

“这是我跟我姐姐的事情。”陆一浓大概也只有在这个时候才会叫阮鸣夏一声“姐姐”。

阮鸣夏听着心里硌硬：“谁是你姐姐？”

陆一浓挑眉：“我还有事先走了。姐姐，你就好好在这里想想办法吧。”

陆一浓经过顾和身边的时候，被她一把抓住了手臂。

“做了坏事，这么快就想走？”顾和的口气冷然，手中的力道很大。

“放手。”

顾和扯了扯嘴角：“你毁了人家的前途，总得还点什么给她。”

“你要干什么？”陆一浓面色难看。

顾和抬手，啪地一个巴掌重重地甩在了陆一浓的脸上。

“啊！”陆一浓尖叫一声，而顾和只是淡定地松开了紧紧握着她手臂的手，眉眼微抬，仿佛什么事情都没有发生一样走到一旁洗了洗手。

阮鸣夏看着这样的场景倒吸了一口凉气，看陆一浓捂住自己脸颊尖叫的样子，想来是真的被惊到了。

她没想到顾和会为了帮她出一口气，直接打了陆一浓。

顾和甚至都不认识陆一浓……

或许，这就是在商场上磨出来的性子吧——杀伐果断，绝不手软。

陆一浓的脸颊高高肿起来，她从小到大哪里受过这种委屈，眼泪一下子大颗大颗地掉了下来。

“我要报警！”陆一浓咬牙切齿地开口。

“你应该庆幸我手上没有戴戒指。”顾和洗完手一边用纸巾擦干，一边回过头看着陆一浓，“报警吧，我是人证，可以帮阮鸣夏做证，你毁掉了她的稿纸。”

Part 5

陆一浓闻言，原本精致的脸庞瞬间僵了起来，唇色变得煞白。

她从小被阮兰心和陆宏阳惯着长大，什么家务都不会做，说不定连怎么烧开水都不知道，何曾被打过。

阮兰心只要她做真正的名媛，不需要她做其他保姆可以做的事情。

小时候，阮兰心不让陆一浓做的这些事情，就是阮鸣夏平时在陆家会做的……

她对于陆家来说，不过就是一个小保姆……

想起这些，阮鸣夏觉得内心苦涩，但是看到陆一浓狼狈的样子，心里痛快了许多。

“你是谁？”

顾和从Birkin手包中拿出一张干净的名片，白色质朴的硬纸上，只有几行字。

陆一浓看着名片上“季氏集团”几个字，忍不住冷笑了起来。

“我以为是谁呢？原来是季太太。不过是‘小三’扶正，有什么资格在这里嚣张？嫁给比自己大了二十多岁的男人，很光荣，是不是？”陆一浓口无遮拦地说出了这些话，看样子是被刺激得不轻。

阮鸣夏捏着湿透了的稿纸，掌心里已经分不清是冷汗，还是水了。

“亏你有脸说这种话，怎么不想想你自己是我妈跟我爸离婚之后找了个下家生出来的？你还以为自己多光荣了？”

阮鸣夏说话向来也是难听的，她不会给陆一浓留半分情面。

顾和帮了她，她不能看着顾和被人欺负。

陆一浓一时无话可说，只是睁大了眼睛瞪着阮鸣夏。

顾和拉住了阮鸣夏的手：“我们走，她有办法毁了你的稿纸，我也有办法让你过审。”

出了洗手间，阮鸣夏才开始真正担心起自己的稿纸。

她不希望一开始就去求楼家……

现在就去求人，楼家一定会觉得她事多且没有真本事。

“姐，我自己回家打印一份扫描文件吧，我不想去求人。”

阮鸣夏怎么觉得她这一声“姐”硬生生地将顾和叫老了……

“你叫我顾和也可以。”顾和兴许也觉得这个称呼有点奇怪，她笑着对阮鸣夏开口。

阮鸣夏点了点头：“嗯。”

“刚才我在跟楼封谈合作，你一会儿跟我一起去，我帮你做证。我跟他的交情还是不错的，哪怕是看在这个合作案的分上，他也会帮你。”

“不用了……我跟楼封也认识，但是，我不希望现在就去求人。”

顾和笑了笑：“没事的，总得讨个说法。”

说完，顾和就已经拉着阮鸣夏进了楼封的总裁办公室。

“楼总，这位是我的弟妹，她参加了贵公司的设计比赛。”顾和一进门就大大方方地跟楼封介绍。

阮鸣夏见到楼封的时候别提有多尴尬，她僵硬地扯了扯嘴角，喊道：“楼叔叔……”

“阮阮？”楼封起身，“出什么事情了吗？”

楼封一眼就看到了阮鸣夏手中的稿纸。

“阮阮的稿纸在洗手间里被一个女人故意弄湿了，她担心无法继续参加比赛了。”顾和口气平和。

楼封一听脸色立刻沉了下来：“还会发生这种事情？”

“楼总您看……”

顾和的话还没有说完，门就被打开了，一道颀长的身影出现在门口。

阮鸣夏看到来人是楼郸城的时候，越发觉得尴尬了。

“阮阮？”楼郸城看到阮鸣夏有些惊讶，“来交稿纸？”

“嗯……”阮鸣夏只能点头，她的确是来交稿纸的。

偌大的总裁办公室里，气氛莫名有些怪异。

“阮阮，这次比赛是郸城负责的，有什么事情，你直接问他就可以了。”

阮鸣夏闻言又尴尬了几分，原本秦有鹤就不乐意她跟楼郸城走得太近，现在……

“好。”但她也只能硬着头皮答应。

“有什么事情，去我的办公室说吧。”

“嗯。”阮鸣夏没有办法，她如果想继续参加比赛，只能求助于楼郕城了……

阮鸣夏跟着楼郕城走到了他的办公室。

楼郕城的办公室是典型的北欧装修风格，听楼封说楼郕城毕业于瑞典名校，这倒是挺符合他的品位。

“稿纸被毁了？”楼郕城走到了茶水桌前，“咖啡还是茶？”

“白开水就好了。”阮鸣夏现在没有什么心情，只想喝点水冷静一下，“冰水最好。”

楼郕城颔首，从冰柜里拿出几块冰放进玻璃杯里，走到阮鸣夏面前递给她。

阮鸣夏接过，触碰到冰凉的水杯心里才稍微安定了一些。

“郕城。”良久，阮鸣夏才艰难地挤出了这两个字。她实在是不知道该怎么称呼他，似乎怎么称呼都是不对的……

“嗯。”

“我可以只交电子扫描版的设计稿吗？”阮鸣夏大胆地开口，她不是很确定楼郕城会帮她。

“可以。”楼郕城答应得很爽快。

第十六章

我心匪石，你可以转转看

Part 1

阮鸣夏愣了一下，没说话。

“把扫描版本交给我就行了。”楼郧城坐在阮鸣夏对面的沙发上，拿过笔记本电脑，打开后递到了阮鸣夏的面前。

阮鸣夏接过，登录了自己的邮箱，将电子扫描版发到了楼郧城的邮箱。

“好了，谢谢。”

楼郧城拿过电脑看了一眼阮鸣夏的婚纱设计稿，嘴唇弯了弯。

“我不是业内人，但是，也看得出你设计得不错。”

“谢谢。”阮鸣夏没有自谦，从大学念这个专业开始，她的成绩一直都是名列前茅的，在各种服装大赛中，她也都拔得头筹。

“中午有没有兴趣一起吃饭？”楼郧城忽然开口邀约。

阮鸣夏再次愣了一下：“抱歉我……”

“一顿饭而已，不会拒绝吧？”楼郧城脸上的笑意不是很深，却能让人感觉到他的真诚。

阮鸣夏心想，楼郧城帮了她，她总不能接受了别人的帮助，还不乐意人家请她吃顿饭吧？

倘若拒绝的话，未免显得她太小家子气。

“那……恭敬不如从命。”

阮鸣夏起身跟着楼郧城出了办公室，走进电梯后，陆一浓的身影忽然出现在不远处，正朝着电梯小跑过来。

“等等！”陆一浓着急地喊道。

此时，电梯里只有阮鸣夏和楼郧城两人，阮鸣夏也不怕楼郧城觉得她是小肚鸡肠的人，直接就按下了电梯的关门键。

但是楼郧城伸手扶住了电梯门，陆一浓趁着这个时候赶忙走了进来。

陆一浓踩着高跟鞋，跑进来的时候不小心崴了一下，人是进来了，脚却疼得不行。她的眉头紧紧地皱在了一起，手自然而然地扶住了身旁的楼郧城。

“啊……好痛。”陆一浓皱眉，一双眼睛即使是在疼痛的情况下仍旧是妩媚的。

楼郧城轻轻推开了她，很疏离，但也还算优雅。

“没事吧？”

“有点儿疼，可能走不了路了……郧城哥哥，你能送我去医院看看吗？”陆一浓完全当阮鸣夏不存在一般，阮鸣夏也懒得理会她，只是站在一旁静静地看她演戏。

“嗯。”楼郧城没有拒绝。

阮鸣夏挑眉看着楼郧城，心里没有异样，毕竟她跟楼郧城并不熟悉，他要怎么做是他的事情。

“姐姐，你也在啊，你是要回家了吗？”陆一浓这才看向阮鸣夏，眼里带着讥笑。

比起沈依杭，阮鸣夏反倒觉得陆一浓要清澈得多。

不喜欢就是不喜欢，她跟陆一浓彼此都表现在了脸上，不像沈依杭，不喜欢还非要装作一副喜欢她的样子。

“对啊，我刚刚把设计稿的电子版交给了郧城，现在可以离开了。”阮鸣夏故意强调了“电子版”三个字。

“电……电子版？”陆一浓脸色骤变，瞪大了眼睛看着阮鸣夏。

“是啊。”

“哦，对了。”阮鸣夏佯装想起了什么似的，“你之前不是一心一意只想嫁给我老公吗，怎么一转眼就有新的目标了？”

阮鸣夏的眼神若有若无地落在了楼邺城的身上。

楼邺城嘴角弯了弯，听懂了她的话。

陆一浓的脸色一阵青一阵白……

电梯门叮的一声打开了，楼邺城还是很有绅士风度地扶了一把陆一浓。陆一浓踉跄着走出去，正想让楼邺城陪她去医院之际，楼邺城却朝着不远处打了一下招呼。

一个男人很快走了过来。

“楼总。”

“送陆小姐去附近的医院，然后把她送回家。”

陆一浓的脸色变得极其难看……

“是。”

阮鸣夏忍不住笑了，陆一浓愤愤地瞪了她一眼，但也只能跟着助理走，她不能拂了楼邺城的面子。

“笑得这么开心？”

阮鸣夏眼角眉梢都堆满了笑意：“对啊，就是她弄湿了我的稿纸。你还记得不？小时候我跟你提起过，我妈妈跟继父又生了一个女儿，还总是欺负我，就是她……”

“记得。”

她只是随口一说，没想到他竟然记得……

阮鸣夏没再说话，跟着楼邺城去了一家位于 CBD 的餐厅。

楼邺城选了一个靠窗的位置，阮鸣夏也有点儿饿了，点完东西，上了菜就开始吃了起来。

“你是什么时候结婚的？”楼邺城忽然开口。

Part 2

原本阮鸣夏吃得平静，被他的话惊得咳了两声。

“咯咯……前阵子。”她并不喜欢跟人提起自己的私事，尤其是关于秦有鹤的事情。

她知道，无论对她还是对秦有鹤来说，这场婚姻都算是彼此人生中一个过渡的阶段，越是少提及，就越好。

“我还以为你年纪小，连男朋友都没有。”

楼郸城口吻亲昵，但阮鸣夏并不觉得自己跟楼郸城是亲密的朋友关系，只能算是生疏的老朋友。

“现在是已婚妇女了。”阮鸣夏笑了笑。

餐厅门口，陆琛帮秦有鹤推开了门，秦有鹤身旁是几个同样西装革履的客户。

“秦总，能够跟您合作是我们公司的荣幸，我们……”

“陆琛，送宋总去包间。”

宋总讨好的话还没有说完就被秦有鹤打断了。

能见到秦有鹤还能与他合作生意，原本就是一件不容易的事情，多说上几句奉承的话就更加不容易。商场上的人大多懂得进退，不会急于求成，宋总也就没再说话，会意地跟着陆琛去了包间。

秦有鹤伸手正了一下领带，阔步走向了靠窗的位置。

这家餐厅位于CBD，既靠近高盛集团，也毗邻秦氏集团。

所以楼郸城才会就近选择这家餐厅跟阮鸣夏简单地吃一顿午餐，而秦有鹤也因为觉得方便才带着客户来了这里。

“其实，小时候我就觉得你长得特别帅，在我的印象里，和我一起玩的、长得好看的小男孩真不多，而且你性格又那么好，怎么还没有女朋友？”阮鸣夏一边吃着沙拉，一边百无聊赖地问着楼郸城。

国人吃饭，总得找点话题聊。

刚才楼郸城问到了她结婚的事情，她就顺口问他有没有女朋友，谁知道楼郸城的回答是“没有”。

阮鸣夏觉得有点不可思议，这才多说了几句。

她说完，埋头吃着沙拉里的大虾，刚刚咬到一半，觉得好像哪里不对劲，仰头就看到了面前站着的秦有鹤。

她紧张得将大虾一口就吞了进去……然后，很不幸地噎住了。

“喀喀……”在这里看到秦有鹤，比看到鬼还可怕好吗？

楼邺城见状，连忙递给了她一杯苏打水，阮鸣夏喝了几口才算是缓和了点儿。

“秦……”阮鸣夏一句“秦先生”已经挂在嘴边了，但想到有外人在，于是连忙改口，“有鹤？你怎么也在这儿？”

“吃饭。”秦有鹤脸上明显挂着不悦的情绪。

阮鸣夏觉得浑身上下不自在，就好像，被丈夫捉奸在床……

“我们也在吃饭。我刚才去高盛集团交稿纸，刚好遇到了楼总。”

阮鸣夏连忙将对楼邺城的称呼改成了楼总，显得生疏而有距离。

她知道秦有鹤的占有欲很强，在外人面前，她总是要给他面子的。

“嗯。”秦有鹤只是看了一眼阮鸣夏，甚至没有看一眼楼邺城，“你们慢慢吃。”

秦有鹤说完便转身离开了，让阮鸣夏感到震惊。

他就这样走了？

她还以为他肯定会给她脸色看，或者是带她离开，以她对秦有鹤的了解，这才是秦有鹤的作风。

但是，很显然，她对他的了解还不够……

看着秦有鹤的背影，阮鸣夏更加觉得自己做错了事情……

“你先生也在附近工作？”秦有鹤鲜少在公众前露面，即使是楼封，也只见过他一次，楼邺城不认识他是理所当然的。

阮鸣夏心里混乱，便敷衍地回应了一句：“嗯……”

“金融？”

“差不多……”阮鸣夏现在没有心思跟楼邺城多说，心里乱糟糟的，总觉得对不住秦有鹤。

一顿午餐吃得索然无味，但是，阮鸣夏还是很感激楼邺城帮了她。

楼邺城提出要送她回去，被阮鸣夏拒绝了。楼邺城回高盛集团后，她没有回家，而是去了秦氏集团的办公大楼。

阮鸣夏到了顶楼总裁办公室后，被秘书告知秦有鹤还没有回来，她只好坐在外面的沙发上等着。

虽然她上次参加了秦氏的年会，但并不是所有人都记得她，秘书觉得她是无关紧要的人，甚至连茶水都没有给她倒一杯。

她坐在那里就像是等待被老师训导的小学生，有点儿正襟危坐的意思。

一个多小时之后，电梯门打开，陆琛帮秦有鹤挡住了电梯门，秦有鹤走出来，女秘书立刻迎了上去，手中拿着一沓文件。

“秦总，这些文件都需要您签字，一个小时后有一个紧急的股东会议。”

“知道了。”秦有鹤看到沙发上坐着的阮鸣夏，原本还算缓和的脸色沉了沉。

阮鸣夏连忙起身走到了他的面前，看着他的眼神充满了委屈。

Part 3

秦有鹤看着阮鸣夏略微泛红的眼眶，原本冷硬的心软了一下。

他没有说话，转身走进了总裁办公室，阮鸣夏默默地跟了上去。

陆琛看着两个人之间奇怪的气氛，忍不住笑了笑。

一旁的女秘书好奇地低声问道：“她是谁啊？怎么跟着秦总进去了？”

“秦太太你都不认识？上次年会跟着秦总一起去的那位。”

女秘书闻言瞪大了眼睛：“年会上我没注意。秦太太跟想象中有点儿不一样啊，我以为会更加温柔端庄，没想到是这种类型的。”

阮鸣夏绝对不是典型的端庄温柔贤惠型，而是典型的美艳型，尤其是一双勾人的眼睛，看男人会被当成是诱惑，看女人则像是挑衅。

“秦总和秦太太，甜蜜得很。”陆琛笑着开口，在他看来，秦总对秦太太格外上心。

办公室，阮鸣夏就站在那儿，秦有鹤坐在办公桌前，脸色冷淡地低头签字，一言不发。

“秦先生是不是生气了？”阮鸣夏小心翼翼地问出口，语气都变得柔柔弱弱的……

秦有鹤没有回应她，阮鸣夏也乖巧地不再说话，而是走到了茶水柜前，替他倒了一杯热茶，端到了他的面前。

秦有鹤喜欢喝茶，阮鸣夏从来没见他喝过咖啡或者其他的饮品。

他的生活起居健康规律得跟老人家一样……

“喝点热茶，消消气。”阮鸣夏的口气非常讨好，笑眯眯地靠近秦有鹤。

秦有鹤没有接茶杯，只是低头“沙沙”地签字。

“秦先生累不累？要不要我帮你捏捏肩膀？”

“安分点。”秦有鹤终于开口说话。

“我哪里不安分了？”阮鸣夏觉得委屈，“我不是在关心你嘛……”

秦有鹤或许也意识到自己的话有些重了，于是缓了语气：“去坐着。”

阮鸣夏却不愿意，依旧站在秦有鹤的身边：“我真的只是跟楼郯城吃了一顿饭而已，我们没什么的。刚才在高盛集团，陆一浓毁掉了我的稿纸，楼郯城帮了我，他请我吃饭，我总不能拒绝吧？”

“这是你的事，不用跟我说。”秦有鹤合上文件，抬头盯着阮鸣夏怯懦的眼睛。

没想到她还会有怯懦的时候……

“明明就很想知道，还要装作一副不想知道的样子……”

“你说什么？”

阮鸣夏嗔怒地抿了抿嘴唇，眼里的委屈越来越浓烈，眼眶也越发泛红。

“之前不让我跟慕呈延靠近，现在又不让楼郯城靠近我，在我的认知里，一般是男人喜欢上女人了，才会有这么强的占有欲。”阮鸣夏大胆地开口。

“我让陆琛送你回家。今天下午我要开会，去警局的事情往后推一推。”秦有鹤没有正面回答她的问题。

秦有鹤刚刚起身，就被阮鸣夏抓住了他的手腕。

他今天没有穿往日里中规中矩的黑色西装，穿的是暗红色的西装，西裤也比寻常的更短一些。这样的款式和颜色，若不是相貌上佳，是绝对穿不出效果的。

“我不要回去，你误会我了，我总得说清楚。”

“你说得够清楚了，我没有误会你。”秦有鹤的语气分明仍旧是不高兴的，这让阮鸣夏的心有些发颤。

她不敢也不舍得惹怒秦有鹤，更加不想让他误会她……

天地良心，她是真的不喜欢楼郧城，如果说她现在心里有喜欢的人，那这个人也是秦有鹤……

“你脸上分明写着‘误会’两个字。”

阮鸣夏抓着他手腕的手越发用力了一点，生怕他走掉似的。她绕到他的面前，仰头看着男人漆黑的眸子。

“要怎么样你才会信我？我真的心里眼里只有你！”阮鸣夏有些急切地开口，口吻却很真切。

脱口而出的话，她自己也吓了一跳……

这算是……表白吗？

她暗自懊恼自己的鲁莽，但话既然说出口了，想再收回来也已经来不及了……

“心里眼里只有我？”

阮鸣夏恨不得咬掉自己的舌头，怎么说话就这么快呢？

“是啊……我不喜欢慕呈延，更加不会喜欢楼郧城，我只喜欢秦先生。”阮鸣夏谄媚地笑了一下，口气跟刚才的完全不一样了。

刚才是情真意切，现在却充满了虚情假意。

秦有鹤余怒未消，但脸色比刚才要缓和了许多：“你不喜欢他们，难保他们不对你动心思。”

阮鸣夏不禁哭笑不得。

安慰秦有鹤真是一件体力活。

“他们要对我动心思，我有什么办法？这不是恰好证明了秦太太有魅力吗？嗯？”

Part 4

“看来是在秦宅住得不舒服，想找机会离开了？”

“秦先生之前不是反问我‘难道是要在你身边过一辈子’吗？这意思难道不是让我早点做好离婚的心理准备吗？我离婚之后再找下家，有何不可？”

“你敢！”这两个字，音量不高，但是气场很足，将阮鸣夏硬生生地吓了一跳。她眨了一下眼睛，原本只是想试探一下秦有鹤对她到底是喜欢还是不喜欢，突然被呵斥了一声，吓得她松开了手。

阮鸣夏垂首，越发觉得自己真是热脸贴冷屁股，她想讨好他，让他心情好点儿，到头来却被呵斥。

她也不是脸皮那么厚的人，被训斥之后只想离开。

她快步走向门口，但是手臂很快被秦有鹤抓住。

秦有鹤蹙眉："一句话都说不得？"

阮鸣夏鼻尖酸酸的，清澈的眸子里好像含着万千情绪，嗔怒的样子让人觉得心痒痒的。

"说不得。"阮鸣夏的眼眶里渐渐蓄满了眼泪。

阮鸣夏足够漂亮，即使秦有鹤身边前仆后继的女人如同过江之鲫，但阮鸣夏绝对是漂亮得最出挑的那一个，说她像狐狸精都不为过。

这也是秦有鹤最初会对她上心的直接原因。

但是慢慢接触过后，他发现她的性子除了倔了点儿，其他都让人觉得很有趣，她聪明却又不卖弄聪明，会撒娇却又不腻人。

"好了，既然说不得，以后就不说了。"秦有鹤到底还是心软了下来，轻轻拍了拍阮鸣夏的脊背。

秦有鹤的动作有些生硬，他从来没有对女人做过这样的动作。

他两三句话就让阮鸣夏的心柔软了下来，好像她真的是他心尖上的人一样……

但是，她清醒得很，就算秦有鹤心尖上的人不是沈依杭，也不会是她。

他是商人，商人怎么会对自己的交易对象动感情呢？他不斤斤计较地计算彼此得利多少，就已经是谢天谢地了。

"我临时要开会，如果你不想回家，就去里面的房间休息一下。"秦有鹤松开她，扣了一下袖扣。

"那秦先生走的时候可不可以叫我？"阮鸣夏觉得没安全感。

"嗯。"秦有鹤颔首，态度比刚才好了很多，但是，阮鸣夏总觉得他余怒未消。

看来他是真的不喜欢她跟楼郯城见面，比跟慕呈延见面更不喜欢。也对，慕呈延怎么能跟楼郯城相比。

“饿了的话，冰箱里面有吃的，让秘书给你点餐也行，想喝什么可以自己去茶水间。”秦有鹤难得面面俱到地嘱咐着。

“我又不是小孩子……”

秦有鹤也不回应，很快离开了办公室。

阮鸣夏在他离开后便进了办公室里的房间，早上被沈依杭吵醒，刚好有点儿困，于是她掀开被子躺了下去。准备午睡。

当熟悉的味道包裹住她的时候，她很快睡了过去，越睡越沉。

会议室内，陆琛帮秦有鹤倒好了茶，趁着股东都还没有来，低声跟秦有鹤开口：“秦总，那起车祸，调查有了新的进展。”

“嗯？”秦有鹤把玩着手中万宝龙的钢笔。

“太太开的那辆车，虽然事后被销毁了，但是出事前几天，这辆车曾经在一家维修厂进行改装过，不过是一辆普通的轿车，本身也没出什么故障，忽然进行改装，肯定是有问题的。”

“会议结束后，你去一趟维修厂，问清楚。”

“是。”

阮鸣夏醒来已经是两个小时之后了，正准备出去拿杯水喝的时候，听到外面传来两个女人的声音。听口气，应该是秦氏内部的员工。

“陆助让我们给秦总拿文件，动作快点儿。”一个女人开口。

另一个女人却慢腾腾的：“急什么？会议室那边又不急着用。我还是头一次来总裁办公室呢，没想到我们总裁喜欢中式的装修风格，好禁欲啊。”女人的口气里带着明显的花痴味道。

“你知道什么？这不是秦总自己设计的装修风格，是按照他前女友的意思设计的。”

“前女友？秦总的前女友你认识？”

“我不认识啊，但是你肯定也知道，秦总的前女友就是来B市出演京剧的京剧名伶沈依杭。我来公司很多年了，那个时候秦总跟沈依杭还在一起，是沈依杭亲自挑选的家具送来总裁办公室的。你看这红木的沙发和红木的办公桌，都是她选的。”

阮鸣夏微微一愣，心里的疑惑被解开了。

Part 5

之前她一直觉得奇怪，秦有鹤为什么会选择红木家具放在办公室里，毕竟秦宅完全不是中式风格……

即使觉得心里有点不舒服，她还是静静地站在原地，听外面的两个人把话说完。

“话说我总觉得秦总闪婚是有原因的，我感觉他并没有那么喜欢现在的秦太太，在年会的时候也没表现出对秦太太有多照顾，反倒是对沈小姐，一看就是旧情未了。”

“怎么说？”

外面传来窸窸窣窣整理文件的声音，良久才又传来说话的声音：“你看啊，像沈依杭那样的女人，师承温锦，又长得漂亮，虽然说在京剧界名声挺响的，但以她的资历在国外开巡演，还是有点困难的，若不是背后有人撑着，肯定做不到。我听说，她在国外巡演的这几年，很多场的费用都是自己出的。国外的剧院价格多贵啊，沈依杭一个小姑娘再有名气，哪里来这么多钱，必定是有人赞助。”

“你的意思是，那个人……是我们秦总？”

“不然呢？”

阮鸣夏浅浅地吸了一口气，心口一时堵得慌，好像硬生生被人往喉咙里塞进了很多东西，吐不出来又咽不下去……

外面又传来那两个女职员的声音：“所以说，现在这位秦太太，或许只是个挂名的，有名无实。”

听到这里，阮鸣夏直接推开了房间的门，淡定自若地走了出去，两个女职员被她的出现吓得不行，瞪大了眼睛看着她，眼神慌乱无比。

“秦……秦太太？”其中一个女职员在年会上见过阮鸣夏，所以认得她。

阮鸣夏走到一旁拿了杯水喝了两口后，才慢悠悠地说道：“刚刚在睡觉，被外面的声音吵醒了。”

“抱歉，秦太太，我们不知道您在里面休息。”

阮鸣夏淡淡地笑了一下，瞥了一眼旁边的红木沙发："其实我一点儿都不喜欢红木的家具，一会儿就让有鹤换掉。"

这句话一出口，两个女职员越发紧张。

"秦太太，秦总让我们拿文件过去，我们先走了。"

两人匆匆忙忙从阮鸣夏身边走过，一秒都不敢停留。

阮鸣夏拿出手机拨通了江牧霆的电话。

"喂。"

"哥，你认不认识卖家具的人？或者是搞室内装修的？我想要一套沙发，除了红木的，都可以。"

江牧霆向来是什么事情都顺着阮鸣夏："什么时候要？"

"现在就要。"阮鸣夏笑了一下，"哥，你会帮我的，对不对？"

"送到哪里？"

"秦氏集团总裁办公室。"

秦有鹤从会议室回来的时候，看到几个工人在往总裁办公室搬家具，一旁的秘书小姐有些为难地看向了陆琛，陆琛也是愣住了，这是要将办公室拆了吗？

秦有鹤阔步走进了办公室，看到阮鸣夏跟一个人在说话。

"成交。"阮鸣夏笑着打了一个响指，"这套红木家具你们搬走吧，钱已经到账了。"

秦有鹤沉了沉眸，阮鸣夏一抬头看到秦有鹤的时候眉目微微挑了一下。

"我不喜欢这套红木沙发，所以给换了，老公你看看喜不喜欢我给你买的？"阮鸣夏上前随意地挽住了秦有鹤的手臂。

她已经做好了秦有鹤会动怒的心理准备，毕竟她没有经过他的同意，然而，秦有鹤只是颔首："嗯。"

阮鸣夏心里吃了一惊，她扯了扯嘴角："喜欢就好。我把那套红木家具卖了，我回头把钱打你卡上。"不义之财，阮鸣夏不取。

她笑眯眯的样子，让秦有鹤有些无奈。

"嗯。"

一旁的陆琛看得心惊，也只有秦太太，才敢这样做……

这套红木沙发是沈依杭精心挑选的，陆琛在秦有鹤身边这么多年最清楚不过，秦太太说换就换也就算了，竟然还给卖了……

但是，看秦总的样子，似乎没有动怒的意思。陆琛的一颗心这才放了下来。

沙发全部换完已经是半个小时后的事情了，阮鸣夏看着新沙发心满意足，更让她满意的，是秦有鹤的反应。

他没有反应，就是给她最好的反应了。

“警局今天去不了，明天再去。”秦有鹤看了一眼腕表上的时间，已经是警局下班的时间了。

“哦。”阮鸣夏颔首，跟着秦有鹤一起出了秦氏，准备回家。

路上，阮鸣夏在心里计划着晚上做点什么给秦有鹤吃，但车子却停在了一家 4S 店门口。

她这才反应过来，他们没有往回家的方向开，而是往反方向……

“我们不回家吗？”阮鸣夏的话问完，秦有鹤已经下车了。

她只好也跟着他下车走向 4S 店。

一进门，就有人上前说话：“先生，您要的那辆兰博基尼，恰好国内有一辆。相信您太太一定会喜欢的。”

Part 6

阮鸣夏不明白秦有鹤为什么忽然要给她买车……

侍者指引着两人走到了白色的兰博基尼前，不断地介绍：“这辆车再适合您太太不过的了，秦太太长得美，香车配美人……”

阮鸣夏却微微皱眉打断：“我不想买车。”

一方面是因为车祸给她留下了心理阴影，上次又撞了沈依杭的舅妈，她更加不想开车了。另一方面是因为钱，买这辆兰博基尼的钱，她一年半载肯定是还不清的……

而且，秦有鹤为什么忽然间对她这么好？她有些不适应，也有些招架不住。她换掉甚至卖掉了沈依杭给他精心挑选的红木家具，他没有任何反应，现在竟然还要买车给她……

他一定是想在人前表现出宠爱太太的样子，否则的话，她怎么没有在他眼里看到他对她有一丝一毫的爱意？

秦有鹤逢场作戏的本事，真是越来越强了。

“秦太太，您喜欢吗？”侍者转而询问阮鸣夏，这才让阮鸣夏回过神来。

她含笑挽住了秦有鹤，笑意很深：“有鹤，我不喜欢这辆车。”

“不喜欢这辆？那就换辆更贵的。”秦有鹤像是能将她的心思看穿一样，只是他话一出口，阮鸣夏的脸色立刻僵了……

“不用、不用，我不怎么需要用车。”

“来回打车不方便，还是需要车代步的。”

“那就买辆便宜点的吧，只是代步而已。”阮鸣夏觉得便宜的，她或许还能还清……

工作室还没有开张，她完全没有任何收入来源，身上的钱、衣服包括住的地方，都是秦有鹤给的，她哪里来的钱还给他……把她卖了都不够。

“刷卡。”秦有鹤对侍者开口，神色从容。

阮鸣夏又一次被无视了。

从4S店出来的时候，阮鸣夏整个人都有点蒙。

4S店会有人将她的车开到秦宅，她还是坐着秦有鹤的车回家。

她一上车，便有些出神。

“安全带。”身旁的秦有鹤脸色却极其平静，就像刚逛完菜场买完了菜回家一样。

阮鸣夏久久没回神。

秦有鹤倾身过来，替她系上了安全带，阮鸣夏被吓了一跳，下意识地将身体往后靠了靠。

“还在发蒙？”秦有鹤看着她发呆的样子开口。

“我在计算，需要多久才能还清这辆车……”阮鸣夏觉得十分头疼。

“今晚还吧。”秦有鹤回过身发动了车子。

“今晚？”阮鸣夏愣了一下，也苦笑，“今晚我去哪里凑那么多钱给……”阮鸣夏话说到一半才意识到不对劲。

阮鸣夏的耳朵瞬间红了起来。

“谁要今晚还！”阮鸣夏瞪了一眼秦有鹤。

总之，目前她尚且无法感受到那方面的乐趣……她不懂秦有鹤是如何在她身上感受到乐趣的。

“我说一句，你就这么不开心。旁人看了，还以为是我逼你结的婚。”秦有鹤心情似乎很好，这一点让阮鸣夏很困惑，她明明卖了他的红木家具，他还为她花了钱，不应该是她心情好才对吗？怎么感觉他心情比她还好？

“是我逼秦先生结的婚，行了吧？”虽然心中郁结，但的确是她逼着他结婚的。

“嗯。”

这个人还真的是一步都不让。

阮鸣夏有些烦躁地看向了窗外，却发现外边并不是回秦宅的路……

“我们不回秦宅吗？去哪儿？”

“季邵约了我喝酒，一起去。”

“我不去，我晚上还要画复赛的婚纱图，画完还要做婚纱，我很忙的。”阮鸣夏心里盘算着要做的事情。

“你就这么确定你能进入复赛？还是因为有楼郸城在，你就觉得万无一失了？”秦有鹤提到楼郸城的时候，态度明显变得差了一些。

第十七章

相见亦无事，见面就互怼

Part 1

“我对我的专业水平有信心，跟旁人无关。”阮鸣夏说的旁人指的是楼郸城。

秦有鹤脸色微沉：“如果比赛拿了第一名，拿了奖金就走，不准在高盛集团就职。”

“万一真的拿了第一名，我拿了钱就走多没意思。我的初衷是不让陆一浓拿第一名，我不拿钱挥挥衣袖就离开岂不是更潇洒？”

“高盛集团的钱，不拿白不拿。”秦有鹤不愧为精明的商人。

车子停在了暮色酒吧门口，阮鸣夏下了车。此时是晚上六点多，天还没有彻底黑下来，季邵这么爱玩，真的是医生吗？

“秦先生一会儿少喝点，别胃又不舒服……”阮鸣夏脱口叮嘱道。

“嗯。”

“这里！”季邵已经喝上了，他朝着秦有鹤的方向打了一个招呼，阮鸣夏瞧见拿着酒瓶的季邵就觉得有点头疼。

季邵这个人玩心太重了，他跟秦有鹤到底是怎么玩到一起的，还一起玩了这么多年？

来到卡座前，阮鸣夏在秦有鹤的身旁坐下，季邵身旁的几个人，她觉得有点儿眼熟。

上次她为了接近秦有鹤，跟山山来“暮色”打算灌醉自己，当时就见过秦有鹤、季邵，还有沈依杭跟这几个男人一起喝酒。

但她坐下之后只是淡淡地朝他们点了点头。

“有鹤，我们哥儿几个今天去医院看了依杭，你不去看看她？”

秦有鹤没说话，倒是季邵没个正经地开口：“有鹤去看依杭的话，只怕有人不让啊，是不是啊阮小姐？”

季邵冲阮鸣夏眨了一下眼睛，这一双桃花眼，怕是朝别的女人看一眼，魂儿早就被勾走了。

“就你话多。”不可否认季邵说的是实话。秦有鹤去医院看望沈依杭，她心里的确不乐意。

“来来来，阮小姐，今晚你二哥请客，喝酒。”

阮鸣夏向来不喜酒这种东西，微微皱眉：“有鹤喝酒，我待会儿开车。”

“没事，我找代驾送你们回去，或者在旁边的酒店住一晚，春宵一刻岂不是快哉！”季邵开始口无遮拦起来。

阮鸣夏看了一眼秦有鹤，他倒是没有拦着她喝酒……

她心底想着少喝点应该没什么，来了酒吧不喝酒也挺奇怪的。于是她便跟季邵碰了杯。

季邵见阮鸣夏喝了酒，往秦有鹤身边坐了坐，皮笑肉不笑地开口：“坏人都让我做了，为了把你的秦太太灌醉，我可能要背上欺负女人的骂名了。”

“你的名声好听过？”秦有鹤反问了一句。

的确，季邵花名在外，名声的确不怎么样。这么多年万花丛中过，季邵依然乐此不疲。

“来来来，再喝一瓶。”季邵不断地给阮鸣夏递酒瓶，一旁几个发小也起哄着跟她喝酒。

“第一次跟嫂子喝酒。我们先干为敬。”

阮鸣夏虽然不喜欢这么闹腾，但大家毕竟是好心，她也不好拂了人家的情面。

暮色酒吧门口，顾和踩着高跟鞋，身上的职业套装还没有来得及换下就被凯文一行人拉来了酒吧。

她向来不喜欢这种声色场所，但上次爽了凯文他们的约，这次没办法只好作陪。

一群人吵吵闹闹在卡座围坐了下来，顾和要了一杯伏特加，她常年周旋在商场上，练就了不差的酒量。

“顾和，你说你长得这么漂亮，成天在医院守着季家那个老头子，太浪费青春了吧？我要是你，肤白貌美还有钱，早去勾搭小哥哥了！”

酒过三巡，易星有些不胜酒力，开始口无遮拦起来。

顾和脸色平淡地喝了一口酒：“别乱说。”

“我怎么是乱说了？要不要我给你介绍几个？长得不错的，那方面，也不错。”易星的话越来越露骨，让顾和的面色绷紧了一些。

“那方面是哪方面？”

这个时候，一个男人将手臂搭在了易星的肩膀上，笑意很深地开口。

易星被吓了一跳，顾和也随之抬头，看到是季邵先是怔了一下，随即脸色变得更难看了一些……

易星说的话，季邵应该是都听到了……

“季……季二少？”易星是认得季邵的，想起方才说的话，她有些紧张。

“阿姨好。”季邵故意扯出一个笑容。

易星苦笑，不满地推开了季邵：“阿姨？我看上去年纪很大？”

“你是我后妈的朋友，我不叫你阿姨，叫什么？”

Part 2

季邵的口吻里带着一丝戏谑，说的话却让人无法反驳。

“咯咯……”易星低低地咳嗽了一声，默默回到了自己的位置，季邵的话她无言以对。

季邵拿着酒瓶，走到顾和的身旁坐下。顾和面无表情。

“季太太，听说你要包养小白脸？这事我爸知道吗？”季邵跟顾和靠得很近，两人的酒量都很好，虽然都喝了不少，但彼此都很清醒。

“朋友开玩笑而已。”顾和也自觉挂不住面子，开口的时候声音有些不悦。毕竟刚才易星的确是说了这样的话……她也没来得及拒绝。

“开玩笑？难道季太太就没有想法？这几年我爸躺在病床上，你是不是觉得寂寞了？”

这么难听的话让顾和皱起了温和的眉眼：“季邵，不要口无遮拦。”

“正常的生理需求我理解，你去找啊，我帮你瞒着我爸。”季邵的话里带着强烈的讽刺味道，“就像你朋友说的，你这么漂亮又不缺钱，哪怕想找个男明星也不是什么难事。”

季邵从来都不否认顾和的漂亮，顾和不同于他接触的那些女人，她好像什么都不在意，尤其是不在意他。在季家的时候，季邵的大哥季捷偶尔从国外回来，顾和还会主动跟他说几句话，讲一下生意上的事情，两人或许是年龄相仿，也比较说得来，但是，对季邵，顾和则完全是一副无视的态度，把他当空气一样。

这让季邵心里不快，顾和这样对他，兴许是因为她第一次来季家的时候，他就给了她难堪……

“顾和。”这时，阮鸣夏踉踉跄跄地走了过来，她被秦有鹤的发小灌了不少酒，一张脸变得通红。她看到季邵走到了这边，隐隐约约好像看到了顾和的身影，于是，她便跟着走了过来，没想到真的是顾和。

顾和帮她打了陆一浓一巴掌，她心里越发喜欢顾和了。

“阮阮。”顾和对阮鸣夏的态度就完全不一样了，嘴角很快挂起笑意。

季邵看得越发恼怒。

秦有鹤起身，上前扶住了摇摇欲坠的阮鸣夏。

阮鸣夏拿着酒瓶跟顾和碰杯：“顾和姐姐，早上谢谢你帮我。我最……最讨厌陆一浓了，谢谢你帮我扇了她一巴掌。”

话音刚落，季邵不可思议地看向顾和温和的侧脸。

就她这样的，还会打人？

顾和抿唇："没什么。有鹤，阮阮喝醉了。"顾和对站在阮鸣夏身后一直默不作声的秦有鹤说道。

"嗯。"秦有鹤却并没有拦着阮鸣夏喝酒，而是沉声在她的耳边开口，"回家吧。"

"我不想回家了……"

她转过身抱住了秦有鹤的脖子，咧着嘴笑了一下，脸上染了红晕。

"那你想去哪儿？"秦有鹤的声音压得很低，酒吧里音乐嘈杂，旁人根本听不清他们在说什么。

"你去哪儿，我就去哪儿。"阮鸣夏笑得嘴角的梨窝更加明显。

她喝醉了的样子娇嗔迷人，像是一只乖顺的小兔子，而不是平日里剑拔弩张的刺猬。

"嗯。"秦有鹤的嘴角似乎上扬起了一丝弧度。

"姐，阮阮喝醉了，我们先回去了。"秦有鹤跟顾和之间也不过是几句话的关系，从小到大都是如此，秦有鹤性子寡淡，哪怕是亲人也不会太热络。另外，顾和与秦有鹤之间到底是同父异母的关系，比不得同父同母的亲近。

"嗯，路上小心。"顾和起身想要送人，手腕却被季邵一把抓住了。

"去哪儿？打算去找小白脸？"

季邵完全是在无理取闹，他借着酒劲故意刁难着顾和。顾和很快被季邵禁锢在沙发上。

"放手。"顾和皱着眉挣扎了一下。

她以为季邵肯定会一直拽着她的手，没想到他却潇洒地放开了，转而看向卡座里的一个女人。

"这妞长得不错，是你的朋友吧？"季邵指了指坐在顾和对面的女人。

易星的确是顾和的朋友，算不上闺密，但也挺亲近。

"身材这么好，我挺感兴趣的。"季邵勾了勾嘴角，笑意很深。

顾和闻言眉头紧蹙，这么多年来，季邵一直都是一个花花公子。

"你在外面有多少女人我不管，但是，别把目光放到我朋友身上。"

顾和觉得，季邵只是季家的儿子而已，她跟他能和平相处最好，不能的话，将就着过也行。

但是，她不许他将主意打到她朋友的身上。

“你这么想，你朋友恐怕不这么想。”季邵起身走向了林烟。

四季酒店的顶楼。

醉酒的阮鸣夏被秦有鹤带到了酒店的套房内。

一路上，阮鸣夏嘀嘀咕咕地说个不停。

Part 3

秦有鹤也不嫌弃阮鸣夏，任由她吐在他的身上和手上。

“好难受……”阮鸣夏皱眉，吐完了之后还不忘喃喃啐了一句，“秦有鹤，我走不动了，你抱抱我。”紧接着她的手臂环绕上了秦有鹤的脖颈，一张脸因为吐得厉害，显得有点儿惨白。

她也只有在醉酒的时候才敢这么直呼他的名字，平日里不是毕恭毕敬的“秦先生”就是阴阳怪气的“老公”。

秦有鹤俯身将她抱起来，进了洗手间。一到洗手间，阮鸣夏就趴到水池边开始漱口，整个人看起来软弱无力。

秦有鹤突然有点后悔把她灌成这样了……

“秦有鹤，你这个浑蛋……”阮鸣夏忽然大声开口，她看着玻璃镜子里映照出来的秦有鹤的模样，眼神略带愤懑和不满，还带着一点点娇嗔。

“为什么突然骂我？”秦有鹤也不上前去扶她，只是嘴角噙着一抹笑意。

“因为你不跟我好……你只跟沈依杭好。”阮鸣夏趴在冰凉的水池上，口气中尽是不满。

秦有鹤俯身将阮鸣夏扶了起来，抱在了怀里：“我不跟你好？不跟你好，我还帮你？不跟你好，我还顺着你？”秦有鹤低声在她的耳边开口，声音越发低沉淳厚，让阮鸣夏瑟缩了一下。

“你那都是装出来的……你对我那么好又不是出自真心。”阮鸣夏扯了扯嘴角，像是自嘲一般苦笑，“在人前装出一副很宠爱妻子的样子有什么难的？你从来都不关心我。”

秦有鹤听着阮鸣夏的话不由得弯了弯嘴唇，他抱起阮鸣夏走向了淋浴的地方。

“我为什么要关心你？”他像是套话一样，开口问道。

“因为我是你太太啊……”阮鸣夏抽噎了一下，喝醉了的人总是这样，有时候笑，有时候哭。

“我们的婚姻只是交易，你可以让别人来关心你，比如你的小哥哥。”秦有鹤说到“小哥哥”三个字的时候，口气略有不善，面色也是深沉的。

“我不喜欢他啊……我为什么要让他关心我？”阮鸣夏抿唇。

“那你喜欢我？”秦有鹤嘴角的笑意越发深了一些。

“对啊……你看不出来吗？”

“看不出来。”

“嗯？”阮鸣夏抚上了秦有鹤的衬衫，此时他身上的西装外套已经脱掉了，上半身只剩下一件白衬衫。

在酒精的作用下，阮鸣夏甚至连衬衫的扣子都找不到，她开始胡乱地摩挲着，想要解开他的衬衫扣子。

“看不出来吗？我喜欢你啊，你看不出来吗？”阮鸣夏隔着衬衫吻了吻秦有鹤的胸膛。

即使隔着一块布料，阮鸣夏滚烫的唇贴在秦有鹤皮肤上的时候，也撩人心弦……

“喜欢我？”秦有鹤不断给她挖坑。

“嗯……等不及了。”阮鸣夏将他的衬衫脱下后，把手下滑到了他的皮带处。

“怎么解……”

秦有鹤看着她急得快哭出来的样子，脸上笑意越发深了起来。他捏住了阮鸣夏躁动的手，自己解开了皮带。

阮鸣夏看着秦有鹤结实的胸膛和麦色的肌肤，吞了一口口水。

“秦有鹤，我好喜欢你……”阮鸣夏抱住了秦有鹤紧窄的腰身，像兔子一般低声喃喃着，“你不要喜欢沈依杭，好不好……”

“好。”

“那你喜不喜欢我？”阮鸣夏仰头看着秦有鹤，踮起脚想要吻他，但因为身高差，加上醉酒的阮鸣夏站不稳，她一下子够不到。

将吻未吻最撩人，秦有鹤没有俯身，任凭她吻不到他，看着她急不可耐的样子也并不着急。

他还没来得及开口回答她的问题，阮鸣夏就着急地开口道：“算了，你别回答我了，你肯定不喜欢我。要是喜欢，你也只是喜欢我的皮囊、我的身体，对不对？”

秦有鹤扫了一眼阮鸣夏，她的确长了一副好皮囊。

阮鸣夏因为吻不到他，有些颓丧，最后轻轻点着秦有鹤的鼻尖：“男人，都是视觉动物。”

“哪来这么多歪理？”秦有鹤觉得阮鸣夏越来越有趣了，他接触过的女人中，有比她温柔的，有比她娇媚的，也有比她更加好看的，但是都没有她有趣。

秦有鹤俯身吻上了阮鸣夏殷红的嘴唇，唇齿缠绵。

他打开了头顶的淋浴喷头，冲刷着两人身上的污秽物。

瞬间，一室旖旎……

第二天。

阮鸣夏醒过来的时候仍旧觉得有点儿迷迷糊糊，头有些重。浑身酸痛得厉害，她按了按太阳穴，这才想起来，她昨晚的确是喝醉了……

在看到了熟睡的秦有鹤时，她隐约意识到什么，掀开被子一看，果然……这个禽兽！

第十八章

双木非林，你以为我很想你？

Part 1

“秦有……秦先生，醒醒。”阮鸣夏差点脱口而出“秦有鹤”，话到嘴边连忙又改了口，她可不敢乱叫他的名字。

秦有鹤有很严重的起床气，从小就是如此。小时候，保姆叫他起床都是徒劳无功的，即使是老爷子来叫人，小秦有鹤也一脸不乐意，吃早餐时脸色臭得吓人。哪像现在，每天早上都起来晨跑，作息规律。小时候的他也是熊孩子一枚，并且是熊孩子当中最傲娇、最高冷的。

秦有鹤现在仍旧是喜欢自然醒，不喜欢被人吵醒。但是，当阮鸣夏推醒他的时候，他倒是没有什么怒意，只是微微蹙了眉心。

“有事？”秦有鹤看上去还没睡醒，浑身散发着慵懒气息。

阮鸣夏看着秦有鹤袒露出来的胸膛，生生倒吸了一口凉气。

“秦先生怎么没经过我同意就……就做那种事情？”

“哪种事情？”秦有鹤的脸上似乎出现了一丝不耐烦。

“秦先生又把我……”阮鸣夏一副委屈极了的样子，“秦先生以前答应过我的，在我不愿意的情况下，你会尊重我，尽量克制自己。”

秦有鹤说的话她都记在心里，尤其是这些条约性的话。

“我把你怎么了？”秦有鹤反问。

“不是吗？”阮鸣夏也反问道。

“昨晚是你自己说，要跟我睡觉，是你先动的手。”

阮鸣夏看着秦有鹤一本正经的表情，心里一愣。

“不信？”他又反问了一句。

阮鸣夏讷讷地点了点头：“不信。”

秦有鹤从一旁拿起手机按了两下，立刻传出了阮鸣夏娇嗔的声音：“看不出来吗？我喜欢你啊，你看不出来吗？”

接着是秦有鹤低沉又有些紊乱的声音：“喜欢我？”

“嗯……等不及了。”

阮鸣夏听得眼睛都瞪大了。她怎么可能这么跟秦有鹤说话？！

她诧异地看着秦有鹤，但秦有鹤仍旧是一副淡定自若的样子。

接下来，音频里便是窸窸窣窣的脱衣声……

阮鸣夏觉得自己昨晚一定是疯了！

她下意识想要抢夺秦有鹤的手机，但是他人高腿长的，她哪里抢得过，手机很快被秦有鹤收了起来。

“想毁尸灭迹？”

“我昨晚喝醉了……是见色起意才会说那些话，秦先生千万别往心里去。”阮鸣夏的心跳得飞快。她不愿意在秦有鹤面前承认喜欢他，不仅仅是因为没面子，还是因为她在慕呈延那里经历过一段凄惨的感情，她最清楚谁先动心必定会比对方要受伤得多，对慕呈延尚且如此，更何况是像秦有鹤这样的男人。

他随时随地可以不要她，她却必须拼了命才能抓住他……

所以，在不确定秦有鹤对她是什么感情之前，她绝对不能表露真心。

说到底，她就是没有安全感。

“我只知道酒后吐真言。”秦有鹤倒是不在意阮鸣夏的解释，他只相信自己听到的。

“我或许……或许认错人了，以为你是我喜欢的哪个男明星来着。”

“认错人？”秦有鹤的面色沉了下去，“阮鸣夏，你可真有本事。”

秦有鹤掀开被子准备起身，阮鸣夏见状立刻就慌了，连忙抓住了他的手臂。

“秦先生别走啊，听我解释。”阮鸣夏艰难地扯了扯嘴角，“秦先生，我以为是在做梦。我喝醉了就比较喜欢胡来，也比较喜欢乱说话。”

“你不喜欢我？”

秦有鹤突然这么正经地问她，阮鸣夏一时不知道该怎么回答。

喜欢？那她以后在秦有鹤面前该如何自处？

不喜欢？可是看到秦有鹤微沉的眉心，她心里发慌……

秦有鹤看着阮鸣夏一副盘算的样子，眼睛微眯。

她就是太聪明了，把一切都计算得太精准，不肯让自己吃半点亏，在爱情和婚姻里更是如此，这反而让她变得畏畏缩缩。

Part 2

阮鸣夏咬了咬牙，强行将闷在心口的那团火气吞了回去。

“行，秦先生说什么都是对的。”

阮鸣夏说完后掀开被子起身，打算去洗个澡。

半小时后，秦有鹤站在酒店房间的穿衣镜前系领带。

阮鸣夏也穿上了衣服，她发现自己和秦有鹤的衣服都是新的，秦有鹤永远都这么细心。

她瞧着秦有鹤系领带的样子，有些出神，想起昨晚的事情，总觉得有点儿不对劲。

现在细细回想起来，她越发觉得昨晚季邵灌她酒的行为太刻意了……

“你觉得楼郸城长得很好看？”秦有鹤突如其来的问题让阮鸣夏吃了一惊。

“嗯？”

“那天在餐厅，你说楼郸城小时候就长得好，还问他现在这么帅为什么还没有女朋友。”秦有鹤的记性很好，也很记仇。

阮鸣夏有一种想要咬自己舌头的冲动。她就是话太多了，总是被秦有鹤抓住把柄……

“我就是说说客套话。”

“是吗？昨晚睡前你也夸我了，也是客套话？”

阮鸣夏觉得好像搬起石头砸了自己的脚：“我夸你什么了？”

秦有鹤不说话，系好领带后就穿上了西装外套，旋即走向玄关处。

阮鸣夏连忙拿了包，也跟了上去。

秦有鹤开车带着阮鸣夏一同去了警局，今天他们需要把车祸的事情处理好。

正好是早高峰，车子被堵在了路上。他们没有在酒店里吃早餐，原因是秦有鹤说四季酒店的早餐不合他的胃口……这个挑剔的主。

阮鸣夏的肚子不争气地咕噜咕噜叫了两声。

车子堵在路上已经十几分钟了，看这个架势，至少还要堵半个多小时。

秦有鹤在这时下了车，去了一旁的福瑞阁。几分钟后，带回了一些早茶和两瓶矿泉水。

他拧开瓶盖递到了阮鸣夏面前：“有虾饺、水晶包、流沙包，自己拣着吃。”

“嗯……”阮鸣夏拿起了一个流沙包，又喝了一点儿水才算是压下了肚子的饥饿感。

秦有鹤吃了一点水晶包就不吃了，手机也在这时响起，显示屏上显示出的来电人姓名是沈依杭。

秦有鹤按下接听键，开了免提。

“有鹤，我已经在警局了。”沈依杭的声音沙哑。

“嗯。”

“我没吃早餐，肚子有点饿，你能帮我带点早餐来吗？”沈依杭声音里带着一点可怜兮兮的味道。

阮鸣夏闻言，连忙将手中的早餐护紧了一些。虽然秦有鹤买了很多，她一个人根本吃不完，但她就是不想分享给沈依杭。

“我这边不顺路。”秦有鹤的口气还算好，却直接拒绝了。

阮鸣夏这才放心了一点，一边吃着流沙包，一边开口：“老公，流沙包太好吃了。待会儿下车再去买点儿吧。”

秦有鹤瞥了一眼阮鸣夏，她就是喜欢没事找事。

阮鸣夏朝着秦有鹤吐了吐舌头。

沈依杭明显沉默了几秒，开口依旧是可怜巴巴的口吻：“我在这里等你们，我舅妈没有亲人，只能我来帮她处理这件事了。”

“嗯。”

“有鹤，你能不能……不要带阮小姐来？”

沈依杭绝对是故意的，明知道她就在秦有鹤身旁。

竟然好意思叫秦有鹤不要带她去警局？！

“阮小姐不喜欢我，她说话那么厉害，我本来就说不过她，现在嗓子受伤了，更加说不过了……我、我有点怕她。”

阮鸣夏闻言心里怄火，沈依杭说得好像她是个十恶不赦的坏女人一样。

她努力克制住怒火不说话，想听听秦有鹤的回应。

“怕什么？”秦有鹤平静地问了一句。

“怕她骂我……阮小姐对我们过去的事情好像很介意。我听说，她昨天将你办公室的家具换了？”

阮鸣夏忍不住想翻白眼，沈依杭的消息还真是灵通啊。

“嗯。”

沈依杭的语气开始带着一点哭腔：“其实也该换了，都过去这么久了……今天来警局，我把溪山御府的钥匙也还给你吧，我自己租房子住，我怕阮小姐到时候也来把溪山御府的家具都换掉。”

哦，沈依杭是在说她小肚鸡肠？！

秦有鹤的脸色沉了沉。

Part 3

“先住在那边，搬出去的事情以后再说。”秦有鹤的口吻不容置疑。

阮鸣夏的目光沉了沉……

挂断电话之后，车子仍堵在车流中，阮鸣夏看着手里的流沙包，一时间也没了胃口。她觉得心里烦闷，打开了车窗想透透气。

“沈依杭说想搬出溪山御府，秦先生怎么不同意？”阮鸣夏幽幽地开口。

“她没地方住。”

“她是成年人，又有经济收入，当真离开秦先生就不能活了？”

阮鸣夏真不知道秦有鹤在瞎操心什么。

秦有鹤紧抿着薄唇没有说话，她将视线从窗外挪到了秦有鹤身上，认真地开口：“秦先生是不是从小到大习惯了对她好，如今连她的起居饮食都要照顾？”

“阮鸣夏。”秦有鹤的声音凉了一些。

“每次我提到沈依杭，秦先生都会凶我。”阮鸣夏微微挑眉，“也是，我们认识才多久，自然比不过你们青梅竹马的情分。”

阮鸣夏的醋意很明显：“她不想见我，我还不想见她呢。明明我把她的电话号码拉入黑名单了，你又移了出来……”

秦有鹤表面上的确是对她足够好，但实际上一点儿都不诚实。

她庆幸自己没有跟秦有鹤吐露心声……

“之前我妈回来没有带手机，拿我的给沈依杭打了电话。”秦有鹤的语气很轻松，似乎并没有要努力跟阮鸣夏解释的意思。但他的意思已经很明显，是温锦用他的手机将沈依杭的电话号码移出了黑名单。

阮鸣夏撇了撇嘴，虽然心里清楚秦有鹤不会做“拉出黑名单”这种没有意义的事情，但仍旧不舒服，她就是小肚鸡肠，见不得秦有鹤跟沈依杭联系。

车子驶向警局的这一路上，阮鸣夏都没有再跟秦有鹤说话。一到警局，她立刻下了车，独自走进了警局。

沈依杭已经在警局里，换下了病恹恹的病号服总算是有了点儿精神。

“沈小姐，早上好，吃早餐了吗？”阮鸣夏含笑看着沈依杭。

沈依杭见状立刻起身，手里的水不小心溢了出来，滚烫的茶水洒在她的手背上：“啊……”

“啧啧，我不就是跟你打了声招呼吗？”

沈依杭连忙从一旁拿纸巾擦了擦，但手背已经被烫得通红，越发衬得她楚楚可怜。

秦有鹤停好车后才赶到，一进警局，局长立刻迎了上来："秦先生，听您的助理说您要来，我们都已经准备好了。"

秦有鹤没有说话，拉开一旁的椅子让阮鸣夏坐下，绅士的举动让一旁的女警官看得满眼放光。

阮鸣夏倒是已经习惯了，在人前秀恩爱，是他们有约在先。

阮鸣夏坐下之后，双腿交叠在了一起，含笑看着对面的警局局长。

"局长，我想你们应该调查过监控的视频记录了吧？是沈小姐的舅妈闯红灯在先，我才撞上她的，这件事情，沈小姐的舅妈是不是应该对我的精神损失负责？"

阮鸣夏也不管自己说得在不在理，她就是想刺激一下沈依杭。

果然，沈依杭闻言唇色立刻变得惨白："阮小姐，是你撞了我舅妈，怎么反过来咬人一口？我舅妈无依无靠的，怎么赔你？如果你对我有意见的话，可以把气撒在我身上，但是，请不要针对我舅妈。"

沈依杭一句"如果你对我有意见"激怒了阮鸣夏，她扯了扯嘴角，觉得有点好笑。

沈依杭再一次挑战了她的底线。

"我可不敢对沈小姐有任何意见。沈小姐身后有人护着，我不敢。"阮鸣夏说话的同时目光若有似无地落在了秦有鹤身上，他仍旧紧抿着薄唇不说话。

"阮小姐如果觉得跟我谈不下去的话，那就让有鹤来跟我谈吧。"沈依杭很显然是愤怒了，她将怒气摆在脸上，看起来就像一只生气的兔子，反而给人一种可怜之感。

阮鸣夏嗤之以鼻，让秦有鹤跟她谈？她的如意算盘打得还真是好啊。

沈依杭一双盈盈的眼一直定在秦有鹤的身上，似是充满期盼。

"我们夫妻之间跟沈小姐也没有什么好谈的，你想继续谈，我让律师跟你谈吧，我们走法律程序。"

"法律程序？"沈依杭像是听到了什么不得了的事情一般，阮鸣夏就是拿准了沈依杭的心思，沈依杭肯定是想让秦有鹤看在她的面子上，私下将这件事情了了就算了。

但是，阮鸣夏偏偏不肯。

“对啊，老公，你有没有认识的律师？”

秦有鹤一眼就看穿了阮鸣夏的心思，沉声开口：“私下解决会更方便。”

“可是，我没事做，闲得很，不需要方便的。”

沈依杭深吸了一口气：“我不认识律师，也没有钱请律师，如果阮小姐非要强人所难的话，我也没有办法。”

警局里面的几个女警官看着沈依杭这副样子满脸同情，阮鸣夏知道这些人一定都觉得她是欺负沈依杭的坏女人。

沈依杭演得一手好戏，果然是戏子。

“没钱？把外面那辆玛莎拉蒂卖了，就有钱了啊。光沈小姐的车牌号码，就值不少钱吧？”阮鸣夏知道停在外面的玛莎拉蒂是沈依杭的，而且车牌号码的前几个数字跟秦有鹤的一模一样，都是沈依杭的生日。

“有鹤……”沈依杭终于忍不住向秦有鹤求救了，阮鸣夏不用脑子想就知道，这辆车和车牌号，肯定是秦有鹤买下来送给沈依杭的。

阮鸣夏觉得秦有鹤听到她说这样的话肯定会不悦了，但是没想到秦有鹤却是从椅子上起身，单手扣好了西装的扣子：“既然想请律师，我会让陆琛把律师的联系方式给你，让律师来解决吧。”

沈依杭一听，面色煞白，连忙起身走到了秦有鹤的面前。

“有鹤，能不能不要这样？我舅妈现在还在医院里恢复身体，她只有我一个亲人，我又要治嗓子又要去剧场，我忙不过来。如果用法律手段的话，会更加麻烦……”

“请个律师吧。”秦有鹤对沈依杭的态度也很明确。

这一点倒是让阮鸣夏放宽了点儿心。

刚才她在跟沈依杭对峙的时候，秦有鹤一句话都没有说，让阮鸣夏还以为秦有鹤是想要帮沈依杭的……没想到，他竟然会帮她。

话落，秦有鹤转身离开了警局。局长连忙上前送他离开，阮鸣夏倒是不着急，抬眸淡淡地看了沈依杭一眼：“沈小姐将一手好牌打得稀烂，该审视一下自己的问题了。我跟秦有鹤毕竟是法律上的合法夫妻，在外人面前，他无论如何都是会帮衬着我的，千万不要高估了自己在男人心中的地位。”

沈依杭眼睛里布满血丝，声音沙哑得有些恐怖：“男人对初恋肯定是存着点儿不一样的感情的。”

这算是这么久以来，沈依杭在阮鸣夏面前说得最重的一句话了。

“初恋是什么？可以吃吗？”阮鸣夏扔下这句话就转身离开了警局，留下沈依杭一人愣在那里。

出了警局之后，阮鸣夏看到秦有鹤不经常开的宾利慕尚停在一边，已经发动了在等她。

但是，阮鸣夏直接绕过宾利慕尚，到路边拦下了一辆出租车，头也不回地坐了上去。

秦有鹤在车内已经开足了暖气，虽然已经是春天，但阮鸣夏很怕冷，每天晚上睡前还要开暖气，睡觉起来之前也要开暖气，久而久之，秦有鹤就记下了她这些细微的习惯，提前上车，帮她开了暖气。

但是她竟然头也不回地打车离开了。

阮鸣夏经常在他面前闹小脾气，但这样干脆地耍性子还是第一次。她每一步都走得如履薄冰、战战兢兢，这次终于忍不住了。

秦有鹤也不生气，驱车离开了。

阮鸣夏一个人坐在出租车的后座上，眼眶微微泛红。她生气，不过是因为秦有鹤继续让沈依杭住在溪山御府，还因为这件事情凶了她，还有温锦将沈依杭的电话号码从黑名单里拉出来之后，他就这样听之任之……一件件事情堆积在一起，即使秦有鹤刚才允许她请律师，她心里仍泛酸难过……

“小姐，您要去哪儿？”

“去锦山花园。”阮鸣夏擦了擦眼泪。

锦山花园是山山所住的公寓，她一不乐意就想去找山山说说话。

半个小时后，车子停靠在了锦山花园小区的门口，阮鸣夏下了车正准备进去的时候，被师傅叫住了。

“小姐，您还没有付钱。”

阮鸣夏闻言一愣，她好像把包落在秦有鹤的车上了，进警局的时候，她就没有拿包。连同手机也在包里，她现在既没有手机，又没有钱包……

“师傅，我能进去找一下我的朋友，跟她拿一下钱包吗？我钱包忘记带了……”阮鸣夏好声好气地开口。

“您这不是耽误我的时间吗？小姐，我们做的是小本生意。您这样来回一趟，我都能再接一个客人了。”

“我很快的……”

就在她觉得跟师傅说不清楚的时候，一只修长的手出现在她的视线中。

“师傅，不用找了。”

阮鸣夏抬头看到是楼郲城，愣了一下。

她有些吃惊，怎么会在这里遇到楼郲城？

师傅接过百元大钞，笑得合不拢嘴：“谢谢这位先生。”

出租车很快扬长而去。

锦山花园门口只剩下她跟楼郲城站在那儿。阮鸣夏觉得有点儿尴尬，上次在高盛集团是楼郲城帮的她，这次又接受了他的帮助。

她忙开口：“钱我会还给你的！”

Part 4

楼郲城闻言笑了：“不用这么疏远。”

“我忘记带钱包了，待会儿去我朋友家拿了钱就还给你。”阮鸣夏觉得楼郲城出现在这里有点儿奇怪，又问，“你怎么在这儿？”

“这边是高盛的地产，我过来有点事。”

“哦……”阮鸣夏总觉得跟楼郲城待在一起非常尴尬。或许是因为两人隔了这么多年才见面，她对楼郲城就像是对陌生人一样，而楼郲城对她总是像亲近的人一般。这样的落差感让她觉得很奇怪。

“上次吃饭的时候，你先生好像不太高兴。”楼郲城观察人的目光敏锐。

“没有啊，他就是这样的。”阮鸣夏扯了扯嘴角，要是熟悉秦有鹤的人肯定不会说这句话，秦有鹤平日里就是这样的人，永远冷冰冰的。

“你平时是不是不怎么上网？”

阮鸣夏的话让楼郲城愣了一下，但是楼郲城还是扯了一下嘴角回应她："嗯，很少。"

阮鸣夏发现很多男人都是一样的，越是精英，在网络社交上面投注的时间就越少……但是，这句话也过于绝对，只是放在秦有鹤和楼郸城身上挺合适的。

"难怪……"阮鸣夏低声喃喃，难怪楼郸城并不知道她的先生是谁……网上不知道有多少针对她的难听言论，好在现在事情已经平息了一点儿，对她的生活也并没有造成什么困扰，估计让陆一浓失望了。

楼郸城也不询问她为什么会忽然这么问，而是换了一个话题："明天初赛结果出来，你进入了复赛，可以提前开始做婚纱了。"

阮鸣夏闻言觉得有些不好意思："你这是给我开了后门吗？"

"只是提前告知而已。你的设计图很优秀，就算没有我，也能入围。"楼郸城这句话倒是不假。

"但是，没有你的话，我连初赛审核都过不了。"阮鸣夏淡淡地笑了一下。

楼郸城仔细地看着她的时候，看到了她眼角有不正常的红，她刚刚哭过？

他靠近了一些，抬手想要触碰她的眼睛时，阮鸣夏下意识地后退了两步。

她防备的动作让楼郸城的手在半空中僵持了一下，他无奈地缩回了手，没说话。阮鸣夏也被自己的举动吓了一跳，因为陆一浓的关系，她比任何人都要缺乏安全感，但是，她现在才发现，对秦有鹤的防范意识似乎远远没有像对楼郸城这么强……

果然，人都是会区别对待他人的，对自己不怎么熟悉也不想熟悉的人，防范意识和距离感到底是强一点。

"我朋友在等我了，我先进去了。"阮鸣夏礼貌地笑了笑，"有机会高盛见喽。"

阮鸣夏朝楼郸城挥了挥手，转身走进了小区。

一与楼郸城分别，阮鸣夏就有种如释重负的感觉……

她匆匆跑到了山山的公寓门口，从一旁鞋架最里面的地方拿出了山山的备用钥匙，打开了门。之前住在山山家，她知道山山公寓的钥匙放在哪里。

阮鸣夏原本以为生活日夜颠倒的山山这个时候应该还在睡觉，她还想着要用什么办法将山山从床上拽起来，但是一进门，她就看到山山已经在客厅里抱着电脑写程序了。

“山山，帮我查个东西！”她一进门就直接说道。

“查什么？”山山对阮鸣夏的事情一向都很放在心上，写程序写得昏昏欲睡的她很快便打起了精神。

“你能查到沈依杭这几年办巡演的赞助商和赞助费情况吗？最近在滨海剧院上演的这一场，最好也查一下。”

“你怀疑是秦有鹤？”

“嗯。”阮鸣夏颔首，“如果真的是他，那我也算抓住了他的一个把柄。日后离婚，我手里至少有他婚内出轨的证据了，不至于输得太惨。”

阮鸣夏觉得凡事都要留一手，即使是对秦有鹤也一样。她现在不明确秦有鹤对她的感情，她不敢全然相信他。

万一以后离婚，秦有鹤反咬她一口也不是没有可能的。他是商人，交易结束之后釜底抽薪也很正常。

所以，阮鸣夏想留一个心眼儿。

“婚内出……出轨？我觉得秦有鹤不至于会出轨沈依杭吧？”

山山一边说一边敲着键盘，不一会儿就进入了一个系统中。

山山在国际上也是知名的黑客，只不过没有人知道她到底是谁，她想要黑进一个系统查点儿事情简直易如反掌。

“我怎么觉得你是在吃醋呢？嘴上说是想抓住秦有鹤的一个把柄，但是，实际上，你是在吃沈依杭的醋吧？”

女人最懂女人的心思，况且山山跟阮鸣夏又是从小到大的好朋友，阮鸣夏那点儿小心思，她一眼就看透了。

阮鸣夏逞强不承认，从茶几上拿起一根棒棒糖剥开包装纸后，塞进了嘴巴里，然后凑到了山山的身旁看她的电脑屏幕。

山山很快就查到了沈依杭巡演的全部底细。

这些账目都是不对外公开的，但是，山山依旧能够用她强大的技术查到。

“沈依杭在伦敦一共办了三场巡演，场场爆满，具体的盈利我查不到，但是赞助费的话，每场就有五百万，这对于普通流行音乐演唱会的赞助来说算是高规格的，而京剧巡演，能获得这么高的赞助费，就更加难得了。她在伦敦一共办了三场，也就是说赞助商出了一千五百万。”山山是理科生，对数字特别敏感，“她在滨海剧院的巡演赞助商出了七百万的赞助费。”

阮鸣夏听着这些数据脊背有点儿发凉，几百万几百万地投，还真是不心疼啊。

“赞助商是谁？”

“秦……秦氏。”

果然如阮鸣夏所预料的那样，秦有鹤一直在往沈依杭身上砸钱。

山山仔细看了看阮鸣夏，发现她的脸色依旧平静，看不出有多么难过或者是气愤。

阮鸣夏脸色寡淡，心里却堵得慌，觉得心脏好像被人紧紧地揉成了一团纸……

“还有，”山山看几眼电脑屏幕，补充道，“沈依杭的票价有故意炒高的嫌疑，她背后的公关团队，应该深谙商场手段，故意找了很多人去买票制造出万人空巷的效果，这样一来，票价也就越发高了。当然，外界没有人知道这些内幕，是我黑了人家内部的系统才得知的。”

“秦有鹤为了沈依杭还真是煞费苦心啊。”

“沈依杭背后的公关团队应该也是秦氏。”山山补充了一句，“我觉得伦敦那几场巡演秦有鹤投钱进去还可以理解，毕竟当时你还没出现。但是你们结婚后，沈依杭在滨海剧院进行演出，他为什么还要投钱？”

阮鸣夏哽了一下：“替我保存好这些证据。”

“嗯。”

阮鸣夏从山山家里出来的时候，外面下起了淅淅沥沥的小雨，春雨扑打在脸上软绵绵的，并不扎人也不冷，反倒令人觉得格外舒服。

但是，阮鸣夏的心情很沉郁，没有半分舒服。

她打车去了江家，没有回秦宅。

说实话，她连个娘家都没有，陆家她是一分钟都不想回去待着，还是在江家稍微好点儿，起码江颂年不会经常在家里，还有江牧霆对她好，从过去到现在，她一直更愿意住在江家。

从警局出来的时候她是在跟秦有鹤怄气，但是从山山那边得知了那些消息后，她瞬间就没了心情，越发恼了。所以，她不想回秦宅，宁可回江家。

阮鸣夏到江家刚好是晚饭时间，她本来只想回自己房间好好睡一觉，但她没想到江颂年也在家……

再掉头走的话太费劲了，她打算今晚就住在江家。

江牧霆和江颂年正坐下来准备吃饭。江牧霆的母亲身体不是很好，阮鸣夏很少见到她，她们之间自然也就没什么矛盾。

她见到阮鸣夏的时候淡淡地笑了一下："阮阮回来了？"

"嗯。"阮鸣夏也礼貌地对她笑。

江颂年露出了不悦的神色。

毕竟她是不请自来的，江颂年不想跟她这个女儿扯上关系，自然不想见到她。

"阮阮，一起吃晚饭吧。"江母对阮鸣夏的感情很平淡，但她也不是刁钻性子的人，江牧霆的性子完全是随了他母亲，性格很沉稳。

阮鸣夏大大方方地在江牧霆身边坐了下来。她坐下之后低声开口："哥，你是不是有点儿婚前恐惧症？"

"有点。"江牧霆跟阮鸣夏向来无话不说，无论她问什么，他都会如实回答。

"结婚前是这样的。"阮鸣夏压低声音笑着说道。

"我怎么见你结婚前很高兴？"江牧霆调侃。

阮鸣夏吐了吐舌头："我那是有目的地结婚，跟你们不一样。"

这时江颂年忽然开口打断了两人的耳语："你今天回来又打算要什么？"

"爸爸，你不要说得我好像贪得无厌一样。我就求过你一次借给我钱，你不是也没有给我吗？"

"你不会无缘无故地回来，到底打算干什么？"

"我跟秦有鹤闹脾气了，回来住几天。"

江颂年闻言脸色沉了沉："闹脾气了就想办法解决，回来有什么用？"

江颂年在这一点上，到底比阮兰心对她好点儿。她的父母，相比较起来还是江颂年对她照顾得更多一点儿。虽然在她面临牢狱之灾、最需要帮助的时候，江颂年没有伸出援助之手，但也总比阮兰心一心护着陆一浓要好。

江颂年是政客，总是比阮兰心身不由己一点儿。这一点阮鸣夏也清楚。

阮鸣夏淡淡地看着江颂年："我看别人家的女儿跟老公吵架了，都是回娘家的呀。"

江颂年没有再反驳她，她的婚姻是她自己做的主，江颂年不打算管。

"你哥马上要跟沈岑结婚了，你跟沈岑关系好，在婚礼的事情上也帮衬着点。"

阮鸣夏颔首，江牧霆要跟山山结婚了，她也很高兴。她看了一眼江牧霆，发现他脸色平淡，没有半分喜悦的样子。

简单地吃了几口之后，阮鸣夏就上楼去了自己的房间休息，她现在只想好好睡一觉。江家没有她换洗的衣物，她想着先睡觉再说，睡醒了再去买点换洗的衣物。

她碰到枕头就睡着了，睡得很沉，醒过来的时候天已经黑透了。

阮鸣夏是被楼下窸窸窣窣的说话声吵醒的，她擦了擦眼睛，刚准备下楼去看看是谁来了的时候，门忽然被打开了。

她的房间没有开灯，昏昏暗暗的。门被打开后，从外面透过来一点儿光，当看到秦有鹤从外面走进来时，她吃了一惊。

秦有鹤怎么来了？

不对，应该问，秦有鹤怎么知道她在江家？！

阮鸣夏下一个反应是又躺了回去，用被子裹住了自己的身体，蒙住了头。

她感觉到秦有鹤正在靠近，但她就是不愿意掀开被子。

"想让我抱你起来吗？"

阮鸣夏晾着秦有鹤，不说话。

秦有鹤一把掀开了被子，阮鸣夏一双美眸正盯着秦有鹤。

“我今晚就住在这儿了。”她闷声开口。

“理由。”

“我在这里住几天，秦先生刚好清静点，不是挺好吗？还可以趁这个机会跟沈小姐约个会什么的。”

Part 5

阮鸣夏在赌气，她一向很容易吃醋，小时候待在陆家时，她就爱吃陆一浓的醋，长大后这个习惯一直都没改变。但是，今天她并不只是在吃醋，还有愠怒。

她觉得心里不舒服，果然知道的越多，就会越不高兴。

“起来，回家。”

“不回。”阮鸣夏咬住下唇，他连半句哄她的话都没有，她更加不想回了，“我就在这里住下了，你回去吧。江家也是我家，我要在这里住一段时间是我的自由。在我们结婚之前，我们说好的，结婚之后互不干涉对方，你现在怎么连我住在哪儿，都要管了？”

她说得有理有据。

秦有鹤面色平静，并没有因为她的恼怒而感到半分不悦。阮鸣夏有时候觉得秦有鹤特别有耐心，要换成她，估计早就甩手走人了……

“结婚前，我们也没有说，婚后你可以随便回江家或者陆家。”

阮鸣夏咬了咬牙，看着秦有鹤的眼里更添了几分不悦的情绪：“我被欺负了，回娘家怎么了？”

“被谁欺负了？”

“被某个仍旧记挂着旧爱的人欺负了。”阮鸣夏在一片漆黑当中，借着窗外的月光看着秦有鹤的眼睛，他的瞳仁深邃，像是能够将她看穿。

他倒是不解释，只是沉声开口：“那你就睡在这儿，什么时候想通了，什么时候回家。”

话落，秦有鹤起身，他故意这么说，就想看看她的反应。

阮鸣夏听完拿起枕头砸向了秦有鹤。她砸完扯过被子不管不顾地躺下了，她才不是这么好哄的，哼！

秦有鹤看了一眼掉在脚边的粉色枕头，弯了弯嘴唇，她竟然喜欢粉色，以她的性子，应该喜欢张扬的红色才对。

他走到床边和衣躺到了床上，阮鸣夏被身后灌入的一阵冷风弄得脊背僵了一下。

“下去。”阮鸣夏立刻开口。

秦有鹤伸出长臂从身后环抱住了阮鸣夏：“我有点困了，今晚也住这儿。”

阮鸣夏一听，心里更加恼了，她跟寻常女孩子一样，希望被哄哄，然后她也就乖乖地跟着他一起回秦宅了。但是，没想到秦有鹤哄都不肯哄她，也没有再想把她带回去，还想住在这儿，他倒是想得简单……

“这是我的床，你下去。如果秦先生想住在这儿，大可让我爸给你安排一间客房。我困了，恕不奉陪。”

阮鸣夏想挣脱秦有鹤的怀抱，但腰间的力道并不小，她的做法根本无济于事。

“你松手。”阮鸣夏语气不善。

身后没有半点儿声音。

阮鸣夏二话不说在秦有鹤的手臂上咬了一口，但没有用力，连个牙齿印都没有留下。

“你再不松手，我就真的狠狠地咬你了。”

秦有鹤似是料定了她不会咬他一般，默不作声。

阮鸣夏有些无奈，又用力推了推秦有鹤：“你松松，你这样我没有办法睡觉。”

过了一会儿，身后传来他平稳均匀的呼吸声，像是睡沉了……

有时候一本正经的男人耍起无赖来，比那些痞子还要可怕，这说的就是秦有鹤。

阮鸣夏努力转了一个身，看到秦有鹤身上的西装都还没有脱下来，他总不能这样睡一晚吧？

她捏了捏他笔挺的鼻子：“你醒醒。”

秦有鹤只是微微蹙眉，似乎真的睡沉了，平日里看上去有些冷然的眉宇，睡着之后都温和了许多。

阮鸣夏担心他是在装睡，缄默了很久之后，又喊了一声：“秦有鹤？”

她也只有在醉酒之后和这样的情况下，才敢直呼他的名字。

秦有鹤仍旧没有反应，阮鸣夏试图起身，发现他没有像刚才那样牢牢地禁锢着她，看来是真的睡着了……

她将他的手臂拿开，起身帮他脱掉身上的西装外套，穿着西装睡一晚，别说他睡得不舒服了，阮鸣夏都替他心疼这一身价格不菲的西装……

帮他脱掉了外套之后，阮鸣夏将手放到了他的皮带上，她犹豫了一下，有些紧张。虽然秦有鹤睡着了，但她总觉得这个动作有点儿奇怪……

她索性闭上眼，把心一横，帮他解开了皮带。

阮鸣夏连衬衫也一同帮他脱了，当她终于帮他脱完衣服躺下来刚刚碰到枕头的时候，一道阴影忽然移到了她的头顶，下一秒，身影就覆盖了下来……

原本躺在身旁睡得沉的男人忽然压在了她身上，她一下子反应不过来。

他在装睡！

“你这个骗子。”阮鸣夏瞪着秦有鹤，双手却已经被秦有鹤禁锢住了，动弹不得。

“看来秦太太的记性不错，记得要帮我解皮带。”秦有鹤之前说过——做秦太太不仅要帮他解领带，还要帮他解皮带。

阮鸣夏羞愤难当，明明她今晚应该是被哄的那一个，怎么到头来她变成了帮他宽衣的人？

女人啊……果然抵挡不住美色的诱惑。

“我只是看你睡着了，和衣睡一晚的话，我心疼西装。”

秦有鹤听到这样的话也不恼，而是更用力钳住了她原本就瘦小的身体。

他的手不安分地放在她身前，触摸着柔软。阮鸣夏惊得一阵哆嗦。

“你放开！”

秦有鹤不为所动。

“今晚就暂时留你在这里睡一晚，我只是不想当着江家人的面把你赶出去。明天我还是会继续住在这儿，秦先生明早自觉点，自己离开。”

秦有鹤也不反驳，紧抿着薄唇没有说话，而是将阮鸣夏翻了个身，让她面对着他。

阮鸣夏见秦有鹤不说话，郁闷地闭上了眼睛。

Part 6

第二天早上阮鸣夏醒过来的时候，秦有鹤已经洗漱完毕在穿衬衫了。

阮鸣夏仍旧没给他好脸色看，他就这样蹭了一晚上的暖被窝，连一句哄她的话都没有说……她气极。

她简单地洗漱了一下，穿好衣服之后同秦有鹤一起下楼。她打算去布料市场买一些布料，复试是自己做婚纱成品，期限是五天，时间很赶。

“今天准备去哪儿？”

阮鸣夏觉得自己跟秦有鹤一起在江宅里走动有点儿奇怪……

“去做正经事。”阮鸣夏冷淡地回应，他们走到楼下，恰好江家人一家三口在吃早餐。

江颂年见到秦有鹤的时候立刻起身：“秦先生，一起吃早餐吧。”

阮鸣夏觉得江颂年一口一个秦先生特别别扭，明明是长辈，却还得要尊称秦有鹤。

哪怕江颂年在官场上爬到了如今的位置，也要让秦有鹤和秦有鹤背后整个秦氏家族半分薄面。

秦有鹤没有拒绝，拉开椅子坐下来，阮鸣夏坐在了秦有鹤和江牧霆中间。

江牧霆看到秦有鹤的时候只是点了点头，他们之间没有什么交情。

“秦先生昨晚睡得好吗？”江颂年开口问。

秦有鹤倒是一点都不拘束，还真当成是自己家里一般，接过了保姆盛好的粥喝了几口，脸色沉稳地回应了江颂年。

“挺好的。”秦有鹤越是这样一本正经地回答江颂年，就让阮鸣夏越发不安，总觉得秦有鹤心里头又在打什么算盘……

“那就好。”江颂年也不过是客套话，秦有鹤却并没有要结束谈话的意思。

“阮阮说有点想家，这段时间想在江宅多住几日，恐怕我也要在这里打扰几天了。”秦有鹤的话是跟江颂年说的，但阮鸣夏听得出来，他是说给她听的……

以江颂年的性子，肯定会留他住下来，并且会非常热情。

他是故意的。

“怎么能说是打扰？既然秦先生想陪阮阮，那就住下来吧，只怕招待不周。”果然，江颂年一张脸笑开了。

阮鸣夏在桌子底下狠狠地踹了秦有鹤的脚一下，但是这家伙脸上没有任何痛苦的表情，反倒是她疼得紧紧皱起了眉头。

“你没事吧？”江牧霆见她脸色不对劲，问道。

阮鸣夏摇了摇头。

她觉得秦有鹤真是她的克星……他实在是，太能装了。

早餐结束，阮鸣夏跟着秦有鹤离开了江宅，她原本是想自己打车走的，但江颂年送秦有鹤一直送到了门口，她没有办法独自离开，只能跟着秦有鹤上了车。

车子扬长而去。

江颂年回到家里，松了一口气：“之前不让她嫁到秦家，是担心她吃亏，没想到秦有鹤对她还挺好的。”

江母微微拧眉，跟保姆一起收拾着桌子，低声随意地开口：“好不好也只有她自己心里晓得，表面上哪里看得出来。我看这位秦先生，城府深得很，阮阮以后想要少吃亏，还得靠她自己。”

江颂年看了一眼江牧霆：“沈岑现在怀孕了，你把她接到我们家来住。我跟你妈也都不是老古董，有你妈照顾着我们也放心点。沈家那边也已经打过招呼了，你早点去接过来。”

“嗯。”江牧霆没有拒绝。

车上，阮鸣夏握着手机正在跟布料商沟通：“对，我需要一些厚缎，一些蕾丝，和欧根纱。厚缎要多一点儿。这是只做一件婚纱的量，不需要特别多。我工作室开张之后，还需要大量的布料，如果质量过关，给的价格也适中的话，可以进行长时间的合作。嗯，好。”

阮鸣夏挂断电话后对秦有鹤说：“在前面把我放下来吧，我要去趟布料市场。”

秦有鹤没有拒绝，将车子停在了前面的路边上。

阮鸣夏下车走了几步，发现秦有鹤也跟了上来。

“你跟着我干什么？”阮鸣夏停下了脚步。

“陪你去，不好吗？”

“秦先生是没事可做吗？这么闲？听说高盛那块地挺紧张的，不回秦氏工作？”因为吃醋加上昨晚的愤怒，阮鸣夏的口气变得越发阴阳怪气。她就是要嘲讽他，最气人的是他一副什么都没听见的模样。

“陪我太太去工作，也是我的工作。”秦有鹤这句话简直酥到不行，一下子击中了阮鸣夏心底最深处的柔软，她就是这么没出息……

但她还是一脸冷漠：“我不用你陪。现在需要你陪的人，在溪山御府。指不定，人家在床上等着你陪呢。”

“既然想让我哄你，就别一副想赶我走的样子。”

阮鸣夏被说中了心思，耳根微不可见地红了。

她抿唇不说话，转身走向了布料市场。

市场内人群拥挤，B 市的布料市场实际上很混乱，阮鸣夏念大学的时候经常为了作业混迹在这里，挑选布料、杀价。

这里各色各样的人都有，步行都觉得有些拥挤。

阮鸣夏觉得像秦有鹤这样的人来这种地方肯定不适应，就好比让秦有鹤去菜市场，是一个概念。秦有鹤静静地跟在她身后看她挑选布料，即使是被身旁人挤到了，他也不说什么，脸上也没有半分恼意。这让阮鸣夏十分震惊。

阮鸣夏在一家店铺门口停了下来，仔细拿着布料在眼前观看，突然有人蛮横地朝阮鸣夏撞了过来，她还没反应过来该躲闪，一双有力的手已经护在她身侧了，那个人最后撞到了秦有鹤的手臂，阮鸣夏则是分毫未动。

横冲直撞的男人也吓了一跳，他手中拿着很多布料，走得太急了才不小心撞上来：“对不起对不起，我不是故意的。”

阮鸣夏心有余悸地看着秦有鹤的手，他的手被男人手中拿着用来装布料的盒子蹭伤了，一层皮脱了下来，皮下隐隐有血的痕迹。

“疼不疼？”阮鸣夏连忙查看秦有鹤的手，心疼地皱起了眉头。

“没事。”秦有鹤将手从阮鸣夏的手中抽了回来，看向了那个人，“走路小心点，不要撞到女士。”

男人抱歉地点了点头，脸色愧疚地离开了。

阮鸣夏也无心选布料了，其实做婚纱的布料已经选好了，她主要还想看看其他布料，将来供工作室使用。

“要不要去医院处理一下伤口？”阮鸣夏比他还要着急。

“小伤而已。”秦有鹤不在意。

阮鸣夏皱眉：“让你不要跟我来还要跟我来……”

“你先把你要买的东西买全，我再去外面的药店买点药。”秦有鹤还是以她为先。

秦有鹤这样做，比说一百万句哄她的话都要管用……她一下子就不怎么生气了。这件事情虽然是个意外，但他的确是做到让她消气了。然而阮鸣夏面上还是紧绷着，她不想让他觉得她这么好哄。

“嗯。”她颔首，从包里面拿出了一包纸巾，抽了一张递给秦有鹤，“你先擦擦。不要感染了。”

“我没有这么娇气。”秦有鹤虽然这么说着，还是接过了她手中的纸巾。

她一边走马观花地看着布料，一边随意地问：“秦先生怎么知道我昨晚在江家？”

“除了江家，你还会在哪儿？”秦有鹤跟在她身后，他穿着笔挺，气质厚重，在混乱的市场中显得有些格格不入。

阮鸣夏皱眉，秦有鹤这话说得她好像没地方可以去一样！

“我明明还可以去山山的公寓，去陆家，或者去维多利亚我哥包下来的房间也行啊。再不济，我自己还不能去酒店开一个房间住吗？”阮鸣夏不满。

“在权衡利弊之后，你肯定还是会选择江家。”秦有鹤的逻辑思维很强，“既想制造出离家出走的感觉，又想让我找到你，江家是你最好的选择。”

阮鸣夏真的有一种，被秦有鹤气晕的感觉。

她还真的，就是这么想的……

她咬了咬牙，不去理他，继续低头选布料。

最后阮鸣夏买了一些布料让商家寄到CBD，她的工作室将在两天后开张。

“我们走吧，去找一家药店。”阮鸣夏话音刚落，就看见陆一浓的身影从隔壁商铺走了出来。

她身旁跟着的人是慕呈延。慕呈延手中拿着一些布料，显然是帮陆一浓来提货的。

阮鸣夏扯了扯嘴角，慕呈延果然还是死性不改，陆一浓勾勾手又滚回来了，连帮她提货都愿意。

Part 7

阮鸣夏觉得自己之前一定是年少无知，蒙蔽了双眼才会看上慕呈延这样的男人，跟秦有鹤一比，他简直一无是处，英俊的脸遇到了秦有鹤，棋逢对手是高估了他，只能说是甘拜下风。

这么一想，阮鸣夏越发靠近了秦有鹤，也越发满意自己选的丈夫……她心底并没有因为遇到了慕呈延而感到不悦，反倒觉得跟秦有鹤站在一起，心里美滋滋的。

“慕家少爷。”秦有鹤也看到了慕呈延，他对慕呈延的称呼相当别致，带着浓重的讽刺意味。

“嗯，还有陆家千金。”阮鸣夏挑了挑眉，“两个当初害我入狱的人凑到了一块儿，秦先生不介意陪我假装秀一下恩爱，气气他们吧？”

秦有鹤脸色寡淡，看着阮鸣夏的脸上写满了不怀好意，嘴角弯了弯：“我们还需要假装？你拿出醉酒那晚喜欢我的劲，他们必定心服口服。”

秦有鹤突然说起那天晚上发生的事情，阮鸣夏猝不及防，脸一时红了起来。

她低声咳嗽了两声，觉得有些尴尬……她很好奇那晚自己到底是表现得多疯狂，多喜欢他，才让秦有鹤一直提起这件事儿……

陆一浓也看见了阮鸣夏，以及她身旁的秦有鹤，嘴角的笑意瞬间消失殆尽。

她踩着六厘米高的高跟鞋快步走到了阮鸣夏面前，阮鸣夏今天穿着平底鞋，陆一浓比阮鸣夏高出了很多。

“好巧啊，姐姐。”陆一浓在秦有鹤面前到底不会表现得太过分，阮鸣夏敢笃定，如果秦有鹤不在这儿，陆一浓的口气绝对不会这么和善。

阮鸣夏嘴角含笑，手臂挂在秦有鹤的臂弯上，看上去很随意又亲密。

“巧啊，那不是慕总吗？陆大千金果然不一样，能使唤慕氏总裁帮你搬货。”阮鸣夏故意嘲讽道，她只要一想起两年前陆一浓引诱了慕呈延，让他不要在后台帮她作证的事情，心就像是被人紧紧拧成了一团皱巴巴的纸……

陆一浓额上隐隐有青筋凸显，阮鸣夏看得出她在克制自己的情绪，但她仍旧挂着得体的笑。陆一浓就是名媛圈子中的典型代表，就算再怎么不高兴不乐意，笑容也会永远挂在脸上，真假难辨。

“哪里比得上秦先生陪你。”陆一浓笑了笑，挑起了旧事，“慕总也就来帮帮我而已，他是你的前男友，我怎么敢随便跟他套关系。念书的时候，你倒追慕呈延的事情全校都轰动了，都说你固执，只有我知道你是真心喜欢他。你不是还跟我说，这辈子只想嫁给慕呈延，想给他生个儿子……”

陆一浓的话不是说给阮鸣夏听的，而是说给秦有鹤听的。

司马昭之心，路人皆知！

阮鸣夏觉得自己真是小瞧陆一浓了……

“谁都有年少无知的时候，之前不懂事，就喜欢在垃圾桶里找男朋友。”阮鸣夏感觉到秦有鹤的脸色黑了下去。

她逐渐地发现，秦有鹤是一个极其容易吃味儿的人，不管是他的占有欲也好，是真的吃醋也罢，反正他就是很在意……

阮鸣夏紧张地舔了舔下嘴唇。

陆一浓对着秦有鹤继续说:“姐姐现在嫁给秦先生就好了，否则的话，我还以为她要一直都沉浸在失去慕呈延的痛苦中。姐姐当年在学校里当着几千人的面给慕呈延表白的事情，我到现在都忘不掉，怎么会有女孩子这么勇敢，换成是我我就做不到。他们在一起之后，姐姐每天像是吃了蜜一样，天天往金融系跑，给慕呈延送自己做的饭菜，给他织爱心围巾……”

秦有鹤脸上没有半分不悦，但是阮鸣夏跟他相处了这么久，她能够察觉到他身上的寒意……他是真的喜怒不形于色，明明心底愤怒，面上仍是一副无所谓的模样。

接触到秦有鹤的目光时，阮鸣夏有点儿做贼心虚的感觉，陆一浓说的那些她的确做过……这些她无法否认。

“我太太天真，遇到了人渣，现在换我来宠她。”

秦有鹤的话让阮鸣夏瞠目结舌，她瞬间觉得，奥斯卡欠他一座小金人……

但不管他说的是真是假，阮鸣夏听着心里还是美滋滋的。

她甜甜地笑着跟秦有鹤对视，在旁人看来，俨然是一对恩爱的夫妻。

陆一浓的脸色就不好看了，她本以为说了这些话，秦有鹤一定会迁怒于阮鸣夏。

帮陆一浓放货的慕呈延走了过来：“都帮你搬好了，你到底还要怎么样？”话落，他才看到阮鸣夏和秦有鹤并肩站着，面色立刻沉了下去。

“阮阮？”

“慕总，又见面了。”秦有鹤将阮鸣夏护到了身后，主动跟慕呈延说话，“怎么做起了搬运工？是慕氏资金周转不良濒临倒闭？还是拿不下高盛那块地，来赚点外快？”

“还有，阮阮不是你应该叫的。”

Part 8

慕呈延被秦有鹤说得有点下不了台阶，眼睛微眯，面色也显得有些难看。

“高盛那块地最终入谁的手，还不一定。”慕呈延一脸正色，碰了一下手腕上的腕表，目光中带着敌视。

秦有鹤的眼神明显在说“你真是不自量力”。

阮鸣夏虽然不想看见慕呈延，但是也疑惑他为什么质问陆一浓“到底还想怎样”，所以慕呈延是受制于陆一浓吗？否者为什么说这样的话？

“走吧。”阮鸣夏挽着秦有鹤，从两人身边擦肩而过，她斜视了一眼陆一浓，忽然想起了一件事。

“听说你的工作室也在后天开张，妹妹还真是艺高人胆大啊。可是你工作室的位置，能吸引多少人过去呢？”阮鸣夏工作室的位置位于CBD，是陆一浓怎么都比不上的。

阮鸣夏说完就挽着秦有鹤离开了市场，不给陆一浓反驳的机会。

一出市场，阮鸣夏就松开了秦有鹤的手，兀自走向了车子，坐上了副驾驶座。

秦有鹤上车，车内一片死寂。

不一会儿车子停在了路边的一家药房门口。秦有鹤下车，在药房买了一点红药水和纱布，回到了车上。

阮鸣夏看到秦有鹤简单清理了一下伤口后想要缠纱布，但因为是单手，有些吃力。

阮鸣夏于心不忍地从他手中拿过纱布：“我来吧。”

看着秦有鹤手上的擦伤，阮鸣夏觉得又心疼又愧疚，边包纱布边找话题：“高盛那块地你真的有把握吗？我怎么觉得慕呈延好像也挺有把握的样子。”

每个人的擅长方向和擅长领域都是不同的，虽然秦有鹤和秦氏足够强大，但阮鸣夏仍旧觉得慕呈延或许是真的对这场招标很有信心，否则以他的性子，是不会如此口出狂言的……

“跳梁小丑而已。”秦有鹤的口气中带着一点点不屑。

既然秦有鹤觉得没有关系，阮鸣夏自知也不便再多问。秦氏的事情跟她没有多大关系。

“你以前给慕呈延送过亲手做的饭菜？我怎么不知道你还会做饭？”

“以前……学过。”

“还替他织过围巾？”

“很丑的，秦先生也要？”阮鸣夏回想以前跟人学织围巾都觉得愚蠢，哪怕那条围巾丑得不成样子，她现在都想从慕呈延手中要回来。

“也不见你给我送过饭，织过围巾。”

“秦先生这是在暗示我给你做饭，给你织围巾吗？”

秦有鹤原本就沉郁的眉心越发沉了下去，显得深沉又凝重。

他对于慕呈延这个“前情敌”并不抵触，在他看来，慕呈延不值一提。

“回家还是去哪里？”秦有鹤问。

“秦先生去公司吗？”

“嗯。”

“那秦先生把我也送到CBD吧，我刚好去工作室看看，后天是开张日了，我得去忙一下。布料商一会儿还有布料要送过来。”阮鸣夏想着她还要准备做复赛的婚纱，总不能在秦宅做吧？也只能去工作室了。

“嗯。”秦有鹤应允，“晚饭自己解决，我不回来吃。”

“秦先生这话说得好像经常跟我在家一起吃饭似的……”阮鸣夏心觉秦有鹤应该是不乐意了，连忙改口：“那……秦先生晚上哪里吃？”

“应酬。”

这人还真是惜字如金……

“不能带我去吗？我晚上没有地方吃饭，很可怜的。”阮鸣夏只是想要试探一下秦有鹤，他不说跟谁一起吃饭，她心底总觉得他是不是要去见沈依杭……

她也没有真的想要跟着去，就是问问。

没想到秦有鹤回应得非常坚定：“不能。”

这下阮鸣夏更觉得有猫腻了：“秦先生晚上是不是要去看沈依杭？”

“没有。”秦有鹤一脸正色。

阮鸣夏越想越觉得不对劲：“那为什么不让我跟秦先生一起去？应酬的话，带上太太不是很正常吗？秦先生是觉得我会让你丢人吗？”

“你没事可做？不是参加了高盛的比赛，忙得转不过来？”

“……”阮鸣夏一时语塞，“行吧，那我晚上自己吃饭，等你回来。”

“嗯。”

车子停在了中心CBD的位置，阮鸣夏下车后去了工作室，工作室已经全部装修好了，是简单的北欧风格，看上去简洁大气。

阮鸣夏的办公室在阁楼上，阁楼只有一个办公室，悬空的设计，一眼就能看到楼下，一清二楚。

办公室很大，足够她进行设计甚至是做衣服。

一下午的时间她都耗在了复赛的婚纱上，直到肚子叫了几声才意识到晚饭时间到了。

阮鸣夏拿出手机准备约山山吃饭的时候，手机忽然响了，是个陌生的号码。

她按下了接听键，传来了顾和温和的声音。

“阮阮，是我。”顾和笑着开口，“我从有鹤那里要了你的号码，想约你吃饭，不介意吧？”

“吃饭？”阮鸣夏怔住，她对顾和的印象一直就很好，听到她要请她吃饭当然是高兴的，“好啊，去哪里吃？”

“你喜欢吃粤菜吗？我知道一家不错的粤菜店。”

“你定吧，我在 CBD 这边。”

“好，那你等我，我开车去接你。”顾和挂断电话之后便驱车前往阮鸣夏的工作室。

大概一个小时后，顾和到了阮鸣夏所在的工作室。

顾和开的是一辆非常中规中矩的黑色 A8，跟她的外表看上去有点儿不符。

阮鸣夏上了副驾驶：“你喝不喝杧果汁？我从工作室带下来的。”

阮鸣夏将玻璃罐装的杧果汁递到了顾和面前，顾和却摇了摇头：“我不喝饮料。”

“那我喝了。”阮鸣夏笑了笑，大大方方地拧开瓶盖喝了一口，“你是为了保持身材吗？”

“嗯，习惯了。”顾和含笑，将车子驶入了车流中。正值下班高峰期，路上很堵，一个红灯就要等七八分钟。

阮鸣夏又细细打量了一眼顾和，她是那种将自己管理得很好的女人，无论是内在修养还是外在的皮囊。难怪她连饮料都不喝……

“你都这么漂亮了还保持身材，让不让别的女人活了？”阮鸣夏说的是真心话，半点奉承的意思都没有，她是真心觉得顾和好看，是从内而外的好看。

只可惜，嫁给了季邵的父亲。哪怕季邵父亲身体康健，也是个年过半百的男人了，说出去，总是不好听的……

阮鸣夏这些想法当然不能说出来，她只是觉得很可惜。

顾和只是笑了笑：“我都三十多了，比你大好几岁。”

“这跟年龄无关。”阮鸣夏觉得像顾和这样的女人，年龄越大，越是成熟有魅力。

顾和没有再接阮鸣夏的话，而是换了个话题：“对了，爷爷说后天你的工作室开业，我带几个设计圈内比较有名的朋友一起来，大约几点过来？”

“早上十点吧。谢谢。”

“好。”顾和忽然想到了什么，“有鹤会过来吗？”

“应该吧……”忽然被问到这个问题，阮鸣夏也不知如何回答，她是跟秦有鹤提过让他在开业的时候过来，但秦有鹤当时回答她的是“看情况”。阮鸣夏当时觉得秦有鹤真是傲娇又难相处……敢情自己太太的工作室开业，他还需要看日程。

“季邵不会跟有鹤一起过去吧？”顾和又问，这下阮鸣夏立刻明白了顾和的心思。

顾和跟季邵的情况阮鸣夏也从秦有鹤那边大致了解了一部分，通过她自己的观察又了解了一些，她清楚顾和和季邵之间应该有很深的矛盾，自古后妈跟继子鲜少有和美的。阮鸣夏明白。

“我跟季邵也认识不久，他应该不会来参加我工作室的开业吧？我也没跟他提起过。”

“那就好，到时候你问问有鹤，如果季邵过去的话，我就不过去了，让那几个朋友自己过去也不影响的。”顾和主要是不想跟季邵起任何冲突，哪怕是小争执也不愿意。

“好。”阮鸣夏其实真的很想问问顾和对季邵这个“儿子”的看法，她感觉季邵老是找顾和的麻烦，但是想问出口的话还是噎回到了肚子里，问了就显得她太不懂味了。

车子开了一个多小时才到了粤菜馆，到的时候天色已经暗了下来。

两个人肚子都饿了，因为来得晚没有包厢了，只能在大厅用餐。

顾和应该是经常来这里，点了一些传统的粤菜。

“这里的港式奶茶很正宗啊。”阮鸣夏喝了一口，心里想着的却是秦有鹤好像除了茶之外什么都不喝，否则的话可以给他打包一杯奶茶回去了……

这个想法从脑海中萌生的时候，阮鸣夏顿时觉得很恐怖……她竟然喝到好喝的奶茶，第一时间就想到了秦有鹤……这个趋势太可怕了。

“嗯，小时候，爷爷经常带我和有鹤来这里，不过我们都不喜欢喝奶茶，有鹤最喜欢吃这里的虾饺了。”

阮鸣夏听完立刻招了服务员过来：“麻烦帮我打包一份虾饺。谢谢。”

顾和忍不住笑了：“看得出来你跟有鹤相处得很好。”

阮鸣夏扯了扯嘴角，他们之间说不出相处得好不好，两人相处的时间本就不多，而且他们之间像是有一块没有办法打破的屏障一般，一直阻隔在他们之间。

晚餐快吃完的时候，阮鸣夏忽然想起来秦有鹤所谓的“应酬”，于是拿出手机拨通了秦有鹤的号码，想看看他到底在哪里。

秦有鹤许久才接起了电话：“喂。”

“你在哪儿吃饭呢？”

“跟客户。”

秦有鹤的答非所问让阮鸣夏有些无语。

女人的第六感告诉阮鸣夏，他肯定有秘密。

Part 9

“你喝酒了？”阮鸣夏故意试探性地问。

“嗯。”秦有鹤没有否认。

“那……我过去给你开车？你在哪儿？我现在就过去。”阮鸣夏觉得她好像是查房的正室，心底为自己这种行为暗暗不齿，但转念一想，她就是正室啊……

时至今日，她始终没有适应秦太太的位置。

“陆琛没有喝酒，他会开车。”秦有鹤似乎并不想让她知道他在哪里的样子。

“哦好吧。”阮鸣夏抿唇，“那你晚上早点回来，我一个人怕，睡不着。”阮鸣夏撒娇一般开口。

“嗯。”秦有鹤淡淡地回应，没等阮鸣夏再说话，他就已经挂断了。

阮鸣夏盯着手机屏幕愣了半晌，顾和伸手在她面前挥了挥："怎么了？"

"有鹤喝了点酒，我有点不放心他。"阮鸣夏笑了笑，跟顾和撒了谎。

"真羡慕你们新婚燕尔，感情这么好，他只是喝了点酒而已，生意场上喝醉是经常的事情，没事的。陆琛常年在他身边，知道怎么把他带回来。"

阮鸣夏看着顾和，觉得她就像是个姐姐一样在跟她说话，但是这种口气又不像是端着架子的姐姐，只让人很舒服。

阮鸣夏明明不是自来熟，对其他人也向来防备，对顾和却是一开始就亲切。

"你在商场上是不是也经常喝醉？"她换了个话题，撑着下巴看着顾和。

"嗯，常有的事。中国人的饭桌文化太深厚，很多生意都只能在饭桌、酒桌上面谈下来。"顾和深谙商场之道。

"你一个女人，岂不是很吃亏？"商场上那些男人大多数都是中年甚至是老年人，顾和一个女人怎么抵挡得过来？

顾和如今能够在季氏这样有背景的企业里独当一面，肯定有她自己的本事。

"吃亏也没办法，保护好自己就行。"顾和说得云淡风轻。

"季邵是不是经常欺负你？"阮鸣夏忽然想到了季邵，不知道是不的女人的第六感在作祟，她总觉得季邵同顾和之间有一个奇怪的磁场……

倒不是她多管闲事，只是女人之间聊天就是这样，聊着聊着，总会聊到身边的男人。

"嗯。"顾和扯了扯嘴角，眼底一片清明，"他就是这个性子，我躲着他就行了。他是看不惯我嫁给了他父亲，换位思考，我也能理解。但事情已经发生了，我跟他都改变不了。"

顾和的话音刚落，她的手机就响了。

手机就放在靠近阮鸣夏的手边，阮鸣夏一眼就看到了"季邵"两个字。

"还真是说曹操曹操到。"

顾和也是愣了一下，他们之间的联系很少，通话更加是少之又少，季邵怎么会忽然打给她？

她有疑惑，但还是按下了接听键，走到一旁通话。

阮鸣夏见状起身去了洗手间。

“你在哪儿？”季邵带着一点点玩味的声音落入顾和耳中。

“吃饭。”顾和以前没有认真听过季邵的声音，这才发现他的嗓音醇厚又有质感。

“你猜我现在跟谁在一起？”季邵的口气越发带着浓烈的玩味，让顾和隐隐有些担心。

她总觉得会有不好的事情发生。有一点顾和是真的不明白，都说孩子没有办法跟继母好好相处，但季邵早就不是小孩子了，他们之间也就相差四岁而已，怎么季邵年纪越大，越是不待见她？

这种恶作剧一般的口吻，让顾和越发担忧。

“我不知道。”顾和冷冷地回应，她并不想知道。

最近季邵经常出现在她的眼前，她不知道是巧合还是如何，总是觉得季邵奇奇怪怪的。

“我跟易星在一起。”

听到易星的名字，顾和的眉心立刻皱了起来。

当时顾和权当季邵是在跟她闹脾气开玩笑，所以也没放在心上，季邵勾搭易星，她也以为易星不会理季邵。

季邵在顾和眼中是典型的花花公子，万花丛中过，谁知道他沾不沾身。

所以那天离开暮色之后，顾和就提醒易星离季邵远一点儿，季邵这个人不知轻重，只知道玩，谁当真谁就输了。

易星当时对季邵还挺嗤之以鼻的，说他就是个有好品相的纨绔公子罢了。

但怎么一转眼，他们又搅和在一起了？

顾和兀自懊恼着，她怕自己的朋友吃亏，她跟易星好歹也认识多年了，不希望她栽在季邵身上。

“你要干什么？你别把主意打到我朋友的头上。”顾和的口气变得严厉了一些。

季邵听到顾和忽然用这么重的口气说话，忍不住扯了扯嘴角。她平日里见到他永远是一副面无表情的样子，好像他做什么都引不起她的愤怒一般。

季邵最受不了她这样，这跟季邵儿时对继母的传统形象完全不符合……

所以从顾和嫁进季家的那一天起，他只要见到她，就想办法捉弄她，给她找麻烦。

“这次是你朋友把主意打到了我头上。”季邵那边有点吵，应该又是在声色场所中，“你别把你的朋友都想得太好，谁都想攀高枝，就跟你一样。”

季邵始终觉得顾和嫁入季家，是为了攀附季家这根高枝。

虽然秦家家底深厚，但绝对比不上季家家大业大，季家毕竟有红色背景，是B市独特的存在。而顾和又不姓秦，一个外姓的女儿，在秦家地位可想而知，季邵理所当然地认为顾和是为了长久的富贵才嫁给了他的父亲。

人上一百形形色色，什么样的女人都有。

顾和闻言也不恼，只是用警告的口吻回道：“易星从来没有谈过恋爱，她为人单纯，是不是你用了什么手段？”

“我用了手段？”季邵的口气听上去有点儿哭笑不得，“季太太，麻烦你睁大眼睛看看你那位朋友，每天穿那么少去夜店，你确定她很单纯？明眼人都看得出她动机不纯。”

顾和咬了咬唇，直接挂断了电话。

阮鸣夏有些路痴，这家粤菜馆是有点大，她迷迷糊糊地转了一大圈都没有找到洗手间。

一个服务员正好从一个包厢里走出来，阮鸣夏连忙上前叫住了她：“您好，我想问一下洗手间怎么走？”

服务员身后的包厢门没有掩实，可以让人轻易看见里面的一切。

阮鸣夏看到秦有鹤在包厢里并不觉得惊奇，但当她看到秦有鹤对面坐着的男人是楼郸城时，她有些站不住了。

包厢里大概坐了十个人，无一例外都在喝酒。

“穿过这个走廊左拐就到了。”服务员的声音被阮鸣夏抛在了脑后。

她瞬间明白秦有鹤千方百计不让她跟去的原因。

他不想让她见到楼郧城！

第十九章
世间皆苦，你是草莓味的

Part 1

秦有鹤跟楼郸城应酬肯定是为了高盛的地，秦有鹤是一个极其不喜欢应酬的人，向来只有别人应酬他，他能够推掉的肯定不会去。但高盛那块地，他势在必得。

“小姐？”服务员又提醒了一下，阮鸣夏这才回过神来，她冲服务员笑了笑，转身离开了包厢门口，去了洗手间。

一路上阮鸣夏的嘴角都是弯的，她觉得心底美滋滋的，秦有鹤不让她见楼郸城，就是不想她跟楼郸城有任何联系，她可以理解为他是在吃醋吗？

阮鸣夏偷偷想着，秦有鹤是不是对她也有点儿感觉？

她不敢在秦有鹤面前表现出半点心意，就是怕秦有鹤不喜欢她，这样的话到时候她不仅丢人，也不好收场。但现在看秦有鹤的反应，应该也不是对她一点儿感觉都没有吧……

阮鸣夏从洗手间出来的时候看到顾和的脸色有点不好看，她有些疑惑："怎么了？"

"我有点事情要离开，你能自己回家吗？"她要立刻去找易星。

阮鸣夏连忙点头："当然可以，我又不是小孩子了。你有事的话赶紧去忙吧，不用管我。"

"嗯。"顾和颔首，拿过手包，踩着高跟鞋匆匆离开了。

阮鸣夏拿了让服务员打包的虾饺，准备埋单却被告知顾和已经埋过单了。

她想着下次一定要回请顾和，还没有走出门，身后就传来了一阵声音。

"秦总，我们高盛还需要仰仗您呢，哈哈哈哈。"是中年男人的声音，听起来喝了不少酒。

阮鸣夏是听到了"秦总"和"高盛"才下意识转过头的，没想到却撞上了秦有鹤的视线。

她顿时有一种做贼心虚的感觉！

天哪……她怎么这么倒霉？她原本是想赶紧回家去等秦有鹤的，但现在连脚都没有踏出门，秦有鹤就出来了。

这让秦有鹤怎么想她？秦有鹤肯定会觉得她是来找他的，而他明明说了不让她来找的。

秦有鹤身旁，是脸色沉稳的楼郥城。

楼郥城的目光也落在了阮鸣夏身上。

阮鸣夏的身体僵了一下，她努力地挤出一个端庄却非常虚情假意的笑，既是给秦有鹤的，也是给楼郥城的。

"有鹤。"阮鸣夏在心底告诉自己要冷静点，她走到了秦有鹤面前，"你怎么在这儿吃饭？我刚才和顾和也在这里吃饭。"

她要先发制人，以免秦有鹤怀疑她是特意来找他的。

秦有鹤眼底带着一点点酒意，看着她的眼神讳莫如深，让阮鸣夏觉得特别心虚……

"和高盛的几个高层一起吃饭。"秦有鹤的嗓音因为喝了酒变得越发低醇，落入耳中磁性又性感。

要是换作常人的话肯定会说是在跟楼郥城吃饭，毕竟楼郥城是这一群人中地位最高的。但秦有鹤好像故意不让阮鸣夏注意楼郥城一般，敷衍地回答着。

“小哥哥也在啊。”阮鸣夏对楼郸城笑了一下，想要故意刺激一下秦有鹤。

秦有鹤在她喝醉后听到了她“告白”的话，她怎么可以示弱?

今天这么好的机会，要是刺激一下秦有鹤能够刺激出他对她的感觉，那也是一件好事。

他要是真的吃醋了，说明他对她还不至于一点感觉都没有。要是没反应，那也无所谓，她反正也没有在他身上奢求太多……

果然，当她说出“小哥哥”这几个字的时候，秦有鹤原本冷硬俊朗的脸庞显得越发深沉了一点，周身仿佛都蒙上了一层阴翳。

楼郸城点头：“这家粤菜还不错，你也喜欢吃？”

阮鸣夏觉得楼郸城今天的脸色也不大好看，之前楼郸城问过她的先生是做什么的，是不是做金融的，当时她没心情只是敷衍地回答了他“是”。现在楼郸城跟秦有鹤碰面，知道了秦有鹤的身份，他应该是不悦阮鸣夏的隐瞒。

但阮鸣夏觉得自己并没有刻意隐瞒啊……他又没问她先生的名字，也没有问“你丈夫是不是秦有鹤”。

“是啊，这里的奶茶很好喝。”

陆琛没有喝酒，头脑清醒得很，看着阮鸣夏跟楼郸城有一句没一句地聊着，将周围人晾在了一边，他有些惊恐。再看看自家秦总的脸色，他更加惊恐。

秦总的脸青得跟铁一样了……

“秦总，时间不早了，我们散了吧。”陆琛赶忙救场。

秦有鹤的目光仍旧停在阮鸣夏的身上，阮鸣夏被看得有点儿发毛，迅速将自己的目光从楼郸城身上转移了。

“我也刚好想回家了。”阮鸣夏挤出了一点笑意，她觉得自己可能是玩过头了，秦有鹤大概是生气了，但没想到秦有鹤却捏住了她的手腕，转而看向楼郸城。

“楼总，下次见。”

楼郸城礼节性地颔首：“嗯。”

秦有鹤说完跟在场的高层点了点头，转身带着阮鸣夏离开。陆琛也一起跟了上去。

楼郸城看着两人离开的背影，原本还算平静的眉心终于紧蹙了起来。

“楼总，没想到您跟秦太太还认识。秦先生真是年轻有为啊，太太也漂亮。”其中一个高层无所顾忌地开口，“之前从来没有见过秦先生，真是百闻不如一见，秦家交到他手上越发厉害也不是没有道理。”

楼郸城听得有些烦乱，扯了一下领带，大步离开了餐厅。

这次是秦有鹤做东，主动请的他。

他从没想过，阮鸣夏的先生会是秦有鹤。他从未把秦有鹤这三个字跟阮鸣夏联系起来过，倒不是说阮鸣夏配不上秦家，而是秦有鹤太过神秘低调，外界对他知之甚少，所以他根本没有假想过……

秦氏不仅仅是在B市只手遮天，在如今国内的金融界，听到秦有鹤这个名字都是要震一震的。

在秦有鹤身边这么多年，陆琛从来都没觉得做秦有鹤的特助是一件多么难熬的事情。

直到现在，他终于体会到了……

整个车厢一片死寂，秦有鹤和阮鸣夏都坐在后座，但是中间隔了很大的空间，陆琛透过后视镜看了一眼两人，秦有鹤的脸色依旧铁青，阮鸣夏的脸色则很平静。

陆琛觉得闷得很!

阮鸣夏小心翼翼地看了一眼秦有鹤，她好像还没见过秦有鹤生气的样子，这是头一次。

因为陆琛在，阮鸣夏也不想跟秦有鹤说什么，于是她将手放在了秦有鹤的腿上，碰了碰他放在腿上的手，她的指尖有点儿凉，秦有鹤却不为所动。

阮鸣夏不死心地朝秦有鹤又靠近了一点儿，她的指腹再次在他的手背上面轻轻地碰了一下，他终于转过头来看了她一眼。

“有事？”秦有鹤的声音低醇，让阮鸣夏的心动了动。

“没事，就是觉得遇到了挺巧的。”

“巧？”秦有鹤的反问让阮鸣夏瞬间明白他在怀疑她！

她连忙拿出了外卖盒：“顾和说你喜欢吃虾饺，我就打包了点儿。”

阮鸣夏将外卖盒放到秦有鹤手上：“你晚上喝酒一定没有吃饱吧？趁现在还是热的……”

“你怎么不给你的小哥哥也打包一份？”

“……”阮鸣夏虽然一时无言以对，但她的嘴角荡起了一抹弧度，这别扭的幼稚鬼果然是在吃醋。

“噗……”秦有鹤话一出口，前面开车的陆琛忍不住笑出了声。

秦有鹤冷冷地瞥了陆琛一眼，陆琛硬生生地将笑憋了回去。

阮鸣夏不急着在车子里跟秦有鹤说这件事，有外人在她也不好意思。

“陆琛，回秦宅。”

阮鸣夏也没再使性子，乖乖地跟着回了秦宅。

Part 2

秦宅。

陆琛将秦有鹤和阮鸣夏放下之后，自己打车回去了。

一进客厅，阮鸣夏就瞧见了温锦坐在沙发上看戏曲频道。

她仍旧不知道该怎么称呼温锦，她实在是没有办法鼓起勇气喊一个并不熟悉、关系也并不亲密的人“妈”。

况且，她叫温锦“妈”，也不见得温锦会高兴。

所以阮鸣夏进门的时候只是朝沙发上的温锦点了点头，以示礼貌。

“有鹤，你过来一下，我有话跟你说。”前几天温锦一直没住在秦宅，她今天忽然回来，显然是特意在客厅里等秦有鹤回来。

阮鸣夏识趣地转身上了楼，反正她对秦有鹤家里的这些事情并不感兴趣，她留在这里的话，知道越多，对她可能越不利。

秦有鹤在温锦对面的沙发上坐了下来，因为喝了酒，他的脸色微微泛红，却意外显得比平日里要平和一些。

“有鹤，你表弟马上就从国外回来了。”温锦开门见山。

秦有鹤的表弟，是他姑姑的儿子，也就是叶展恒的儿子。四年前在国外念书，现在是应该毕业了。

“嗯。”秦有鹤知道温锦心里所想，他知道温锦在紧张什么，但他并没有要给她答复的意思。

温锦果然就着急了，她敛着情绪看着秦有鹤：“阳阳很懂事，而且他是以第一名的成绩从商学院毕业的，我相信他到了秦氏之后一定会好好帮你的……”

“到了秦氏以后？我什么时候答应过让叶肖阳到秦氏的？”

“有鹤，阳阳也算是半个秦家人，他这样优秀的人才，如果不来秦氏的话，被其他公司挖去岂不是损失了吗？”

“你也知道他只是半个秦家人？叶肖阳是我姑妈的儿子，不是你的儿子，不用你替他操心未来。”秦有鹤眼神凛冽，“我是秦氏的总裁，秦氏是我的秦氏，决定谁的去留没有人能够妄议。”

温锦没想到秦有鹤的态度会这么坚决，她知道这次的沟通肯定会很困难，自己儿子的脾气她自己清楚。但是她没有想到会这么艰难……

“有鹤，就当是妈妈求你，阳阳他很想加入秦氏，也想为你分担一点。”

“是分担，还是分割？”秦有鹤的眉骨跳动了一下，叶展恒跟温锦之间的关系一直都是秦有鹤童年的阴影，得知自己的母亲跟自己的姑父纠缠在一起，原本就是一件崩溃的事情，关键是她并没有意识到自己的错误，直到现在，还跟叶展恒搅和在一起。

当年秦有鹤的姑妈是有秦氏股份的，叶展恒一直都想要妻子的这点股份，但是秦有鹤的姑妈去世之后，她将自己的股份全都给了秦有鹤。这在叶展恒心中一直以来都是一个疙瘩。

叶展恒的儿子要回国到秦氏，既名不正又言不顺，摆明了，是要股份来的。

“有鹤，就算是阳阳想要点股份，那也是他应得的啊……当初你姑妈的股份原本就是他的。”

“姑妈的遗嘱里，已经将股份还给了秦氏，现在在我手中。你的意思是要从我手中拿出股份来还给叶家？”秦有鹤对温锦步步紧逼。

温锦的眼眶微微红了，隐忍着继续说：“这件事情就这么决定了，阳阳明天回国，明天下午就让他去秦氏。”

温锦口气坚决。

秦有鹤扯了扯嘴角："为了叶展恒，你还真是费尽了心思。叶肖阳可以进秦氏，我会给他相应的位置，他能够坐稳就留下，坐不稳，就给我滚。"

秦有鹤扔下这句话，转身上了楼。

温锦看着秦有鹤的背影眼眶瞬间变得通红……

二楼主卧内，阮鸣夏刚刚洗完澡出来，她正在擦头发，寻思着等洗完澡后再下楼给秦有鹤热一下虾饺。

没想到秦有鹤这么快就回来了。

秦有鹤周身仿佛布满了寒意，她马上自我检讨是不是刚才在餐厅的行为，惹得他这么不高兴。

但是转念一想，估计是温锦说了什么让他不高兴的话。

"你妈跟你说了什么吗？"

"没什么。"秦有鹤从她身边擦肩而过，周身那股冷厉的感觉让阮鸣夏越发紧张了。

她总觉得秦有鹤有点儿不一样，说不出哪里不一样，但是她觉得肯定跟温锦有关。

她快步跟上了秦有鹤的步伐，走到了他面前。

秦有鹤站在主卧的沙发前换衣服。

"你同我说说，堵在心里会很难受的，或许我还能帮你分担一点。"

"秦家的事，你不用知道。"秦有鹤的话说得干脆，在他看来秦家的水那么深，没有必要将她卷进去，她知道得越多，对她来说越是不利。

但这话落入阮鸣夏的耳中就成另外一种意思了……她觉得，大概是秦有鹤不想让她知道。

"哦。"她乖顺地颔首，没有继续追问，每个人都有不想让旁人知道的秘密，她一样，她知道秦有鹤肯定也一样，"我去给你热虾饺。"

"不用了，我不饿。"秦有鹤脱掉了身上的衬衫，放到了一旁，脸色平静。

"你不饿我就热给自己吃，明天就不好吃了。"

阮鸣夏离开了主卧，她下楼撞见温锦站在客厅里掉眼泪的时候，觉得十分尴尬。

温锦见到阮鸣夏立刻擦了擦眼泪，脸色有些凝滞，阮鸣夏木讷地下了楼，她也不知道该说什么。

当她想要逃进厨房的时候，身后却传来了温锦的声音："阮小姐，我们可以谈一谈吗？"

这一声生疏的阮小姐，让阮鸣夏庆幸自己刚才进门的时候没有喊她"妈"。

阮鸣夏转过身来："可以。"

她走向了温锦，两个人都站着，阮鸣夏生怕温锦会像电视剧里那些恶毒的婆婆，让她离开秦有鹤……

事实证明，阮鸣夏是电视剧看多了。

温锦开口打破了阮鸣夏的想象："这段时间我看有鹤跟你相处得很好，我想有鹤他应该会听你的话，所以……你能不能帮我去劝劝有鹤？"

"我？"阮鸣夏愣了一下，暗自腹诽，很想知道这些人是怎么看出来她跟秦有鹤相处得很好的？顾和是如此，温锦也是如此……

"嗯。有鹤的表弟明天要回国了，想到秦氏工作。你能不能让有鹤给他安排一个好位置？"

阮鸣夏被温锦的话吓到了。她没想到温锦竟然会求她帮忙，而且还是去求秦有鹤。

"我……这件事情我可能帮不上忙，有鹤不喜欢我插手他工作上的事情。"阮鸣夏委婉地拒绝了，她可不想撞秦有鹤的枪口上。

秦有鹤对她本就说不上多好，她可不想在这个时候去摸逆鳞……况且这件事情，是温锦失败之后求助于她的，温锦作为秦有鹤的母亲都失败了，她一个交易的结婚对象，怎么可能成功？

温锦的眼底闪过了一丝落寞，她抿了抿唇，垂首："算了……"

阮鸣夏也没有说什么安慰的话，她总觉得温锦有点奇奇怪怪的，她还是不要跟温锦多说话比较好。

十分钟后，她热好了虾饺，端着碟子和筷子上了楼，此时的秦有鹤也已经洗好澡出来了，穿着日常的家居服，看起来慵懒惬意。

阮鸣夏坐在沙发上，开始兀自吃虾饺，还吧唧嘴故意给秦有鹤听。

“真好吃，太好吃了……”

秦有鹤拿过一旁的金丝边眼镜，原本准备开始看文件，但是看到阮鸣夏吃得津津有味的样子，皱起了眉头。

“好吃？”

“对啊，味道太好了。”阮鸣夏笑眯眯地开口，其实她并不是特别喜欢吃虾饺，只是想要吸引秦有鹤而已，“你要不要尝一口？我分你一个。”

阮鸣夏觉得秦有鹤肯定还在生她跟楼郯城说话的气，她想缓和一下关系讨好讨好他。

她原以为秦有鹤或许不会搭理她，没想到秦有鹤直接走到了她身旁，就着她的手吃了一口。

秦有鹤咀嚼了一下，面色平静。

“好吃吗？”

“嗯。”

碗里的虾饺很快见了底，秦有鹤吃完就回到床上坐着看报表。

阮鸣夏也掀开被子躺了上去：“刚才你妈让我来求求你，说是帮你表弟在秦氏安排一个好位置，我拒绝了她。”

阮鸣夏觉得这种事情还是跟秦有鹤说一下比较好，以免日后说不清。

“不用理会。”

“哦。”阮鸣夏点头，心想这大概就是秦有鹤不想让她知道的事情吧……

阮鸣夏拿了一块小画板，在上面随便涂涂写写，整个房间里只有笔触纸和翻文件的声音。

秦有鹤忽然开口：“以后见到楼郯城，直接叫他的名字，我不喜欢那个称呼。”

秦有鹤知道她参加了高盛的比赛，是不可能不见到楼郯城的，所以他只能退一步，让她改称呼。

阮鸣夏抿了抿嘴唇，心底暗自窃喜。他果然是吃醋！

“我觉得这个称呼挺好的呀，我小时候就是这么叫他的。”

“我不喜欢。改。”秦有鹤的口气很强势。

阮鸣夏放下了手中的画板，稍微靠近了秦有鹤一点，淡淡地开口：“理由。”

“当众这样叫他，很开心？”

“你是不是嫉妒我这样叫他？”阮鸣夏心底已经喜笑颜开了，但脸上仍旧不露声色。

秦有鹤的脸黑了：“嫉妒？”

“你脸上写满了嫉妒，秦先生，你是不是喜欢上我了啊？”阮鸣夏娇俏地开口，她不奢求秦有鹤有多喜欢她，只希望他对她能有点儿感觉……

秦有鹤突然从阮鸣夏手中夺过了她的画板，定睛看了一眼：“这是什么？”

他完美地转移掉了阮鸣夏的注意力，因为画板上画着的是在看报表的秦有鹤。

Part 3

阮鸣夏心下紧张，想要从秦有鹤手中将画板夺回来。

她原本是想画几件衣服练练手的，但看着专注看报表的秦有鹤，一时没忍住，莫名其妙画下了他。

阮鸣夏心虚得不行。

画上的秦有鹤穿着宽松的居家服，戴着金丝边眼镜，却一点都不违和，将他身上成熟稳重的商务气质都画了出来。尤其是看报表的眼神被她画得专注却又不死板。

“谢谢，我收下了。”话落，秦有鹤将纸从画板上拿了下来，放到了身旁的床头柜上面。

“我没说要送给你！”

“你画的是我，这是我的肖像权。”秦有鹤正色道。

“……”阮鸣夏愣住，他说得好像有道理。

“为什么画我？”秦有鹤饶有意味地开口。

“觉得秦先生好看，就画了。”阮鸣夏的话不假，不知道是情人眼里出西施还是如何，秦有鹤是她见过的男人中，最好看、最有魅力的。

“嗯。”秦有鹤十分自恋地肯定了阮鸣夏的说话。

“嘁……”阮鸣夏嗤之以鼻，“秦先生还没有回答我刚才的问题，不要逃避。”

阮鸣夏总觉得跟秦有鹤提到喜欢与否这种问题，显得有点儿自作多情，所以她用的一直都是半开玩笑的口气。

“困了，明早我有个会议。”秦有鹤的意思再明显不过，他要睡了，不要打扰他。

“……”哪怕他回答不喜欢也好，非要这样一直吊人胃口吗？

阮鸣夏想到了山山调查出来的关于沈依杭巡演赞助的事情，心里头像压了一块石头，沉甸甸的……

她关掉床头灯，也躺了下来，她睡前脑中会闪过好多乱七八糟的东西，她又蓦地想到了昨天晚上还很有骨气地跟秦有鹤说，要在江家住一段时间气气他，但是一转眼她就忘了这事儿，现在又安安静静地躺在了秦家的房间里……

想着想着阮鸣夏越发恼了，侧过身戳了戳秦有鹤的后背。

她的动作很轻，也不是故意要叫醒他，只是想要碰一下他，就像念幼儿园的时候，小孩子都喜欢碰一碰对方，想要引起对方的注意。

阮鸣夏现在就是这种心理：想要引起秦有鹤的注意。

秦有鹤感觉到背后传来了一点酥麻感，他没有理会她的小动作，但阮鸣夏的小动作一直没有停下来，她慢慢从戳变成搭在了秦有鹤的后背上。

秦有鹤感觉到身后柔软的指腹一直在触碰他的后背，带着一点点她身上的温度，不轻不重，却有些挠人……

秦有鹤忍不住皱眉：这个妖精！

在车上的时候，阮鸣夏像是不经意地去触碰他的手背，动作也是这样不轻不重的，但是酥痒难耐，越是这样细微的动作，越是能够撩拨人心。

她倒是懂得撩人。

秦有鹤侧身过来，捏住了她不安分的手腕：“你是得了多动症？”

阮鸣夏被吓了一跳，原本她昏昏沉沉的都快睡着了……

她恍然又睁开了眼睛，在一片漆黑中与秦有鹤对视：“我这叫活泼。”

秦有鹤弯了一下嘴角，阮鸣夏趁机钻进了他的怀中，一边钻一边抱怨：

“今天保姆给我们换的这条被子太冷了，我快要冻坏了，借我取取暖。”

她口是心非的模样落入秦有鹤眼中，让他薄唇上的笑意越发深了一点。

他没有推开她，但也没有接纳她，任由她抱着，没有回抱她……

阮鸣夏发现了这一点，她觉得自己表现出来的喜欢已经足够明显了，如果他也对她有点儿感觉的话，应该给她点回应，但是没有。

阮鸣夏心底染了落寞，但落寞归落寞，在秦有鹤怀中她还是很快就睡着了。

翌日。

温锦破天荒地做了一顿早餐，阮鸣夏在惊讶之余也有点受宠若惊。

温锦见到她跟秦有鹤下楼的时候脸上强挂着笑意。

“起来了？来吃早餐吧。”

阮鸣夏扯了扯秦有鹤的衣角，她现在知道秦有鹤跟温锦之间的关系不是很好，所以有些话她也敢说了：“事出反常必有妖。”

秦有鹤没有理会她，走到餐桌前也不说话，只是坐下来静静地开始喝粥。

“谢谢。”阮鸣夏跟温锦道了一声谢。

“有鹤，今天我和你姑父去机场接阳阳回来，然后直接去秦氏了。”温锦温温地开口。

秦有鹤脸色无常，喝了一口粥后平静回应：“你和叶展恒一起去？算什么？”

温锦一下子被问住了，阮鸣夏微微挑眉，稍微捋清了一点温锦和叶展恒的关系后，一直觉得温锦其实挺“龌龊”的，毕竟是小姑子的老公……看温锦对秦有鹤表弟的态度，阮鸣夏觉得温锦应该也没有什么苦衷。

“我跟叶展恒去。”秦有鹤面色冷然。

秦有鹤不想让家丑外扬，虽然他姑姑和他父亲都已经去世了，但温锦跟叶展恒这样堂而皇之地出现在公众场合，他仍旧觉得丢人。

温锦愣了一下，微微拧眉：“阳阳还是个孩子，你见到他不要对他说重话，敛一敛你的脾气。”

秦有鹤放下了碗筷：“在我手下办事，还不许我说重话，我要这样的废物做什么？”

“有鹤，怎么说话的？”温锦温温柔柔的语气跟沈依杭如出一辙，不愧是师徒。

大概因为沈依杭的关系，阮鸣夏对温锦怎么都喜欢不起来。

秦有鹤没有说话，拿过西装外套搭在了手臂上，起身离开了秦宅。

阮鸣夏吃完了也准备离开，原本她是打算自己开车去的，毕竟秦有鹤送了她一辆车，她总不能放在那里当摆设。

但是走到门口时秦有鹤却开口：“今天别开车，先跟我去机场，我回 CBD 的时候顺路送你过去。”

阮鸣夏虽然觉得奇怪，但还是选择乖乖听话。

她上车后好奇地问：“为什么不让我开车自己去？”

“今天外面有雾，不好开。”秦有鹤口气平常。

阮鸣夏一时觉得心里暖洋洋的，他知道她出过车祸，开车技术也一般，所以才不让她在大雾里开车。

秦有鹤……什么时候变得这么贴心了？

在去机场的路上，阮鸣夏对秦有鹤的表弟表示出了好奇：“你那个阳阳表弟，跟你关系不好吗？”

“嗯。”秦有鹤没有否认，他一副爱搭不理的样子，阮鸣夏总觉得他不是很愿意同她说起秦家的事情。

他不想说，她也就不想再提了。

车子驶过一座大厦的时候，阮鸣夏在大厦的 LED 大屏幕上看到了沈依杭的身影。

屏幕上的沈依杭穿着一件京剧女旦的服装，眉眼微抬，眼神含娇带泪。阮鸣夏觉得沈依杭对于这样的角色根本就不需要多加演绎，她本身就经常是这样的表情。

车子在红灯时停下了，阮鸣夏仔细看了一眼屏幕，上面写着几个大字：京剧名伶沈依杭 B 市第二场演出于下周六晚八点举办，滨海大剧院。

第二场演出……

以山山调查的结果来看，沈依杭在滨海剧院第一场演出的投入是七百万，是秦氏集团独家赞助。如果那一场演出是秦有鹤在遇到她之前就准备好的，那么第二场演出，如果赞助方还是他的话，也就是在婚后……

阮鸣夏越想越觉得心里难受……

秦有鹤从来没有跟她提起过这些事情，关于沈依杭的，从来都没有。

见他紧抿着薄唇缄默，她也就没有提起。

未来的路，只怕比她想象中的还要艰难。阮鸣夏看着秦有鹤的侧脸，心中晦涩难堪。

可是，这有什么关系呢？秦有鹤，B 市赫赫有名的人物，现在是她的合法老公，这就足够了。

后记

在夏威夷遇见有鹤鸣夏

大家好，我是苏清绾。

在我十八岁生日那天，我跟闺密说，我想出一本书。闺密很支持我，她说，你出书，我一定买。

那个时候，无论是我还是她，都只是说说而已。在当时的我看来，拥有一本自己写的书是一件遥不可及的事情。

如今，时隔四年，四年里我写了六七本书，一直在尝试出版，也一直在失败。但这是我的爱好啊，我怎么会舍得放弃？我仍旧不断地写着一个又一个的故事。

后来，因为一次偶然的机会，我的稿子辗转到了周周的手里。

我也清楚地记得那天是周五，我正在上课，周周给我发来了过稿的消息，我兴奋得几乎跳了起来，激动地拉着身边的同学分享自己的喜悦。由于兴奋过度，我的动静有点大，还被老师狠狠地横了一眼，哈哈。

过稿之后，首先光想书名，就折磨了我的责编周周一个多月，然后改稿润色到最后的定稿，周周也付出了很多心血。所谓好事多磨，如今《有鹤鸣夏》这本书能够如期与大家见面，我特别特别感谢周周！在我一度认为我的故事没有办法出版、写得不够好、不能得到认可的时候，是她看到了我，为我圆了梦。

秦先生和阮阮的故事是我写过的最喜欢的一个故事，也是付出心血最多的一个故事。在写之前，我就思前想后地做了很多人物设定。这也是我第一次写这么甜蜜的故事，经常写着写着自己也会不自觉地笑出声来，甜甜蜜蜜才是爱情呀！不是吗？也经常有读者跟我说，说我写秦先生，就好像在写自己心目中的完美男朋友，特别真实。

我希望大家读完这本书，也能有恋爱的甜蜜感！

写故事真的是一件很美妙的事情，和各种各样的人物相逢，历时几个月甚至几年之后，再跟他们挥手道别，为他们的人生画上句号，充满了趣味和意义。我写秦先生的时候，就希望他永远不要消失在我的笔下，希望他能够一直宠着阮阮。更重要的是，写故事不仅能与笔下的角色相逢，还能够与你们相逢。每个读者对每个角色都有不一样的理解，当你们在看我写的故事的时候能够会心一笑，或者跟着主角哭一哭，这对我来说，就是最有意义的事情。

未来的路还很长，希望大家能够继续与我相伴，祝，阅读愉快。

苏清绾　2017. 8. 1